HEYNE <

Das Buch

Tempe Brennan kann mit ihrer Arbeit für die Gerichtsmedizin Tote nicht wieder lebendig machen. Doch zumindest kann sie Mordopfern Gerechtigkeit widerfahren lassen, indem sie den Tätern mit forensischer Wissenschaft und weiblicher Intuition auf die Spur kommt. Nur in einem einzigen Fall entkam ihr ein Killer: Anique Pomerleau, eine junge Frau, die selbst traumatische Misshandlungen hatte durchleben müssen. Und die sich an der Welt rächte, indem sie Mädchen entführte, quälte, tötete. Jetzt, zehn Jahre später, tauchen in Montreal die Leichen mehrerer vermisster Teenager auf. Tempe erkennt das Mordmuster, die grauenerregende Handschrift: Anique ist zurück. Sie will ein letztes Mal Rache nehmen. Und sie kommt Tempe immer näher …

Die Autorin

Kathy Reichs, geboren in Chicago, lebt in Charlotte und Montreal. Sie ist Professorin für Soziologie und Anthropologie und unter anderem als forensische Anthropologin für gerichtsmedizinische Institute in Quebec und North Carolina tätig. Ihre Romane erreichen regelmäßig Spitzenplätze auf internationalen und deutschen Bestsellerlisten und wurden in 30 Sprachen übersetzt. Tempe Brennan ermittelt auch in der von Reichs mitkreierten und -produzierten Fernsehserie *Bones – Die Knochenjägerin.*

Kathy Reichs

Knochen lügen nie

Thriller

*Aus dem Amerikanischen
von Klaus Berr*

WILHELM HEYNE VERLAG
MÜNCHEN

Die Originalausgabe BONES NEVER LIE
erschien bei Scribner, New York

Verlagsgruppe Random House FSC® N001967
Das für dieses Buch verwendete FSC®-zertifizierte Papier
Holmen Book Cream liefert Holmen Paper, Hallstavik, Schweden.

Vollständige deutsche Taschenbuchausgabe 02/2016
Copyright © 2014 by Temperance Brennan, L.P.
Copyright © 2015 der deutschsprachigen Ausgabe by Karl Blessing Verlag,
München in der Verlagsgruppe Random House GmbH
Umschlaggestaltung und Motiv:
Hauptmann & Kompanie Werbeagentur, Zürich
Satz: Uhl + Massopust, Aalen
Druck und Bindung: GGP Media GmbH, Pößneck
Printed in Germany
Alle Rechte vorbehalten
ISBN: 978-3-453-41906-3

www.heyne.de

ERSTER TEIL

1

Ich erhielt die Nachricht gleich am Montagmorgen. Honor Barrow brauchte mich bei einem außerplanmäßigen Treffen.

Nicht gerade das, was ich jetzt wollte, da die Erkältungskeime in meinem Kopf dabei waren, die Ärmel hochzukrempeln.

Trotzdem gesellte ich mich, nach einem Wochenende mit Grippemitteln, Nasenspray und Honig-Zitronentee, anstatt einen Bericht über einen verwesten Biker fertigzustellen, zu den Millionen anderen, die in der morgendlichen Stoßzeit ins Stadtzentrum zockelten.

Um 7 Uhr 45 stellte ich mein Auto auf der Rückseite des Law Enforcement Center, der Polizeizentrale, auch kurz LEC genannt, ab. Die Luft war kühl und roch nach sonnengetrocknetem Laub. Nahm ich an. Meine Nase war so verstopft, dass ich nicht einmal den Unterschied zwischen einer Tulpe und einer Mülltonne riechen konnte.

Die Demokraten hatten 2012 ihren alle vier Jahre stattfindenden Parteitag in Charlotte abgehalten. Zehntausende waren gekommen, um zu loben oder zu protestieren oder einen Kandidaten zu nominieren. Die Stadt hatte 50 Millionen Dollar für die Sicherheit ausgegeben, und als Folge davon sah das Erdgeschoss des Law Enforcement Center, früher eine offene Lobby, jetzt aus wie die Brücke des Raumschiffs Enterprise. Kreisrunde Holzbarriere. Kugelsicheres Glas. Monitore, die jede Narbe und jeden Pickel des Gebäudes zeigten, innen wie außen.

Nachdem ich mich in die Anwesenheitsliste eingetragen hatte, hielt ich meine ID-Card ans Lesegerät und fuhr mit dem Fahrstuhl in den zweiten Stock.

Barrow lief eben vorbei, als der Aufzug schnurrend stoppte und die Tür aufging. Hinter ihm sah ich durch die Tür, die er jetzt öffnete, Pfeile auf grünem Grund, die die Richtungen zu den einzelnen Abteilungen wiesen: Eigentumsdelikte links, Personendelikte rechts. Über den Pfeilen ein Wespennest, das Symbol des Mecklenburg Police Department.

»Danke fürs Kommen.« Barrow hielt kaum inne.

»Kein Problem.« Bis auf die Kesselpauken in meinem Kopf und das Feuer in meiner Kehle.

Ich folgte Barrow durch die Tür, und wir beide gingen nach rechts.

Detectives bevölkerten den Korridor in beiden Richtungen, die meisten in Hemdsärmeln und Krawatte, einer in einer Kakihose und einem marineblauen Golfshirt mit dem kühnen Wespen-Logo.

Barrow verschwand in einem Zimmer auf der linken Seite mit einem neongrünen Schild an der Tür: *2220 Abteilung für Gewaltverbrechen.* Mord und Angriff mit einer tödlichen Waffe.

Ich ging geradeaus weiter, vorbei an drei Verhörzimmern. Aus dem ersten kam ein Bariton, der offenbar vor Entrüstung in bemerkenswert unharmonischen Begriffen bellte.

Zehn Meter weiter betrat ich einen Raum, der gekennzeichnet war als: *2101 Homicide Cold Case Unit.* Abteilung für Altfälle/Mord.

Ein grauer Tisch und sechs Stühle nahmen einen Großteil des Raums ein. Ein Kopiergerät. Aktenschränke. An den

Wänden eine abwischbare Weißwandtafel und braune Kork-
tafeln.

Im hinteren Teil trennte ein niedriger Raumteiler einen
Schreibtisch mit den üblichen Utensilien ab: ein Telefon,
ein Kaffeebecher, überquellende Eingangs- und Ausgangs-
körbe. Ein Fenster warf ein Rechteck aus Sonnenlicht auf die
Schreibunterlage.

Kein Mensch in Sicht.

Ich schaute auf die Wanduhr. 7 Uhr 58.

Im Ernst? War nur ich pünktlich eingetroffen?

Mit pochendem Schädel und leicht verärgert setzte ich
mich auf einen Stuhl und stellte meine Schultertasche neben
mir auf den Boden.

Auf dem Tisch waren ein Laptop, ein Pappkarton und ein
Plastikbehälter. Beide hatten eine Nummer auf dem Deckel.
Die auf dem Plastikding kam mir vertraut vor.

090430070901. Die Akte trug das Datum 30. April 2009.
Um 7 Uhr 09 an diesem Morgen hatte ein Anruf die Zentrale erreicht.

Das Nummerierungssystem des Pappkartons war anders.
Ich nahm an, dass er aus einem anderen Zuständigkeitsbereich stammte.

Ein wenig Hintergrund.

Das Charlotte-Mecklenburg Police Department hat ungefähr fünfhundert ungelöste Mordfälle, die bis ins Jahr 1970
zurückreichen. Da man erkannt hatte, dass das eine Menge
Leichen und eine Menge Leute waren, die auf Gerechtigkeit
warteten, hatte das CMPD eine Cold Case Unit, eine Abteilung für Altfälle, kurz CCU, eingerichtet.

Honor Barrow, seit zwanzig Jahren im Morddezernat, leitete
die CCU seit deren Gründung. Zu den anderen Vollzeiter-
mittlern gehörten ein Police Sergeant und ein Agent des FBI.

Ein Freiwilligenteam bestand aus drei pensionierten FBI-Beamten, einem pensionierten Polizisten des NYPD und einem zivilen Akademiker, ein ziviler Ingenieur liefert Unterstützung in Form von Vorselektierung und Analyse von Indizien.

Das Stammpersonal der CCU trifft sich jeden Monat. Als forensische Anthropologin bearbeite ich die nicht so kürzlich Verstorbenen. Es ist deshalb kein Geheimnis, warum ich manchmal hinzugerufen werde.

Normalerweise erfahre ich allerdings im Voraus, warum meine Anwesenheit erforderlich ist. Eine Anfrage bezüglich einer Gruppe von Überresten. Fragen nach Knochen, Verletzungen, Verwesung.

Diesmal allerdings nicht.

Ungeduldig und neugierig, warum ich gerufen wurde, zog ich den Plastikbehälter zu mir und nahm den Deckel ab. Drinnen lagen von Trennblättern unterteilte Seiten. Die Beschriftungen auf den Reitern waren mir vertraut. Opferbeschreibung. Zusammenfassung des Verbrechens. Bericht der Spurensicherung. Sichergestellte/analysierte Indizien/private Habe. Bericht des Leichenbeschauers. Zeugen. Zugehörige Ermittlung. Potenzielle Verdächtige. Empfohlene Nachermittlung.

Quer über den Akten lag eine Fallzusammenfassung, geschrieben von Claire Melani, einer Kriminologin und Kollegin an der UNCC. Ich blätterte zum ersten Abschnitt ihres Berichts.

Und spürte sofort, wie sich meine Nackenmuskeln verspannten.

Bevor ich weiterlesen konnte, waren im Gang Stimmen zu hören. Augenblicke später erschien Barrow mit einem Kerl, der ein bisschen aussah wie jemand vom Cover eines Survival-Handbuchs. Ausgewaschene Jeans. Ausgebleichte Armeejacke über einem langärmeligen roten T-Shirt. Dunkle Haare,

die in Locken unter einer neon-orangenen Kappe heraus-
quollen.

»Stecken die anderen alle im Verkehr fest?« Ich legte den
Bericht wieder in den Behälter.

»Ich habe das Freiwilligenteam nicht dazugerufen.«

Obwohl mich das überraschte, sagte ich nichts.

Barrow bemerkte, dass mein Blick zu dem Überlebens-
künstler wanderte, und stellte ihn vor. »Detective Rodas
kommt aus Vermont zu uns.«

»Umparo. Meine Freunde sagen Umpie.« Selbstironisches
Grinsen. »Alle beide.«

Rodas streckte die Hand aus. Ich nahm sie. Umpies Griff
war wie seine Erscheinung, rau und stark.

Während Barrow und Rodas sich setzten, erschien eine
vertraute Gestalt im Türrahmen. Erskine »Skinny« Slidell,
Polizistenlegende nach eigener Überzeugung.

Ich kann nicht sagen, dass mich Slidells Anwesenheit be-
geisterte. Da Skinny im Morddezernat arbeitet und ich in der
Leichenhalle, haben wir oft miteinander zu tun. Im Lauf der
Jahre hatte unsere Beziehung mehr Hochs und Tiefs als ein
Lügendetektordiagramm. Er kann eine richtige Nervensäge
sein, aber der Mann löst Fälle.

Slidell streckte beide Hände aus, nach dem Motto »Was
gibt's«, und drehte dann das linke Handgelenk, um auf die
Uhr zu schauen. Sehr subtil.

»Freut mich, dass du dich von den Computerpornos losrei-
ßen konntest.« Lächelnd zog sich Barrow mit dem Fuß einen
Stuhl vom Tisch heran.

»Deine Schwester ist wirklich ganz verliebt in die Kamera.«
Das Sitzkissen *pfffte,* als Slidell seinen beträchtlichen Hintern
darauf platzierte.

Slidell war in den Achtzigern Barrows Partner gewesen,

und im Gegensatz zu vielen anderen behauptete Letzterer, die Erfahrung genossen zu haben. Wahrscheinlich ihre gemeinsame Vorstellung von Humor.

Barrow hatte eben Slidell und Rodas einander vorgestellt, als die Tür aufging. Ein Mann, den ich nicht kannte, betrat den Raum. Er hatte ein schwaches Kinn und eine zu lange Nase, und obwohl er ganz aufrecht stand, war er nicht größer als ich. Sein Synthetikhemd, die billige Krawatte und der Anzug von der Stange deuteten auf mittleres Management hin. Sein Verhalten kreischte geradezu Polizist.

Wir vier sahen zu, wie Mister Synthetik am Tisch Platz nahm.

»Agent Tinker kommt vom SBI.« Barrows Hinweis auf das State Bureau of Investigation klang sehr unterkühlt.

Ich hatte schon von Beau Tinker gehört. Den Gerüchten nach war er ein beschränkter Geist mit einem meilenbreiten Ego. Und bei den Damen ein Charmeur.

»Eine so lange Fahrt erscheint mir übertrieben«, sagte Slidell, ohne von den vor seinem Bauch verschränkten Fingern hochzuschauen.

Tinker betrachtete Slidell mit Augen, die so grau und matt waren wie unpoliertes Zinn. »Ich sitze gleich ums Eck in der lokalen Filiale in Harrisburg.«

Slidells Kiefermuskeln arbeiteten, aber er sagte nichts.

Wie überall sonst auf dem Planeten gibt es auch in North Carolina Rivalitäten zwischen den einzelnen Ermittlungsbehörden. Das Büro des Sheriffs, die Campus-, Flughafen- und Hafenpolizei gegen die örtlichen Polizeireviere. Die staatlichen Jungs gegen die der Stadt. Die Feds gegen den Rest der Welt.

Bis auf einige Verbrechen, für die seine Beteiligung vorgeschrieben ist, wie etwa Drogenhandel, Brandstiftung, illegales Glücksspiel und Wahlbetrug, kann das SBI an polizeilichen Ermittlungen nur mitarbeiten, wenn örtliche Behörden es dazu einladen. Die Kühle, die von Barrow und Slidell ausging, deutete darauf hin, dass eine solche Einladung nicht erfolgt war.

War Rodas das Ziel des Interesses? Wenn ja, warum das Interesse in Raleigh an einem Fall aus Vermont?

Slidell betrachtete sich selbst als heiße Nummer im Morddezernat. Zu heiß, um an einem Tisch zu sitzen und sich beschwafeln zu lassen, wie er es einmal ausgedrückt hatte. Auch ich fragte mich, warum er hier war.

Und dachte an die Akte in dem Plastikbehälter.

Ich schaute schnell zu Slidell hinüber. Er hatte jetzt den Kopf gehoben und schaute Tinker mit einem Ausdruck an, den er sonst nur für Pädophile und Schimmel übrighatte.

Ging die Feindseligkeit über Revierstreitigkeiten hinaus? Hatte Slidell eine Vorgeschichte mit Tinker? Oder war Skinny einfach nur Skinny?

Barrow drang durch meine Gedanken. »Detective Rodas wird jetzt loslegen.«

Barrow lehnte sich zurück und richtete die Halskette mit seiner Marke gerade. Er erinnerte mich oft an eine große Lederschildkröte. Die Haut dunkel und schrumpelig wie bei einem Schrumpfkopf, die Augen weit auseinanderstehend und vorquellend über einer kleinen, spitzen Nase.

Rodas öffnete den Pappkarton, zog einen Stapel Berichte heraus und gab jedem von uns einen.

»Tut mir leid, dass mein Stil nicht so formell ist wie Ihrer.« Rodas' Stimme war tief und heiser, eine Stimme, bei der man an weißen Cheddar und die Green Mountain Boys dachte. »Ich berichte Ihnen kurz die wichtigsten Fakten und beantworte dann Fragen, die noch offen sind.«

Ich blätterte die Seiten durch. Hörte Tinker und Slidell dasselbe tun.

»Am 18. Oktober 2007 zwischen halb drei und drei verschwand ein zwölfjähriges, weißes Mädchen namens Nellie Gower, als sie mit ihrem Fahrrad von der Schule nach Hause fuhr. Sechs Stunden später wurde ihr Fahrrad eine Viertelmeile von der Farm der Gowers auf einer abgelegenen Landstraße gefunden.«

Eine leichte Veränderung in seinem Tonfall ließ mich aufschauen.

Rodas' Adamsapfel hüpfte, bevor er weiterredete.

»Acht Tage später wurde Nellies Leiche in einem Steinbruch vier Meilen außerhalb der Stadt gefunden.«

Mir fiel auf, dass Rodas den Namen des Kindes benutzte, es nicht entpersonalisierte, wie Polizisten es oft tun – das Kind, das Opfer. Ich brauchte keinen Freud, um zu erkennen, dass ihn der Fall berührte.

»Der Medical Examiner fand keine Hinweise auf Verletzungen oder sexuelle Gewalt. Das Kind war vollständig bekleidet. Die Todesart wurde als Mord bezeichnet, die Ursache als unbekannt. Der Fundort ergab nichts. Wie auch die Leiche. Keine Reifenabdrücke, keine Täterspuren, weder Blut noch Speichel, überhaupt nichts forensisch Verwertbares.

Es wurden die üblichen Personen verhört – registrierte Sexualstraftäter, Eltern und Verwandte, Freunde, die Familien der Freunde, Babysitter, eine Leiterin der Pfadfinderinnen, Mitarbeiter der Schule, der Kirche, des Gemeindezentrums. Jeder mit auch nur der geringsten Verbindung zum Opfer.«

Rodas kramte Fotomappen mit Spiralbindung hervor und gab sie wie ein Croupier an die Anwesenden aus. Schwieg, während wir alle die grausigen Karten betrachteten, die er verteilt hatte.

Die ersten Aufnahmen zeigten den Steinbruch. Ein bleigrauer Himmel hing über einer völlig baumlosen Fläche aus

Felsen und Erdreich. Auf der linken Seite führte eine Kies-
straße vom Vordergrund zu einem zerklüfteten Horizont.

Entlang der Straße waren Absperrungen aufgestellt worden. Dahinter standen Pkw, Pick-ups und die Transporter
der Medien. Fahrer und Mitfahrer standen in Zweier- und
Dreiergruppen herum. Einige unterhielten sich, andere starrten über die Sägeböcke hinweg und schauten zu Boden.
Einige trugen T-Shirts mit der Aufschrift FINDET NELLIE
über dem Gesicht einer lächelnden Jugendlichen.

Mir waren die Umstehenden vertraut. Samariter, die viele
Stunden lang gesucht und Telefondienst geleistet hatten.
Schaulustige, die unbedingt einen Leichensack sehen wollten.
Journalisten auf der Suche nach dem besten Blickwinkel auf
die nächste menschliche Tragödie.

Innerhalb der Absperrung standen Streifenwagen, die Transporter« der Spurensicherung und des Coroners sowie zwei
zivile Fahrzeuge, die so schief parkten, als hätte sie plötzlich
ein Motorschaden ereilt. Ich erkannte die üblichen Einsatz-
kräfte. Techniker der Spurensicherung und des Coroners. Eine
Frau in einer Windjacke mit der Aufschrift »Medical Examiner« in gelben Großbuchstaben auf dem Rücken. Polizisten in
Uniform, einer, der mit schief gelegtem Kopf in ein Schulter-
mikrofon sprach.

Im Zentrum der Szene war ein Schutzdach aufgestellt wor-
den. Unter dem blauen Plastik spannte sich gelbes Band von
Stange zu Stange und bildete so ein ungefähres Rechteck.
In dem Rechteck lag eine herzzerreißend kleine Erhebung.
Rodas kauerte daneben, mit verkniffenem Gesicht, einen
Notizblock in der Hand.

Die nächste Fotostrecke konzentrierte sich auf das Kind.

Nellie Gower lag auf dem Rücken, die Beine gerade ausgestreckt, die Arme eng am Torso. Der Reißverschluss ihrer

roten Wolljacke war bis zum Kinn hochgezogen. Die Schnürsenkel ihrer Turnschuhe waren zu symmetrischen Schleifen gebunden. Der untere Rand einer gepunkteten Bluse war ordentlich in ihre pinkfarbene Jeans gesteckt.

Einige Fotos zeigten das Gesicht, das auf den T-Shirts abgedruckt war. Jetzt sah man kein Lächeln mehr.

Nellies Haar fiel ihr in langen, schokobraunen Wellen auf die Schultern. Mir fiel auf, dass es in der Mitte gescheitelt und gleichmäßig verteilt war, wie gekämmt und arrangiert.

Acht Tage an der Luft hatten das Unvermeidliche angerichtet. Das Gesicht des Mädchens war aufgedunsen, die Haut purpurn und grün gesprenkelt. Maden füllten ihren Mund und die Nasenlöcher.

Die letzten drei Fotos waren Großaufnahmen der rechten Hand des Mädchens. Spuren einer weißen Substanz tüpfelten die Handfläche.

»Was ist das?«, fragte ich.

»Die Spurensicherung hat beide Hände eingetütet. Der ME hat die Haut abgetupft und Material unter ihren Nägeln herausgekratzt. Die Jungs von der Spurensicherung meinten, es könnten Reste eines Papiertaschentuchs sein.«

Ich nickte und starrte weiter die Fotos an.

In meinem Hirn feuerten Synapsen. Ich dachte an ein anderes Kind. Eine andere Serie herzzerreißender Fotos.

Ich wusste, warum man mich gerufen hatte. Warum Skinny hier war.

»Scheiße.«

Rodas ignorierte Slidells Ausbruch.

»Wir hatten ein paar Spuren, telefonische Tipps, einen Zeugen, der sagte, ein Lehrer habe ein ungewöhnliches Interesse an Nellie gezeigt, ein Nachbar, der behauptete, er habe sie in einem Pick-up zusammen mit einem bärtigen Mann gesehen. Aber schließlich wurde der Fall kalt. Wir sind nur eine kleine Abteilung. Ich musste mich anderen Sachen zuwenden. Sie wissen ja, wie das ist.«

Rodas schaute Slidell, dann Barrow an. Fand Augen, die es nur zu gut wussten.

»Aber der Fall hat an mir genagt. Ein solches Mädchen. Sooft ich Zeit hatte, hab ich mir die Akte vorgenommen und gehofft, irgendetwas zu entdecken, das wir übersehen hatten.«

Wieder hüpfte der Adamsapfel.

»Allen Aussagen zufolge war Nellie eher furchtsam. Vorsichtig. Eher nicht geneigt, mit einem Fremden mitzugehen. Wir dachten alle, der Täter wär aus der Gegend. Jemand, den sie kannte. Schätze, wir hatten da einen Tunnelblick. Letztes Jahr dachte ich mir dann, was soll's. Schau über den Tellerrand hinaus. Ich hab's mit dem VICAP versucht.«

Rodas sprach vom *Violent Criminal Apprehension Program* des FBI, einer nationalen Datenbank zur Sammlung und Analyse von Informationen über Morde, Sexualverbrechen, vermisste Personen und andere Gewaltverbrechen. Dieses Archiv enthält ungefähr 150 000 offene und geschlossene Fälle, die von etwa 3800 staatlichen und lokalen Dienststellen eingegeben wurden und Altfälle bis zurück in die 1950er umfassen.

»Ich hab angegeben, was wir hatten, die Vorgehensweise, die Verbrechenssignatur, Tatortmerkmale und -fotos, Details zum Opfer. Nach zwei Wochen kam eine Antwort. Und dann war es doch tatsächlich so, dass unser Profil einem ungelösten Fall hier in Charlotte entsprach.«

»Das Nance-Mädchen.« Slidell redete durch kaum geöffnete Lippen.

»Da hat's nie eine Verhaftung gegeben.« Tinkers erste Worte, seit er Slidell gesagt hatte, dass er vor Ort stationiert sei.

Slidell öffnete den Mund, um etwas zu erwidern. Überlegte es sich anders und schloss ihn wieder.

Ich warf einen flüchtigen Blick zu dem Plastikbehälter. 0903070901. Lizzie Nance. Skinnys eigenes niederschmetterndes Versagen.

Am 17. April 2009 verließ Elizabeth Ellen »Lizzie« Nance den Ballettunterricht, um zur Wohnung ihrer Mutter nur drei Blocks entfernt zu gehen. Sie kam nie zu Hause an. Das Medieninteresse war enorm. Hunderte meldeten sich, um Hotlines zu besetzen, Plakate aufzuhängen und die Waldstücke und Teiche in Lizzies näherer Umgebung abzusuchen. Erfolglos.

Zwei Wochen nach Lizzies Verschwinden wurde in einem Naturreservat nordwestlich von Charlotte eine verweste Leiche gefunden. Sie lag auf dem Rücken, die Beine dicht beieinander, die Arme eng am Körper. Ein schwarzer Gymnastikanzug, eine Strumpfhose und rosafarbene Baumwollunterwäsche umhüllten das faulige Fleisch. Leuchtend blaue Crocs steckten an den Füßen. Rückstände unter den Fingernägeln wurden später als gewöhnliches Kosmetiktuch identifiziert.

Slidell leitete die Mordermittlung. Ich untersuchte die Knochen.

Obwohl ich Tage über dem Mikroskop verbrachte, konnte ich auf dem gesamten Skelett keine einzige Scharte, keinen Schnitt oder Bruch entdecken. Tom Larabee, der Medical Examiner des Mecklenburg County, konnte nicht eindeutig feststellen, ob ein sexueller Übergriff stattgefunden hatte. Die Todesart wurde als Mord angegeben, die Ursache als unbekannt.

Lizzie Nance starb, als sie gerademal elf Jahre alt war.

»Zum Glück hatte Barrow diesen Fall ebenfalls als ungelöst eingegeben. Das System hat die Ähnlichkeiten erkannt.« Rodas hob beide Hände. »Deshalb bin ich hier.«

Ein kurzes Schweigen legte sich über den Raum, Tinker durchbrach es.

»Das ist alles? Zwei ungefähr gleich alte Mädchen? Die noch ihre Kleidung anhatten?«

Niemand reagierte darauf.

»War das Nance-Mädchen nicht viel zu verwest, um eine Vergewaltigung eindeutig ausschließen zu können?«

Slidell stützte die Hände auf den Tisch und beugte sich zu Tinker. Ich unterbrach ihn.

»Der Autopsiebericht stellte erschwerende Faktoren fest. Aber die Kleidung des Mädchens war an Ort und Stelle, und Dr. Larabee war sehr sicher in seiner Schlussfolgerung, dass keine Vergewaltigung stattgefunden hatte.«

Tinker zuckte die Achseln, wohl weil er noch nicht gemerkt hatte, dass seine nonchalante Haltung allen anderen auf die Nerven ging. Oder weil es ihm egal war. »Kommt mir ziemlich schwach vor.«

»Ich bin ja nicht nur wegen des VICAP-Profils hier in Charlotte«, fuhr Rodas fort. »Als wir Nellie fanden, hatte ihre Leiche eineinhalb Tage im Regen gelegen. Ihre Kleidung war durchtränkt von einer Mischung aus Wasser und Verwesungsrückständen. Ich war zwar nicht sehr optimistisch, hab aber alles zur Untersuchung an unser Forensiklabor in Waterbury geschickt. Zu meiner Überraschung hatte einiges an DNS überlebt.«

»Alles von ihr«, vermutete Slidell.

»Ja.«

Rodas stützte die Unterarme auf den Tisch und beugte sich vor.

»Vor achtzehn Monaten hab ich mir die Akte wieder einmal vorgenommen. Und etwas entdeckt, das ich für einen echten Durchbruch gehalten habe. Die Rückstände auf Nellies Hand waren nicht zusammen mit ihrer Kleidung zur Untersuchung weitergeleitet worden. Ich hab die zuständige ME angerufen. Sie hatte noch das Material, das ihr Vorgänger bei der Autopsie unter den Fingernägeln herausgekratzt hatte. War zwar nur ein Schuss ins Blaue, aber ich hab das Material trotzdem einfach nach Waterbury geschickt.«

Rodas schaute jetzt direkt mich an.

Ich erwiderte den Blick.

»Das Material enthielt DNS, die nicht Nellie gehörte.«

»Sie haben das Profil durchs System gejagt?« Tinker stellte die unnötige Frage.

Rodas deutete mit dem Kinn auf den Bericht in meinen Händen. »Schauen Sie sich den Abschnitt mit der Bezeichnung ›Aktualisierte DNS-Ergebnisse‹ an, Dr. Brennan.«

Ich war neugierig, warum er sich gerade an mich gewandt hatte, und tat, wie mir geheißen.

Las einen Namen.

Spürte, wie mir das Adrenalin in die Eingeweide schoss.

2

Der Bericht war kurz und auf Französisch und Englisch abgefasst.

Um zu verstehen, was das eigentlich sollte, las ich den Schlussabsatz noch einmal. In beiden Sprachen.

Bei der DNS-Probe 7426 wurde eine Übereinstimmung gefunden mit der kanadischen Staatsbürgernummer 64899, identifiziert als Anique Pomerleau, W/F, Geburtsdatum: 10.12.75. Die Person ist im Augenblick nicht in Haft.

Anique Pomerleau.

Ich hob die Augen zu Rodas. Seine waren noch immer auf mich gerichtet.

»Sie können sich vorstellen, wie elektrisiert ich war. Jahrelang nichts, und dann erfahre ich, dass DNS sequenziert wurde, die nicht Nellie gehört. Ich hab dem Techniker gesagt, er soll das Profil in CODIS eingeben.«

Wie VICAP ist das *Combined DNA Index System,* der Kombinierte DNS-Index, eine Datenbank, die vom FBI betrieben wird. CODIS verwaltet DNS-Profile und benutzt zwei Indizes, um Ermittlungshinweise zu erzeugen.

Der Index der überführten Täter enthält Profile von Personen, die wegen Straftaten von kleineren Vergehen bis zu sexuellem Übergriff und Mord verurteilt wurden. Der forensische Index enthält Profile, die anhand von Tatortspuren wie Sperma, Speichel oder Blut erstellt wurden. Wenn ein Detective oder Analytiker ein unbekanntes Profil eingibt, durchsucht die CODIS-Software automatisch beide Indizes nach potenziellen Übereinstimmungen.

Eine Übereinstimmung im forensischen Index stellt Verbindungen zwischen Verbrechen her und kann so Serientäter identifizieren. Ausgehend von einem »forensischen Treffer«, können Polizeieinheiten verschiedener Zuständigkeitsbereiche ihre Ermittlungen koordinieren und Hinweise weitergeben.

Eine Übereinstimmung zwischen dem forensischen Index und dem Index der überführten Täter liefert den Ermittlern einen »Tätertreffer«. Einen Verdächtigen. Einen Namen.

Anique Pomerleau.

»Sie ist keine Amerikanerin.« Das war ein lahmer Einwurf, aber ich sagte es trotzdem.

Was ich meinte, war, wie kam Rodas auf diese Verbindung zu einer kanadischen Staatsbürgerin? Unsere Nachbarn über dem neunundvierzigsten Breitengrad nutzen zwar die CODIS-Software, betreiben aber ihr eigenes nationales DNS-Datenarchiv.

»In den Vereinigten Staaten gab es keine Treffer, deshalb habe ich beschlossen, das Profil nach Norden zu schicken. Das ist nicht ungewöhnlich. Hardwick ist weniger als eine Stunde Fahrzeit von der Grenze entfernt.« Rodas deutete auf den Bericht in meiner Hand. »Das stammt aus der kanadischen Nationalen DNS-Datenbank.«

So viel wusste ich. Im Verlauf meiner Arbeit für das Laboratoire des sciences judiciaires et de médecine légale in Montreal hatte ich schon Dutzende solcher Berichte gesehen. Das Pseudoephedrin und das Oxymetazolin, das ich gegen meine Erkältung nahm, beeinträchtigten mein Sprachvermögen.

»Wie sind Sie auf mich gekommen?«, korrigierte ich mich.

»Der Treffer war in Kanada, also schien es logisch, dort anzufangen. Ich habe einen Kumpel bei der Royal Canadian Mounted Police. Er gab den Namen ein und fand eine Anique Pomerleau, die den Identifikationsmerkmalen entsprach. Die *Sûreté du Québec* sucht Pomerleau mit einem Haftbefehl aus dem Jahr 2004.«

»Moment mal. Sie sagen, dass diese Tussi fünf Jahre nach Beginn der Fahndung in Kanada auf einem toten Kind in Vermont ihre DNS hinterlässt?« Tinker, der König des Mitgefühls.

»Der damalige Ermittlungsleiter arbeitet immer noch dort, aber anscheinend ist er vor Kurzem unentschuldigt verschwunden.« Rodas lächelte dünn. »Ich habe das Gefühl, das ist eine ganz andere Geschichte.«

Ich spürte ein leises Pulsieren in meinem Handgelenk. Starrte die zarte blaue Ader an, die sich unter meiner Haut schlängelte.

»Niemand wusste noch viel über die Täterin oder den Fall. Aber ein Coroner hat mich an einen Pathologen vermittelt, der schon seit Ewigkeiten dort arbeitet. Pierre LaManche.

LaManche hat mir erzählt, dass Pomerleau eine Verdächtige in mehreren Fällen gewaltsamen Todes von jungen Mädchen war. Er meinte, ihr Komplize sei ein Kerl namens Neal Wesley Catts gewesen. 2004 hat sich Catts entweder selber erschossen oder wurde von Pomerleau ermordet. Dann verschwand sie.

Ich hab LaManche von der DNS erzählt, die wir an Nellie Gowers Hand gefunden hatten, und von dem VICAP-Treffer Ihres ungelösten Falls hier in Charlotte. Er riet mir, mich mit Dr. Brennan in Verbindung zu setzen.«

Anique Pomerleau.

Das Monster.

Die Einzige, die je davonkam.

Ich bemühte mich um ein ausdrucksloses Gesicht. Hielt den Blick auf das Blutgefäß in meinem Fleisch gerichtet.

»Sie glauben, dass Pomerleau sowohl Gower als auch das Nance-Mädchen umgebracht hat.« Wieder war es Tinker, der das Offensichtliche feststellte.

»Ich halte das für eine Möglichkeit.«

»Wo war sie die ganze Zeit?«

»Wir haben sie zur Fahndung ausgeschrieben. Die SQ ebenfalls, obwohl ich dort nicht viel Begeisterung spüren könnte. Ich kann's ihnen nicht verdenken. Ist zehn Jahre her. Vielleicht ist Pomerleau tot, vielleicht benutzt sie einen Decknamen, und das einzige Foto, das sie haben, stammt aus dem Jahr 1989.«

Ich erinnerte mich. Es war das einzige Foto, das wir damals hatten. Aufgenommen, als Pomerleau ungefähr fünfzehn war.

»Also. Nach Montreal verschwindet Pomerleau für drei Jahre in der Versenkung, taucht dann wieder auf und schnappt sich ein Mädchen in Vermont.« So wie Slidell klang, sprach er die Theorie nur aus, um zu hören, wie sie für ihn selbst klang.

»Als ich das letzte Mal nachgesehen hab, war North Carolina noch ein paar Meilen von der Tundra entfernt«, sagte Tinker. »Wie kam Pomerleau hierher?«

Da keiner darauf reagierte, redete Tinker weiter.

»Die DNS bringt Pomerleau mit diesem Gower-Mädchen in Verbindung. Aber welche Verbindung gibt es zwischen Gower und Nance? Ich habe es schon einmal gesagt und sage es wieder. Es ist traurig, aber jeden Tag werden Kinder ermordet. Was macht Sie so sicher, dass wir es hier mit einem einzigen Täter zu tun haben?«

Meine Nebenhöhlen fühlten sich plötzlich an, als wollten sie jeden Moment explodieren. Verstohlen drückte ich mir eine Hand an die Wange. Meine Haut war glühend heiß. Legte der Virus noch einmal nach? Oder war es der Schock über das, was ich hier alles gehört hatte?

Während ich nach einem Papiertaschentuch griff, um mich zu schnäuzen, zählte Rodas, beim Daumen anfangend, die Punkte an den Fingern ab.

»Jedes Opfer war weiblich. Jedes war zwischen elf und vierzehn Jahren alt. Jedes verschwand am helllichten Tag von einer öffentlichen Straße – einem Highway, einer städtischen Straße. Jedes wurde an der Erdoberfläche in ungeschützter Umgebung abgelegt – in einem Steinbruch, auf einem Feld. Beide Leichen lagen mit dem Gesicht nach oben, Arme und Beine gerade, die Haare ordentlich.«

»Zu einer Pose arrangiert«, sagte Barrow.

»Eindeutig.«

Rodas wechselte zur linken Hand.

»Beide Opfer waren bekleidet. Beide hatten Reste eines Papiertuchs unter den Fingern. Keines zeigte Hinweise auf

Verletzungen. Keines zeigte Hinweise auf einen sexuellen Übergriff.«

Rodas zog eine Plastikhülle aus seinem Karton und legte sie auf den Tisch. In der Hülle steckte ein Farbfoto mit weißem Rand.

Barrow holte eine ähnliche Abbildung aus dem Plastikbehälter und legte sie neben die von Rodas. Wir alle beugten uns vor, um sie zu betrachten.

Die Fotos waren zweifellos Schulporträts. Die Art, für die wir alle als Kinder posiert haben. Die, die Kinder noch immer jedes Jahr mit nach Hause bringen. Die Hintergründe unterschieden sich. Ein Baumstamm versus gerippter, roter Samt. Aber beide Mädchen schauten direkt und mit demselben verlegenen Lächeln in die Kamera.

»Eins muss ich zugeben«, sagte Tinker. »Sie sind derselbe Typ.«

»Derselbe Typ?« Slidell blies Luft durch die Lippen. »Sie sehen aus wie verdammte Klone.«

»Beide Opfer hatten ungefähr die gleiche Größe und das gleiche Gewicht«, sagte Rodas. »Keinen Pony. Keine Brille. Keine Zahnspange, obwohl das, wie ich vermute, in dieser Altersgruppe ziemlich häufig ist.«

Er hatte recht. Jedes Mädchen hatte helle Haut, feine Gesichtszüge und lange, dunkle, in der Mitte gescheitelte und nach hinten gestrichene Haare. Gower hatte sich ihre hinter die Ohren gesteckt.

Ich schaute mir Lizzie Nance an. Das Gesicht, das ich schon Tausende Male studiert hatte. Ich bemerkte die Sprenkelung karamellfarbener Sommersprossen. Die rote Plastikschleife am Ende jedes Zopfes. Den Schalk in ihren großen, grünen Augen.

Und spürte denselben Kummer. Dieselbe Frustration. Aber jetzt mischten sich neue Gefühle darunter.

Ungebeten stiegen mir Bilder in den Kopf. Ein ausgemergelter Körper, eingerollt wie ein Fötus auf einer provisorischen Pritsche. Gelb-orangene Flammen, die an einer Wand hochtanzten. Blutbespritztes Kristall, das Schatten durch ein düsteres Wohnzimmer kreisen ließ.

Mein Blick wanderte an Slidell vorbei in den hinteren Teil des Raums. Das Fenster dort, wusste ich, schaute auf den Parkplatz hinaus. Und auf die Gebäude der Innenstadt. Und auf die Interstate, die sich unter den Stromnetzen des Nordostens hindurchschlängelte. Und die weit entfernte kanadische Grenze. Und eine Sackgasse neben einem verlassenen Bahnhof. Rue de Sébastopol.

Das Geräusch der Stille brachte mich in die Gegenwart zurück.

»Brauchen Sie eine Pause?«

Barrow musterte mich mit einem merkwürdigen Ausdruck im Gesicht. Alle taten es.

Ich nickte, stand schnell auf und verließ den Raum.

Als ich den Gang entlangeilte, blitzten noch mehr Bilder auf.

Ein Hundehalsband um einen dürren Hals. Dunkle Flüchtlingsaugen, rund und angsterfüllt in einem leichenblassen Gesicht.

Ich schloss die Toilettentür hinter mir, ging zum Waschbecken und hielt die Hände unter den Hahn. Schaute geistesabwesend zu, wie das Wasser mir über die Hände lief. Eine ganze Minute.

Dann formte ich mit meinen Fingern eine Schale und trank.

Schließlich richtete ich mich auf und blickte in den Spiegel. Eine Frau sah mir entgegen, die Handknöchel so weiß wie das Porzellan, das sie umklammerte.

Ich betrachtete das Gesicht. Weder jung noch alt. Haare aschblond, mit einigen grauen Strähnen. Augen smaragdgrün. Die was zeigten? Kummer? Wut? Katarrh und Fieber?

»Reiß dich zusammen.« Die Lippen des Spiegelbilds formten die Worte. »Mach deine Arbeit. Schnapp dir das Ungeheuer.«

Ich drehte den Hahn zu. Riss Papiertücher aus dem Spender und trocknete mir das Gesicht. Schnäuzte mich.

Dann kehrte ich in den Besprechungsraum der CCU zurück.

»– nur sagen, dass es ungewöhnlich ist, keinen sexuellen Aspekt zu finden.« Tinker klang gereizt.

Ich setzte mich wieder.

»Wer weiß, was für diese Arschlöcher sexuell ist!« Slidell lehnte sich nach hinten und zog eine geballte Faust über die Tischplatte.

»Wenn der Täter eine Frau ist, könnten wir es mit ganz anderen Spielchen zu tun haben.«

»Na ja, unser Spiel ist das auf jeden Fall«, blaffte Slidell. Nach einer Pause: »Gower war 2007.«

»Und?«

Slidell warf Tinker einen vernichtenden Blick zu. »Gower war 2007. Also gibt es eine Lücke von drei Jahren zwischen Vermont und dem, was zuvor in Montreal passiert ist. Dann vergeht wieder ein Jahr, und Nance wird hier verschleppt.«

»Worauf wollen Sie hinaus?«

»Auf die Zeitschiene, Sie Idiot.« Slidell sprang auf, bevor Tinker eine Entgegnung abfeuern konnte. »Ich bin hier fertig.«

»Lassen wir es für heute Vormittag gut sein«, sagte Barrow, um zu entschärfen, was in Handgreiflichkeiten auszuarten drohte. »Wir kommen wieder zusammen, wenn Detective

Slidell und Dr. Brennan sich in die Nance-Akte eingearbeitet haben.«

Barrow und Slidell wechselten Blicke. Dann war Slidell verschwunden.

»Das war's dann wohl.« Mit einem knappen Kopfschütteln stemmte Tinker sich vom Tisch hoch.

Rodas schaute Tinker nach, bis er verschwunden war, bevor er mit hochgezogener Augenbraue eine unausgesprochene Frage an Barrow richtete. Barrow bedeutete ihm, zu bleiben.

Rodas lehnte sich wieder zurück. Ich mich ebenfalls.

Einige Minuten später kam Slidell mit einer braunen Aktenmappe in der Hand zurück. Am Deckblatt hing ein Schnappschuss.

Slidell plumpste auf den nächsten Stuhl, zog die Büroklammer ab und legte das Foto neben die beiden Schulporträts.

Wieder spürte ich Adrenalin in mir aufsteigen.

Das Mädchen hatte braune Augen und hell-olivfarbene Haut. Seine haselnussbraunen Haare waren in der Mitte gescheitelt und mit Kämmen hochgesteckt. Ich schätzte sein Alter auf elf bis dreizehn.

»Michelle Leal. Wird Shelly genannt«, sagte Slidell. »Dreizehn. Lebt mit ihren Eltern und zwei Geschwistern in Plaza-Midwood. Am letzten Freitagnachmittag hat ihre Mutter sie zu einem Mini-Markt an der Ecke Central und Morningside geschickt. Gegen Viertel nach vier hat sie dort Milch und M&M's gekauft. Kam nicht mehr nach Hause.«

Ich hatte den Großteil des Wochenendes in einem Medikamentennebel verbracht und war eingedöst, sobald ich den Fernseher einschaltete. Ich erinnerte mich vage an Bruchstücke einer Meldung über ein vermisstes Kind, ein Video über ein Suchteam, das tränenreiche Flehen einer Mutter.

Jetzt sah ich das Gesicht dieses kleinen Mädchens.

»Sie ist nicht wieder aufgetaucht?« Ich schluckte.

»Nein«, sagte Slidell.

»Sie glauben, das hat was mit unseren Fällen zu tun.«

»Schauen Sie sie sich an. Und die Vorgehensweise passt.«

Ich hob den Kopf. Fand Barrows Blick.

»Sie glauben, ich bin das Ziel des Interesses«, sagte ich tonlos.

Barrow versuchte ein beruhigendes Lächeln. Es funktionierte nicht.

»Sie glauben, Pomerleau hat herausgefunden, wo ich lebe, ist hierhergekommen und hat Lizzie Nance umgebracht. Und jetzt Shelly Leal verschleppt.«

»Wir müssen die Möglichkeit in Betracht ziehen«, sagte Barrow leise.

»Das ist der Grund, warum Sie mich heute Morgen hergebeten haben.«

»Das ist ein Grund.« Barrow hielt inne. »Bei alten Fällen haben wir alle Zeit der Welt. Kein Druck von der Öffentlichkeit, den Medien oder den Jungs der oberen Gehaltsklassen. Bei Shelly Leal wird das nicht so sein.«

Ich nickte.

»Vielleicht ist das Mädchen bereits tot«, sagte Slidell. »Vielleicht auch nicht. Gower wurde acht Tage nach ihrer Entführung gefunden. Wenn Leal noch lebt, könnten wir es mit einem sehr schmalen Zeitfenster zu tun haben.«

Barrow übernahm wieder. »Sie sind mit Pomerleaus Denkweise vertraut, ihrer Vorgehensweise.«

»Ich bin Anthropologin, keine Psychologin.«

Barrow hob beide Hände. »Verstanden. Aber Sie waren dabei. Das ist ein Grund, warum wir Ihre Hilfe brauchen.«

»Und der andere?«

»Ein Detective namens Andrew Ryan war der Ermittlungs-leiter im Pomerleau-Fall. Es heißt, Sie kennen den Mann per-sönlich.«

Hitze stieg mir ins Gesicht. Das hatte ich nicht kommen sehen.

»Wir wollen, dass Sie ihn finden.«

3

»Ich halte mich über Detective Ryans Aufenthaltsort nicht auf dem Laufenden.«

Mein Herz pumpte noch immer Blut in die Wangen. Ich hasste es. Hasste es, dass ich so leicht zu durchschauen war.

Barrow hatte die Angewohnheit, sich häufig zu räuspern. Das tat er auch jetzt.

»Sie haben lange mit Ryan zusammengearbeitet, richtig?«

Ich nickte.

»Wissen Sie, warum er verschwunden ist?«

»Seine Tochter ist gestorben.«

»Plötzlich?«

»Ja.« An einer Überdosis Heroin.

»Alter?«

»Zwanzig.«

»Das würde jeden aus der Bahn werfen.«

Ich schaute auf meine Uhr. Ein reiner Reflex. Ich wusste, wie spät es war.

»Inzwischen sind fast zwei Monate vergangen, und kein Mensch hat eine Ahnung, wohin dieser Ryan verschwunden ist.«

Ich sagte nichts.

»Hat er mit Ihnen je über Lieblingsorte gesprochen? Orte, die er besuchen wollte? Orte, wo er Urlaub machen wollte?«

»Ryan ist kein Urlaubstyp.«

»Dieser Kerl hat einen ziemlichen Ruf.« Rodas grinste. »Nach dem, was dort oben geredet wird, hat er so ziemlich jeden Mordfall seit der Schwarzen Dahlie aufgeklärt.«

»Elizabeth Short wurde in L.A. getötet.«

Jetzt färbte Verlegenheit auch Rodas' Wangen. Oder etwas anderes.

»Ryan hat den Fall Pomerleau bearbeitet«, sagte Barrow. »Wir könnten seinen Input wirklich gut gebrauchen.«

»Viel Glück«, erwiderte ich in gereiztem Ton. Auf Druck reagiere ich nicht sehr höflich.

»LaManche vermittelte mir den Eindruck, dass Sie und Ryan sich nahestehen.«

Ich konnte meinen Impuls, aufzustehen und zu gehen, gerade noch unterdrücken.

»Tut mir leid. Das kam jetzt falsch heraus.«

Nein, Detective Rodas, das kam schon ganz richtig heraus. Ryan und ich teilen uns mehr als Mordfälle. Wir teilen uns Erinnerungen, Zuneigung. Früher teilten wir sogar das Bett.

»Ich wollte damit nur sagen, LaManche meinte, wenn irgendjemand Ryan finden kann, dann Sie.«

»Ihn aus der Kälte holen?«

»Ja.«

»So was passiert nur in Büchern.«

Originalakten verlassen nie die Einsatzzentrale der CCU. Nachdem ich Slidell, Barrow und Rodas alles erzählt hatte, was ich noch über Anique Pomerleau wusste, machte ich mich daran, den Inhalt des Plastikbehälters zu fotokopieren.

Slidell ging, um einen Anruf entgegenzunehmen. Er kam nicht mehr zurück.

Kurz vor eins klingelte mein Handy. Tim Larabee wollte, dass ich Überreste untersuchte, die man im Kofferraum eines Subaru auf einem Schrottplatz gefunden hatte.

Mein Kopf fühlte sich an wie Blei, meine Kehle wie heißer Kies. Und von den Tonerdämpfen wurde ich schon fast ohnmächtig.

Scheiß drauf.

Ich legte Slidell eine Kopie der Nance-Akte auf den Tisch. Dann holte ich mir einen Karton, packte meine Kopie hinein und ging.

Anstatt zum Institut des Medical Examiners zu fahren, rief ich Larabee an, um mich bei ihm wegen Krankheit zu entschuldigen. Dann steuerte ich meinen Mazda zu einer Enklave überteuerter Residenzen unter Bäumen, die so groß waren, dass das Sommerlaub die Straßen in Tunnels verwandelte. Myers Park. Mein Viertel.

Minuten später bog ich von der Queens Road in eine kreisrunde Auffahrt ein, die zu dem pompösen georgianischen Backsteinpalast führt, der über Sharon Hall thront. Mein Wohnkomplex.

Ich fuhr an der Remise vorbei zu einem winzigen zweistöckigen Bau in einem Winkel des Grundstücks. Der »Annex«, Geburtsdatum und ursprünglicher Zweck unbekannt. Mein Zuhause.

Ich schloss die Tür auf und rief.

»Hey, Bird.«

Keine Katze.

Ich stellte den Karton auf die Anrichte und schaute mich in der Küche um. Die Jalousien waren nach unten gestellt und warfen goldene Streifen auf den Eichenboden.

Der Kühlschrank summte. Ansonsten war es still wie in einer Krypta.

Ich stieß eine Pendeltür auf, durchquerte das Esszimmer und stieg ins Obergeschoss.

Birdie lag zusammengerollt auf meinem Bett. Beim Geräusch meiner Bewegungen hob er den Kopf von den Pfoten. Schaute erschrocken. Vielleicht verärgert. Bei Katzen ist das schwer zu sagen.

Ich warf meine Handtasche auf den Stuhl, dann meine Klamotten. Nachdem ich mir einen Trainingsanzug angezogen hatte, schluckte ich zwei Tabletten zum Abschwellen der Schleimhäute und schlüpfte unter die Decke.

Mit geschlossenen Augen lauschte ich vertrauten Geräuschen und versuchte, nicht an Anique Pomerleau zu denken. Versuchte, nicht an Andrew Ryan zu denken. Das stetige Tropfen des Wasserhahns im Bad. Das leise Kratzen eines Magnolienzweigs am Fliegengitter. Das rhythmische Schnurren der Luft, die an Birdies Stimmbändern vorbeiströmte.

Plötzlich plärrte Journey los. *Don't Stop Believin'…*

Meine Lider sprangen auf.

Das Zimmer lag im Halbdunkel. Ein dünnes, graues Rechteck umriss den Schatten.

Hold on…

Ich drehte mich auf die Seite. Die leuchtend orangenen Ziffern auf dem Wecker zeigten 16 Uhr 45.

Ich stöhnte.

Die Musik hörte abrupt auf. Ich stolperte zu meiner Handtasche, riss mein iPhone heraus und schaute auf die Anruferkennung. Stöhnte noch einmal.

Ich setzte mich auf die Bettkante und drückte Rückruf. Slidell hob sofort ab. Hintergrundgeräusche deuteten darauf hin, dass er in einem Auto saß.

»Ja.«

»Sie haben angerufen.«

»Sagen Sie mir, dass das keine neue Epidemie ist.«

Mein pillenbenebeltes Hirn konnte damit nichts anfangen.

»Erst macht Ryan die Fliege, dann Sie.«

Im Ernst? »Es war mir eine Freude, die Kopien für Sie anzufertigen«, sagte ich.

Slidell machte ein Geräusch, das »Danke« bedeuten sollte.

»Sie sind doch selber auch verschwunden.« Ich riss ein Papiertuch aus dem Spender und hielt es mir an die Nase.

»Musste einer Spur in der Leal-Sache nachgehen.«

»Was für eine Spur?«

»Ein Kerl, der am Freitagnachmittag über die Morningside ging, hat ein Mädchen in ein Fahrzeug einsteigen sehen. Meinte, sie hätte erschrocken ausgesehen.«

»Soll heißen?«

»Soll heißen, dass der Typ den IQ von Linsensuppe hat. Aber die Zeitschiene passt, und die Skizze des Kerls von dem Mädchen kommt ungefähr hin.«

»Hat er das Kennzeichen gesehen?«

»Zwei Ziffern. Was ist denn mit Ihrer Stimme los?«

»Das könnte ein Durchbruch sein.«

»Könnte aber auch sein, dass der Trottel halluziniert.«

»Was ist das zwischen Ihnen und Tinker?«

»Der Kerl ist wie etwas, das in Roswell aus einer Untertasse gekrochen ist.«

Slidells negative Einstellung überraschte mich nicht. Sein Wissen über den angeblichen UFO-Vorfall schon.

»Geht's nur darum, dass Tinker ein Staatlicher ist?«

»Ist doch alles Blödsinn.«

»Was meinen Sie?«

»Das SBI hat in letzter Zeit von der Presse einiges abbe-

34

kommen. Und jetzt hat irgendein Arschloch in Raleigh beschlossen, dass die Aufklärung einer Mordserie mit Kindern genau der Kick ist, den sie brauchen.«

Seit 2010 wurde das SBI von einem Skandal um die Abteilung Serologie und Blutflecken seines Forensiklabors erschüttert. Der Generalstaatsanwalt von North Carolina hatte eine Untersuchung in Auftrag gegeben, und die Ergebnisse waren niederschmetternd. Fehlerhafte Laborberichte. Weglassen widersprüchlicher Ergebnisse. Ein Abteilungsleiter, der in Bezug auf seine Ausbildung gelogen, vielleicht einen Meineid geschworen hatte. Haufenweise voreingenommene Ermittlungen.

Verteidiger führten im ganzen Staat Freudentänze auf.

Berufungen wurden eingelegt. Verurteilungen wurden aufgehoben. Die folgende Lawine von Schadenersatzprozessen würde North Carolina Millionen kosten.

Die Medien drehten durch.

Am Ende rollten dann Köpfe, auch der des Labordirektors. Der Gesetzgeber erließ eine Reihe von Reformen. Verfahren und Strategien wurden aufgemöbelt. Der Zulassungsprozess wurde geändert.

Das SBI kämpfte noch immer darum, seine Glaubwürdigkeit zurückzugewinnen.

Hatte Slidell recht? Drängte sich das Bureau in unsere Ermittlungen, weil es sein Image aufpolieren wollte?

»Sie glauben, Tinker wurde nur aus politischen Gründen in unsere Besprechung heute Vormittag geschickt?«

»Nee. Er mag die Gürkchen, die es unten in der Cafeteria gibt.«

»Nance ist seit Jahren kalt. Ist es für das SBI denn nicht riskant, auf einer Beteiligung an einem so alten, ungelösten Fall zu bestehen?«

»Wenn die Öffentlichkeit eine Aufklärung kriegt, sind sie Helden. Wenn nicht, dann sind wir die Trottel, die es verbockt haben.«

Ich musste zugeben, das klang einleuchtend.

»Input vom SBI muss nicht unbedingt was Schlechtes sein. Vielleicht kann Tinker uns ja helfen. Sie wissen schon, einen anderen Blickwinkel einbringen.«

»Das Arschloch sitzt mir schon jetzt im Nacken.«

»Soll heißen?«

»Soll heißen, ich stehe ganz oben auf seiner Kurzwahlliste.«

»Vielleicht hat er Ihnen ja was Zweckdienliches zu sagen.«

»Er will sich nur in meinen Fall einschleimen.«

Da ich spürte, dass eine weitere Diskussion über Tinker unproduktiv sein würde, wechselte ich das Thema.

»Was halten Sie von Rodas?«

»Was soll die Jagdmütze? Nirgendwo ist Bärensaison.«

»Genau genommen schon. In einigen Countys.«

»Der Kerl scheint ganz okay zu sein.«

»Sein Vorname ist Umpie.«

»Im Ernst?«

»Im Ernst.«

»Vielleicht muss ich meine Meinung ja überdenken. Hören Sie, während ich hier mit Leal beschäftigt bin, wie wär's, wenn Sie sich Nance noch mal vornehmen? Vielleicht springt Sie ja irgendwas an.«

»Klar.« Ich schloss einen Moment die Augen. Knüllte das Taschentuch neu zusammen. »Glauben Sie, dass Sie sie lebend finden?«

»Ich muss wieder auf die Straße.«

Dreimal Piepen, dann tote Leitung.

Birdie war in der Küche und starrte seine Schüssel an. Ich füllte sie ihm.

36

Kein Appetit, aber ich zwang mich zu essen. Toast mit Thunfisch. Was für ein Gourmetmahl.

Danach ging ich mit der Nance-Akte ins Esszimmer und breitete die Ordner auf dem Tisch aus. Ich fing mit der Fallzusammenfassung an, die ich bereits durchgeblättert hatte.

Die Erkältungsmedikamente rauschten noch immer durch meinen Körper. Und das neuerliche Hervorkramen des Grauens am Vormittag hatte mein Nervenkostüm durchgeschüttelt. Anstelle von Lizzie Nance sah ich das alte Haus an der Rue de Sébastopol. Den feuchten Keller, in dem Pomerleau und Catts ihre Opfer eingesperrt hatten.

Der Fall hatte sehr still angefangen. Das ist oft so. Ein Pizzaservice. Undichte Rohre. Eine längst vergessene Treppe.

Wer weiß, warum der Klempner sich in den Kellner hinuntergewagt hatte. Wie er den Oberschenkelknochen entdeckt hatte, der aus der Erde herausragte.

Der Eigentümer hatte die Polizei gerufen. Die Polizei hatte mich gerufen.

Ich grub drei partielle Skelette aus, eines in einer Kiste, zwei nackt in flachen Gräbern verscharrt. Ich brachte sie zur Analyse in mein Institut.

Junge Mädchen.

Ein Verbrechen. Daran dachte zunächst niemand. Die Knochen waren vermutlich uralt, wie das rattenverseuchte Gebäude, unter dem sie gelegen hatten.

Radioaktive Isotope widerlegten diese Theorie.

Auch diesen Fall hatte Ryan bearbeitet. Und ein Stadtpolizist namens Luc Claudel.

Letztendlich erfuhren wir die Namen der Toten. Und die Namen ihrer Mörder.

Aber es blieben Fragen offen.

Die Knochen lieferten keinen Hinweis zur Todesursache.

Waren die Mädchen verhungert? An Misshandlungen gestorben? Weil sie nicht mehr den Willen gehabt hatten, noch einen weiteren Tag in der Hölle zu verbringen?

Aus einem Tagebucheintrag erfuhren wir von einer Gefangenen. Ihre Überreste fanden wir nie. Kimberly Harris. Hamilton. Hawking. Wo war diese junge Frau, an deren Namen ich mich nicht erinnern konnte? Lag sie irgendwo in einem unmarkierten Grab? Andere vielleicht auch noch?

Ein Opfer hatte überlebt, und seit der Zeit dachte ich immer wieder einmal an sie. Und fragte mich: Ist nach Jahren der Isolation und der Folter eine völlige Genesung möglich? Nachdem einem eine Wahnsinnige die Kindheit gestohlen hat?

Auch Andrew Ryan drängte sich in meine Gedanken. Noch mehr Bilderfetzen.

Ryans Gesicht, aus der Dunkelheit herausgemeißelt vom sanften, gelben Licht über meiner Türschwelle.

Ryans Tränen, als er über Lilys Tod sprach. Seine Verlegenheit, weil er sie vergossen hatte.

Ryans Rücken, der langsam mit der Nacht verschmolz.

Ryan informierte seine Vorgesetzten nicht, nahm keinen Urlaub. Er sagte niemandem, wohin er wollte oder wann er zurückkehren würde. Falls er zurückkehren würde.

Dazu zählte auch ich.

Ich hatte den Schmerz betäubt, indem ich Ryan aus meinen Gedanken verbannte.

Als ich mich jetzt zu konzentrieren versuchte, stürzte alles wieder auf mich ein.

Ermordete Kinder in Montreal. Ermordete Kinder in Vermont, möglicherweise in Charlotte. Das Undenkbare. Die entsetzliche Möglichkeit, dass Anique Pomerleau wieder aktiv war.

Der Druck, einen Mann zu finden, den zu vergessen ich mich gezwungen hatte.

Ihn zu überreden, in eine Welt zurückzukehren, der er den Rücken gekehrt hatte.

Und Fieberwellen, die mich überrollten.

Um neun gab ich auf.

Nach einer dampfend heißen Dusche schluckte ich noch zwei Tabletten und fiel wieder ins Bett.

Es waren nur Augenblicke vergangen, als das Festnetztelefon läutete.

Die Stimme traf mein erschöpftes, medikamentenverstopftes Hirn völlig unvorbereitet.

4

Ich liebe die Berge der Carolinas. Ich liebe es, die schmalen Straßen entlangzufahren, die sich wie schwarze Bänder zwischen den buckligen Riesen hindurchschlängeln.

Die Schönheit dieses Morgens ging völlig an mir vorbei. Ich hatte nicht die Zeit. Und war nicht in der Verfassung für einen Ausflug in die Blue Ridge Mountains.

Die Uhr am Armaturenbrett zeigte 7 Uhr 44. Ich war seit zwei Stunden wach, seit neunzig Minuten auf der Straße.

Überraschenderweise fühlte ich mich gut. Oder wenigstens besser. Ein Hoch auf die Chemie.

Kurz vor Marion verließ ich den Highway 229 nach Osten. Die Sonne schwebte über dem Horizont, ein gelb-orangener Ball, der mir nach jeder Kurve aufs Neue zublinzelte. Lange, schräge Strahlen erleuchteten den Dunst, der noch in den Senken zwischen den Bergrücken hing.

Ich kam an einer Wiese vorbei, auf der eine schokoladenbraune Stute dicht neben ihrem Fohlen graste. Beide hoben, nur leicht überrascht, den Kopf und stellten die Ohren auf, grasten dann weiter.

Nach wenigen Minuten lugte ein Schild aus dem Laubwerk rechts von mir. Schmiedeeiserne Schrift kündigte diskret die Einfahrt zur *Heatherhill Farm* an. Wenn du nicht weißt, dass wir hier sind, fahr einfach weiter.

Ich bog auf einen unmarkierten Asphaltstreifen ein, der schnurgerade zwischen riesigen Azaleen und Rhododendren hindurchführte. Als ich das Fenster herunterließ, aromatisierte eine frühmorgendliche Mischung den Innenraum. Nadelhölzer, nasses Laub, feuchte Erde.

Bald kam ich an Gebäuden vorbei, manche klein, andere groß, doch alle sahen aus wie eine Filmkulisse aus den 1940ern. Efeuumwucherte Kamine, lange Veranden, weiße Außenverkleidung, schwarze Fensterläden.

Ich wusste, dass die sechzehn Hektar von Heatherhill viele Gebäude beherbergten. Ein Behandlungszentrum für chronische Schmerzen. Ein Fitness-Studio. Eine Bibliothek. Einen Computerraum. Annehmlichkeiten für die Wohlhabenden mit Problemen.

Ich kannte das alles nur zu gut.

Hinter dem vierstöckigen Hauptkrankenhaus bog ich auf eine Nebenstraße ein, fuhr an niedrigen Gebäuden vorbei, in denen die Verwaltung und die Aufnahme untergebracht waren, und bog dann noch einmal links ab. Die winzige Gasse endete fünfzig Meter weiter in einem von einem weißen Lattenzaun begrenzten Kiesrechteck.

Ich parkte, schnappte mir Jacke und Handtasche und stieg aus.

Hinter einem Tor im Zaun führte ein Plattenweg zu einem kleinen Bungalow. Auf dem Schild über der Tür stand *River*

House. Ich atmete einmal tief durch und ging dann darauf zu.

Innen sah das River House wie ein x-beliebiges Berg-Cottage aus. Ideal für jemanden, der Reproduktionen von Antiquitäten liebte und jede Menge Kohle hatte.

Der Fußboden bestand aus breiten Holzdielen und war belegt mit Oushaks und Sarouks, die mehr kosteten als mein Haus. Die Polstermöbel waren in Tönen gehalten, die Raumgestalter wahrscheinlich Pilz und Moos nannten. Die Holzelemente waren auf alt getrimmt.

Ich durchquerte den Salon, vorbei an Gasfeuern, die in steinernen Kaminen züngelten, und verließ das Haus durch die Glasdoppeltür an der Rückseite. Auf der Terrasse standen ein Teakholztisch und dazu passende Stühle, mehrere Pflanzgefäße mit Stiefmütterchen und Ringelblumen sowie vier Chaiselongues mit leuchtend melonenroter Polsterung.

Die entfernteste dieser Liegen war einige Meter von den anderen weggerückt und umgedreht worden. Darauf lag eine Frau mit kurz geschnittenen, weißen Haaren. Vor ihr auf dem Geländer der Veranda stand ein dicker Keramikbecher.

Die Frau trug eine Kakihose und einen irischen Pullover, der ihr bis zur Mitte der Oberschenkel reichte. An den Füßen hatte sie Ballerinas, deren lederne Spitzen perfekt zur Farbe ihrer Hose passten.

Ich beobachtete sie einen Augenblick. Die Frau saß reglos da, die Hände im Schoß verschränkt, den Blick auf den Wald gerichtet, der noch im morgendlichen Schatten lag.

Als ich mich näherte, hallten meine Schritte laut in der Stille.

Die Frau drehte sich nicht um.

»Tut mir leid, dass ich es gestern Abend nicht mehr geschafft habe.« Fröhlich wie bei einem Kindergeburtstag.

Keine Reaktion.

Ich zog mir eine Liege heran und stellte sie parallel zu ihrer. Setzte mich seitlich darauf, sodass ich die Frau anschauen konnte.

»Deine neue Frisur gefällt mir.«

Nichts.

»Die Fahrt war gut. Hab's unter zwei Stunden geschafft.«

Meine Anwesenheit wurde auch weiter nicht gewürdigt.

»Gestern Abend hast du sehr aufgeregt geklungen. Geht's dir wieder besser?«

Auf dem Geländer landete ein Vogel. Eine Spechtmeise, vielleicht ein Seidenschwanz.

»Bist du sauer auf mich?«

Der Vogel legte den Kopf schief und betrachtete mich mit einem glänzenden, schwarzen Auge. Die Frau überkreuzte ihre Fußgelenke. Der Vogel erschrak und flog davon.

»Ich hatte vor, zu Thanksgiving zu kommen.« Noch immer an ihr Profil gerichtet. »Das ist nächsten Donnerstag.«

»Das ist mir klar. Ich bin doch keine Idiotin.«

»Natürlich nicht.«

Eine Fliege landete auf dem Becher. Ich sah zu, wie sie vorsichtig den Rand entlangkrabbelte, mit Fühlern und Vorderbeinen das Material erspürte. Tastend. Unsicher, was sie erwartete. Ich hatte totales Mitgefühl mit ihr.

»Hast du gewusst, dass der Carrantuohill der höchste Berg Irlands ist?« Die Frau löste die Hände voneinander und legte sie auf die Armlehnen. Die Haut zeigte Altersflecken, die Nägel waren perfekte, mit Dusty Rose lackierte Ovale.

»Nein.«

»Er liegt im County Kerry. Tausendfünfzig Meter über dem Meeresspiegel. Nicht gerade das, was ich mir unter einem Berg vorstelle.«

Ich streckte die Hand aus und legte sie auf die ihre. Ihre Knochen fühlten sich zerbrechlich an.

»Wie geht's dir?«, fragte ich.

Eine wollbestrickte Schulter hob sich unmerklich.

»Du hast gesagt, du möchtest mir was mitteilen.«

Die freie Hand der Frau hob sich, zögerte, als wisse sie nicht ganz genau, warum sie es getan hatte. Senkte sich wieder.

»Geht's dir nicht gut?«

Wieder die Schulter.

»Mama?«

Ein tiefes Seufzen.

Es heißt, die Tochter wird zu einer Variation der Mutter. Eine andere Lesart eines alten Textes. Die Neuinterpretation eines bestehenden Charakters.

Ich betrachtete das Gesicht, das mit Cremes und Straffungen und Injektionen so sorgsam konserviert wurde. Mit breitkrempigen Hüten im Sommer und Kaschmirschals im Winter.

Das Fleisch war schlaffer, die Falten tiefer, und die Lider hingen ein wenig. Ansonsten war es das Spiegelbild, das ich in der Toilette im LEC gesehen hatte. Die grünen Augen, das entschlossene Kinn.

Ich weiß, dass ich meiner Mutter äußerlich sehr ähnlich bin. Aber ich habe immer geglaubt, dass die Ähnlichkeit da endet. Dass ich eine Ausnahme bin. Eine Ausnahme zur Regel.

Ich bin nicht meine Mutter. Ich werde es nie sein.

Ärzte, Psychiater, Psychologen. So viele Diagnosen. Bipolar. Schizoaffektiv. Schizo-bipolar. Suchen Sie sich was aus.

Lithium, Carbamazepin, Lamotrigin, Diazepam, Lorazepam.

Kein Medikament wirkte je lange. Keine Behandlung

griff. Wochenlang konnte meine Mutter der herzliche, vitale Mensch sein, den ich liebte, eine Frau, die Sonnenschein in jeden Raum brachte, den sie betrat. Glücklich, lustig, klug. Doch dann griffen die Dämonen wieder nach ihr.

Kurz gesagt: Meine Mutter hat einen kapitalen Vogel.

Wenn in meiner Kindheit sich die Schwärze über meine Mutter senkte, packte sie ihre Louis-Vuitton-Koffer, küsste Harry und mich und verschwand in dem alten Buick mit Daddy am Steuer. Später mit Oma.

Aber für Daisy Brennan, geborene Katherine Daessee Lee, gab es keine öffentlichen Krankenhäuser. Im Lauf der Jahre besuchte Mama Dutzende privater Einrichtungen, jede mit einem Namen, der Heilung im Schoß der Natur versprach. Silver Birch, Whispering Oaks, Sunny Valley.

Doch Mama ging nie ein zweites Mal hin. Immer passte irgendetwas nicht. Das Essen, das Zimmer, die Aufmerksamkeit des Personals.

Bis auf Heatherhill. Hier stimmte die Speisekarte, und sie hatte ihr eigenes Zimmer mit Bad. Und nach so vielen Besuchen durfte sie nun bleiben, solange sie wollte. Solange der Familienfonds der Lees blechte.

Mama sprach, ohne mich anzuschauen, mit einer Stimme so sanft und honigsüß wie Charleston im August.

»In diesem anderen Zimmer werde ich sehen können.«

Das Zitat jagte mir einen Schauer über den Rücken.

»Helen Keller.« Mama liebte Kellers Geschichte, erzählte sie oft, als Harry und ich noch Kinder waren.

Mama nickte.

»Sie sprach vom Tod.«

»Ich bin alt, mein Liebling. Das passiert uns allen.«

War das eine List? Ein neuer Trick, um meine Aufmerksamkeit zu erschleichen? Eine Wahnvorstellung?

»Schau mich an, Mama«, sagte ich strenger, als ich beabsichtigt hatte.

Zum ersten Mal drehte sie mir nun das Gesicht zu. Ihr Ausdruck war heiter und gelassen, ihr Blick klar und gefasst. Die Sonnenschein-Mama.

Wäre ich noch jünger gewesen, hätte ich versucht, eine Erklärung aus ihr herauszuquetschen. Inzwischen war ich schlauer.

»Ich werde mit Dr. Finch sprechen.«

»Das ist eine ausgezeichnete Idee.« Die maniküre Hand löste sich aus meiner und strich mir übers Knie. »Es bringt doch nichts, die wenige Zeit zu vertun, die wir noch miteinander haben.«

Hinter uns ging die Glastür auf. Und wieder zu.

»Wie geht's dir, mein Liebling? Was beschäftigt dich zurzeit?«

»Nichts Besonderes.« Ermordete Kinder. Eine perverse Mörderin, von der ich gehofft hatte, nie mehr mit ihr zu tun zu haben.

»Triffst du dich immer noch mit diesem jungen Mann?«

Das brachte mich aus der Fassung.

»Was für ein junger Mann?«

»Dein frankokanadischer Detective. Seid ihr beiden immer noch ein Thema?«

Die Eine-Million-Dollar-Frage. Aber woher wusste Mama Bescheid?

»Hat Harry dir erzählt, dass ich mit jemandem gehe?« Wirklich? Mit jemandem gehen? Trifft diese Formulierung auf die komplexen Rituale der über Vierzigjährigen überhaupt zu?

»Natürlich hat sie das. Deine Schwester und ich haben keine Geheimnisse.«

»Harry würde ein bisschen mehr Diskretion sehr guttun.«

»Harry ist in Ordnung.«

Wenn vier Ehemänner, extreme Genusssucht und eine unersättliche Gier nach männlicher Aufmerksamkeit als in Ordnung durchgehen.

Mama beugte sich zu mir und machte etwas mit ihren Augenbrauen, das eine Aufforderung zu mehr Vertrautheit sein sollte.

Es hatte keinen Zweck, ihr die zu verweigern.

»Ich habe ihn in letzter Zeit nicht gesehen.«

»Ach du meine Güte. Hat er dich sitzen lassen?«

»Seine Tochter ist gestorben. Er musste für eine Weile allein sein.«

»Gestorben?« Die perfekt gezupften Augenbrauen stiegen in die Höhe.

»Sie war krank.« In gewisser Weise stimmte das.

»Ach, wie unsagbar traurig.«

»Ja.«

»Hast du noch Kontakt mit – wie hieß der Herr gleich wieder?«

»Andrew Ryan.«

»Das ist ein wunderbarer Name. Hast du mit ihm seit dem Tod seines Kindes kommuniziert?«

»Ein Besuch und eine E-Mail.«

»O je. Klingt nicht nach großer Zuneigung.«

»Hm.«

»Hat er dir gesagt, wohin er geht?«

»Er hat es niemandem gesagt«, rechtfertigte ich mich.

»Aber andere suchen nach ihm?«

Mama konnte man nicht ausweichen.

»Einige Detectives hätten gern seine Mithilfe bei einem Fall.«

»Ist das etwas, das zu schändlich ist für Worte?«

Mama interessierte sich schon immer sehr für meine Arbeit. Für meine »verlorenen Seelen«, wie sie die namenlosen Toten nannte.

Da ich keine Gefahr darin sah, berichtete ich ihr von den Altfallermittlungen, die Vermont und Charlotte betrafen. Anique Pomerleau und Montreal. Von Shelly Leal sagte ich nichts.

Mama stellte ihre üblichen Fragen: Wer, wann, wo? Dann lehnte sie sich zurück und schlug die Füße anders übereinander.

Ich wartete. Nach einer ganzen Minute sagte sie: »Und diese anderen Detectives glauben, dass Andrew Ryan diese grässliche Frau finden kann?«

»Ja.«

»Und du?«

»Vielleicht.« Wenn er sein Hirn noch nicht in Schnaps ertränkt hat. Nicht selbst in Kummer und Selbstmitleid ertrunken ist.

»Dann werden wir ihn finden.«

Ich schnaubte.

Mama straffte das Kinn.

»Es tut mir leid. Ich weiß, dass du andere Sachen im Kopf hast. Du musst dich auf deine Genesung konzentrieren. Ich bezweifle nicht, dass du ihn finden kannst.«

Ich tat es wirklich nicht.

Als meine Mutter mit achtundfünfzig Jahren aus einem besonders tiefen Tal wieder herausgekommen war, hatte ich ihr ihren ersten Computer gekauft, einen iMac, der mehr gekostet hatte, als ich mir damals leisten konnte. Ich hatte wenig Hoffnung, dass sie die Cyberwelt attraktiv finden würde, aber ich suchte dringend nach etwas, das sie beschäftigen würde. Etwas anderes als ich.

47

Ich zeigte ihr, wie man E-Mail, Textverarbeitung, Tabellenkalkulation und das Internet benutzte. Erklärte ihr, wie Browser und Suchmaschinen funktionierten. Zu meiner Überraschung war sie fasziniert. Mama belegte Kurs um Kurs. Lernte, mit iTunes, Myspace, Facebook, Twitter und Photoshop umzugehen. Schließlich, und das war typisch für sie, beherrschte sie den neuen Sport besser als ich.

Ich würde meine Mutter nicht als Hackerin bezeichnen. Sie interessiert sich nicht für die Geheimnisse des Verteidigungsministeriums und der NASA. Sammelt keine Kredit- oder Bankkartennummern. Trotzdem. Wenn sie an etwas dran ist, gibt es nichts, was sie dem World Wide Web nicht entlocken kann.

»Hast du seine letzte E-Mail noch?«, fragte Mama.

»Schätze, ich kann sie finden. Aber er hat nur geschrieben, dass —«

»Bin gleich wieder da.«

Bevor ich etwas einwenden konnte, war sie aufgesprungen und im Haus verschwunden. Augenblicke später kehrte sie mit einem Mac von der Größe eines Modemagazins zurück.

»Du benutzt Gmail, oder, meine Liebe?« Sie klappte den Deckel auf und tippte eine Zeichenfolge ein.

Ich nickte.

Sie klopfte auf ihre Liege. Als ich mich neben sie setzte, stellte sie mir den Laptop auf die Knie.

»Hol sie auf den Bildschirm.«

Ich loggte mich bei meinem Provider ein und gab einen Code ein, von dem ich glaubte, dass er funktionieren würde. Sekunden später erschien Ryans E-Mail auf dem Monitor. Ich öffnete sie.

Mir geht's gut. Fehlst mir. AR.

Ich gab den Computer Mama zurück. Sie drückte auf ein

Rechteck rechts des Antwortpfeils. Aus einem Auswahlmenü wählte sie den Befehl ORIGINAL ZEIGEN.

Ein Datenblock erschien. Der Schrifttyp sah aus wie etwas, das der Rechner produziert hatte, den ich im Grundstudium benutzt hatte.

Mama deutete auf eine Zeile etwa in der Mitte. Die Kopfzeile lautete ERHALTEN. Eingebettet in das Zeichengewirr war eine Folge von durch Gedankenstriche unterteilten Ziffern.

»Jede E-Mail hat eine IP-Adresse. Sie ist ungefähr dasselbe wie die Absenderadresse bei einem normalen Brief. Das da ist unser Baby.«

Sie markierte die Nummernfolge und kopierte sie in die Ablage. Dann schloss sie Gmail und rief eine Website namens ipTRACKERonline.com auf.

»Jetzt betreiben wir ein wenig Geolocation.«

Nachdem sie die Nummernfolge in ein Kästchen in der Mitte des Bildschirms kopiert hatte, drückte sie auf ENTER. Binnen Sekunden erschien ein Satellitenfoto von Google Earth. Darauf war ein roter Marker, dessen Spitze in der Erde steckte.

Unter der Karte waren in drei Kategorien unterteilte Informationen. Über den Provider, das Land und die Zeit.

Ich schaute mit die mittlere Spalte an. Land. Region. Stadt. Postleitzahl.

Ich schaute Mama an.

»So einfach ist das?«

»So einfach ist das.«

Sie klappte den Laptop zu, drehte sich zu mir und drückte mich. Ihre Arme in den dicken Wollärmeln fühlten sich zerbrechlich an.

»Und jetzt, mein Mädchen, gehst du deinen Andrew Ryan suchen.«

»Wenn ich das tue, kann ich dich am Donnerstag vielleicht nicht besuchen.«

»Den Truthahn können wir ja irgendwann essen. Du machst dich auf den Weg.«

Bevor ich das River House verließ, ging ich einen teppichbelegten Korridor entlang, der rechts vom Speisesaal wegführte. Dr. Finchs Tür stand einen Spalt offen, sodass man sie hinter einem reich mit Schnitzereien verzierten Schreibtisch sitzen sehen konnte. Eine Tafel teilte mit, dass ihr Vorname Luna lautete.

Ich klopfte leise und trat dann ein.

Dr. Finch hob den Kopf. Sie wirkte kurz überrascht und winkte mich dann zu einem der beiden Stühle vor dem Schreibtisch.

Während ich Platz nahm, lehnte sie sich zurück und legte die Fingerspitzen aneinander. Sie war kurz und rund, aber nicht zu kurz und rund. Ihre Haare waren lockig, braun gefärbt und knapp unter den Ohren abgeschnitten.

»Sie wirkt recht heiter«, sagte ich.

»Ja.«

Ich lächelte, und Dr. Finch lächelte zurück.

»Sie glaubt, dass sie stirbt.«

Eine Pause, dann: »Ihre Mutter hat Krebs.«

Mir blieb fast das Herz stehen.

»Das hat sie eben erst erfahren?«

»Sie geht seit mehreren Monaten zu einem Onkologen.«

»Und ich wurde nicht informiert?«

»Wir sind nicht die primären Ärzte Ihrer Mutter. Wir kümmern uns um ihr seelisches Wohlergehen.«

»Kann man das eine vom anderen trennen?«

»Bei ihrer Ankunft informierte Ihre Mutter uns über ihren Zustand und verlangte Verschwiegenheit. Sie ist erwachsen.

Wir müssen ihre Wünsche respektieren. Jetzt hat sie das Gefühl, dass es Zeit ist, mit Ihnen zu reden.«

»Weiter.«

»Weiter?«

»Erzählen Sie mir den Rest.«

»Der Krebs breitet sich aus.«

»Natürlich tut er das. So ist Krebs eben. Wie wird er behandelt?«

Luna Finch warf mir einen Blick zu, der meine Frage beantwortete.

Natürlich, dachte ich. Perücken kamen für Mutter nicht infrage.

»Würde eine Chemo helfen?«, fragte ich.

»Möglich.«

Ich schluckte. »Und wenn sie sich weiterhin weigert?«

Wieder der Blick.

Ich schaute auf meine Hände hinunter. Mein rechter Daumen war rot und geschwollen. Ein Moskito, diagnostizierte ich.

»Und jetzt?«

»Ihre Mutter hat sich entschieden, so lange auf der Heatherhill Farm zu bleiben, wie es geht.«

»Und wie lange wird das sein?«

»Vielleicht noch eine ganze Weile.«

Ich nickte.

»Ist Ihre Telefonnummer, die wir in unseren Unterlagen haben, noch aktuell? Für den Fall, dass wir Sie erreichen müssen?«

»Ja.« Ich stand auf.

»Es tut mir sehr leid«, sagte sie.

Draußen hatte der Nebel sich aufgelöst. Hoch oben zog ein Dunststreifen über einen wolkenlos blauen Himmel.

Mama konnte doch nicht sterben.

Aber Luna Finch sagte, es sei so.

5

In Flugzeugen schlafe ich nicht gut. Glauben Sie mir, ich habe es versucht.

Es war schon mitten am Nachmittag, als ich nach Charlotte zurückkam. Acht, als ich den vorläufigen Bericht über Larabees Kofferraum-Fall abgeschlossen hatte. Zehn, als ich schließlich einen Flug und ein Hotelzimmer gefunden und gebucht hatte.

Nachdem ich mit meiner Nachbarin vereinbart hatte, dass sie sich um meine Katze kümmern würde, packte ich einen kleinen Koffer, duschte und fiel ins Bett.

Mein Hirn wollte sich nicht beruhigen, spuckte immer wieder lose Gedankenfetzen aus.

Kindheitserinnerungen an meine Mutter.

Glückliche Zeiten. Wie sie Harry und mir auf der Gartenschaukel vorlas. Shakespeare und Milton zitierte und andere lange tote Fremde, die wir nicht verstanden. Wie sie kurz vor dem Schlafengehen mit uns im Buick eigentlich nicht erlaubte Ausflüge zur Eisdiele machte.

Traurige Zeiten. Wie wir an Mamas geschlossener Schlafzimmertür lauschten. Verwirrt von den Tränen, dem splitternden Glas. Voller Angst, dass sie herauskommen würde. Voller Angst, dass sie es nicht tun würde.

Erinnerungen an Andrew Ryan. Glückliche Zeiten. Skifahren am Mont-Tremblant in den Laurentian Mountains. Erfolgsfeiern in Hurley's Irish Pub. Lachen über unseren gemeinsamen Papagei, über Charlies obszönes Geplapper.

Traurige Zeiten. Der Tag, an dem Ryan angeschossen wurde. Der Flugzeugabsturz, der seinen Partner das Leben kostete. Der Abend, an dem wir unsere Beziehung beendeten.

Zweifel wegen meiner bevorstehenden Reise. Würde sie vergeblich sein? Ryans E-Mail war fast einen Monat alt. War er weitergezogen?

Nein. Barrow hatte den Nagel auf den Kopf getroffen mit seiner Frage, ob Ryan mir gegenüber einen besonderen Ort erwähnt hatte. Ich erinnerte mich an seine Bemerkungen. Ryan liebte diesen Ort. Dorthin würde er gehen, um sich zu verstecken. Um sich auszuklinken.

Zweifel wegen meiner Entscheidung, meiner Tochter nichts von Mamas Zustand zu sagen. Katy diente in Afghanistan. Sie hatte mehr als genug am Hals.

Die ganze Nacht warf ich mich herum, Fragen schlitterten meine Nervenbahnen entlang. Zweifel. Ungewissheiten.

Gewissheiten. Luna Finch. Aufsässige Zellen, die sich unkontrolliert vermehrten.

Zum letzten Mal schaute ich um viertel vor drei auf die Uhr. Der Wecker kreischte um fünf.

Der Flug nach Atlanta war kurz gewesen, der Zwischenstopp nur gut eine Stunde. Nicht schlecht. Aber diese letzte Teilstrecke war die reinste Qual.

Ich versuchte zu lesen. *Life.* Vielleicht ließen Keith Richards' Probleme ja die meinen klein erscheinen. Taten sie nicht.

Ich klappte das Buch zu und schloss die Augen.

Etwas streifte meinen Arm.

Ich hob die Lider. Das Kinn von der Schulter.

Der Passagier neben mir hielt den Plastikbecher mit den Resten meines Cranberrysafts fest. Der Mann war groß, mit ausgebleichten roten Haaren und Augen in der Farbe von Rauchglas.

»Wir landen gleich.« Das waren die ersten Worte, die er seit dem Start vor vier Stunden gesprochen hatte.

»Entschuldigung.« Ich nahm den Becher und klappte das Tischchen hoch. Richtete meinen Sitz gerade.

»Machen Sie Urlaub?«, fragte der Mann mit leichtem Akzent.

Was soll's. Der Mann hatte meinen Becher und meine Hose gerettet. »Ich suche jemanden.«

»In Liberia?«

»Playa Samara.«

»Aha. Da will ich auch hin.«

»Hm.«

»Ich habe dort ein Haus.«

Der Mann zog eine Visitenkarte aus seiner Brieftasche und gab sie mir. Sein Name war Nils Vanderleer. Er verkaufte Bewässerungssysteme für eine Firma mit Sitz in Atlanta. So stand es zumindest auf seiner Karte.

Ich schaffte ein Lächeln. Glaube ich.

»Kann ich Ihnen vielleicht behilflich sein?«, fragte Vanderleer.

»Ich komme zurecht. Vielen Dank.«

»Aber natürlich.«

Die Maschine drehte ein, und wir schauten beide zum Fenster. Vanderleer konnte hinaussehen, ich nicht.

Augenblicke später setzten die Räder auf. Vanderleer wandte sich wieder mir zu.

»Darf ich Sie mal abends zum Essen einladen?«

»Ich hoffe, nur eine Nacht in Samara verbringen zu müssen.«

»Wie schade. Costa Rica ist ein zauberhaftes Land.«

An der Passkontrolle stand ich dreißig Minuten an. Schwitzend, mit Kopfschmerzen und sehr gereizt verließ ich den Terminal.

Vanderleer ging stirnrunzelnd am Bordstein auf und ab. Ich hatte keine andere Wahl, ich musste an ihm vorbei. Als er mich sah, hob er die Hände, was vermutlich »Da kann man nichts machen« heißen sollte.

»Ich habe einen Wagen gebucht, aber natürlich ist er nicht rechtzeitig eingetroffen. Wenn Sie nichts dagegen haben, ein bisschen zu warten, nehme ich Sie gerne mit nach Samara.«

»Danke für das Angebot. Mein Hotel hat ein Taxi bestellt.«

Drei Stunden nach der Landung fuhr ich schließlich durch einen weißen Steinbogen, der sich von einer mit blühenden Ranken überwucherten Mauer erhob. Ein hölzernes Schild zeigte meine Ankunft in Villas Katerina an.

Die Anlage sah so aus wie in der Onlinewerbung. Palmen. Geflochtene Hängematten. Kleine Villen mit gelb verputzten Wänden, weißen Einfassungen und roten Ziegeldächern, die sich um einen amöbenförmigen Pool gruppierten.

Die Frau an der Rezeption war klein und lebhaft und hatte schlimme Akne. Mit breitem Lächeln nahm sie meine Kreditkarte entgegen und führte mich zu einer Villa, die ein wenig abseits stand. Kleiner. Mit Blick auf einen Garten voller tropischer Vegetation.

Ich trat ein, zog meinen Koffer zu einem Holzstuhl mit Schnitzereien neben einem Fenster, öffnete die Vorhänge und schaute hinaus. Nichts als Laubwerk.

Ich schaute mich im Zimmer um. Buttergelbe Wände, orangene Zierleisten, orangener Bettbezug und orangene Vorhänge. Einheimische Kunst, primitiv, wahrscheinlich aus der Gegend. Eine winzige Küchenzeile. Gefliestes Bad, kreischend blau nach den Karottentönen des Schlafzimmers.

Plötzlich fühlte ich mich erschöpft. Ich kickte die Schuhe weg und legte mich aufs Bett, um mir zu überlegen, wie ich vorgehen sollte. Ein Nickerchen? Auf keinen Fall. Je schneller ich Ryan fand, desto schneller konnte ich wieder abreisen.

Wo war ich genau? Samara Beach. Playa Samara. An der Pazifikküste der Halbinsel, die sich von der nordwestlichen Ecke Costa Ricas nach Südosten windet, nicht weit von der Grenze zu Nicaragua entfernt.

Am Abend zuvor hatte ich ein bisschen recherchiert.

Costa Rica ist ein kleines Land, nur etwas mehr als fünfzigtausend Quadratkilometer. Ein Land, das berühmt ist für seine Artenvielfalt. Für seine Regenwälder, Wolkenwälder, für Baumsavannen und Feuchtgebiete. Ein Land, in dem ein Viertel des Territoriums als Nationalparks und Reservate geschützt ist.

Und irgendwo darin war Andrew Ryan. Hoffte ich.

Über die IP-Adresse hatten wir Ryans letztes Lebenszeichen von vor vier Wochen in Samara verorten können. Die Stadt war klein, bei Touristen weniger beliebt als die vornehmen Strände von Tamarindo und Flamingo. Das kam mir entgegen.

Ich zog die Karte hervor, die ich mir aus dem Internet ausgedruckt hatte, und studierte das kleine Straßennetz. Entdeckte eine Kirche, einen Waschsalon, ein paar Läden, Hotels, Bars und Restaurants. Ein paar Internetcafés.

Ryan ist vieles. Witzig, großzügig, ein klasse Detective. Was Kommunikation angeht, ist er ein Technikfeind. Natürlich hat er ein Smartphone. Und er kann die Werkzeuge benutzen, die Polizisten zur Verfügung stehen. CODIS, AFIS, CPIC und den ganzen Rest. Aber damit hat sich's. Wenn Ryan nicht im Dienst ist, benutzt er am liebsten das Telefon. Er simst nie, schreibt nur selten E-Mails.

Und er hat keinen Laptop. Sagt, er will sein Privatleben privat halten.

Ich stand auf, zog mich aus und ging unter die Dusche. Nach dem Abtrocknen zog ich Sandalen, Jeans und ein T-Shirt an. Dann schluckte ich zwei Grippetabletten, hängte mir die Tasche über die Schulter und ging.

Die Frau mit dem Aknegesicht fegte tote Blüten von der gepflasterten Pooleinfassung. Spontan ging ich zu ihr und sprach sie auf Spanisch an. Zeigte ihr ein Foto von Ryan.

Die Frau hieß Estella. Sie kannte keinen Kanadier, der in Samara lebte. Sie erinnerte sich an zwei Pärchen aus Edmonton, die für einen Kurzurlaub hier gewesen waren. Die Männer waren klein und kahl.

Als ich sie nach dem Weg ins Zentrum fragte, beschrieb sie ihn mir fröhlich.

Der Marsch am Strand entlang dauerte nur Minuten. Ich kam an einem Restaurant, einer Surfschule und einem Polizeirevier von der Größe einer Seifenschale vorbei.

Samaras Hauptstraße war ein Teilstück des Highways, der den Ort durchschnitt. Ich erreichte sie, indem ich direkt vom Strand hochging.

Zwei Pferde grasten auf einem Rasenstück an der ersten Ecke, die ich erreichte. Einige Autos und Motorräder parkten an beiden Straßenrändern. Stromkabel verliefen kreuz und quer zwischen den Dächern.

Das erste Internetcafé stand eingezwängt zwischen einem Souvenirladen und einem kleinen Lebensmittelgeschäft. Die Front war stuckverziert und in denselben Gelb- und Orangetönen gehalten wie mein Schlafzimmer. Die Beschriftung auf dem Schaufenster bot internationale Anrufe, Internetservice und Computer- und iPhone-Reparaturen an.

Der Innenraum, deutlich trister als die Fassade, enthielt eine Ladentheke, einen Getränkeautomaten und sechs Computerstationen. An einer saß eine verwirrt aussehende junge

Frau mit einem Rucksack neben ihren Füßen und studierte einen *Lonely-Planet*-Führer. Ich nahm an, dass die anderen Leistungen hinter der Tür am anderen Ende des Ladens angeboten wurden.

Ein Junge saß an der Kasse, den Rücken an die Wand gelehnt, die Vorderbeine seines Hockers in der Luft. Er war vielleicht sechzehn, hatte eine teigige Haut und verlotterte, blonde Dreadlocks, die oben am Kopf zusammengefasst waren. Die Dreads hüpften, als er in ein Handy sprach.

Ich ging auf ihn zu.

Der Junge plapperte weiter.

Ich räusperte mich.

Der Junge deutete zu den Computern, legte aber nicht auf.

Ich legte ein Foto auf die Theke und schob es ihm zu.

Der Junge kippte den Hocker gerade und schaute sich die Aufnahme an. Und dann zu mir hoch. In seinen Augen blitzte etwas auf und war sofort wieder verschwunden.

»Ich ruf dich zurück.« Ostküstenakzent, vielleicht New York. Zu mir: »Und?«

»Haben Sie ihn gesehen?«

»Wie kommen Sie darauf?«

»Kann sein, dass er hier war, um das Internet zu benutzen.«

»Ja, Lady. Genau das tun die Leute hier.«

»Er würde Ihnen auffallen. Er hat sandblonde Haare und ist über eins achtzig groß.«

»In seinen Mokassins?«

Ich hatte keine Ahnung, was er damit meinte.

»Na so was, Lederstrumpf hier in Samara.«

Okay. Der Junge hatte James Fenimore Cooper gelesen. Vielleicht erreichte ich doch etwas bei ihm.

»Es ist sehr wichtig, dass ich ihn finde.«

»Was hat er getan?«

»Er ist Polizist. Er wird dringend bei einer Ermittlung gebraucht.«

Der Junge schaute zur Tür und zu dem verwirrten Mädchen hinüber. Dann stützte er sich auf die Ellbogen und flüsterte.

»Kann schon sein, dass ich ihn gesehen habe.«

»Hier?«

»Meine Erinnerung ist ein bisschen schwach.« Er hob die
Brauen, ließ sie wieder sinken. »Wenn Sie wissen, was ich
meine.«

Ich wusste es.

Ich holte die Brieftasche aus meiner Handtasche und zog
einen Zwanziger heraus.

Der Junge streckte die Hand aus. Ich hielt den Schein
außer Reichweite.

»Gehen Sie auf dem Highway in westlicher Richtung aus
der Stadt. Vorbei an der Einmündung des Arriba Pathway
und den Las Brisas del Pacifico runter an den Strand. Hat
eine blaue Markise. Suchen Sie nach einer Straße, die links
ins Inland abgeht. Da ist ein Typ namens Blackbird, der dort
ein paar Baumhäuser vermietet. Ihr Typ ist in einem von denen.«

»Er ist noch dort?«

»Er ist noch dort.«

Kurz trafen sich unsere Blicke, dann ließ ich ihn das Geld
nehmen.

Als ich wieder zum Wasser hinuntereilte, raste mein Puls.
Konnte es so einfach sein? In ein Internetcafé gehen und
gleich einen Treffer landen?

Oder hatte man mich auf den Arm genommen? Lachte der
Junge jetzt in sein Handy und erzählte von der trotteligen
Amerikanerin, die er eben ausgenommen hatte?

Aber der Junge wusste, dass ich zurückkommen würde, wenn er mich angeschmiert hätte. Ja, genau. Zurückgehen und was tun?

Wieder überlegte ich, wie ich weitermachen sollte. Viele Möglichkeiten hatte ich ja nicht. Jetzt gleich dorthin laufen? Warten, bis Ryan aller Wahrscheinlichkeit nach im Bett war? Aber wann wäre das? Schlafen und dann bei Sonnenaufgang zuschlagen?

Mein Magen knurrte.

Das gab den Ausschlag. Zuerst Abendessen, dann würde ich mich auf den Weg machen.

Ich faltete meinen TripAdvisor-Ausdruck auf und studierte ihn. El Lagarto lag nur ein kurzes Stück den Strand hoch. Viele Leute mochten den Laden. Was konnte man an einem Laden nicht mögen, der ein Schieber tanzendes Alligatorenpärchen im Logo hatte?

Ich fand den Eingang und ging über einen von Fackeln erhellten Pfad zu einer sehr langen Bar. Jenseits der Bar briet ein Mann auf einem riesigen Grill Steaks, Fisch und Kochbananen. Der Geruch ließ meinen Magen aufjaulen.

Eine Frau in einem bestickten Baumwolltop gab mir einen Tisch in einem offenen Bereich voller Tische und Stühle, die aussahen wie aus fossilem Holz gemacht. Die Hälfte war bereits besetzt.

Über mir blinkten leise Windlichter und farbige Lämpchen. Auf dem Boden flackerten Dutzende Kerzen in langen, gläsernen Röhren. In der aufziehenden Dämmerung rauschte hinter dem Sand leise der Ozean.

Ich bestellte den Meeresfrüchteteller. Aß ihn. Fühlte mich schlapp, als das Blut sich in meinen Eingeweiden konzentrierte.

Ich war bei meinem zweiten Kaffee und beobachtete träge

die anderen Gäste, als mein Hirn plötzlich wieder Haltung annahm.

Am anderen Ende des Restaurants sprach ein Mann mit dem Barkeeper. Er hatte mir den Rücken zugedreht. Er trug ein schwarzes T-Shirt mit neongrünem Surf-Logo, ausgewaschene Jeansshorts und Bootsschuhe.

Die Haare waren länger und zotteliger als bei unserer letzten Begegnung. Aber ich erkannte die Kieferpartie, die Schultern, die langen, sehnigen Glieder.

Noch während ich mit pochendem Herzen starrte, winkte der Mann kurz mit dem Zeigefinger, drehte sich um und ging hinaus.

Ich fischte Geld aus meiner Börse. Zu viel. Es war mir egal.

Ich klatschte die *Colones* auf den Tisch und stürzte zur Tür.

6

Im romantischen, aber ineffektiven Schein der Windlichter sah ich ein neongrünes Surfbrett am Ende des Fußwegs. Es verschwand, als sein Träger nach rechts abbog.

Ryan war zehn Meter vor mir, als ich zur Strandstraße kam. Er ging nicht schnell, und doch musste ich meinen Schritt beschleunigen, um mit ihm mitzuhalten.

Nachdem er ein paar Blocks nach Norden gegangen war, bog er in Richtung Westen auf die Hauptstraße ein. Das entsprach der Beschreibung des Dreadlocks-Jungen.

Die Touristen wurden weniger, je weiter wir uns vom Stadtzentrum entfernten. Da es weniger konkurrierende Geräusche gab, klang der Ozean lauter. Am inzwischen völlig schwarzen Himmel zeigten sich erste Punkte blinkenden Lichts.

Nach fünfzehn Minuten blieb Ryan abrupt stehen. Ich erstarrte, war mir sicher, dass er mich gesehen hatte. Und unsicher, wie meine Einmischung in sein neues Leben aufgenommen werden würde.

Ryans Schultern rundeten sich, seine Hand wanderte in die Höhe. Ein Streichholz loderte auf. Ein winziger, orangener Punkt erhellte kurz sein Gesicht. Dann richtete er sich wieder auf und ging nach links.

Ich ließ den Abstand etwas größer werden und folgte ihm dann.

Die Straße war schmal und nur mit Kies bestreut. Vegetation drängte sich von beiden Seiten heran, dicht und dunkel in der mondlosen Nacht.

Moskitos schwirrten. Um nicht entdeckt zu werden, verkniff ich es mir, sie wegzuschlagen.

Ryan ging noch fünfzig, vielleicht sechzig Meter weiter. Dann wurde eine Tür aufgezogen und wieder zugeknallt. Sekunden später sickerte Licht durch schmale Lücken im dichten Laubwerk.

Ich wartete eine volle Minute und setzte mich dann wieder in Bewegung.

Es war eine Art Tarzan-Arrangement, eine grob zusammengezimmerte Hütte auf Stelzen in den Ästen eines Baums. Ich schlich mich nahe heran und schaute durch die Gitterverkleidung aus Holzlatten.

Die untere Ebene enthielt eine sehr primitive Küche mit einem Holztisch und zwei Plastikstühlen in der Mitte. In einer Ecke gab eine offene Tür den Blick auf ein Bad mit Steinfliesen an den Wänden frei. In einer anderen führte eine steile Treppe in ein Obergeschoss.

Von oben sickerte schwache Beleuchtung herunter.

Einen Augenblick stand ich mit angehaltenem Atem nur da. Was, wenn ich mich irrte? Was, wenn der Mann nicht Ryan war?

Es war Ryan.

Mit vorsichtigen Bewegungen zog ich die Gittertür auf, ging auf Zehenspitzen über die Fliesen und die Treppe hoch. Ich war auf der zweiten Stufe, als er sprach.

»Was willst du?«

Die Stimme klang heiser, müde. Wütend? Ich konnte es nicht sagen.

»Ich bin's, Tempe.«

Es kam keine Antwort. Ich schluckte. Versuchte mich an die Worte zu erinnern, die ich schon im Kopf ausprobiert hatte.

»Warum verfolgst du mich?«

»Ich habe dich durch deine E-Mail gefunden.«

»Herzlichen Glückwunsch.«

»War nicht schwer.«

Scheiße. Versuchte ich, ihm ein schlechtes Gewissen zu machen?

»Um ehrlich zu sein, ich hatte Hilfe.«

»Du hast mich gefunden. Und jetzt lass mich in Frieden.«

»Darf ich raufkommen?«

Schweigen.

»Willst du nicht wissen, warum ich hier bin?«

»Nein. Will ich nicht.«

Ich trat auf die oberste Stufe.

Ryan saß auf einem ungemachten Bett, die Knie angewinkelt, den Rücken an der Wand. Eine einzelne Glühbirne verströmte Licht durch einen Papierschirm über seiner linken Schulter. An der Decke drehte sich langsam ein Ventilator. Auf seiner Brust lag aufgeschlagen ein Buch.

Eine offene Flasche Scotch stand auf einem Tisch aus Holzstäben rechts vom Bett. Eine leere Flasche war an die Wand gerollt und dort liegen gelassen worden.

Der Geruch nach Alkohol und schmutziger Wäsche überlagerte das Dschungelbouquet, das durch das Gitterwerk in der oberen Hälfte der Wand hereinströmte.

»Du siehst gut aus«, sagte ich.

Stimmte nur zum Teil. Ryans Haut war gebräunt, seine Haare von Stunden in der Sonne ausgebleicht. Aber er hatte abgenommen. Die Wangen unter seinen Bartstoppeln waren eingefallen. Das Schattenspiel von Rippen und Höhlungen zeichnete sich auf seinem T-Shirt ab.

»Ich sehe beschissen aus«, sagte er.

Ich setzte zu der Rede an, die ich einstudiert hatte.

»Du wirst gebraucht. Es ist Zeit, nach Hause zu kommen.«

Nichts.

Scheiß drauf. Komm gleich auf den Punkt.

»Anique Pomerleau.«

Ryans Blick schnellte in meine Richtung. Er schien etwas sagen zu wollen, doch stattdessen nahm er das Buch wieder zur Hand.

»Sie ist es, Ryan. Sie tötet wieder. 2007 wurde in Vermont ein Mädchen ermordet. Sie wurde in einer Pose abgelegt. Der Altfall-Detective —«

»Ein vergangenes Leben.« Sein Blick kehrte zum Buch zurück.

»Auf dem Mädchen wurde Pomerleaus DNS gefunden.«

Ryan starrte weiter in das Buch. Aber die Spannung in Nacken und Schultern verriet mir, dass er zuhörte.

»Du hast Pomerleau aufgespürt. Du hast sie geschnappt. Du weißt, wie sie denkt.«

»Ich bin nicht mehr dabei.« Sein Blick blieb gesenkt.

»Sie ist wieder aufgetaucht, Ryan. Sie ist uns in der Rue de Sébastopol entwischt, und jetzt ist sie wieder aktiv.«

Endlich hob er den Blick zu mir. Ein Spinnennetz aus Rot umgab jede neonblaue Iris.

»2009 wurde in Charlotte ein Mädchen ermordet. Die Opfercharakteristik und die Tatortsignatur entsprechen dem Fall in Vermont.«

»Einschließlich Pomerleaus DNS?«

»Das muss noch bestätigt werden.«

»Klingt schwach.«

»Sie ist es.«

Ryan schaute mich einen langen Augenblick an, senkte den Blick dann wieder auf das Buch, das er nicht las.

»Und jetzt ist wieder ein Mädchen verschwunden. Derselbe Typ vom Aussehen her. Dieselbe Vorgehensweise.«

»Nein.«

»Zweifellos gab es dazwischen noch andere.«

»Lass mich in Frieden.«

»Wir brauchen dich. Wir müssen sie aufhalten.«

»Du kennst den Rückweg zu deinem Hotel?«

»Das bist nicht du, Ryan. Du kannst diesen Mädchen nicht den Rücken zukehren, wenn du weißt, dass es wahrscheinlich noch andere geben wird. Weitere Morde an jungen Mädchen.«

Ryan streckte die Hand nach oben und schaltete das Licht aus.

Durch das Schwirren der Insekten und das leise Rascheln von Blättern im Wind hörte ich, dass er sich von mir wegdrehte.

Zurück in den Villas Katerina, hatte mein iPhone plötzlich wieder Empfang, und Nachrichten trudelten ein.

Slidell hatte dreimal angerufen.

In den letzten achtundvierzig Stunden hatte ich vielleicht zwei geschlafen. Trotzdem rief ich ihn zurück. Wie es sein Stil war, kam Slidell ohne Gruß sofort zur Sache.

»Wo zum Teufel sind Sie?«

»Costa Rica.«

»Langer Weg für einen guten Taco.«

»Ich rede mit Ryan.« Es brachte nichts, über die einheimische Küche zu parlieren.

»Ach ja? Und wie läuft das?«

»Gar nicht.«

»Sagen Sie dem Mistkerl einfach, er soll seinen Arsch nach Hause schaffen.«

»Daran habe ich noch gar nicht gedacht. Warum haben Sie angerufen?«

»Barrow hat nach Rodas' Anruf eine Altfallermittlung zu Nance aufgenommen.«

Das wusste ich.

»Als Erstes hat er die Kleidung des Mädchens und das Zeug an ihren Händen noch mal zur Untersuchung geschickt.«

»Weil er dachte, dass die Technik sich seit 2009 verbessert hat?« Ich unterdrückte ein Gähnen.

»Ja. Und stellen Sie sich vor. Das hat sie.«

Plötzlich war ich hellwach.

»Das Labor hat DNS gefunden, die nicht Nance gehörte?«

»Raten Sie mal, wer die glückliche Spenderin ist.«

»Pomerleau.«

»Genau die.«

»Heilige Scheiße.«

Das Tempo der Rückmeldung überraschte mich nicht. Das CMPD hat seine eigene DNS-Abteilung, und Ergebnisse hat man im Durchschnitt nach zwei Wochen.

Was mich schockierte, war die Tatsache, dass diese Spur nun real war. Unleugbar. Anique Pomerleau hatte in meiner Stadt ein Kind entführt und getötet.

»Was ist mit Shelly Leal?«

»Immer noch unauffindbar. Aber vielleicht haben wir da was. Das Mädchen hatte seinen eigenen Laptop. Ich hab ihn von den Computerjungs unter die Lupe nehmen lassen. Das Ding wurde leer gefegt.«

»Wann?«

»Gegen drei am Freitagnachmittag.«

»Kurz bevor sie verschwunden ist.«

»Ja.«

»Was wurde gelöscht?«

»Browserverlauf und sämtliche E-Mails. Nichts mehr da. Keine verdammte Nachricht. Keine verdammte Seite.«

»Gibt es nicht eine Option, den Verlauf in bestimmten Intervallen zu löschen? Oder jedes Mal, wenn man wieder offline geht?«

»Der Kerl meinte, genau das hätte ihn draufgebracht. Als er nachgeschaut hat, war der Browser nicht so eingestellt. Also tat er, was für Zaubereien die da auch immer anstellen, und fand heraus, dass jemand das Zeug manuell gelöscht hatte. Das E-Mail-Archiv auf den Mars geschickt.«

»Sonst noch was?«

»Fotos, Musik, Dokumente, diese Dateien sind alle noch da. Seit Freitagmorgen wurde das Gerät nicht mehr angerührt. Das Einzige, was gelöscht wurde, sind die Onlinesachen.«

»Unwahrscheinlich, dass eine aus der Mittelstufe weiß, wie so was geht.«

»Ihre Mom hat gesagt, das Mädchen wär kein Technikfreak.«

»Offensichtlich ist ihr da jemand zur Hand gegangen.«

»Ja.«

»Denken Sie, dass die Kleine Pomerleau online kennengelernt hat?«

»Ich denke, dass ich das verdammt noch mal rausfinden werde.«

»Kann der Kerl irgendwelche der gelöschten Dateien wiederherstellen?«

»Er arbeitet daran, will aber nichts versprechen.«

»Haben Sie das auch Rodas gesagt?«

»Das Mädchen in Vermont hatte keinen Computer.«

»Handys? Andere Geräte?«

»Gower hatte kein Handy. Leal schon, aber das Ding ist verschwunden. Und die Provideranfrage hat nichts ergeben.«

»Was ist mit Nance?«

»Deshalb rufe ich an. Wird in der Altfall-Akte ein Handy erwähnt?«

»Ich seh nach, sobald ich zurückkomme.«

»Wann wird das sein?«

»Morgen.«

»Gut. Ich will diese Schlampe in Handschellen, bevor sie sich noch ein Mädchen schnappt.«

Nach dem Auflegen dachte ich noch einmal über die Unterhaltung mit Ryan nach. Ich war wütend und verärgert über seine Verweigerungshaltung.

Dann dachte ich über diesen Abend hinaus tief in die Vergangenheit.

Ryan gehörte zu den Guten. Er hatte ein paar harte Jahre gehabt, in der Jugend ein paar Fehlstarts hingelegt. Aber seit diesem steinigen Weg hatte er alles richtig gemacht. Hatte als Polizist immer ehrlich gespielt. Hatte sich als Vater größte Mühe gegeben.

Natürlich war sein Verlust unvorstellbar. Aber das Suhlen musste jetzt ein Ende haben.

Ich hatte eine Idee. War sie gefühllos?

Nein. Schluss mit dem Selbstmitleid.

Da ich die Entscheidung getroffen hatte, holte ich meinen Mac heraus, loggte mich ein und holte mir die Site von USAirways auf den Monitor.

Danach saß ich einen Augenblick da und versuchte, meine angespannten Nerven zu besänftigen.

Draußen planschten spätabendliche Schwimmer im Pool. Hoch oben in den Palmen knurrte ein Brüllaffe seinen Gute-Nacht-Ruf. Ein anderer antwortete. Ein kleines Tier, vielleicht ein Gecko, schlitterte über das Fliegengitter am Fenster.

Meine Gedanken wanderten zu einer Hütte an einem Fluss im Schatten von mit weichem Moos bewachsenen Bäumen.

Aus einer Laune heraus wählte ich Moms Nummer. Voicemail.

Ich hinterließ eine weitschweifige Nachricht über Samara und frische Meeresfrüchte und Strände und mein Treffen mit Ryan. Wünschte ihr eine gute Nacht. Sagte ihr, dass ich sie liebe.

In den Augenblicken, bevor der Schlaf kam, bombardierten Erinnerungen an Ryan mein Hirn. Sein Körper, der bei einer Schießerei mit Bikern auf einem Montrealer Friedhof den meinen schützte. Ausgestreckt an einem Strand in Honolulu. Neben mir in einer Hängematte in Guatemala.

Ich träumte von einem Keller neben einem schneebedeckten Bahnhof.

7

Um sechs trottete ich bereits wieder über die Strandstraße.

Der Himmel ging von Schwarz in Grau über. Das Meer hatte sich über Nacht beruhigt. Auf seiner Oberfläche kündigte ein gekräuseltes Dreieck in Gelb-Pink die Wiederkehr der Sonne an.

Ein paar Händler legten bereits ihre Waren aus. Draußen auf dem Strand schmissen Möwen eine Party.

Hin und wieder fuhr ein Pkw oder Motorrad vorbei, manchmal auch ein zerbeulter Pick-up. Ansonsten hatte ich die Straße für mich.

Ryan saß unten auf einem der blauen Küchenstühle, in dem T-Shirt und den Shorts, die er schon am Abend zuvor getragen hatte. Er schaute kurz hoch, als ich die Gittertür öffnete, und löffelte sich dann weiter Müsli in den Mund. Sein Gesicht war ausdruckslos.

»Warum Costa Rica?«, fragte ich.

»Vögel.«

»Über achthundert Arten«, steuerte ich bei.

»Achthundertvierundneunzig.«

»Charlie würde sich sofort zu Hause fühlen.« Ich meinte den Papagei, den wir uns teilten.

»Charlies Sippschaft kommt aus Australien. Hunger?«

Während ich mich auf den anderen Stuhl setzte, holte Ryan eine Schüssel und einen Löffel von der Anrichte hinter uns. Sein Gesicht war fahl, die Augen verquollen. Sein Schweiß roch nach Alkohol. Ich fragte mich, ob er die ganze Flasche Scotch ausgetrunken hatte.

Ich schüttete mir Müsli in die Schüssel. Gab Milch dazu, verkniff es mir, nach dem Verfallsdatum zu schauen.

»In diesem Land gibt es eine halbe Million Tierarten«, sagte Ryan, ohne mich anzuschauen.

»Dreihunderttausend davon sind Insekten.«

»Krabbler müssen auch leben.«

»Wie ist dein Plan?«

»Jede einzelne Art zu finden.«

»Wie läuft das?«

»Die Gegend hier hat noch einen Vorteil.«

Ich hob eine Braue. Da Ryan auf seine Müslikringel konzentriert war, sah er es nicht.

»Tausende von Meilen zwischen Quebec und hier.«

»Darum geht's? Entfernung und Fauna?«

»Der Schnaps ist billig.« Ryan deutete mit dem Löffel auf mich. »Und ein schlauer Konsument findet sogar Cheerios.«

»Das bist nicht du, Ryan.«

Er tat so, als würde er sich über die Schulter schauen. »Wer ist es?«

»Ich kann mir nicht vorstellen, wie es ist, ein Kind zu verlieren, und ich will gar nicht so tun, als würde ich deinen Schmerz verstehen. Aber dieses Suhlen im Selbstmitleid, dieses Betäuben mit Alkohol, dieses Dem-Leben-den-Rücken-Zukehren? Das bist nicht du.«

»Ich habe daran gedacht, Tagebuch zu führen.« Mit vollem Mund. »Wie Darwin auf den Galapagos.«

»Was ist passiert?«

»Ich kann nicht zeichnen.«

»Ich meine, was ist mit dir passiert?«

Ryans Löffel fiel klappernd in die leere Schüssel. Er griff nach einem Päckchen Caciques auf dem Tisch, klopfte eine heraus, zog ein Steichholzbriefchen aus der Zellophanhülle und zündete sich die Zigarette an. Ein erster Zug, dann traf sein Blick endlich meinen.

»Du hast mich also gefunden. Jetzt wollen wir dich mal auf die Schultern nehmen und im Zimmer herumtragen.«

»Zeig Rückgrat, Ryan. Komm mit mir. Tu, was du sonst auch tust. Was wir fast zwei Jahrzehnte lang *gemeinsam* getan haben. Wir fangen die Bösen. Wir holen Monster wie Pomerleau von den Straßen.«

»Flieg zurück und sag deinen Kumpels, dass ich nicht der Kerl bin, den sie brauchen.«

Ich holte mir den Flugplan auf mein iPhone und schob es Ryan zu. Ryan betrachtete das Display.

»Wer hat das bezahlt?«

»Unwichtig.«

»Ich kann mir nicht vorstellen, dass das CMPD blecht, um mich in die Staaten zu holen.«

»Hast du deinen Pass?«

Ryan nahm einen tiefen Zug, blies den Rauch durch die Nase wieder aus.

»Sie brauchen dich dort«, sagte ich.

»Ich hoffe dir zuliebe, dass die Kosten erstattet werden.«

»Ich habe gestern Abend noch einen Anruf bekommen. Skinny Slidell.«

Ryan kannte Slidell von einem Fall in Charlotte, an dem wir vor drei Jahren gearbeitet hatten. Er sagte nichts.

»Das Labor hat auf Lizzie Nances Kleidung DNS gefunden.«

Ryans blutunterlaufene Augen schauten mich fragend an. Ich nickte.

Mit einer schnellen Bewegung drückte Ryan seine Zigarette aus. Lehnte sich zurück und verschränkte die Arme.

»Und Slidell glaubt außerdem, dass er im Leal-Fall was gefunden hat.«

Während ich von den gelöschten Dateien erzählte, schie-

nen die Schatten und Konturen von Ryans Gesicht tiefer zu
werden.

»Wenn Pomerleau sich Leal geschnappt hat, dann hat sie
ihre Tricks verfeinert«, sagte ich. »Sie sucht sich ihre Opfer
jetzt online. Und noch was. Warum Charlotte? Ich glaube, ich
weiß es. Sie hat erfahren, dass ich dort bin, und will mich verhöhnen. Mir sagen, dass ich sie nicht schlagen kann.«

Ich lehnte mich ebenfalls zurück und wartete.

Ryan schaute mich lange an.

»Wie du willst.« Ich nahm mein Handy und steckte es in
die Handtasche.

Ich war schon draußen, als seine Stimme durch die Gitterverkleidung drang.

»Wann geht der Flug?«

»Wir müssen Samara um zehn verlassen.« Ich ließ mir meine
Überraschung nicht anmerken. »Ich kann warten, während du
duschst und deine Sachen packst.«

»Ich muss noch jemanden sehen, bevor ich gehe.«

»Kein Problem.« Jetzt ließ ich mir meine Verletztheit nicht
anmerken. Irrational. Dieser »Jemand« konnte sein Vermieter
sein. Seine Cheerios-Quelle. Und Ryan und ich waren über-
eingekommen, dass wir als Paar nicht funktionierten. Trotzdem wurmte mich der Gedanke. Eine andere Frau in Ryans
Leben? So lange hatten wir einander so viel bedeutet.

»Wo wohnst du?«

»Villas Katerina.«

»Ich treffe dich um halb zehn dort.«

Ich zögerte. Traute ich ihm?

Was für eine Wahl hatte ich denn?

Meine Uhr zeigte 9 Uhr 40. Ich hatte noch nicht aufgegeben,
aber ich war kurz davor.

9 Uhr 50.

Natürlich würde er nicht auftauchen. Der Mistkerl war vermutlich schon auf halbem Weg nach San José.

Ich wusste, dass Ryan verletzt war. Aber ich hatte das Ausmaß des Schadens unterschätzt. Ich fragte, ob er je wieder ganz normal werden würde. Dennoch hatte mich die Tatsache, dass er mich mit Pomerleau alleinließ, mehr getroffen, als ich vermutet hätte.

Früher hatte Ryan sich um meine Sicherheit Sorgen gemacht. Über die Auswirkungen eines Falls auf mich wie auf die Opfer. Seine Bevormundung hatte mich zugleich geärgert und erfreut. Das Wiedersehen mit ihm ließ mich erkennen, wie sehr ich das vermisst hatte.

Auf der Straße hinter der Mauer plärrte eine Hupe.

Fünf nach zehn.

Ich zog meinen Rollkoffer durch die Tür und den Pfad hinunter. Als ich an der Rezeption vorbeikam, winkte Estella mir hinter dem Fenster.

Ein Fahrer lehnte an der Motorhaube meines Taxis. Er lächelte, nahm meine Tasche und legte sie in den Kofferraum.

Ich stieg eben ein und dachte an den langen Flug, daran, was ich Slidell und Barrow sagen würde, als ich Ryan entdeckte, der sich durch Massen sonnencremefettiger Touristen auf dem Weg zum Strand schlängelte. Er hatte sich rasiert und trug jetzt ein schwarzes Polohemd und lange Jeans. Ein überquellender Rucksack hing an einer Schulter.

»Danke«, sagte ich.

»Die Cheerios sind alle«, erwiderte er.

Die nächsten zwei Stunden verbrachten wir schweigend. Im Daniel Oduber Quirós International checkten wir ein, ließen die Sicherheitskontrollen über uns ergehen, gaben unsere Bordkarten ab und nahmen schließlich unsere Plätze ein und schnallten uns an. Ohne ein Wort.

Diesmal saß ich am Fenster und sah Costa Rica langsam unter uns verschwinden.

Als ich das Schweigen nicht länger ertragen konnte: »Wie das Wetter in Charlotte wohl ist.«

»Anhaltende Dunkelheit bei Nacht, verbreitetes Licht am Morgen.«

Ich lächelte in mich hinein, weil ich das Zitat von George Carlin erkannte. Irgendwo da drin war noch der alte Ryan.

Dann war ich weg.

Ich wachte auf, als der Kapitän die Landung ankündigte. Und seinen Passagieren und der Mannschaft ein fröhliches Thanksgiving wünschte.

Während wir die Rampe vom Parkdeck des Flughafens hinunterfuhren, bot ich Ryan das Gästezimmer an.

»Ein Hotel nahe am LEC wäre gut.«

Das überraschte mich nicht. Warum dann dieses hohle Gefühl? Erleichterung? Resignation? Traurigkeit, weil ich jetzt die endgültige Bestätigung hatte?

Ja. Eindeutig Traurigkeit.

Ich sagte nichts.

Ryan missverstand mein Schweigen. »Es ist besser so.«

»Ich komm damit klar.«

»Ich bin nicht mehr derselbe Mensch, Tempe. Auch nicht der Mann, der ich mal war.«

Ich setzte ihn am Holiday Inn an der College ab.

Es war nach zehn, als ich am Annex ankam. Ohne Birdie wirkte das Häuschen unvollständig.

Nachdem ich die Burritos, die ich mir unterwegs mitgenommen hatte, verdrückt hatte, rief ich Barrow an.

Er war beeindruckt, dass ich meine Beute mitgebracht hatte. Und erfreut. Schlug vor, dass wir uns am nächsten Morgen um acht trafen. Sagte, dass er Rodas und Slidell anrufen werde.

Nach dem Auflegen rief ich im Holiday Inn an und fragte nach Ryan. Ein Schocker. Sie verbanden mich – er hatte tatsächlich eingecheckt.

Ich bot an, ihn am nächsten Morgen abzuholen. Ryan sagte, er werde den Weg zur Altfallabteilung schon selbst finden. Oder zurück zum Flughafen, dachte ich zynisch.

Mehr schaffte ich einfach nicht mehr.

Erschöpft fiel ich ins Bett.

»Ich würde ja gern sagen, dass Sie gut aussehen.« Slidell betrachtete Ryan mit amüsierter Miene.

Ryan zuckte die Achseln.

»Was ist denn mit Ihren Haaren passiert?«

»War mit Shaggy auf Tour.«

Der Reggae-Verweis ging an Slidell vorbei, dessen Musikgeschmack eher Country & Western und Sechzigerjahre-Rock-’n’-Roll umkreiste.

Barrow räusperte sich. »Je schneller wir anfangen, desto schneller sind wir wieder zu Hause beim Truthahn.«

»Oder wieder auf der Straße«, sagte Slidell.

»Wir sind gleich fertig. Über Pomerleau gibt es noch nichts Neues. Leal ist immer noch verschwunden. Detective Slidell sagt, bis jetzt konnten die Technikjungs auf ihrem Mac noch nichts wiederherstellen. Aber sie sind dran.«

»Der Computer geht nicht durch diese Tür.« Das war Slidells Art zu sagen, dass man ihn vor der Presse nicht erwähnen sollte.

»Genau«, bestätigte Barrow. »Die Medien werden langsam

hässlich. Vorwiegend wollte ich uns alle auf den neuesten Stand bringen.«

»Ohne dieses Arschgesicht Tinker.«

Barrow warf Slidell einen Blick zu, bevor er weiterredete.

»Und ich wollte, dass Detective Ryan Detective Rodas kennenlernt.«

Die Männer nickten einander nur zu, offensichtlich kannten sie sich bereits.

»Dr. Brennan hat Detective Ryan über die Details der Fälle in Vermont und Charlotte unterrichtet.« Eine Frage, keine Feststellung.

»Ja.« Ich hatte es auf der Fahrt vom Flughafen zu Ryans Hotel getan, ohne jegliche Reaktion.

»Ich bin nur als Beobachter hier.« Ryan bedachte mich mit einem Seitenblick. »Und um Dr. Schnüfflerin zufriedenzustellen.«

Wut und Verletztheit meldeten sich in gleicher Stärke. Ich schob beide weg.

»Zwei Morde«, sagte Barrow. »Und Shelly Leal wird heute seit einer Woche vermisst.«

»Trotzdem ist der Zusammenhang schwach.« Ryan spielte oft des Teufels Advokaten.

»Die DNS bringt Gower mit Nance und beide mit Pomerleau in Verbindung. Bei Leal ist die Vorgehensweise identisch.«

Ryan strich mit dem Daumennagel über die Tischkante. Dachte er an zwei Mädchen in einem Keller vor langer Zeit? Seine tote Tochter? Eine Flasche Scotch, die er in seinem Zimmer stehen hatte?

»Ryan —«

»Ich werde Ihnen nichts nützen.«

»Du kennst Pomerleau«, sagte ich.

»Ich bin ein Wrack.«

Slidell schnaubte. »Dann bin wenigstens ich aus der Schusslinie.«

»Tut mir leid.« Ryan schüttelte den Kopf. »Ich bin fertig mit zertrümmerten Schädeln und aufgeschlitzten Kehlen und Brandnarben von Zigaretten. Keine toten Kinder mehr.«

»Was ist mit den lebenden?«

Ryans Daumen wanderte weiter langsam hin und her. Am liebsten hätte ich ihn geohrfeigt, ihn geschüttelt, bis er wieder zur Besinnung kam. Stattdessen bemühte ich mich um eine sachliche, neutrale Stimme.

»Pomerleau bekam ihren Kick nicht durchs Töten. Das wissen wir. Sie hat ihren Opfern gerade genug zu essen gegeben, damit sie am Leben blieben und sie sie quälen und missbrauchen konnte. Sie und ihr verquerer Handlanger.«

»Neal Wesley Catts«, warf Rodas ein. »Alias Stéphane Ménard.«

»Leal könnte noch am Leben sein«, fuhr ich fort. »Aber wenn Nance und Gower ein Hinweis sind, dann arbeitet Pomerleau anders als früher. Das Muster hat sich verändert. Leal wird es nicht lange machen.«

Ryan sagte noch immer nichts.

Rodas legte die Hand auf den Pappkarton mit seinen Fallnotizen. »Ich muss schon morgen früh zurück in den Norden. Würden Sie die Akte wenigstens überfliegen?«

Ryan schloss die Augen.

Ich schaute Slidell an. Er zuckte die Achseln.

Ein sehr langer Augenblick verging.

Ryan strich sich übers Kinn.

Er seufzte. Dann hob sich sein Blick zu mir.

»Einen Tag.«

Er schaute auf sein Handgelenk. Das keine Uhr trug.

»Vierundzwanzig Stunden.«

Ryan und ich besorgten uns Kaffee, bevor wir uns auf die Nance-Akte stürzten. Doch wir tranken ihn nicht. Das Zeug schmeckte wie Kuhdung. Es war ein Ritual, wie das Spitzen eines Bleistifts oder das Geraderichten einer Schreibunterlage. Bedeutungslose Gesten als Auftakt echter Arbeit.

Wir begannen mit dem Abschnitt *Zusammenfassung des Verbrechens.*

Am 7. April 2009 verließ Elizabeth Ellen »Lizzie« Nance, elf, die Isabelle Dumas School of Dance im Park Road Shopping Center und machte sich auf zum Wohnkomplex Charlotte Woods an der East Woodlawn. Ein Autofahrer berichtete, gegen 16 Uhr 30 ein Kind, auf das Lizzies Beschreibung passte, an der Kreuzung Park und Woodland Road gesehen zu haben.

Lizzie lebte zusammen mit ihrer Schwester Rebecca Pridmore, neun, bei ihrer Mutter Cynthia Pridmore. Cynthia Pridmore meldete ihre Tochter um 19 Uhr 30 als vermisst. Sie gab an, in ihrer Schule, bei mehreren von Lizzies Schulkameradinnen und ihrem früheren Ehemann Lionel Nance, 39, angerufen zu haben. Pridmore sagte, sie und Nance seien die Strecke zwischen der Schule und ihrem Zuhause schon mehrfach abgefahren. Und dass ihre Tochter keine Ausreißerin sei. Eine Vermisstenakte wurde angelegt, die Ermittlungen leitete Detective Marjorie Washington.

Am 30. April 2009 fand der Parkwächter Cody Steuben, 39, im Latta-Plantation-Naturreservat nordwestlich von Charlotte die verweste Leiche eines Kindes. Der Medical Examiner Timothy Larabee identifizierte die Überreste als die von Lizzie Nance. Der Fall wurde ans Morddezernat übergeben, Detective Erskine Slidell wurde Ermittlungsleiter.

Lizzie Nance war eine Schülerin der sechsten Klasse ohne jegliche Vorgeschichte von Drogen, Alkohol oder psychischen Problemen. Ein Opfer mit geringem Risiko. Cynthia Pridmore war Sekretärin in einer Rechtsanwaltskanzlei, zweimal geschieden. Ein früherer Ehemann, John Pridmore, 39, verkaufte Immobilien. Lionel Nance war Elektriker, zum Zeitpunkt des Verschwindens seiner Tochter aber arbeitslos.

Die beiden Pridmores hatten keine Vorstrafen. Lionel Nance war 2001 wegen Trunkenheit in der Öffentlichkeit festgenommen worden.

Zeugen, die das Opfer kannten, gaben an, dass der Verantwortliche jemand sein musste, den sie kannte oder dem sie vertraute. Sämtliche Zeugen bezweifelten, dass Nance oder die Pridmores etwas mit dem Verschwinden zu tun haben könnten.

Wir überflogen ein paar Zeitungsartikel. Es war die übliche blutrünstige Raserei. Das Verschwinden, die Suche, das engelhafte Gesicht mit den langen, braunen Haaren. Die reißerische Schlagzeile über den Tod des Mädchens.

Ich las noch, als Ryan sich auf seinem Stuhl zurücklehnte.

»Alles in Ordnung?« Ich legte das Blatt weg.

»Bestens.«

»Wenden wir uns dem Tatort zu?«

»Klar.«

Ich tauschte den Ordner, den wir hatten, gegen den Bericht der Spurensicherung aus.

Die Spurensicherung traf am 30.04.2009 um 9 Uhr 31 in dem Naturreservat ein. Der Fundort war eine offene, von Bäumen umgebene Wiese, ein nicht abgesperrter Bereich, der normalerweise nicht von Besuchern frequentiert wurde. Die Leiche war etwa fünf Meter nördlich einer schmalen Zufahrtsstraße abgelegt worden.

Das Opfer lag mit dem Gesicht nach oben, vollständig bekleidet, die Füße zusammen, die Arme ausgestreckt an den Flanken. Es gab nur wenige Schädigungen aufgrund von tierischer Aktivität. Auf den Überresten hatte sich einiger Unrat angesammelt (Blätter, Zweige etc., von den Technikern sichergestellt), aber es gab keine Hinweise auf den Versuch, die Leiche zu verstecken oder zu vergraben.

Aufgrund der Verwesung war eine Abnahme von Fingerabdrücken nicht möglich, aber beide Hände wurden eingetütet.

Das Opfer und die Umgebung wurden fotografiert.

Es folgten die detaillierten Berichte jedes Spurensicherungstechnikers. Ich überließ sie Ryan und wandte mich dem Abschnitt *Beweismittel/sichergestellte Habe/Analyse* zu.

Jeder Gegenstand war in eine Tabelle eingetragen worden. Die fünf Spalten hatten die Bezeichnungen: Kontroll-Nr. Gegenstand. Fundort. Art der Sicherstellung. Ergebnisse.

Die Spalten enthielten erbärmlich wenige Einträge. Fotos: 45. Eine Limodose. Blätter. Baumrindenfragmente. Eine rostige Batterie. Haare. Ein verwitterter Turnschuh, Damengröße zehn.

Die Haare gehörten Lizzie. Auf Dose, Batterie und Schuh konnten weder DNS noch latente Fingerabdrücke festgestellt werden.

Offensichtlich hatte ich ein Geräusch gemacht. Oder Ryan hatte etwas in meinem Gesicht gesehen.

»Was ist?«

»Katy hatte als kleines Mädchen Ballettstunden.« Ich meinte meine Tochter. »Ihre Tanzschuhe hatte sie in einer Tasche bei sich und trug auf dem Weg zum und vom Unterricht Straßenschuhe.«

Ryan zog eine Braue hoch.

Ich drehte ihm den Eintrag über die sichergestellte Habe zu, damit er ihn lesen konnte.

Als er damit fertig war: »Wo sind die Tanzschuhe?«

»Genau.«

»Keiner der Spurensicherungstechniker erwähnt Schuhe. Nichts über eine Tasche oder einen Rucksack.«

Ryan verdrehte die Augen, versuchte, die Spannung in seinem Nacken zu lösen.

»Wie wär's, wenn du die Zeugen übernimmst und ich die Autopsieberichte?«, schlug ich vor.

»Du musst mich nicht schützen.«

»Tue ich nicht.« Das stimmte. »Zeugenbefragungen sind eher dein Spezialgebiet.«

Der Abschnitt mit der Aufschrift *Zeugen* war zehn Seiten lang. Ganz normal. Wenn ein Kind ermordet wird, redet die Polizei mit jedem, der irgendwann mit dem Kind zu tun hatte.

Die Befragungen waren chronologisch angeordnet. Die erste war die des Parkwächters, der die Leiche gefunden hatte. Er war vor Slidell befragt worden.

Ich wandte mich dem Abschnitt mit der Aufschrift *Bericht des Medical Examiners* zu.

Elizabeth Ellen Nance. Opfer wird beschrieben als 11-jährige Weiße, 146 cm groß, schlank, braune Haare. Autopsie wurde am 1.5. durchgeführt. Die Überreste sind teilweise skelettiert, Reste von verwestem Gewebe an Hinterkopf, Torso, Gliedern und Füßen.

Die Leiche ist bekleidet mit einer grünen Wolljacke, schwarzem Gymnastikanzug, rosafarbener Unterwäsche und blauen Plastikschuhen. Der Schlüpfer sitzt korrekt. Sämtliche Stücke sind stark verschmutzt. Blutflecken wurden keine festgestellt.

Die Leiche zeigt keine Hinweise auf scharfe oder stumpfe Gewalteinwirkung.

Keine Frakturen des Schädels, weder intern noch extern. Die

Schädelbasis ist intakt. Die Gesichtsknochen sind intakt. Gebiss ist vorhanden und intakt bis auf zwei rechte seitliche Schneidezähne, die offensichtlich postmortal verloren gingen.

Die Zungenbeinflügel sind nicht mit dem Körper verschmolzen. Die Reste der Larynx- und Tracheaknorpel sind intakt. Feststellung von aspiriertem Blut in den oberen Luftwegen oder den Bronchien ist nicht möglich. Feststellung einer Obstruktion der Luftwege ist nicht möglich.

Parallele Furchung der rechten medialen Handknochen ist vereinbar mit Nagetierfraß. Zwei rechte distale Handknochen fehlen. Keine Hand zeigt Gewalteinwirkungen, die als Abwehrverletzungen gedeutet werden könnten.

An der Innenseite des rechten Unterarms sind feine Haare und / oder Fasern festzustellen. Proben davon gingen ans forensische Labor.

Die Verwesung machte eine Feststellung von Verletzungen der Genitalien oder Ablagerung von Flüssigkeiten oder anderem externen Material an den Genitalien oder dem Schambereich unmöglich. Das Fleisch des unteren Torsos im Bereich des Unterbauchs und der Schenkel und Beine ist verfault, aber die Knochen zeigen weder Frakturen noch andere Verletzungen.

Als Beweismittel eingereicht:

1. Schädelhaare

2. Tüten, die von der linken / rechten Hand entfernt wurden

3. Material aus den Fingernägeln linke / rechte Hand

4. Kleidung und Leichensack

5. Haare / Fasern vom rechten Unterarm

Blutalkohol- und Kohlenmonoxidpegel: unbestimmt

Todesart: Mord

Todesursache: unbestimmt

Eine so erbärmlich geringe Menge an Informationen.

Die Uhr zeigte zehn nach eins. Ryan arbeitete sich noch immer durch die Befragungen.

»Irgendwas?«, fragte ich.

»Der Onkel des Mädchens klingt nach einem Dreckskerl, aber sonst nichts.«

»Mittagessen?«

Wir fuhren schweigend in den Keller. Ich nahm mir einen Salat. Ryan entschied sich für ein Pizzastück, das schon eine ganze Weile auf einen Käufer wartete. Wir gingen mit unseren Tabletts zu einem Tisch an der Rückwand.

»Das System der öffentlichen Beschwerdekommissionen ist gut.« Mein Versuch einer Gesprächseröffnung.

»Sieht so aus.«

»Die Ermittlungen waren ausreichend gründlich. Die Polizei hatte nur nichts, womit sie arbeiten konnte.«

»Bei Entführungen durch Fremde nicht ungewöhnlich.«

»Eine Entführung durch Fremde, aber kein sexueller Übergriff?«

»War das die Schlussfolgerung des ME?«

»Er ließ es unbestimmt. Aber die Kleidung war unberührt, deshalb hatte er den starken Verdacht, dass es keine Vergewaltigung gegeben hatte. Todesursache war ebenfalls unbestimmt.«

Einige Augenblicke aßen wir, ohne zu sprechen.

»Pomerleaus Vorgehensweise ist so, dass sie Mädchen verschleppt und sie für ihre perversen, kleinen Fantasien am Leben hält. Warum sollte sie das ändern?« Ich stellte mir diese Frage selbst, seit ich von dem DNS-Treffer erfahren hatte.

»Wenn Folter nicht mehr reicht, setzen diese Perversen eben noch eins drauf.«

Und noch etwas beschäftigte mich.

»Dieser letzte Abend an der de Sébastopol. Pomerleau hat das Haus angezündet.« Und mich darin zum Sterben zurückgelassen. Das sagte ich nicht. »Sie ist geflohen, bevor Claudel sie verhaften konnte. Warum war ihre DNS im kanadischen System?«

»Vor ein paar Jahren fingen einige Countys in Kalifornien an, DNS von Gewalttätern zu sammeln, die gestorben waren, bevor die Behörden ihr genetisches Profil hatten.«

»Unter Verwendung von was?«

»Alten Gerichtsbeweisstücken, Blut oder Speichel von einem Opfer oder einem Tatort. Diese Profile wurden mit genetischen Profilen aus ungelösten Fällen verglichen.«

»Fällen mit der DNS von nicht identifizierten Tätern.«

»Genau.«

»Hat das vor Gericht Bestand?«

»Ich bezweifle es. Aber so konnte man einige alte Fälle lösen.«

»Deshalb macht Kanada jetzt das Gleiche?«

»Ich bin nicht mehr auf dem Laufenden. Aber ich nehme an, das läuft so ähnlich. Als wir Pomerleau das erste Mal fanden, kam sie ins Montreal General Hospital, oder?«

Ein Bild blitzte auf. Leichenblasse Körper in einer pechschwarzen Zelle.

Ich nickte.

»Wahrscheinlich haben die Ärzte Pomerleau bei der Aufnahme Blut abgenommen. Die Spurensicherung hat biologisches Material im Haus an der de Sébastopol gesammelt. Als Pomerleau zur Verdächtigen bei den Morden wurde, kam ihre DNS in die NDDB.« Die nationale DNS-Datenbank.

»Das passt.«

Als wir dann wieder oben waren, las Ryan weiter die Zeugenbefragungen, während ich mich der nächsten Akte zuwandte. *VI. Zugehörige Ermittlungen.* Ich war bereits eine Stunde daran und mitten im Abschnitt »Ermittlernotizen«, als ein Eintrag mich aufmerken ließ.

Die Notiz wurde als handschriftlich bezeichnet, mit dem Datum 2.5. 2009. Es gab keinen Hinweis darauf, wer sie geschrieben hatte.

Der forensische Computerspezialist F. G. Ferrara rief an, um mitzuteilen, dass der Dell Inspiron 1525 Laptop-Computer, der im Schlafzimmer des Opfers sichergestellt wurde, keine nützlichen Informationen erbracht hatte. E-Mail-Account und Browserverlauf leer.

Ich überflog den Rest der Seite. Die nächste. Fand keinen weiteren Hinweis auf den Computer oder Ferrara.

»Ryan.«

Er hob den Kopf.

Ich drehte die Seite und deutete mit dem Zeigefinger auf den Eintrag.

Während er las, wählte ich Slidells Nummer.

Voicemail. Ich hinterließ eine Nachricht. Rufen Sie mich an.

Ich rief Barrow an. Bat ihn, wieder in die CCU zu kommen. In weniger als einer Minute war er da.

»Was gibt's?«

Ich zeigte ihm den Eintrag.

»Was hat Slidell gesagt?«

»Er geht nicht ran. Ist Ferrara noch oben im Vierten?«

»Moment mal.«

Barrow ging hinaus, kam kurz darauf zurück.

»Frank Ferrara ist 2010 nach Ohio gezogen.«

»Hier war die Bezahlung zu hoch und die Arbeitszeit zu kurz.« Der alte Ryan-Witz.

»So was in der Richtung.«

»Wie hoch sind die Chancen, dass der Laptop noch hier ist?«, fragte ich.

»Wurde er als Beweismittel eingetragen?«

»Nein.«

»Fünf Jahre?« Barrow schüttelte langsam den Kopf.

»Lebt Cynthia Pridmore noch in Charlotte?«

»O ja. Sie ruft alle paar Monate an und fragt, ob es was Neues gibt. Vorwiegend, damit wir Lizzie nicht vergessen.«

»Sollen wir sie anrufen?«

Barrow zögerte. »Ich wecke nicht gern falsche Hoffnungen.«

Ryan und ich warteten.

»Mal sehen, was ich tun kann.«

In zwanzig Minuten war Barrow wieder da. Sein Gesicht sprach von einer schmerzhaften Unterhaltung. Mit einer Frau, deren Tage von Kummer und Schuldgefühlen geplagt waren. Und deren Nächte angefüllt waren mit Angst vor dem, was der Schlaf bringen mochte.

»Pridmore erinnert sich, dass ein Polizist den Dell abgeholt hat, zusammen mit anderen Sachen aus dem Zimmer ihrer Tochter. Auch an Fragen über Lizzies E-Mail- und Internetverkehr. Das ist alles.«

»Wo ist der Laptop jetzt?«, fragte ich.

»Pridmore bekam ihn zurück. Zwei Jahre später tauschte sie ihn gegen ein neueres Modell ein.«

»Haben Sie gefragt, ob Lizzies andere Dateien vor dem Verkauf überspielt wurden?«

Barrow nickte. »Wurden sie. Pridmore hat die Fotos und Textdateien auf Diskette gezogen, bevor sie die Festplatte für den Wiederverkauf löschte. Sie erinnert sich noch an einen Schulbericht über Krankenpflege in der Notaufnahme. Es ging um Informationstage zur Berufswahl, denn das wollte das Mädchen mal werden. Nachdem sie das gelesen hatte, brachte sie es nicht übers Herz, sich noch mehr anzuschauen.«

»Wir sollten uns diese Disketten besorgen.«

»Ich versuch's mal.«

»Gibt's 'ne Chance, den Laptop aufzuspüren?«

Barrow breitete die Hände aus, was *Wer weiß?* heißen sollte.

»Entweder hat Ferraras Bericht niemand Beachtung geschenkt, oder niemand erkannte die Bedeutung der Tatsache, dass eine Elfjährige gezielt ihren Browserverlauf löscht«, sagte Ryan.

»Es kann also sein, dass Pomerleau sich bereits 2009 ihre Opfer online gesucht hat«, sagte ich.

»Sehen wir zu, dass wir hiermit fertig werden.« Ryan blätterte eine Seite in der Befragungsakte um.

Letztendlich war es nicht Pomerleaus Cyber-Stalking, das Ryan zum Bleiben bewegte.

Es war der Anruf, den ich um halb zehn erhielt.

9

Ryan und ich blieben bis weit nach sieben. Fanden aber nichts Interessantes mehr.

Beim Hinausgehen schlug ich Abendessen vor. Er stimmte zu. Mit einem erstaunlichen Mangel an Begeisterung.

Wir gingen zum Epicentre, einer zweistöckigen Extravaganz mit Läden, Theatern, Bowlingbahnen, Bars und Restaurants, die einen gesamten Block innerstädtischer Fläche beanspruchte.

Der Komplex war gesteckt voll. Wir entschieden uns für Mortimer's. Kein besonderer Grund, außer dass sofort Sitzplätze verfügbar waren.

Ich bestellte den asiatischen Chicken Wrap. Ryan entschied sich für die Panthers Pita. Seins sah besser aus als meins.

Nach dem Essen griffen wir, wie üblich, beide nach der

Rechnung. Unsere Finger berührten sich, ich spürte Hitze meine Haut versengen. Riss die Hand zurück.

Beruhige dich, Brennan. Es ist vorbei.

Aber ich hatte einen seltenen Sieg errungen. Ryan war eindeutig nicht auf der Höhe.

Wir traten eben auf die College Street hinaus, als mein Handy vibrierte, um zu melden, dass ich eine Voicemail hatte. Ich zog es sofort aus der Handtasche, weil ich eine Nachricht von Slidell erwartete.

Bereichsvorwahl 828.

Eine dunkle Ahnung beschlich mich. Heatherhill Farm hatte um 20 Uhr 15 angerufen. Ich rief die Nachricht auf.

»Dr. Brennan. Hier Luna Finch. Ich dachte mir, Sie sollten Bescheid wissen. Ihre Mutter – sie ist nicht zum Abendessen erschienen. Wir haben in ihrem Zimmer nachgesehen, aber sie war nicht dort. Wir haben das Haus und das Grundstück abgesucht, das werden wir noch einmal tun und uns dann auf die anderen Teile der Einrichtung konzentrieren. Ich bin sicher, es ist nichts, aber falls Sie wissen, wo sie sein könnte, würden Sie uns bitte anrufen? Vielen Dank.«

»Verdammt!« Ich drückte auf Rückruf. »Verdammte Scheiße!«

Ryan war ebenfalls stehen geblieben. »Probleme?«

»Ich brauche einen Augenblick, um etwas zu klären.«

Weit weg in den Bergen läutete Finchs Telefon. Läutete noch einmal.

»Dr. Finch.«

»Temperance Brennan hier.« Ich hatte mich umgedreht, ein nicht sehr subtiler Hinweis.

Ryan ging ein paar Schritte, um mir Privatsphäre zu lassen. Aus dem Augenwinkel sah ich, dass er sich eine Zigarette aus der Packung schüttelte.

»Wir haben sie gefunden. Tut mir leid, dass ich Sie belästigt habe. Aber sie hatte sich nicht abgemeldet. Das hat sie noch nie getan.«

»Wo war sie?«

»Im Computerraum, auf dem Boden einer Kabine. Sie hatte einen Rollwagen vor den Eingang geschoben und sich dahinter versteckt. Deshalb haben wir sie bei unserer ersten Suche nicht gesehen.«

»Sie hat ihren eigenen Laptop.« Das ergab keinen Sinn. »Was wollte sie dort?«

»Das WLAN in River House war zusammengebrochen. Sie wissen ja, wie das in den Bergen ist.«

»Konnte sie nicht warten, bis es wieder hergestellt war?«

Ich hörte ein langes Seufzen. »Daisy hat den Eindruck, dass man sie mit Absicht offline hält.«

»War das der Grund für den Rollwagen?«

»Ich fürchte. Sie hat das Gefühl, beobachtet zu werden.«

»Sie hatte also einen Einbruch, seit ich sie am Mittwoch gesehen hab.«

»Nein, eigentlich wirkte sie ziemlich glücklich. Vielleicht ein bisschen abgelenkt. Als hätte sie viel im Kopf.«

»Wo ist sie jetzt?«

»Nimmt ein Bad. Ich bin sicher, es geht ihr gut.«

Mein Gott. Gut ging es ihr auf keinen Fall. Die Frau starb.

»Soll ich versuchen, mit ihr zu sprechen?« Ich freute mich über meinen Ton. Keine Spur der Angst, die in mir brodelte.

Nach einer kurzen Pause: »Warten Sie eine Stunde. Sie wird noch was essen wollen und dann mit ihrem Tagebuch ins Bett gehen.«

Ich legte auf. Stellte vom Stumm-Modus auf Sound um

und steckte das Handy wieder in die Handtasche. Blieb noch einen Augenblick stehen, um meine Nerven zu beruhigen.

Mama schrieb wieder Tagebuch. Immer der Auftakt zu einer Abwärtsspirale.

Ryan war etwa drei Meter vor mir. Im Schein der üppigen Neonreklame des Epicentre wirkte sein Gesicht wie erodiert zu orangenen und grünen Knochen.

Ich schlängelte mich durch das Gedränge der Freitagabendbummler zu ihm.

»Alles okay?« Er trat seine Zigarette mit dem Absatz aus.

»Bestens.«

Eine kurze, verlegene Pause, dann: »Darf ich 'ne Limonade spendieren, Ma'am?« Übles Cowboy-Näseln.

Wir versuchten beide, über das alte Spielchen zu grinsen. Spielten es aber nicht zu Ende.

»Ich gehe besser nach Hause«, sagte ich.

Ryan nickte.

In diesem Augenblick kam der Anruf.

Da ich glaubte, dass es noch einmal Finch war, und eine Krise befürchtete, nahm ich ihn entgegen.

»Slidell hier.«

Slidell begann nie einen Anruf, indem er seinen Namen nannte. Ich wartete.

»Wir haben sie.«

Ich brauchte einen Augenblick. Dann die schreckliche Erkenntnis.

»Shelly Leal?«

»Ein Typ, der Kräuter oder Samen oder sonst was gesammelt hat, ist gegen 19 Uhr 15 über ihre Leiche gestolpert.« Angespannt.

»Wo?«

»Ein Grünstreifen am Lower McAlpine Creek, in der Unterführung der I-485.« Im Hintergrund hörte ich Stimmen, Verkehrsgeräusche. Und nahm an, dass Slidell vor Ort war.

»Ist Larabee am Fundort?«

»Ja.«

»Braucht er mich?« Leal war seit einer Woche verschwunden. Abhängig von der Liegezeit im Freien und dem Ausmaß des Tierfraßes, konnten Leichenteile fortgeschleift und verteilt worden sein.

»Der Doc sagt, er hat alles im Griff. Wollte Ihnen nur sagen, dass er die Obduktion gleich als Erstes morgen früh machen will. Meint, er hätte nichts dagegen, wenn Sie dabei wären.«

»Natürlich.«

Ich schwieg einen Augenblick, um zu überlegen, was ich ihn fragen sollte.

»Der Kräutersammler. Wirkt er seriös?«

»Seit ich hier bin, hat er nicht aufgehört zu flennen und zu kotzen. Glaub nicht, dass er was damit zu tun hat.«

»Gleiche Vorgehensweise?«

»Bekleidet und zu einer Pose arrangiert.« Kurz und knapp.

»Weiß Tinker Bescheid?«

»O ja. Das Arschloch spielt den Psycho-Jäger und geht jedem auf den Sack.«

»Er ist kein Profiler.«

»Sagen *Sie* ihm das. Ist Ryan bei Ihnen?«

»Ja.«

»Sagen Sie ihm Bescheid.«

»Mach ich.«

Ich hörte eine knisternde Funkstimme.

»Ich muss Schluss machen«, sagte Slidell.

»Sind Sie morgen bei der Autopsie dabei?«

»Freu mich schon riesig drauf.«

Ich legte auf.

»Das Kind ist tot?«, fragte Ryan.

Ich nickte, weil ich meiner Stimme nicht traute.

»Wollen sie, dass wir dazukommen?«

Ich schüttelte den Kopf.

»Larabee macht die Autopsie morgen?«

Ich nickte noch einmal.

In alle Richtungen strömten Menschen an uns vorbei. Ein Mädchen kam heran, vielleicht zwölf oder dreizehn, ein Elternteil an jedem Ellbogen. Alle drei aßen Schokoladeneis aus Waffeltüten.

Ich stellte mir rote und blaue Lichter vor, die über einen kleinen, stillen Körper auf schmutzigem Beton zuckten.

Ich sah das Mädchen wieder mit der Menge verschmelzen, und mein Magen verkrampfte sich zu einem harten, kalten Klumpen.

Plötzlich fingen meine Hände an zu zittern. Ich drückte sie mir an die Schenkel. Schaute auf meine Füße hinunter. Bemerkte ein einzelnes Unkraut, das aus einem Riss im Beton wuchs.

Shelly Leal. Mama. Ryan. Vielleicht war es auch nur der letzte Rest der Erkältung. Oder einfach Schlafmangel. Ich hatte keine Energie mehr, um die Verzweiflung abzuwehren.

Tränen traten mir in die Augen. Lösten sich. Mit dem Handrücken wischte ich mir dicke, salzige Tropfen von den Wangen.

»Ich bring dich zu deinem Auto«, sagte Ryan. Keine Fragen nach Leal oder nach dem Anruf von Finch. Ich war ihm dankbar dafür.

»Ich bin schon ein großes Mädchen«, brachte ich hervor, ohne hochzusehen. »Geh du in dein Hotel.«

Musik drang aus einer geöffneten Tür in dem Koloss hinter uns und verklang wieder. Irgendwo hupte ein Transporter beim Zurückstoßen rhythmisch.

Ryan nahm meine beiden Hände. Die ich fest zusammengeballt hatte, damit sie nicht zitterten.

»Ich hole dich morgen früh ab«, sagte ich.

Ryans Blick brannte in mein Schädeldach.

»Schau mich an.«

Ich tat es.

Die Iriden waren im blutunterlaufenen Augenweiß zu leuchtend. Elektrisch blau. Aufsehenerregend.

»Wenn ein Kind ermordet wird, stirbt auch in uns etwas.« Ryans Tonfall war sanft, er wollte mich beruhigen. »Aber normalerweise haut dich eine Ermittlung nicht so um. Es liegt an mir, richtig?«

Ich zögerte einen Augenblick und atmete tief durch, damit ich nichts sagte, was ich später bereuen würde.

»Im Leben geht's nicht immer nur um dich, Ryan.«

»Nein. Das tut es nicht.«

Ich zog meine Hände aus seinen und verschränkte die Arme. Senkte den Blick.

»Ich kann dir nicht erklären, warum ich wegmusste. Um alleine zu trauern. Um zu sehen, ob von mir noch irgendwas übrig ist, das zu retten wert ist. Mein Abgang war egoistisch, aber ich kann ihn nicht ungeschehen machen.«

Ich starrte das grüne Büschel an, das zu meinen Füßen um sein Leben kämpfte. Sagte nichts.

»Bitte, du musst wissen, dass ich dir nie wehtun wollte.«

Ich wollte mit den Fäusten auf Ryan einschlagen. Ich wollte meine Wange an seine Brust drücken. Ihm erlauben, mich an sich zu drücken.

Ryan war aus seinem alten Leben marschiert, ohne sich noch einmal nach mir umzudrehen. Ein schneller Besuch.

Eine E-Mail. Der Tod seiner Tochter war ein unvorstellbarer Schlag gewesen. Aber konnte ich ihm die Gefühllosigkeit verzeihen? Würde das Verzeihen mir nur noch mehr Schmerzen bereiten?

Ich betrachtete das tapfere, kleine Kraut. Merkwürdigerweise baute es mich auf. So viel Optimismus trotz so geringer Chancen.

Ich war nicht verpflichtet, mich Ryan zu erklären. Ihm je wieder zu trauen. Und doch sprang es mir aus dem Mund.

»Meine Mutter ist hier in North Carolina.«

Ich spürte Ryans Überraschung. Ich hatte mit ihm noch nie über Mama gesprochen.

»Sie stirbt.« Nur ein Flüstern.

In meinem Kopf blitzten Schnappschüsse auf. Mamas Hand in meiner im Dunkeln, wenn sie nicht schlafen konnte. Mamas Gesicht nach einem Einkaufsbummel, vor Freude gerötet. Mamas gepackter Koffer voller Seidenschals, Satinnachthemden und Dosen mit Godiva-Kakao.

Mama mit ihrem Laptop hinter einem Rollwagen kauernd.

Das Kraut verschwamm zu einem wabernden grünen Faden. Ein abgehackter Atemzug drang mir aus der Brust.

Nein.

Ich wischte die neuen Tränen weg, straffte die Schultern und hob das Kinn.

Ryans neongeätztes Gesicht war direkt über meinem.

Ich schaffte ein schwaches Lächeln.

»Wie wär's mit einer Limonade?«

Im Annex kochte Ryan Kaffee, während ich ins Arbeitszimmer ging, um meine Mutter anzurufen. Sie klang ruhig und klar. Sie war in den Computerraum gegangen, um ihre Recherche fortzusetzen. Keine große Sache.

Ich ließ mich nicht täuschen. Auch wenn die Dämonen von der Leine sind, kann Mama ihr Verhalten mit völlig vernünftigen Erklärungen bemänteln. Überzeugend anderen die Schuld an ihren Überreaktionen geben. Das ist vielleicht der verstörendste Aspekt ihrer Krankheit.

»Machst du auf deiner Seite Fortschritte?« Unter ihrer Ruhe sprudelte Aufregung.

»Fortschritte?« Ich wusste nicht, was sie meinte.

»Mit den armen toten Mädchen.«

»Hör zu, Mama, ich —«

»Ich auf meiner Seite tue alles, was ich kann.« Ihre Stimme senkte sich zu einem verschwörerischen Flüstern. »Sie versuchen, mich zu stoppen, aber das wird nicht funktionieren.«

»Niemand versucht, dich zu stoppen. Das Internet ist zusammengebrochen.«

»Es gibt noch mehr, weißt du.«

»Mehr?«

»Mehr verlorene Seelen.«

O Gott.

»Nimmst du deine Medikamente, Mama?«

»Kaum warst du weg, habe ich angefangen, mir alte Zeitungsartikel aus Charlotte und der Umgebung auf den Bildschirm zu holen. Das Mädchen in Vermont wurde 2007 getötet, also fing ich in diesem Jahr an.«

Ach du großer Gott.

»Ich habe mindestens drei gefunden.« Wieder dieses Verschwörungsflüstern.

Ich hatte die Wahl: entweder auflegen und Finch anrufen. Oder einfacher: ihr zuhören. Es war spät, also entschied ich mich für einfach. Vielleicht hoffte ich, ihr Hirn funktionierte noch so logisch, dass sie tatsächlich etwas gefunden hatte.

»Drei?«, fragte ich.

»Ich schreibe alles in mein Tagebuch. Für den Fall, dass mir irgendwas passiert.« Ich konnte das Funkeln in ihren Augen fast hören. »Aber ich habe dir die Namen, Daten und Orte geschickt. Natürlich in verschiedenen E-Mails.«

»Das ist nicht nötig, Mama.«

»Was ist mit deinem jungen Mann?«

»Ryan war einverstanden, uns zu helfen.«

»Das freut mich. Wenn mein brillantes Baby ihn mag, dann muss dieser Gentleman sehr klug sein.«

»Ich besuche dich, sobald ich kann.«

»Du wirst nichts dergleichen tun. Du bleibst dran, bis du diese schreckliche Kreatur gefangen hast.«

Ich fand Ryan in der Küche, wo er mit Birdie über Baseball diskutierte. Bei Kaffee und Quinoa-Cranberry-Keksen erzählte ich ihm das Wesentliche.

10

Als ich acht Jahre alt war, nach dem Tod meines Vaters bei einem Autounfall und dem meines kleinen Bruders durch Leukämie, holte meine Großmutter Mama, Harry und mich aus Chicago zurück in das Haus der Familie Lee auf Pawley's Island in South Carolina. Jahre später, nachdem sowohl Harry als auch ich schon geheiratet hatten und ausgezogen waren, starb Gran im mehr als gesegneten Alter von sechsundneunzig Jahren.

Eine Woche nach Grans Begräbnis verschwand Mama. Vier Jahre später erfuhren wir, dass sie zusammen mit einer Hausangestellten namens Cécile Gosselin, die sie Goose nannte, in Paris lebte.

Als ich fünfunddreißig war, kehrte Mama mit Goose in die

Vereinigten Staaten zurück. Seitdem war sie zwischen dem Haus auf Pawley's Island und einer riesigen Eigentumswohnung in Manhattans Upper East Side hin- und hergependelt.

Wenn Mama in diesen Jahren spürte, dass die Dunkelheit sich auf sie herabsenkte, oder Goose die verräterischen Zeichen sah, dann machten sie sich auf in diese oder jene Einrichtung, die zuvor Mamas Interesse geweckt hatte. Während Daisy wieder auf die Beine kam, kehrte Goose nach Frankreich zu einem Abstecher in das Leben zurück, das sie vor Katherine Daessee Lee Brennan geführt hatte.

Es war Mitternacht, als ich Ryan das Wesentliche über Mama erzählt hatte. Ihre Schönheit. Ihren Charme. Ihre Geistesgestörtheit. Ihren Krebs. Inzwischen hatten wir genug Koffein intus, um barfuß über den gesamten Appalachian Trail zu laufen.

»Sie ist verdammt schlau. Und im Netz nicht zu schlagen. Du brauchst was, Mama findet es.« Vielleicht, weil ich das Positive betonen wollte: »Sie hat mir geholfen, dich zu finden.«

»Klingt, als sollte deine Mutter für die NSA arbeiten.«

»Meine Mutter sollte man sofort in Behandlung schicken.«

Wir schauten uns an und wussten beide, dass die Zeit für eine Therapie vorüber war.

»Sehen wir uns ihre E-Mails an?«, schlug Ryan vor.

»Sicher.«

Es waren insgesamt neun, geschickt an meine Gmail-, AOL- und Universitätskonten. Codiert, um darauf hinzuweisen, welche zu welcher gehörte.

»Sie ist vorsichtig«, sagte Ryan.

»Sie ist verrückt«, sagte ich. Und bedauerte es sofort.

Wir öffneten alle und kopierten die Inhalte in ein Word-Dokument.

Avery Koseluk, 13, verschwand am 8. September 2011 in Kannapolis, North Carolina. Der Vater des Kindes, Al Menniti, verschwand zur selben Zeit.

Tia Estrada, 14, verschwand am 2. Dezember 2012 in Salisbury, NC. Vier Tage später wurde ihre Leiche in einer ländlichen Gegend im Anson County gefunden.

Colleen Donovan, 16, war im vergangenen Februar in Charlotte verschwunden.

»Ich erinnere mich an Donovan«, sagte ich. »Sie war eine Highschool-Abbrecherin, die auf der Straße lebte. Ich glaube, eine Prostituierte hat sie als vermisst gemeldet.«

»Die Polizei hat sie wahrscheinlich als Ausreißerin abgeschrieben. Und sie war älter und passte deshalb nicht zu Rodas' Profil.«

»Estrada war Latina, deshalb hätte sie auch nicht zu Rodas' Profil gepasst.«

Ich hatte das eben gesagt, als mein Handy drei Nachrichten ankündigte.

Mama hatte Fotos der Mädchen geschickt, zweifellos aus den Artikeln kopiert, die sie gefunden hatte.

Ryan brachte seinen Kopf dicht neben meinen, als ich die einzelnen Fotos vergrößerte.

Ich bemühte mich, normal zu atmen.

Jedes Mädchen hatte helle Haut und lange, in der Mitte gescheitelte Haare. Jedes war in dieser Kindfrau-Phase der Pubertät, mit schlaksigen Gliedern und ersten, zarten Busenansätzen.

Donovan sah nicht aus wie sechzehn. Estrada sah nicht wie eine Latina aus. Beides war offensichtlich.

»Slidell kann morgen in Salisbury anrufen«, sagte Ryan.

Ich nickte in seine Richtung, ohne ihn direkt anzuschauen. Wir wussten beide, was in den Autopsie- und Polizeiberichten stehen würde. Im Artikel über Tia Estrada wurde berichtet, dass sie auf freiem Feld, völlig bekleidet und auf dem Rücken liegend gefunden worden war. Todesursache unbestimmt. Keine Verhaftung.

»Bis dahin könnten wir beide ein bisschen Schlaf gebrauchen.«

»Ja.« Ich rührte mich nicht.

»Tempe.«

Ich schaute Ryan wieder direkt an. Seine Augen ließen mich an kaltes, blaues Feuer denken.

»Alles okay?«

»Bestens.«

»Wär's dir lieber, wenn ich heute Nacht hierbleibe?«

Ja.

Ich zuckte die Achseln.

»Geh ruhig hoch.« Ryans Stimme klang merkwürdig. »Ich weiß, wo du das Bettzeug aufbewahrst.«

Ich erwachte mit dem Gefühl, dass irgendetwas nicht stimmte.

Birdie war nicht da. Sonnenlicht fiel durch die Jalousien.

Mein Blick schnellte zum Wecker. Zehn nach acht. Ich hatte den Wecker überhört. Das passiert mir nie. Es konnte gut sein, dass Larabee schon mit der Leal-Autopsie angefangen hatte.

Ich schoss aus dem Bett, warf mir, ohne zu duschen, hektisch Klamotten über. Band mir einen Pferdeschwanz und putzte die Zähne. Polterte die Treppe hinunter.

»Mein Gott, Ryan. Warum hast du mich nicht angerufen. Oder hochgeschrien?«

»Ich dachte mir, dass du müde bist«, erklärte er, während er Milch ins Müsli goss. »Iss.«

»Wir müssen los.«

»Iss.«

»Ich habe keinen Hunger.«

»Du musst was essen.«

»Nein. Muss ich nicht.«

»Ich schon.«

Ryan goss Kaffee in zwei Thermosbecher und gab bei meinem Sahne dazu. Dann setzte er sich und löffelte sich Müsli in den Mund.

Ich verdrehte zwar die Augen, leerte aber dennoch meine Schüssel.

»Können wir jetzt los?«

»Jawoll, Ma'am.« Ryans Finger schnellte an den Schirm seiner Kappe.

Die Fahrt dauerte nur Minuten. Es hat auch Vorteile, wenn man an einem Samstagvormittag in die Stadt fährt.

Im MCME ließ ich uns mit meiner Karte ein. Wir gingen durch Lobby und Biovestibül und folgten dann dem Klang gedämpfter Stimmen zum Autopsiesaal Nummer eins.

Die Wolke traf uns, als ich die Tür aufstieß. Schwefelgesättigtes Gas, produziert durch bakterielle Prozesse und den Zerfall der roten Blutkörperchen. Der Gestank der Verwesung.

Larabee betrachtete eben Röntgenaufnahmen auf Lichtkästen an der Wand. Er trug Rechtsmedizinerkluft und hatte eine Maske unter dem Kinn hängen. Auf der Arbeitsfläche lag ein halbes Dutzend Tatortfotos.

Slidell stand neben Larabee und sah übel aus. Dunkle Stoppeln, verquollene Augen, käsig-weiße Haut. Ich fragte mich, ob er die ganze Nacht auf gewesen war. Oder ob es am Geruch lag. Oder an der grausigen Vorstellung, die ihm bevorstand.

Eine Autopsie bestürmt nicht nur die Nase, sondern alle Sinne. Der Anblick des schnell gesetzten Y-Schnitts. Das Geräusch der Schere, die knirschend Rippen durchtrennt. Das

Klatschen, wenn Organe auf der Waagschale landen. Der beißende Brandgeruch, wenn die Säge durch Knochen sirrt. Der Knall, wenn sich das Schädeldach löst. Das Reißen, wenn Schädelschwarte und Gesichtshaut abgezogen werden.

Rechtsmediziner sind keine Chirurgen. Sie müssen nicht auf Lebenszeichen, Blutungen oder Schmerzen achten. Sie reparieren nichts, bessern nichts aus. Sie suchen nach Hinweisen. Sie müssen objektiv und aufmerksam sein. Sanft müssen sie nicht sein.

Die Autopsie eines Kindes wirkt immer noch brutaler. Kinder sehen so unschuldig aus. So weich und sommersprossig und rosig. Brandneu und für alles bereit, was das Leben zu bieten hat.

Bei Shelly Leal war das alles nicht der Fall.

Leal lag nackt auf einem Edelstahltisch mitten im Raum, Brust und Bauch waren aufgedunsen und grünlich. Die Haut löste sich bereits ab, an Fingern und Zehen blass und durchscheinend wie Reispapier. Die halb geöffneten Augen waren stumpf und von einem trüben Film überzogen.

Ich wappnete mich. Schaltete in den Wissenschaftler-Modus.

Es war November. Das Wetter war kühl gewesen. Insektenaktivität dürfte minimal gewesen sein. Die Veränderungen waren vereinbar mit einer Leichenliegezeit von einer Woche oder weniger.

Ich ging zur Arbeitsfläche und schaute mir die Tatortfotos an. Sah die vertraute Lage mit dem Gesicht nach oben und den Armen dicht am Körper.

Wir sahen zu, wie Larabee die externe Untersuchung durchführte, die Konturen von Bauch und Pobacken, die Gliedmaßen, Finger und Zehen, den Schädel, die Körperöffnungen kontrollierte.

Nach einer Weile holte er mit einer Pinzette mehrere lange Haare tief aus der Kehle des Mädchens.

»Sehen die nicht ein bisschen zu blond aus, um ihr zu gehören?«, fragte Slidell.

»Nicht unbedingt. Verwesung und Magensäfte können sie gebleicht haben.« Larabee steckte die Haare in ein Röhrchen, verschloss und beschriftete es.

Schließlich der Y-Schnitt.

Während des ganzen Schneidens und Wiegens und Messens und Skizzierens war kein Geplapper zu hören. Nichts von dem schwarzen Humor, der sonst die Anspannung in der Leichenhalle erträglicher machte.

Slidell hielt meistens den Blick auf andere Dinge als den Tisch gerichtet. Hin und wieder schaute er mich lange an. Trat von einem Fuß auf den anderen. Faltete die Hände und löste sie wieder.

Ryan beobachtete in grimmigem Schweigen.

Nach neunzig Minuten richtete Larabee sich auf. Er musste seine Befunde nicht rekapitulieren. Wir hatten gehört, wie er jedes Detail in ein von der Decke hängendes Mikrofon diktierte.

Das Opfer war eine gesunde Dreizehnjährige von durchschnittlicher Größe und durchschnittlichem Gewicht. Sie zeigte keine angeborenen Missbildungen, Anomalien oder Hinweise auf eine Krankheit. Weniger als sechs Stunden vor ihrem Tod hatte sie einen Hotdog und einen Apfel gegessen.

Die Leiche des Kindes hatte keine verheilten oder heilenden Brüche, Narben oder Zigarettenbrandnarben. Keine Quetschungen oder Abschürfungen im Bereich des Anus und der Genitalien. Keine der grausigen Hinweise auf körperlichen oder sexuellen Missbrauch.

Shelly Leal war behütet und geliebt worden, bis eine Verrückte ihren Tod beschloss. Und es gab nichts, was darauf hindeutete, wie das passiert war.

»Keine Petechien?« Ich fragte nach winzigen roten Punkten, die infolge von platzenden Blutgefäßen in den Augen auftauchen.

»Nein. Die Lederhaut ist allerdings hinüber.«

»Was ist das?«, fragte Slidell.

»Petechiale Einblutungen deuten auf Erstickung hin.«

»Die Lippen sind stark geschwollen und verfärbt, aber ich konnte keine oberflächlichen oder subkutanen Einblutungen erkennen. Keine Schnitte oder Zahnabdrücke.«

»Und was heißt das? Denken Sie an Erwürgen? Strangulation?«

»Ich denke, dass ich die Todesursache nicht bestimmen kann, Detective.« Larabee klang leicht gereizt. Er hatte diese Schlussfolgerung eben erst diktiert.

Slidells Wangen wurden trotz seiner Blässe rot.

»Ich schaue sie mir noch einmal unter ALS-Licht an. Kontrolliere die Kleidung noch einmal. Ich glaube zwar nicht, dass das bei dem Verwesungsgrad viel bringt, aber ich nehme Proben für eine toxikologische Untersuchung.«

Slidell nickte und bewegte sich in Richtung Tür.

»Ryan und ich glauben, dass wir Hinweise auf andere Opfer gefunden haben.« Mama würde ich auf keinen Fall erwähnen.

»Ja?« Die verquollenen Augen fixierten Ryan. »Haben Sie vor, uns das auch mitzuteilen?«

»Wir sind gerade dabei.«

Slidell atmete lange durch die Nase ein und mit einem trockenen, pfeifenden Geräusch wieder aus.

»Ich muss das den Eltern erklären.« Mit einer Armbewegung zum Tisch. »Ryan, wollen Sie mitkommen und es mir unterwegs erzählen? Dann informieren wir Barrow.«

»Sie sind der Chef«, sagte Ryan.

Als Slidell und Ryan gegangen waren, holten Larabee und ich das ALS, die *Alternate Light Source,* also die alternative Lichtquelle, heraus, setzten Schutzbrillen auf und schalteten die Deckenbeleuchtung aus. Während wir den Lichtstab über Leals Leiche hin und her bewegten, erzählte ich ihm von Koseluk, Estrada und Donovan. Er hörte schweigend zu.

Wir fanden keine latenten Fingerabdrücke, keine Haare oder Fasern, keine Körperflüssigkeiten. Keine Überraschung, aber einen Versuch war es wert gewesen.

Leals Kleidung hing fleckig und steif vom Schlamm auf einem Gestell vor der seitlichen Arbeitsfläche. Kapuzenjacke aus gelbem Nylon, kariertes Hemd, rote Jeans, Baumwollschlüpfer, schwarz-gelbe Nikes, weiße Socken.

Wir fingen mit der Jacke an. Fanden vorn nichts. Drehten sie um.

»Was ist das?« Ich deutete auf eine fledermausförmige Lumineszenz am Rand der Kapuze.

Larabee beugte sich darüber, sagte aber nichts.

»Ich möchte wetten, dass es ein Lippenabdruck ist«, sagte ich. »Schauen Sie sich die Form an. Und die furchigen vertikalen Streifen.«

»Wie kann ein Lippenabdruck eine Woche im Freien überstehen?«, murmelte Larabee, ohne den leicht schimmernden Fleck aus den Augen zu lassen.

»Vielleicht ist es Lipgloss. Oder ein Fettstift.«

Unsere Blicke trafen sich. Wortlos gingen wir zu Leal hinüber. Unter dem ALS zeigten die aufgedunsenen, kleinen Lippen nicht den schwächsten Schimmer, der auf Schminke oder Balsam hindeuten könnte. Larabee wischte sie ab und steckte den Tupfer in ein Röhrchen.

»Sie denken an eine cheiloskopische Identifikation?« Einige Forscher glauben, dass das Muster der Oberflächenfurchung der Lippen bei jedem Menschen so einzigartig ist wie die Linien und Grate eines Fingerabdrucks. Larabee meinte die wissenschaftliche Prozedur ihrer Analyse.

»Nein. Na ja, vielleicht. Vor allem denke ich an DNS. Wenn Speichel vorhanden und der Lippenabdruck nicht ihr eigener ist …« Ich ließ den Gedanken unvollendet.

»Heilige Scheiße. Könnten wir so viel Glück haben?«

Larabee steckte die Jacke in eine Beweismitteltüte und schrieb die Fallinformationen auf die Außenseite.

Die restlichen Kleidungsstücke ergaben rein gar nichts mehr.

Während Larabee und ich Schürze, Handschuhe, Schutzbrille und Maske abnahmen, berichtete ich ihm von einer Idee, die in mir rumorte, seit ich Mamas E-Mails gelesen hatte.

»Gower wurde 2007 in Vermont entführt. Nance wurde 2009 hier in Charlotte ermordet. Koseluk war 2001, Estrada 2012, Donovan Ende 2013 oder Anfang 2014.«

»Und jetzt liegt Shelly Leal hier.« Larabee knüllte seine Kluft zusammen und warf sie in den Eimer für biogefährliche Stoffe. »Jedes Jahr ein Mord.« Der Deckel knallte zu. »Mit einer Lücke.«

»Ich werde mir eine Falldatei von 2010 noch mal auf den Bildschirm holen«, sagte ich. Mit bedrückter Miene wandte Larabee sich mir zu.

Er erinnerte sich ebenfalls.

11

Ich loggte mich in meinen Computer ein und suchte die Datei heraus. Überflog den Inhalt. Wie ich befürchtet hatte, entsprach Fallnummer ME107-10 dem Muster.

Der Schädel war von Wanderern an der South New Hope Road in der Nähe der Stadt Belmont gefunden worden, knapp westlich von Charlotte und knapp nördlich der Grenze zu South Carolina. Er lag in einem Graben gegenüber dem Eingang zum Daniel Stowe Botanical Garden.

Die Gesichtsknochen und der Unterkiefer fehlten, das Schädeldach war angenagt und verwittert. Reste von Hirnmasse hingen noch an der harten Hirnhaut im Schädelinneren, was auf eine Leichenliegezeit von weniger als einem Jahr hindeutete.

Ich hatte das Bergungsteam geleitet. Einen ganzen Tag lang hatten wir Schulter an Schulter ein Gitternetz abgearbeitet, hatten unter Felsbrocken und umgestürzte Bäume geschaut, in Ranken, Blättern und dichtem Gestrüpp gestöbert. Wir fanden eine ganze Reihe von Knochen, doch ein großer Teil des Skeletts war von Tieren verschleppt worden.

Ich konnte feststellen, dass die Überreste die eines zwölf- bis vierzehnjährigen Kindes waren. Die Reste des Schädels deuteten auf europäische Abstammung hin.

Eine Geschlechtsbestimmung nur aufgrund von skelettalen Indikatoren ist vor der Pubertät unzuverlässig. Aber Kleidungsreste, die bei einigen Knochenansammlungen gefunden wurden, deuteten auf ein weibliches Opfer hin.

Eine Durchsuchung der Vermisstenakten von North und South Carolina ergab keine Entsprechung. Dito, als wir das Profil in NamUS und das Doe Network eingaben, nationale und internationale Datenbanken für vermisste und nicht identifizierte Personen.

Das Kind blieb also namenlos, ME107-10. Die Knochen lagen noch in einem Regal weiter unten am Gang.

Ich stand von meinem Schreibtisch auf und ging in den Lagerraum. In der Stille des leeren Gebäudes klapperten meine Absätze laut.

Nachdem ich den Behälter mit der entsprechenden Beschriftung gefunden hatte, zog ich den Karton heraus und trug ihn in Autopsiesaal eins. Larabees geschlossene Tür deutete darauf hin, dass er bereits gegangen war.

Ich dachte an die herzzerreißende Unterhaltung, die Slidell mit Shelly Leals trauernden Eltern führen musste. Autopsieresultate zu erhalten ist nie einfach. Und auch das Überbringen nicht. Ich fühlte mit allen dreien.

Tief durchatmen. In der Luft hing nur noch ein schwacher Geruch.

Nachdem ich Handschuhe übergestreift hatte, hob ich den Deckel ab.

Das Skelett war noch so, wie ich es in Erinnerung hatte, teebraun verfärbt durch den Kontakt mit der Vegetation, in der es gelegen hatte. Und beklagenswert unvollständig.

Noch immer aufgeregt, weil ich den Lippenabdruck gefunden hatte, breitete ich Papierbahnen auf dem Tisch aus und legte die Knochen und Knochenfragmente darauf.

Die Außenseite des Schädels war gefurcht von Zahnspuren, die Brauenwülste und die Warzenfortsätze waren angenagt. Die meisten Wirbel und Rippen waren zerdrückt. Die vorhandene Beckenhälfte zeigte mehrere Einkerbungen von Reißzähnen. Jeder der fünf Röhrenknochen war zerbrochen und an beiden Enden gesplittert.

Ich untersuchte alles zuerst mit einem Vergrößerungsglas,

dann mit dem ALS. Entdeckte weder Haare noch Fasern an oder in den Knochen. Fand auch nicht die Andeutung eines Schimmerns.

Ich packte das Skelett eben wieder ein, als mein Blick auf eine Tüte in einer Ecke des Kartons fiel. Seltsam. Hatte die Kleidung das MCME nie verlassen? War sie ins Labor des CMPD geschickt und dann zurückgebracht worden? In der elektronischen Akte hatte ich keinen Bericht gefunden.

Ich öffnete die Tüte, zog den Inhalt heraus und legte die einzelnen Stücke auf das Papier.

Eine lavendelfarbene Sandale, die Größenmarkierung abgenutzt.

Dunkelrote Shorts, Mädchengröße zwölf.

Ein T-Shirt mit der Aufschrift *100% Princess*, Größe M.

Ein rosafarbener Polyester-BH, Größe 32AA.

Der Elastikbund eines Mädchenschlüpfers, das Etikett ausgebleicht und unleserlich.

Ich wiederholte den Prozess mit der Lupe und dem ALS.

Bis auf ein paar kurze, schwarze Haare, offensichtlich tierischer Herkunft, erhielt ich dasselbe enttäuschende Ergebnis.

Entmutigt stellte ich den Karton wieder ins Regal und kehrte in mein Büro zurück. Da ich dachte, dass vielleicht ein Fehler passiert und ein Bericht nicht eingegeben worden war, holte ich mir meine eigene Akte zu ME107-10.

Ja, ich führe immer noch Papierakten.

Man hatte versäumt, Daten einzugeben. Die Kleidung war ins Labor geschickt, untersucht und aus irgendeinem Grund an uns zurückgeschickt worden. Keine Resultate.

Ich wollte eben Slidell anrufen, als mein iPhone läutete. Er und Ryan wollten ins Penguin gehen.

Der Junkie in mir drehte sich um und öffnete ein Auge.

Was soll's. Ich war hier fertig. Ich konnte ja Slidell nach den Kleidungsstücken fragen.

Ich räumte auf und verließ das Institut.

Larabees Auto stand nicht mehr auf dem Parkplatz. Aber vor dem Sicherheitszaun standen zwei Transporter. Der eine trug die Aufschrift WSOC, der andere News 14 Carolina.

Scheiße.

Als ich zu meinem Mazda ging, wurden die Seitentüren der Transporter aufgezogen, und je ein zweiköpfiges Team sprang heraus. Einer hielt ein Mikrofon in der Hand, der andere hatte eine Kamera auf der Schulter.

Ich rannte zu meinem Auto, sprang hinein und verriegelte die Türen. Als ich durchs Tor raste, ließ ich das Fenster herunter und zeigte ihnen eine Geste, die keiner Erklärung bedurfte.

Ich wusste, dass die Medien wahrscheinlich den Funkverkehr zur Entdeckung von Leals Leiche mitgehört hatten und dass die Reporter, die an der Leichenhalle Wache hielten, nur ihren Job taten. Ich wusste auch, dass Dutzende andere sich woanders drängten – vor der Unterführung, dem Gemischtwarenladen, dem Haus der Leals – und nach Insiderinformationen geiferten, die sie ihren Redakteuren zuspielen konnten.

Meine Geste war unfair. Eindeutig unelegant. Aber ich weigerte mich, Voyeuren Futter zu geben, die sich am Leid anderer ergötzen wollten.

Das Penguin Drive-in ist eine verstopfte Arterie, die nur darauf wartet, einen umzubringen. Mit seiner wahrscheinlich illegal hochkalorischen Speisekarte ist der Laden in Charlotte eine Institution aus einer Zeit noch vor meiner Geburt.

Das Restaurant lag in der Nähe des Gemischtwarenladens,

in dem Shelly zum letzten Mal gesehen wurde. Wo sie Milch und Süßigkeiten gekauft hatte, die sie das Leben gekostet hatten.

Als ich von der Commonwealth auf einen Parkplatz vor dem Eingang fuhr, sah ich Ryan und Slidell durch die Doppellinse meiner Windschutzscheibe und eines getönten Schaufensters. Der Ausdruck auf Slidells Gesicht ließ mich beinahe bedauern, dass ich gekommen war.

Selbst noch um zwei Uhr nachmittags war der Laden gesteckt voll. Und laut vom Stimmengewirr aus fettsatten Hirnen.

Die Männer schauten auf, als ich auf sie zukam. Ryan rutschte nach links, um mir in der Sitznische Platz zu machen.

Slidell aß ein Sandwich, das jeder Beschreibung spottete. Scharf angebratene Fleischwurst zwischen zwei dicken Weißbrotscheiben mit Salat, Tomaten und Mayonnaise. Das Dr. Devil. Eines der Angebote, die ich noch nie gekostet hatte. Ryan arbeitete sich durch einen Hotdog, der unter einer mächtigen Schicht Queso-Käse und Zwiebelringen kaum zu erkennen war. Beide tranken Limo aus Bechern, so groß wie Ölfässer. Der namensgebende flugunfähige Vogel grinste von jedem dieser Plastikdinger.

Ich rutschte auf die Bank, und Ryan gab mir die Speisekarte. Nein danke. Ich wusste, was ich wollte.

Die Kellnerin erschien und erkundigte sich honigsüß nach meinem Befinden. Ich versicherte ihr, dass es mit gut gehe, und bestellte einen Penguin Burger, einen Killer mit scharf gewürztem Schmelzkäse und frittiertem Gemüse.

Während ich auf mein Essen wartete, berichtete ich Ryan und Slidell von dem möglichen Lippenabdruck.

»Könnte von Leal sein.« Ryan klang skeptisch.

»Ja«, sagte ich. »Er könnte aber auch von ihrem Angreifer sein. Vielleicht hat Leal sich gewehrt, und er oder sie hat sie an sich gezogen, um ihre Arme zu fixieren. Oder vielleicht ist ihre Leiche gerutscht, als sie zu der Unterführung getragen wurde. Es gibt viele Gründe, warum das Gesicht des Entführers mit ihrer Jacke in Berührung gekommen sein könnte.«

»Sie glauben, dass DNS sich so lange hält?« Slidell klang noch skeptischer als Ryan.

»Ich hoffe es.«

Ich tat es wirklich. Und dass eine Übereinstimmung Pomerleau direkt in die Hölle schicken würde.

Mein Getränk kam. Zuckriger Tee, nicht der ungesüßte, den ich bestellt hatte. Während ich daran nippte, erzählte ich den anderen, was ich über das Lückenjahr 2010 dachte. Und beschrieb die Akte ME107-10.

Die Männer hörten zu, kauten und wischten sich Fett vom Kinn. Slidell war an dem Fall zwar nicht beteiligt gewesen, aber er erinnerte sich daran.

Ich erwähnte die mediale Belagerung des MCME. Slidell ließ seine übliche Tirade ab. Seine Vorschläge zur Beschneidung der Macht der Vierten Gewalt endeten erst kurz vor einer Verfassungsänderung.

Als mein Essen kam, hatte Slidell seines bereits verdrückt. Er knüllte seine Serviette zusammen, warf sie auf den Teller und lehnte sich zurück.

»Ich bin überzeugt, dass die Eltern sauber sind. Kollegen geben an, dass der Vater in der Autowerkstatt war, als das Mädchen verschwunden ist. Die Mutter steht kurz vor dem Zusammenbruch. Sie hat gesagt, sie war mit den beiden anderen zu Hause und hat auf die Milch gewartet. Fühlt sich für mich okay an.«

Ryan nickte zustimmend.

»Wie haben sie die Nachricht aufgenommen?«, fragte ich mit einem Mund voller Hackfleisch und Gemüse.

Er zuckte die Schultern. Sie wissen schon.

Ich wusste es. Es kam zwar nicht häufig vor, aber hin und wieder war ich bei der Benachrichtigung der nächsten Verwandten dabei. In dem Augenblick, da das Leben sich für immer ändert. Ich habe Menschen in Ohnmacht fallen, um sich schlagen, katatonisch werden sehen. Ich habe sie schimpfen und anklagen hören, darum betteln und flehen, dass es nicht wahr und alles nur ein Irrtum sein möge. Wie oft ich auch dabei bin, es geht mir immer an die Nieren.

»Die Mutter hat nach einem Ring gefragt, den das Mädchen immer trug. Aus Silber, geformt wie eine Muschel. Haben Sie so was in der Richtung?«, fragte Slidell.

»Im Autopsiesaal habe ich keinen Schmuck gesehen, aber ich prüfe das nach«, sagte ich. »Vielleicht hatte Larabee ihn schon eingetütet, bevor ich ankam.«

Und von der Kleidung getrennt. Ich bezweifelte, dass er so etwas tun würde, sagte es aber nicht.

»Wir haben ein bisschen über Ihre anderen Opfer recherchiert. Koseluk und Donovan werden immer noch vermisst. Beide Fälle ruhen, weil niemand Druck gemacht hat.«

Ryan entschuldigte sich. Ich stand auf und sah ihn zur Tür gehen. Ich wusste, dass er nach draußen wollte, um zu rauchen.

Als ich mich wieder setzte, zog Slidell einen Zahnstocher aus seiner Zellophanhülle und bearbeitete damit einen Backenzahn. Doch das hielt ihn nicht vom Reden ab.

»Ermittlungsleiter beim Koseluk-Mädchen ist ein Kerl namens Spero. Kannapolis PD. Er ist okay. Hab mal mit ihm wegen eines erschossenen Gangmitglieds zusammengearbeitet.«

»Was denkt er?«

»Hat immer noch den Ex in Verdacht.«

»Al Menniti?«

Slidell nickte.

»Ist er wieder aufgetaucht?«

»Nein.« Slidell zog den Zahnstocher aus dem Mund und inspizierte etwas auf dessen Spitze. »Hab mit der Mutter gesprochen. Sie sagt, der blöde Wichser könnte seinen Arsch nicht verstecken, geschweige denn ein Kind. Sagt, seine Vaterschaft ist ihm scheißegal. Ihre Wortwahl.«

»Poetisch.«

»Was ist mit Colleen Donovan?«

»Die Eltern beide tot, lebte bei einer Tante, Laura Lonergan, und die brutzelt sich das Hirn mit Meth weg. Und da gibt's nicht viel zu brutzeln. Diese Unterhaltung war ein Leckerbissen.«

Ich gab Slidell zu verstehen, dass er die Charakteranalyse sein lassen sollte.

»Hat Colleen ein Register?«

Slidell nickte. »Eine Jugendstraftat, wir brauchen deshalb einen Gerichtsbeschluss, um an die Akte zu kommen.«

Ich hob fragend die Augenbrauen.

»Ja, ja, ich schreib da was zusammen.«

Slidell hielt inne, als wüsste er nicht so recht, ob er überhaupt weiterreden sollte.

»Was ist?«, fragte ich.

»'ne komische Sache. Laut Akte wurde Donovan in eine nationale Datenbank für vermisste Kinder eingegeben.«

»Von wem?«

»Von einem Ermittler namens Pat Tasat.«

»Was ist komisch daran?«

»Ich hab nachgeschaut, nur so zum Spaß. Nach sechs Monaten wurde das Mädchen wieder aus dem System entfernt.«

»Hat Tasat gesagt, warum?«

»Nein. Und das wird er auch nicht.« Verkniffenes Gesicht. »Der Arme ist am letzten Labor-Day-Wochenende im Lake Norman ersoffen.«

»Tut mir leid. Haben Sie ihn gekannt?«

Slidell nickte. »Jim Beam und Jetskis passen nicht zusammen.«

Ich überlegte einen Augenblick.

»Ist es nicht üblich, einen Grund anzugeben, wenn man einen Namen aus einer Datenbank entfernt?«

»Ja. Und das ist das Merkwürdige. Es wurde kein Grund genannt.«

»Wer hat sie entfernt?«

»Das stand auch nicht drin.«

Ich überlegte, was das bedeuten konnte. Wenn überhaupt etwas.

»Und Estrada?«, fragte ich.

»Das Mädchen ist in Salisbury verschwunden, das liegt im Rowan County, ihre Leiche ist aber in Anson aufgetaucht, deshalb erhielten die dort den Fall. Die Ermittlung führte zu nichts und landete schließlich bei einem Mannweib im Sheriff's Department namens Henrietta Hull. Mit der habe ich geredet. Wird Cock genannt. Können Sie sich das vorstellen?«

Hen. Cock. Henne und Hahn. Oder Pimmel. Ich war mir sicher, dass ihre Kollegen ihr diesen Spitznamen verpasst hatten. Bezweifelte allerdings, dass sie sich gern so nennen ließ.

»War vielleicht mangelnde Kommunikation zwischen den beiden Behörden das Problem?«

»Das zum einen. Zum anderen, dass das Sheriff's Department in Anson County damit beschäftig war, den eigenen Stall auszumisten.«

»Soll heißen?«

»Ein paar von ihren Superstars wurden wegen Bestechlichkeit verknackt.«

Jetzt fiel es mir wieder ein. Beide Deputies mussten damals ins Gefängnis.

»Und es lag auch am Timing. Der erste Ermittlungsleiter ging schon nach wenigen Monaten in Pension. Und dann wurde der Fall an Hull weitergegeben. Vor allem aber war es die Tatsache, dass kein Mensch irgendwas fand. Keine Sachbeweise, keine Augenzeugen, keine Todesursache.«

»Wer hat die Autopsie vorgenommen?«

»Irgendein Pfuscher, der sich nicht einmal die Mühe gemacht hat, den Fundort zu besichtigen.«

Das überraschte mich nicht. Der *Charlotte Observer* hatte mehr als einen Artikel über die Missstände im Medical-Examiner-System von North Carolina gebracht. Der jüngste Fall stammte aus dem Jahr 2013. In ein und demselben Motelzimmer in Boone waren im Abstand von drei Monaten ein älteres Ehepaar und ein elf Jahre alter Junge ums Leben gekommen, und wie sich zeigte, war bei allen dreien Kohlenmonoxid die Todesursache. Der örtliche ME hatte weder das Motel besichtigt noch nach dem ersten Fall einen zeitnahen Bericht eingereicht.

Bei der Befragung nannte der oberste ME des Staates mangelndes Budget als Grund für die Probleme. Das ist kein Witz. Lokale MEs bekommen pro Fall nur einen Hungerlohn. Und da es staatlich nicht vorgeschrieben ist, haben viele so gut wie keine Ausbildung in forensischer Pathologie.

»Und keiner hat sich dahintergeklemmt?«

»Estradas Mutter wurde kurz nach dem Verschwinden des Mädchens nach Mexiko deportiert. Und ein *Señor* ist nie auf der Bildfläche erschienen.«

Ich aß meinen Burger und dachte an die drei Mädchen meiner Mutter, Koseluk, Estrada und Donovan. Eines tot, zwei vermisst. Die Akten wurden ignoriert, weil niemand Druck machte.

Ryan kam wieder zu uns und brachte Zigarettengeruch mit in die Sitznische.

»Tinker war gestern Abend am Fundort?«

Slidell schnaubte laut und beschäftigte sich dann wieder mit seinen Zähnen.

»Das SBI ist der Ansicht, dass die Ermittlungen von staatlicher Partizipation an Informationen und Ressourcen profitieren.« Ryans erster Wortbeitrag.

»Dieses Scheiß-SBI hat doch kein Interesse, irgendjemanden an irgendwas partizipieren zu lassen.« Slidell steckte seinen Zahnstocher in die Reste seines Krautsalats. »Die denken, die Lösung dieser Fälle ist ihre Fahrkarte zu einem besseren Image. Und wir bleiben da außen vor.«

»Konnte Tinker sich schon Gedanken über diese drei anderen Opfer machen?«, fragte ich.

»Ohne Anleitung kann dieses Arschloch sich doch nicht mal die Hose zumachen.« Bei Slidells Ausbruch drehten sich einige Köpfe in unsere Richtung. »Er ist nicht davon überzeugt, dass sie mit den anderen zu tun haben.«

»Und Leal?«

»Die schon eher.«

»Was passiert jetzt?«

»Ich habe alles, was wir haben, nach oben weitergegeben.« Slidell klang nicht sehr optimistisch. »Jetzt warten wir.«

Wir gingen zu unseren Autos, als Slidells Handy läutete.

Während er zuhörte, rötete sich sein Gesicht. Schließlich blaffte er: »Ein paar zusätzliche Tafeln werden diesen Fall sicher nicht lösen.«

Dann drückte er wütend auf Beenden und wandte sich uns zu. »Wir sind im Arsch.«

12

Die Entscheidung lautete, dass der Leal-Mord als Einzelfall zu betrachten sei und es deshalb keine Sondereinheit geben werde. Slidell bekam einen größeren Raum zugewiesen, aber kein zusätzliches Personal. Er müsse mit Tinker zusammenarbeiten und Ryan kraft seines Amtes einsetzen. Wenn die Ermittlung mehr Zusammenhänge mit den anderen Fällen erbringe, werde die Situation neu eingeschätzt.

Während Ryan und ein stinksaurer Slidell zum Law Enforcement Center fuhren, kehrte ich ins ME-Institut zurück. Die Medientransporter waren verschwunden, wahrscheinlich auf der Suche nach blutigeren Weiden.

Leals Ring war weder im Autopsiesaal noch in einem Ziploc-Beutel auf Larabees Schreibtisch. Auch in seinen Unterlagen wurde nirgendwo Schmuck erwähnt.

Ich überlegte einen Augenblick, zog dann Gummihandschuhe an, ging in den Kühlraum und untersuchte jeden Zentimeter von Leals Leichensack. Fand Zweige, Blätter, ein paar Steinchen, aber keinen Ring.

Ich rief Larabee an, landete bei Voicemail und hinterließ eine Nachricht.

Weil mir sonst nichts mehr einfiel, fuhr ich zum LEC.

Slidell war weder im CCU noch in seinem Verschlag im Morddezernat. Auch Ryan war nirgendwo zu sehen. Ein paar Detectives telefonierten. Ein Kerl namens Porter sprach mit einem, den ich nicht kannte, über Fußabdrücke. Er schickte mich in den Konferenzraum.

Die Szenerie sah aus wie die Kulisse eines Billigkrimis. Ein Telefon und ein Computer standen unbemannt auf einem Schreibtisch in einer Ecke. Weißwandtafeln erstreckten sich über die gesamte Länge der Rückwand, die meisten benutzt, zwei leer.

Mitten im Raum stand ein großer Eichentisch. Darauf lagen zwei Vermissten- und vier Mordakten. Die für Gower und Nance waren mächtig, ein Pappkarton und ein Plastikbehälter, dank der Arbeit von Rodas und Barrows CCU-Team. Die anderen waren so dürftig, dass sie in Aktendeckel aus brauner Wellpappe passten, die mit Gummibändern zusammengehalten wurden.

Ryan stöberte in Rodas' Karton. Slidell saß neben ihm und las einen Ausdruck. Keiner hob den Kopf, als ich eintrat.

Ich ging zu den Tafeln. Ganz oben auf sechs der sieben hingen Opferfotos. Darunter stand in großen Blockbuchstaben ein Name. Der Ort, an dem sie zuletzt lebend gesehen worden waren, und ein Datum.

Nellie Gower, Vermont, 2007.

Lizzie Nance, Charlotte, 2009.

Avery Koseluk, Kannapolis, 2011.

Tia Estrada, Salisbury, 2012.

Colleen Donovan, Charlotte, 2013-2014.

Shelly Leal, Charlotte, 2014.

Jedes Datum der letzten Sichtung markierte den Beginn einer Zeitschiene, die die Bewegungen dieses Kindes vom Augenblick seines Verschwindens zurückverfolgte. Die einzelnen Chronologien hatten nur wenige Einträge.

Auf den Tafeln für Gower, Nance, Estrada und Leal hingen Fotos. Ich ging zur Estrada-Tafel, weil ich diese Fotos noch nicht gesehen hatte.

Wie die anderen lag Tia Estrada mit dem Gesicht nach

oben auf der Erde, vollständig bekleidet und mit den Armen an den Flanken. Unter ihr war braunes Gras und totes Laub zu sehen, über ihr ein grauer Himmel. Im Hintergrund erkannte ich einen Picknicktisch und etwas, das aussah wie der Sockel eines Pavillons.

Ein Hauch Brylcreem verriet mir, dass Slidell sich neben mich gestellt hatte.

»Ist das ein Campingplatz?«, fragte ich.

Slidell nickte. »Beim-Pee-Dee Naturreservat. Sie wissen schon, für die Boot- und Mückenspraymeute. Dort gibt's ein paar Anlegestellen, Zelt- und Wohnwagenplätze, Latrinen, damit die Familie mit den Vögeln scheißen gehen kann.«

Nett.

»Wurde sie auf dem Gelände gefunden?«

»Ja.«

»Und kein Mensch hat was gesehen?«

»Es war Winter. Der Platz war verlassen.«

»Wurden die Nachbarn befragt?«

»Das ist am Arsch der Welt.«

»Wo die Leute die Augen aufhalten«, sagte ich knapp. »Keiner erinnert sich daran, einem Fremden Benzin verkauft zu haben? Keiner hat ein unbekanntes Auto auf der Straße gesehen? Abgestellt am Straßenrand?«

Slidell schaute mich an, ohne zu blinzeln.

»Sie wissen, warum diese Trottel nicht zugeben wollen, dass wir es hier mit einer Serie zu tun haben.«

Obwohl ich Skinnys Ansicht teilte, wonach seine Vorgesetzten Scheuklappen trugen, hatte ich keine Lust, seine neueste Verschwörungstheorie zu hören.

»Ich konnte Leals Ring nirgends finden«, sagte ich. »Könnte er unten im Asservatenraum sein?«

Slidell verzog den Mund, was wohl »Glaube ich nicht« heißen sollte. Dann sagte er: »Ich nehme mir den Bericht der Spurensicherung noch mal vor, schaue nach, ob bei ihrer Suche ein Ring aufgetaucht ist.«

»Bitten Sie die Mutter, sich noch mal im Haus umzusehen.« Slidell nickte.

»Nance hätte Ballettsachen bei sich haben müssen, wenigstens Schuhe. In der Akte ist nichts aufgeführt.«

Noch ein Nicken.

»Wir sollten Hull befragen, rausfinden, ob bei Estrada irgendwas fehlt. Und vielleicht Rodas wegen Gower anrufen.«

Slidell wusste, woran ich dachte. Souvenirs. Erinnerungsstücke an die Morde. Er ging zu Ryan. Erklärte es ihm.

Ryan nickte und zog sein Handy heraus.

Als ich zur letzten Tafel ging, kam Slidell wieder zu mir.

»Hat Ryan Sie über Pomerleau informiert?« Auch nach zehn Jahren konnte ich den Namen kaum aussprechen.

»Ja.«

»Gut.«

»Bevor wir hier drinnen anfingen, hatte er seine Leute zu Hause angerufen. Ich spreche kein Französisch, aber es klang, als hätte er einiges zu erklären gehabt.«

Ich fragte mich, wie das gelaufen war.

»Er meinte, über Pomerleau hätte er nichts Neues erfahren. Aber ich schätze, er hat einigen Kanadiern Feuer unterm Hintern gemacht, damit sich das ändert.«

Einen Augenblick lang konzentrierte ich mich auf meine Atmung. Meinen Puls.

Dann betrachtete ich das Foto.

Es war ein Polizeifoto, aufgenommen vor gut zwanzig Jahren in Montreal. Pomerleaus Gesicht war weicher, eine embryonale Version des Gesichts, das sich für ewig in mein Hirn gebrannt hatte. Ich erkannte die dichten Augenbrauen über den tief in den Höhlen liegenden Augen. Die spitze Nase, die vollen Lippen und das so unpassend kantige Kinn.

»Sie war wie alt, sechzehn?«, fragte Slidell.

»Fünfzehn. Ein Ladenbesitzer in Mascouche hat sie 1990 bei einem Ladendiebstahl geschnappt. Bestand darauf, sie anzuzeigen. Das war das einzige Foto, das wir 2004 hatten.«

»Ryan konnte nichts weniger Antikes auftreiben?«

»Pomerleaus Eltern haben 1992 bei einem Brand ihren ganzen Besitz verloren. Zu der Zeit war sie schon aus dem Haus und hat Montreal die Hölle heißgemacht.«

»Wurde immer wieder auffällig?«

»Mit Kleinigkeiten, an die ich mich nicht erinnere.«

»Dann haben wir also ihre Fingerabdrücke?«

Ich nickte.

»Fünfzehn? Mom und Dad haben sie nicht wieder nach Hause geschleift?«

»Sie waren beide schon über vierzig, als Anique geboren wurde. Als sie die Schule schmiss, um in die große Stadt zu gehen, waren sie erschöpft und es leid, sich mit ihrer Scheiße herumschlagen zu müssen.«

Slidell spitzte die Lippen und rieb sich den Nacken.

»Dann kommt sie also irgendwann zwischen 2004, als Sie und Ryan sie in Montreal geschnappt hatten, und 2007, als sie auf dem Gower-Mädchen DNS hinterlässt, in die Staaten.«

Slidell verzog den Mund, während er nachrechnete.

»Sie ist jetzt neununddreißig und benutzt einen Decknamen. Und ich nehme an, sie ist clever.«

»Pomerleau ist heimtückisch und wahnhaft, aber verdammt gerissen.«

»Und das einzige Foto, das es von ihr noch gibt, ist mehr als zwanzig Jahre alt. Kein Wunder, dass sie es geschafft hat, nicht aufzufliegen.«

Ein plötzlicher Einfall.

Ich ging zu Leals Tafel. Darauf hing der Schwarz-Weiß-Ausdruck eines Kindergesichts, der eine annähernde, aber leblose Ähnlichkeit mit dem Schulporträt weiter oben zeigte.

Ich nahm an, das Bild war mit einer Software wie Scetch-Cop, Faces oder Identi-Kit erstellt worden, bei denen, ausgehend von den Erinnerungen eines Zeugen, aus Schablonen Merkmale der verschiedenen Kategorien ausgewählt werden. Ich nahm an, dass Slidells Augenzeuge aus Morningside ihm die Informationen gegeben hatte.

»Wer hat das Phantombild gemacht?«

»Wir kriegen die über einen Verbindungsmann beim FBI.«

»Könnte der auch eine Altersentwicklung mit Pomerleaus Polizeifoto machen?« Als ich das sagte, wunderte ich mich, dass noch niemand daran gedacht hatte. Oder ich hatte es übersehen. Ich beschloss, das zu überprüfen.

Slidell lächelte. Glaube ich. »Nicht schlecht, Doc.«

»Rodas sagt, Gower hatte einen Hausschlüssel an einer Kette um den Hals.« Ryan meldete sich vom anderen Ende des Raums. »Er wurde nie gefunden.«

Slidell und ich gingen zu ihm.

»Was ist mit Estrada?«, fragte ich.

»In der Akte wird nichts erwähnt.« Er deutete auf die Papiere, die vor ihm ausgebreitet lagen. »Hull wusste nichts von fehlenden Gegenständen. Hat versprochen, das nachzuprüfen.«

Ich schaute Ryan an. Er erwiderte kurz meinen Blick und las dann weiter die Befragungen.

»Ich rufe mal wegen der Skizze an.« Slidell drehte sich um und schlurfte aus dem Zimmer.

Ich setzte mich auf einen Stuhl. Blätterte in der Estrada-Akte, bis ich gefunden hatte, was ich suchte.

Estradas Obduktionsbericht bestand nur aus einer Seite Text und vier Seiten eingescannten Farbfotos. Er war unterzeichnet von Perry L. Bullridge, MD.

Slidell hatte recht. Angesichts der Tatsache, dass ein Kind ermordet worden war, hatte Bullridge bei der Dokumentation der Autopsie beschissen gearbeitet. Angesichts der Tatsache, dass es sich um *Mord* handelte.

Ich las den Abschnitt über körperliche Merkmale und den Zustand der Leiche. Die kurzen Bemerkungen über Gesundheit, Hygiene und Ernährungszustand. Den einzelnen Satz, der das Nichtvorhandensein von Verletzungen feststellte.

Ich übersprang die Organgewichte. Ich schaute mir eben die Liste der als Beweisstücke eingereichten Gegenstände an, als mir ein Eintrag ins Auge sprang.

»Aus Estradas Luftröhre hat man zwei Haare gezogen.«

»Und?« Ryan schaute nicht hoch.

»Larabee hat auch zwei Haare aus Leals Luftröhre gezogen.«

»Er dachte, dass es wahrscheinlich ihre eigenen sind.«

»Er fand es merkwürdig, Haare so tief im Hals zu finden.«

Ryan hob den Blick. »Was willst du damit sagen?«

»Ich weiß es nicht.« Tatsächlich nicht. »Zufall?«

»Du glaubst nicht an Zufälle.« Dabei schaute er mich über ein Blatt hinweg an.

»Nein«, sagte ich. »Das tue ich nicht.«

An diesem Abend kam Ryan zu mir, und wir holten uns Sushi zum Mitnehmen im Baku. Wir aßen in der Küche, unter Birdies unverwandtem Blick.

Alle paar Minuten schob Ryan der Katze rohen Fisch zu. Ich schimpfte sie beide. Der Zyklus wiederholte sich.

Wir räumten eben den Tisch ab, als Slidell anrief. Aus

einem Reflex heraus schaute ich auf die Uhr. Zwanzig vor zehn, und er arbeitete immer noch. Beeindruckend. Seine Neuigkeiten waren es nicht.

Der potenzielle Leal-Zeuge aus dem Gemischtwarenladen, den er vor einer Woche befragt hatte, hatte ihm Automerkmale und zwei Ziffern des Nummernschilds genannt. Der Abgleich hatte über zwölfhundert Möglichkeiten ergeben. Irgendjemand hatte sich ans Telefonieren gemacht.

Leals Ring war weder im Inventar der Spurensicherung noch im Asservatenraum verzeichnet. Er war auf keinem der Fotos zu sehen.

Die IT-Jungs hatten den Browserverlauf, der auf Leals Laptop gelöscht worden war, noch nicht wiederherstellen können. Aber sie versuchten es weiter.

Der Skizzenkünstler des FBI hatte versprochen, eine Altersentwicklung von Pomerleaus Polizeifoto zu erstellen. Wenn er die Zeit dazu fand.

Junge, Junge, wir waren auf der Überholspur.

»Ich habe vor, morgen meine Mutter zu besuchen«, sagte ich und spülte Reis und Sojasauce von einem Teller.

»Ich bleibe hier, gehe den Rest der Akten durch und gebe mir noch mehr Mühe, Pomerleau aufzuspüren.«

»Klingt gut.«

»Sollest du Daisy nicht Bescheid sagen?«

»Weil sie vielleicht nicht da sein könnte?«

»Sie ist für Fluchtgefahr bekannt.«

»Sehr witzig.«

In gewisser Weise war es das sogar.

Ich ging mit meinem Handy ins Arbeitszimmer und setzte mich auf die Couch. Ryans Rucksack hing jetzt an der Armlehne des Bürostuhls. Sein Handyladegerät steckte in einer Steckdose. Auf unerklärliche Weise beruhigte es mich, seine

Sachen inmitten von meinen zu sehen. Und machte mich traurig.

Ich war froh, dass Ryan einverstanden gewesen war, in mein Gästezimmer umzuziehen. Es war nett, ihn unter meinem Dach zu haben. Ein Freund, nicht mehr. Dennoch war ich froh, dass er hier war.

Ich wählte. Bereits beim ersten Tuten wurde abgehoben.

»Ich bin ja so froh, dass du angerufen hast.« Mamas Stimme hatte die Intensität eines Pitbulls, der einen Einbruch meldete. »Ich wollte eben dich anrufen.«

»Mama —«

»Ich wollte nur sicher sein.«

»Ich komme dich morgen besuchen.«

»Ich bin immer wieder in Sackgassen geraten. Daisy, habe ich zu mir selber gesagt, der Teufel steckt im Detail. Konzentrier dich auf die Details.«

Wenn Mama mal wieder einen Schub hat, ist sie nicht die beste Zuhörerin.

»Ich bin gegen Mittag bei dir.«

»Hörst du mir zu, Tempe?«

»Ja, Mama.« Ich wusste, wenn ich sie jetzt unterbrach, würde sie noch weiter überdrehen.

»Ich habe etwas Furchtbares herausgefunden.«

Ich spürte ein gewisses Unbehagen.

»Etwas Furchtbares?«

»Es wird noch ein kleines Mädchen sterben.«

13

»Daten, Tempe. Daten.« Fast atemlos. »Mir waren die Ideen ausgegangen, deshalb habe ich mit den Daten eine Matrix erstellt.«

»Was für Daten?«

»Ein paar, die du mir gegeben hast, aber die meisten habe ich in Onlineartikeln gefunden.«

»Ich kann dir nicht folgen, Mama.«

»Die Daten, wann die Kinder verschleppt wurden. Ich habe natürlich nicht alle. Aber ich habe genug.«

»Was für Kinder?«, fragte ich mit neutraler Stimme.

»Die in Montreal. Und die danach. Hast du etwas zum Schreiben?«, flüsterte sie dramatisch. »Es ist viel zu riskant, diese Informationen elektronisch zu übermitteln.«

Ich ging zum Schreibtisch und holte mir Stift und Papier. Dann drückte ich auf einen Knopf und legte das Handy weg.

»Was war das? Bin ich jetzt auf Lautsprecher?«

»Das ist okay, Mom.«

»Bist du allein?«

»Ja.«

Ryan erschien in der Tür. Ich bedeutete ihm, still zu sein, aber näher zu kommen, damit er mithören konnte.

»Ich habe jede Menge Informationen über die Situation in Montreal gefunden.«

»Wie?«

»Ich hab mit Namen angefangen – Anique Pomerleau, Andrew Ryan, Temperance Brennan. Ich habe die Namen mit Suchbegriffen wie SQ, Montreal oder Skelette kombiniert. Ein Treffer führte zum nächsten und zum übernächsten. Das ist immer so. Die Berichterstattung war ziemlich ausführlich, weißt du, sowohl auf Englisch wie auf Französisch.«

Das war ein Understatement.

»Habe ich dir schon gesagt, wie stolz ich —«

»Worauf willst du hinaus, Mama?«

Ein kurzes Zögern, dann: »Du hast drei Mädchen anhand der skelettierten Überreste aus dem Keller identifiziert. Angela Robinson, Marie-Joelle Bastien und Manon Violette. Ist das richtig?«

»Ja.«

»Dann schreib dir diese Namen auf.«

Ich tat es.

»Angela Robinson verschwand am 9. Dezember 1985. Marie-Joelle Bastien am 24. April 1994. Manon Violette am 25. Oktober 1994.«

Ich schrieb die Daten neben die jeweiligen Namen.

»Hast du das aufgeschrieben?«

»Ja.«

»Gab es noch andere?«

»Der Name eines Mädchens stand in einem Tagebuch, das wir in Pomerleaus Haus gefunden hatten. Aber wir haben sonst nichts über sie erfahren, und die Überreste wurden nie gefunden.«

»Habe ich deine volle Aufmerksamkeit?«

»Hast du.«

Ryan und ich wechselten Blicke, wir wussten beide nicht, was wir davon halten sollten.

»Nellie Gower wurde am 18. Oktober 2007 in Vermont entführt. Lizzie Nance am 17. April 2009. Tia Estrada am 2. Dezember 2012 in Salisbury. Füg das deinen Notizen hinzu.«

Ich fing eine zweite Liste mit zwei Spalten an.

Ryan und ich kapierten es im selben Augenblick.

»Scheiße.« Ich konnte mich nicht beherrschen.

»Vulgäres hilft uns nicht weiter, meine Liebe. Aber ich glaube, du verstehst, was ich sagen will.«

»Jedes der späteren Opfer ist genau eine Woche vor dem Datum verschwunden, an dem ein früheres Opfer verschleppt wurde.«

»Ja.« Gehaucht.

»Du willst damit sagen, dass Pomerleau frühere Entführungen nachstellt?«

»Ich habe keine Ahnung, warum. Oder warum sie diese armen, kleinen Lämmer tötet.«

»Mama, ich —«

»Es gab eine Überlebende, ein Mädchen, das fünf Jahre lang in dem Keller festgehalten wurde. Richtig?«

»Ja.«

»Sie war minderjährig, deshalb musste ihre Identität geheim bleiben. Aber es war nicht schwer, ihren Namen herauszufinden.« Pause. »Tawny McGee.«

Ich sagte nichts.

»Indem ich chronologisch rückwärts suchte, konnte ich das Datum ihres Verschwindens herausfinden. 13. Februar 1999.«

Ich schaute Ryan an. Er nickte zustimmend.

»Jetzt verstehst du wohl, warum eine sofortige Lösung des Falls entscheidend ist.«

»Nein, Mama. Das sehe ich nicht.«

Ein kurzes Aufkeuchen. »Aber das ist doch sonnenklar.«

Ryan nahm den Stift und schrieb ein Datum auf. 6. Februar. In etwa zwei Monaten.

Im Hintergrund war gedämpft eine Stimme zu hören. Mama verbat der Person den Mund, wahrscheinlich ihrer Krankenschwester.

»Hör zu, Mama. Ich seh dich morgen, und dann können wir —«

»Du tust nichts dergleichen. Du machst mit deiner Suche weiter.«

Wieder war im Hintergrund die Stimme zu hören. Die Luft wurde dick, als wäre der Hörer mit der Hand abgedeckt oder an die Brust gedrückt worden. Dann sagten mir drei Pieptöne, dass das Gespräch beendet war.

Ich schaute zu Ryan hoch. Er starrte den Notizblock an.

Ich las die Namen und Daten noch einmal. Stellte mir die Skelette vor, die auf Tischen in meinem Montrealer Institut gelegen hatten.

Angela Robinson war Wesley Catts' erstes Opfer gewesen, das er 1985 in Kalifornien entführt hatte, lange vor seiner tödlichen Partnerschaft mit Anique Pomerleau. Catts transportierte Robinsons Überreste an die Ostküste, vergrub sie in Vermont, grub sie wieder aus und begrub sie schließlich in diesem Keller der Pizzabude in Montreal.

Marie-Joelle Bastien, eine Akadierin aus New Brunswick, war sechzehn, als sie nach Montreal fuhr, um Spring Break zu feiern. Sie verschwand nach Kinobesuch und Abendessen auf der Rue Ste-Catherine im Osten der Stadt. Meine Skelettuntersuchung deutete darauf hin, dass sie kurz nach ihrer Entführung gestorben war.

Manon Violette war fünfzehn, als sie zum letzten Mal in *La Ville Souterraine,* Montreals unterirdischer Stadt, gesehen wurde. Sie kaufte ein Paar Stiefel, aß *Poutine* und verschwand dann. Ihre Knochen deuteten darauf hin, dass sie mehrere Jahre überlebt hatte.

Tawny McGee war die Einzige, die 2004 lebend gerettet werden konnte. Sie war 1999 im Alter von zwölf Jahren entführt worden.

McGee stattete mir nach ihrer Befreiung einen Besuch ab. Ein Psychiater des Sozialdienstes hatte ihr, wenn auch widerstrebend, gestattet, in mein Büro zu kommen.

Ich stellte mir das ernste, kleine Gesicht unter der schiefen Baskenmütze vor. Die geballten Fäuste und die traurige Stimme. Schaffte es, bei der Erinnerung nicht zusammenzuzucken.

»Dann war das also kein Witz von dir. Deine Mom ist wirklich gut.«

»Glaubst du, dass das echte Zusammenhänge sind?«

»Drei Entsprechungen wären schon ein verdammt großer Zufall.«

»Shelly Leal verschwand am 21. November. Wenn Mama recht hat, will Pomerleau dann mit ihr an irgendein Kind erinnern, von dem wir gar nichts wissen?«

Ryan schien dieser Gedanke auch zu beschäftigen.

»Laut einer Aussage, die Pomerleau gegenüber den Notaufnahmeärzten 2004 machte, hat Catts sie sich geschnappt, als sie fünfzehn war«, sagte ich.

»Sie lebte allein und wurde nicht als vermisst gemeldet, deshalb werden wir das genaue Datum ihrer Entführung vielleicht nie erfahren.«

»Dasselbe bei Colleen Donovan. Und bei meinem namenlosen Skelett ME107-10.«

»Irgendwelche Fortschritte damit?«

Ich schüttelte den Kopf. »Ich hab die Charakteristika durch die üblichen Datenbanken gejagt. Keine Treffer.«

»Das will mir immer noch nicht in den Kopf. Ein so junges Mädchen, und niemand sucht nach ihr.«

»Stört dich das Alter?«, fragte ich.

»Was meinst du damit?«

»Pomerleau und Catts haben Mädchen im mittleren bis

späteren Teenageralter aufgelauert. Diese neuen Opfer sind jünger. Oder sehen jünger aus, wie Donovan zum Beispiel.«

»Psychosen können sich im Lauf der Zeit weiterentwickeln.«

In diesem Augenblick sprang Birdie auf den Schreibtisch und drehte sich auf den Rücken. Ich kraulte ihm den Bauch. Er fing an zu schnurren.

»Glaubst du, dass Daisy mit dem 6. Februar recht hat?«

Ryans Augen gaben mir die Antwort.

»Wir sollten Slidell anrufen«, sagte ich.

Am Sonntag fuhr ich dann doch zur Heatherhill Farm. Das schlechte Gewissen, sie nicht zu besuchen, war stärker als das schlechte Gewissen, wertvolle Ermittlungszeit zu verlieren.

Ich fand Mama im Schneidersitz auf ihrem Bett, ihr winziger Laptop beleuchtete ihr Gesicht. Ihre Tür war geschlossen, und der Fernseher plärrte.

Nach dem zu erwartenden Tadel seufzte Mama und gab zu, dass sie sich über meine Anwesenheit sehr freute. Da der Tag kühl und bedeckt war und die Terrasse nicht infrage kam, bestand sie darauf, dass wir in ihrem Zimmer blieben.

Mama war aufgeregt und ruhelos. Während wir uns unterhielten, lief sie immer wieder zur Tür und drückte das Ohr dagegen.

Da ich den Grund ihrer Erregung kannte, versuchte ich, die Unterhaltung auf unverfänglichere Themen zu lenken. Doch Mama erwies sich wie immer als unlenkbar.

Leider, oder zum Glück, hatte sie keine neuen Informationen über die Entführungen oder Morde gefunden. Ich sagte ihr, sie könne jetzt langsamer machen, und deutete größere Fortschritte an, als wir sie tatsächlich machten.

Sie wollte über alles Bescheid wissen. Ich gab ihr einen vagen Überblick über die Entwicklungen auf unsere Seite.

Sie fragte nach Ryan. Ich übertraf mich selbst an Vagheiten.

Als ich das Thema Chemotherapie ansprach, wurden meine Fragen zurückgewiesen. Als ich nach Goose fragte, verdrehte Mama die Augen und winkte nur ab.

Ryan war in Charlotte geblieben und sah die Akten durch, die er am Samstag nicht geschafft hatte. Slidell klapperte Leihhäuser auf der Suche nach Leals Ring ab.

Gegen neun war ich wieder zu Hause. Bei Ben & Jerry's Chocolate Nougat Crunch erzählte Ryan mir von seinem Tag.

Er hatte sich auf die Ermittlungschronologien konzentriert, die zeitlich geordneten Aktionen der Detectives und die Anrufe und Anfragen aus der Bevölkerung. Er sah entmutigt aus und klang auch so.

»Bei Donovan und Koseluk gibt's wenig nachzuschlagen. Schon wenige Wochen nach dem Verschwinden ist nichts mehr passiert, und niemand rief an. Bei den beiden habe ich aufgegeben.«

Andere Leichen waren in die Leichenhalle gekommen. Die Polizisten hatten sich anderen Fällen zugewandt. Das Übliche.

»Bei Estrada waren die Ermittlungen gründlicher. In Salisbury und im Anson County wurden Befragungen durchgeführt – registrierte Sexualstraftäter, Freunde und Familien, Lehrer, die Besitzer des Campingplatzes, Anwohner am Highway.«

Er hätte auch über Nance oder Gower reden können. Über die Ermittlungen bei jedem ermordeten Kind.

»Eine Befragung ergab die nächste. Aber keine hat irgendeinen Verdächtigen erbracht.«

»Alle hatten ein Alibi?«

Ryan nickte. »Nach der Entdeckung von Estradas Leiche gab es den üblichen Ansturm von telefonischen Hinweisen. Klagen über den Besitzer eines Sportgeschäfts, einen Jungen, der mit seiner Harley zu laut und zu schnell fuhr, einen Farmer, der seinen Collie erschossen hatte.«

»Bikerhasser, Hundeliebhaber.«

»Genau. Die Anrufe wurden weniger und hörten nach etwa einem Monat ganz auf.«

»Da war der Skandal auf dem Revier, dann ging der Ermittlungsleiter in Pension, und letztendlich erbte Hull die Akte.«

»Der letzte Anruf kam von einer Reporterin der *Salisbury Post*. Sie rief sechs Monate nach Estradas Verschwinden an.«

»Und das war's dann.«

Ryan legte Schüssel und Löffel weg. Klopfte sich auf die Brusttasche. Dann wurde ihm bewusst, wo er war, und er ließ die Hände wieder sinken.

»Ist schon okay, wenn du rauchst.« Das war es nicht. Ich hasse Zigarettengeruch in meinem Haus.

»Aha.« Ein Mundwinkel verzog sich leicht nach oben.

Ein paar Augenblicke vergingen, bis Ryan wieder etwas sagte.

»Es war ja nicht so, dass die Ermittler die Fälle nicht hätten lösen wollen. Sie hatten einfach nichts, womit sie weitermachen konnten. Da gab es keinen Exknacki, der im Haus eines der Kinder gearbeitet hatte, keinen Elternteil mit gewalttätiger Vorgeschichte. Die Opfer waren zu jung, um schon feste Freunde zu haben. Donovan führte ein hochriskantes Leben, aber die anderen nicht.«

»Und Donovan und Estrada waren nicht der Typ, auf den sich die Medien stürzen.« Ich klang bitter, konnte es einfach nicht verhindern.

»Als die Leichen auftauchten, gab es weder Zeugen noch forensische Spuren.«

»Nichts, was auf einen Verdächtigen hindeutete.«

»Bis Rodas den DNS-Treffer landete.«

Vor meinem inneren Auge blitzte eine dunkle Gestalt auf, die mit einem Fünf-Gallonen-Kanister in den Händen durch Flammen rannte. Die Erinnerung brachte den Geruch von Kerosin und meinen eigenen brennenden Haaren mit sich. Das Grauen, in einem Haus aufzuwachen, das um mich herum niederbrannte.

Wut packte mich wie ein Muskelkrampf.

»Pomerleau hasst mich«, sagte ich.

»Sie hasst uns beide.«

»Aber wegen mir ist sie hier.« Ich wusste, das klang melodramatisch, sagte es aber trotzdem. »Ich hab sie entkommen lassen. Sie will mich daran erinnern, mich verhöhnen.«

»Wir alle haben sie entkommen lassen.«

»Weil wir versagt haben, sind diese Kinder tot. Und vielleicht stirbt bald das nächste.«

Zwei stürmisch blaue Augen bohrten sich in meine. »Diesmal ist die Motte zu dicht an die Flamme geflogen.«

»Sie. Wird. Brennen.«

Es war zwar kindisch, aber wir klatschten uns ab.

Am nächsten Morgen war unsere ganze Zuversicht beim Teufel.

14

Mein Schlafzimmerfenster geht auf die Veranda hinaus. Als ich am nächsten Morgen die Jalousien öffnete, sah ich Ryan auf einer der gusseisernen Bänke sitzen. Er war vornübergebeugt, die Ellbogen auf den Knien. Ich nahm an, dass er rauchte.

Dann ließ Ryan plötzlich den Kopf sinken, und seine Schultern hoben und senkten sich in abgehackten, kleinen Stößen.

Ich hatte das Gefühl, als würde mir das Innerste nach außen gerissen.

Außerdem fühlte ich mich wie ein Spanner und zog mich schnell zurück.

Nach einer hastigen Morgentoilette zog ich mich an und eilte nach unten.

Kaffee blubberte. Birdie fraß. Der Fernseher lief ohne Ton.

Ich schaute auf den Bildschirm. Eine Nachrichtenmoderatorin mit makellosen Haaren und unnatürlich weißen Zähnen sprach neben dem Video eines quer gestellten Lastwagens und strahlte die eingeübte Mischung aus Schockiertsein und Besorgnis aus.

Ich aß Joghurt und Müsli, als die Tür aufging. Ich schaute vom *Observer* dieses Morgens hoch.

Ryan wirkte gefasst, doch die rot verquollenen Augen verrieten ihn.

»Gutes Gebräu.« Ich hob meine Tasse.

Ryan setzte sich zu mir an den Tisch.

»Hast du das gesehen?« Ich zeigte ihm die Schlagzeile. Unter dem Knick, aber noch auf der Titelseite.

Keine Verhaftung im Mordfall Shelly Leal.

»Slidell wird entzückt sein«, sagte Ryan.

»Im Artikel klingt es so, als würden Tinker und das SBI die Hosen anhaben.«

»Kennst du diesen —« Ryan kniff die Augen zusammen, um die Verfasserzeile zu lesen. »— Leighton Siler?«

»Nein. Muss neu in der Polizeiredaktion sein.« Ich deutete

mit dem Kinn auf Miss Strahlegebiss. »Gab's im Fernsehen was drüber?«

»Daisy wäre empört über die Vulgarität.«

Klasse. Eine Kamera hatte meinen Fingerzeig beim Verlassen des MCME aufgenommen.

»Machst du heute mit den Akten weiter?«

Ryan nickte. »Es gibt nichts Offensichtliches, was diese Mädchen miteinander in Verbindung bringt. Keine gemeinsamen medizinischen Versorger, Büchereien, Kurse, Hobbys, Sommerlager, Lehrer, Pastoren, Priester, Tierhandlungen, Allergien oder Ausschläge. Beim Browserverlauf von Nance und Leal sind wir immer noch nicht weiter. Ich werd mich auf die Details konzentrieren, schauen, ob es irgendeine winzige Kleinigkeit gibt, die übersehen oder unterschätzt wurde. Es muss doch einfach irgendwas geben, das ein Opfer mit dem anderen in Verbindung bringt.«

Ryan hatte mir einmal etwas beschrieben, was er den Big-Bang-Durchbruch nannte. Der eine Hinweis, die eine Erkenntnis, die einer Ermittlung plötzlich eine Richtung gibt. Diese eine Synapse, die die Erkenntnis explodieren lässt und die Suche auf die richtige Spur schickt.

Ryan glaubte, dass in jedem Fall mindestens ein Big Bang lauerte. Und trotz seines persönlichen Schmerzes war er entschlossen, für meine »armen kleinen Lämmer« einen zu finden.

Ich spülte eben Schüssel und Becher ab, als das Telefon klingelte.

Larabee rief an, um mich an eine Besprechung am Vormittag zu erinnern. Ein Staatsanwalt kam ins MCME, um unsere Resultate für eine bevorstehende eidesstattliche Aussage durchzusprechen. Larabee war um acht an der Reihe. Ich um neun.

Bei dem Fall ging es um den Tod eines Schauspielers aus

Los Angeles, der nach Charlotte geflogen war, um die Rolle eines Hasen in einem Spielfilm zu übernehmen. Nach zwei Tagen Dreharbeiten war der Mann nicht wieder am Set aufgetaucht. Vier Wochen später wurde er in einem Wasserdurchlass neben den Gleisen in Chantilly gefunden. Sein einstiger Freund war wegen Mordes verhaftet und angeklagt worden.

Während Larabee und ich das Gespräch beendeten, sah Ryan mich an und deutete nach oben. Ich nickte abgelenkt. Und verärgert. Einen Anwalt zu bemuttern gehörte nicht zu meinem Plan für diesen Tag.

Zehn Minuten später kam Ryan zurück, die Haare nass und zurückgekämmt unter der costa-ricanischen Kappe. Er trug Jeans und ein kurzärmeliges Polohemd über einem langärmeligen T-Shirt.

Wir redeten wenig im Auto. Das dank meines Beifahrers nach meiner teuren, ägyptischen schwarzen Moschusseife roch.

Ich setzte Ryan am LEC ab und fuhr weiter zum MCME. Ich ging eben meine Akte zu Mr. Bunny noch einmal durch, als Larabee durch meine Tür kam.

»Wie war Ihr Wochenende?«

»Gut. Und Ihres?«

»Kann mich nicht beklagen. Ich habe gehört, Ryan ist da.«

»Hm.« Ich fragte mich, wer es ihm gesagt hatte. Wahrscheinlich Slidell.

»Sie kommen nie drauf, was ich heute Morgen auf meiner Voicemail hatte.« Larabee liebte es, mich erraten zu lassen, was er gleich sagen würde.

»Eine riesige Meeresschnecke.«

»Sehr lustig.«

»Und sie spielt die ganze Woche hier.«

»Marty Parent hat angerufen.«

Ich brauchte einen Augenblick, bis mir der Name etwas sagte.

»Die neue DNS-Analystin im CMPD-Labor?«

»Sie ist sehr tatkräftig. Und eine Frühaufsteherin. Hat mir um vier nach sieben die Nachricht hinterlassen, dass ich sie zurückrufen soll.«

Ich wartete.

»Was ich tun werde, sobald ich mit der Schmalzlocke da drinnen fertig bin.« Er nickte in die Richtung des kleinen Konferenzzimmers.

»Wer ist es?«

»Connie Rossi.«

Constantine Rossi arbeitete im Büro des Bezirksstaatsanwalts, solange ich zurückdenken konnte. Er war schlau und organisiert und verschwendete nicht anderer Leute Zeit. Und versuchte auch nicht, einen zu Schlussfolgerungen zu verleiten, die nicht durch Fakten gerechtfertigt waren.

»Rossi ist okay«, sagte ich.

»Ist er.«

Um elf war ich fertig und machte mich auf die Suche nach Larabee. Fand ihn in Autopsiesaal eins, wo er ein Hirn aufschnitt.

»Und? Was hatte Parent zu sagen?«

Larabee schaute mich an, das Skalpell in einer Hand, Schürze und Schutzbrille blutbespritzt.

»Ich weiß nicht so recht, ob es eine gute oder eine schlechte Nachricht ist.« Gesprochen durch dreilagiges Papier vor Mund und Nase.

Ich wedelte mit den Fingern, was »Reden Sie« heißen sollte.

Larabee legte das Skalpell weg und zog die Maske herunter.

»Parent hat das ganze Wochenende in die Untersuchung des Flecks auf Leals Jacke investiert.«

»Im Ernst?«

»Sie ist geschieden, und ihr Kind war mit dem Ex unterwegs.«

»Trotzdem.«

»Das Kind ist eine Tochter. Zehn Jahre alt.«

»Okay.« Als Katy noch jünger war, hätte ich dasselbe getan, wenn eine Verrückte Mädchen ihres Alters im Visier hatte.

»Sie haben den Nagel auf den Kopf getroffen. Was das ALS hervorgehoben hat, war wirklich ein Lippenabdruck. Unsere Probe enthielt Bienenwachs, Sonnenblumenöl, Kokosnussöl, Sojabohnenöl —«

»Lippenbalsam.«

»Ja, Ma'am.«

»Speichel?« Ich spürte, dass mein Puls sich beschleunigte. Larabee lächelte.

»Heilige Scheiße. Sagen Sie mir, dass sie DNS gefunden hat.«

»Sie hat DNS gefunden.«

»Ja!« Ich reckte tatsächlich eine Faust.

»Sie schickt sie noch heute durchs System.«

»Und hoch nach Kanada.«

»Vielleicht.«

»Was soll das heißen, vielleicht? Sie wird zu Pomerleau passen.« Ich war völlig aus dem Häuschen. Das war Ryans Big Bang. Slidell würde seine Sondereinheit bekommen.

»Sind Sie vertraut mit Amelogenin?«

Larabee meinte eine Gruppe von Proteinen, die an der Entwicklung von Zahnschmelz beteiligt sind, einem Prozess, den man Amelogenese nennt. Amelogenine werden als grundlegend für die Zahnbildung betrachtet.

Die Amelogenin-Gene, AMELX und AMELY, befinden sich auf den Geschlechtschromosomen, wobei sich die Version auf X leicht von der Version auf Y unterscheidet.

Da Frauen XX sind und Männer XY, ist dieser Unterschied hilfreich bei der Geschlechtsbestimmung. Zwei Spitzen, und der Unbekannte ist ein Mann. Eine Spitze, und der Täter gehört zum schöneren Geschlecht.

»Ja?« Der hochgezogene Ton verriet meine Verwirrung ob dieser Frage.

»Das Amelogenin deutete darauf hin, dass der Speichel von einem Mann hinterlassen wurde.«

»Ist Parent ganz sicher?« Natürlich war sie es. Nur aus einer Laune heraus hätte sie nicht angerufen.

»Ja.«

»Erhält man mit Amelogenin nicht gelegentlich falsche Ergebnisse?«

»Es hat einige Fälle von falschen weiblichen Ergebnissen gegeben. Wahrscheinlich weil die Y-chromosomspezifischen Allele zerstört waren. Aber von einem Fehler in die andere Richtung habe ich noch nie gehört.«

Das wusste ich. Der Schock brachte mich dazu, dumme Fragen zu stellen.

Larabee setzte seine Maske wieder auf und nahm die Klinge zur Hand. »Ich sage Ihnen Bescheid, wenn Parent irgendwelche Treffer vor Ort oder bei CODIS bekommt.«

Ich kehrte in mein Büro zurück, saß nur da und lauschte der Stille. Fassungslos. Enttäuscht. Vor allem verwirrt.

Hatten Slidells Chefs recht? Hatte der Mord an Leal nichts mit denen an Gower und Nance zu tun? Mit den anderen? War ihr Mörder ein Mann?

Aber das Muster der Opfer und der Vorgehensweise. Die Ähnlichkeiten bei Alter und Körpermerkmalen. Die Entführungen am helllichten Tag. Das arrangierte und offene Ablegen der Leichen.

Es konnte irgendein Täter sein. Es musste Pomerleau sein.

Der Name löste ein anderes neurales Aufflackern aus. Blut, das aus einem münzgroßen Loch quoll, über einen Haaransatz, eine Schläfe, eine Wange. Spritzer von Gehirnmasse an der Wand eines düsteren Wohnzimmers.

O Gott. Konnte es das sein?

Ich rief Ryan an.

»*Oui.*«

Ich berichtete ihm, was Larabee gesagt hatte.

»Das Ganze könnte völlig unwichtig sein. Irgendjemand, der mit dem Gesicht zufällig an die Jacke kam.«

»Der Abdruck hatte klare Ränder.«

»Und das heißt?«

»Er wurde nicht durch ein zufälliges Darüberwischen erzeugt.«

»Wir haben keine Ahnung, wie lange er schon dort war. Vielleicht Wochen, Monate.«

»Auf Nylon? Im Freien? Unmöglich. Dazu war er viel zu deutlich. Der Kontakt muss zu der Zeit passiert sein, als Leal umgebracht wurde.«

Ryan schwieg einen Augenblick. Ich wusste, dass seine Gedanken in dieselbe Richtung gingen wie meine.

»Du denkst, dass sie einen Komplizen hat«, sagte er.

»Wieder so ein Perverser wie Catts.«

Wieder entstand eine lange Pause. Im Hintergrund hörte ich Männerstimmen.

»Was ist mit den Haaren, die Larabee in Leals Kehle gefunden hat?« Ryan kam meiner Frage nach dem Streit im Hintergrund zuvor.

»Er hat nichts gesagt.« Und ich war zu sehr auf Amelogenin fixiert gewesen, um ihn zu fragen.

»Slidell wird sich in die Hose machen«, sagte Ryan.

»Wo ist er?«

142

»Hier. Arbeitet immer noch an seinen zwölfhundert Nummernschildern und hat eben den Typ, der das Mädchen auf der Morningside gesehen hat, noch mal befragt.«

»Und erhofft sich was genau?«

»Vielleicht die genaue Ziffernfolge, die Fahrzeugfarbe, Viertürer oder Zweitürer, solche Sachen eben. Ein Gefühl dafür, welche Treffer gut sind.«

»Wie ist es gelaufen?«

»Das Auto war blau oder schwarz. Und die Sieben auf dem Schild hätte auch eine Eins sein können.«

»Skinny ist also nicht glücklich.«

»Das ist eine Untertreibung. Dann ist auch noch Tinker aufgetaucht. Und seitdem vergleichen sie ihre Schwanzgrößen.«

»Irgendwelche interessanten Anrufe?«

»Die üblichen Spinner. Ein Lehrer, der über die unzüchtigen Kleidungsgewohnheiten der heutigen Jugend reden wollte. Ein Mann, der über Muslime herzog. Eine Frau, die den schwindenden Kirchenbesuch anprangerte.«

»Furchtbar. Wie kommt deine Suche voran?«

»Mit Gower bin ich durch. Dieser Rodas ist wirklich sehr gründlich.«

»Umpie.«

»Was?«

»Sein Name ist Umpie.«

»Dann habe ich Koseluk und Estrada durchgearbeitet. Berichte, Aussagen, Telefonnachrichten, Hinweise. Nichts. Donovan habe ich dir gelassen.«

»Und jetzt?«

»Ich werde bei Pomerleau mehr Dampf machen, werde bei Anfragen nachhaken, die ich nach Quebec, Vermont und hier an die nationalen Behörden geschickt habe. Diesmal verlange ich, dass sie mögliche Decknamen durchlaufen lassen. Ich habe eine Liste von Namen zusammengestellt.«

»Wie?«

»Die Leute sind nicht so kreativ. Sie neigen dazu, etwas Einfaches zu benutzen, normalerweise eine Variation des eigenen Namens oder der Initialen. Ann Pomer. Ana Proleau. So in der Richtung.«

»Ist einen Versuch wert.«

»Als Nächstes nehme ich mir die Zulassungsbehörde, die Sozialversicherungsdaten, die Steuerverzeichnisse vor. Ein Schuss ins Blaue, aber was soll's.«

»Lieber ein Schuss ins Blaue als gar keiner.« Wie oft hatten Ryan und ich das im Lauf der Jahre gesagt?

Der Tumult im Hintergrund wurde heftiger. Eine Tür knallte. Ich fragte mich, ob Slidell oder Tinker hinausgestürmt war.

Ryan ignorierte den Streit.

»Als uns Pomerleau 2004 durch die Lappen ging, haben wir ihr Foto auf dem ganzen Kontinent verschickt.«

»Genau.« Ich schnaubte hörbar. »Ein Polizeifoto von ihr als Fünfzehnjähriger.«

»Zugegeben. Aber das Bild hatte zu Dutzenden von Anrufen geführt.«

Jetzt fiel es mir wieder ein. Pomerleau war in Sherbrooke, Albany, Tampa und Thunder Bay gesehen worden.

»Worauf willst du hinaus?«, fragte ich.

»Wir geraten hier so langsam in eine Sackgasse.«

»Und?«

»Vielleicht ergibt sich ja etwas.«

Ich nickte. Was zwecklos war. Ryan konnte mich nicht sehen.

»Wir müssen nach Montreal.«

15

Ich fragte Larabee. Er hatte kein Problem damit, dass ich ein paar Tage nicht da war.

Bevor ich das Büro verließ, buchte ich zwei Plätze auf dem Direktflug um 20 Uhr 20 zum Pierre-Elliott-Trudeau. Dann kümmerte ich mich um die Versorgung meiner Katze.

Meine Nachbarin hatte keine Zeit, schlug aber ihre Enkelin Mary Louise Marcus vor, die nur ein paar Blocks von Sharon Hall entfernt wohnte. Ich rief sie an. Sie hatte Zeit, für enorme zehn Dollar pro Tag. Sie versprach, um sieben vorbeizukommen, um mich und Birdie kennenzulernen.

Auf meinem Weg durch die Innenstadt hielt ich bei Bojangles, Slidells Lieblingsladen, und kaufte Essen für eine sechsköpfige Familie.

Es war schon nach zwei, als ich im LEC ankam.

Slidell saß am Computer, die Lippen an die Zähne gepresst, und schüttelte langsam den Kopf. Tinker steckte Nadeln in eine Karte von North Carolina auf einer Korktafel, die zuvor noch nicht da gewesen war. Heute sah er aus wie von der Bullen-Boutique eingekleidet. Schwarzes Jackett, schwarzes Hemd, glänzend lavendelfarbene Krawatte.

Ryan telefonierte mit seinem Handy. Ich hörte den Namen Manon, nahm an, dass er die Familie Violette aufzuspüren versuchte. Sein ruhiges Französisch klang beinahe spröde vor unterdrückter Feindseligkeit.

Ich warf meine Jacke auf einen Stuhl und wartete. Nach seinem Telefonat brachte mich Ryan auf den neuesten Stand.

Slidell hatte bei seiner Kennzeichensuche absolut keine Fortschritte gemacht. Der IT-Spezialist hatte auf Leals Computer nur Datenfetzen wiederherstellen können, und nichts davon brachte uns weiter. Barrow hatte kein Glück bei der Suche nach Nances Laptop. Das gealterte Bild von Pomerleau würde erst in Tagen, vielleicht Wochen fertig. Dasselbe bei der DNS-Sequenzierung der Haare in Leals Luftröhre. Die toxikologische Untersuchung hatte keine Ergebnisse erbracht.

»Wie hat Slidell auf den Amelogenin-Schocker reagiert?« Ich stellte meine Tüten auf den Tisch.

»Sein Kommentar war nicht sehr konstruktiv.«

»Mittagessen«, verkündete ich.

Slidell hob den Blick, um mich über den Bildschirm hinweg anzuschauen. Ich konnte beinahe sehen, wie der Geruch frittierten Fetts sein Riechzentrum traf.

Während ich Pappteller, Plastikbesteck und Pappkartons mit Hähnchen und Beilagen verteilte, stemmte Slidell sich hoch. Hinter mir hörte ich Tinker durch den Saal kommen, seine Schlüssel klimperten in einer Hosentasche oder an einer Gürtellasche.

»Wir müssen über Highways nachdenken.« Tinker löffelte sich Kartoffelbrei auf seinen Teller, fügte Bratensoße, Krautsalat und ein Brötchen hinzu. »Nance wurde in der Latta Plantation abgelegt, nicht weit von der I-485.« Und zu Slidell: »Müssen Sie jedes Stück angrapschen?«

Slidell stöberte weiter in den Hähnchenteilen, jetzt sogar noch etwas langsamer, und entschied sich schließlich für zwei Flügel und zwei Schenkel.

Tinker trat an den Karton, nahm sich eine Brust und biss ein Stück ab, bevor er seinen Gedankengang weiterführte.

»Rodas meinte, Gower lag dicht an einem staatlichen Highway, dem Vermont 14, glaube ich.«

»Was für ein Geniestreich.« Mit vollem Mund gesagt. »Wir haben bereits festgestellt, dass die Opfer mit dem Auto transportiert werden. Eine Durchsuchung von Hubschraubern und Jachten können wir uns schenken.«

Ich ignorierte Slidells Sarkasmus. »Koseluk wurde in Annapolis entführt, Estrada in Salisbury. Beide liegen am Korridor der I-85.«

Tinker fixierte mich mit seinen flachen, kleinen Augen. Er schluckte. »Es fällt mir schwer, diese beiden mit einzubeziehen.«

»Leal wurde unter der I-85 gefunden«, ergänzte ich.

»Dem Amelogenin zufolge, gehört sie auch nicht dazu.«

»Nicht unbedingt.«

Tinker machte eine Geste, die ein Achselzucken mit einer Aufforderung zum Weiterreden kombinierte.

»Pomerleau könnte einen Komplizen haben. Oder –«

Slidell unterbrach mich, und seine Stimme troff vor Hohn, als er Tinker anblaffte.

»Weniger Opfer machen es einfacher, den Sack zuzumachen? Und das Image aufzupolieren?«

»Oder vielleicht projizieren Sie da etwas, Detective. Und reden über sich selbst«, blaffte Tinker zurück. Ich fürchtete, der blasierte Ton würde Slidell dazu provozieren, Tinker seinen Teller ins Gesicht zu drücken.

Ich schaute Skinny an. Seine Lider zuckten, auf seiner Oberlippe und dem Kinn glänzte Fett.

»Was zur Hölle reden Sie denn da?«

Jetzt war Slidell der Empfänger von Tinkers flachäugigem Starren. Kurz trafen sich ihre Blicke. Slidell war der Erste, der wegschaute.

»Jetzt reicht's. Ich arbeite nicht mit diesem Gnom.«

Slidell wickelte sein Geflügel in eine Serviette und marschierte aus dem Raum.

Tinker aß zu Ende, wischte sich dann die Finger einen nach dem anderen ab und kehrte zu seiner Karte zurück.

Ich sah Ryan mit hochgezogenen Brauen an. Er erwiderte die Geste.

Ich deutete auf das Hähnchen.

Ryan schüttelte den Kopf.

Da mir bewusst wurde, dass ich Slidells Frage noch nicht beantwortet hatte, fragte ich Ryan, ob er in der Nance-Akte auf die Erwähnung eines Handys gestoßen war. War er nicht.

Während ich den Müll wegräumte, berichtete ich Ryan von unseren Flugreservierungen. Er zögerte einen Augenblick und dankte mir dann. Fragte, wie viel Zeit wir hätten. Ich schlug vor, das LEC um sechs zu verlassen. Er nickte, griff nach seinem Handy und tippte Ziffern ein.

Seit Lilys Tod war Ryan nicht mehr in Montreal gewesen. Ich fragte mich, welcher Sturm in ihm wütete. Ihn fragte ich allerdings nicht.

Nachdem ich eine der leeren Tafeln zwischen Nance und Koseluk geschoben hatte, zog ich die Akte ME107-10 aus meiner Tasche und fing an, Informationen darauf zu verteilen.

Biologisches Profil. Geschätzter Todeszeitpunkt. Datum der Entdeckung. Ort. Fundortfotos des Skeletts und dazugehöriger Gegenstände.

Tinker verließ seine Stecknadeln, um mein Display anzuschauen. Das ziemlich dürftig war.

»Im Ernst?«

»An einigen Knochengruppierungen war die Kleidung noch an Ort und Stelle. Was fehlte, hatten sich wahrscheinlich Tiere geholt.«

Tinker nickte unverbindlich.

»Vieles passt ins Muster.«

»Wo war dieses Mädchen?«

Ich zeigte es ihm auf der Karte. Mir zuliebe steckte er eine gelbe Nadel hinein.

Ich brauchte ein paar Augenblicke, um sein Codierungssystem zu entschlüsseln. Grün markierte die Kreuzung, an der Nance zum letzten Mal lebend gesehen worden war, Rot die Stelle, wo man ihre Leiche gefunden hatte. Ampelfarben für die Morde, die über die DNS solide miteinander verbunden waren.

Blau markierte letzte Lebendsichtungen für Mädchen, die »nicht dazugehörten«, Gelb die Stellen, wo Estrada und Leal gefunden worden waren.

Der Stecknagel-Regenbogen spannte sich an der I-85 entlang, umkreiste Charlotte auf dem Ring der I-485 und sackte dann nach Süden zur Grenze mit South Carolina ab. Eine rote und zwei blaue Stecknadeln markierten innerstädtische Orte.

Eine gelbe Stecknadel ragte ganz allein im Südosten aus der Karte.

Tinker las meine Gedanken. »Estradas Leiche wurde nirgendwo in der Nähe der I-85 gefunden.«

»Sie lag nicht weit vom NC-52 entfernt.«

Ich studierte die Konfiguration und versuchte, ein darunterliegendes Muster zu erkennen.

»Estrada war auf einem Campingplatz in der Nähe des Pee-Dee-Naturreservats, Nance war in der Latta Plantation.« Ich drehte und wendete die Informationsbruchstücke, um sie zu einem Bild zusammenzufügen. »ME107-10, meine Unbekannte, war im Daniel Stowe Botanical Garden. Gower war in einem Steinbruch.«

»Holt den Champagner heraus. Wir haben es mit einem Naturliebhaber zu tun.«

Ich lächelte kühl über Tinkers schmierigen Zynismus und wandte mich wieder ME107-10 zu.

Die nächsten Stunden arbeiteten wir, ohne viel zu reden.

Nachdem ich mit der Tafel für meine Unbekannte fertig war, fing ich mit dem anderen Mädchen an, über das wir fast gar nichts wussten.

Ryan hatte recht. Man hatte nur wenig Mühe darauf verwandt, Colleen Donovan zu finden.

Und der Papierkram war nicht Pat Tasats Stärke.

Ich arbeitete die Befragungszusammenfassungen durch. Die Tante, Laura Lonergan, Junkie und Gelegenheitsprostituierte. Der Direktor eines Obdachlosenheims. Ein Dutzend Straßenkinder. Eine Nutte namens Sarah Merikoski alias Crystal Rose, die Colleen als vermisst gemeldet hatte.

Irgendwann hörte ich Slidell hereinlatschen und sich an den Computer setzen. Ich las einfach weiter.

Es klingt nach einem Klischee. Aber kein Klischee kommt ohne Bestätigung aus. Entweder ein Fall erschließt sich schnell und wird in den hektischen ersten Tagen gelöst, solange die Erinnerungen der Zeugen noch lebendig, die Spuren frisch sind und die Theorien üppig sprießen, oder er zieht sich hin, vertrocknet und wird irgendwann kalt. Je länger es dauert, desto unwahrscheinlicher die Aufklärung.

Bei Colleen Donovan war dies nicht der Fall. Vierundzwanzig Stunden. Achtundvierzig Stunden. Eineinhalb Jahre. Es war völlig unwichtig. Von Anfang an gab es absolut keinen Hinweis darauf, was mit ihr passiert war oder warum. Oder wann.

Falls ihr überhaupt etwas passiert war. Es gab keinen Beweis für ein Verbrechen. Keine Blutspritzer an der Wand eines Hotelzimmers. Keine begehrten Schätze, die in einem Obdach zurückgelassen worden waren. Keine Brieftasche oder Handtasche, die man in einer Mülltonne gefunden hatte. Keine geflüsterten Ängste wegen eines Kunden oder Zuhälters.

Ein roter Faden zog sich durch jede Zeugenaussage. Das

Leben auf der Straße ist hart und unberechenbar. Mädchen kommen, Mädchen gehen. Alle bis auf Merikoski, eine Straßenstricherin der alten Schule und Donovans selbst ernannte Tutorin im Sexgewerbe, hatten den Eindruck, dass Colleen wahrscheinlich aus eigenem Entschluss verschwunden war. Nicht einmal Merikoski war ganz sicher.

Ein Mangel an Hinweisen hieß keine Geschichte. Keine Geschichte hieß kein Verdächtiger.

Kein Big Bang.

Während ich mich durch die Chronologie arbeitete, bekam ich am Rande mit, dass Slidell seinen Computer verließ. Dass an den Tafeln Stimmen laut wurden.

Aus der Bevölkerung hatte es ein paar Anrufe gegeben, nicht viele. Ein Junge namens Jon Sapuppo berichtete, Donovan in einem Bus auf dem Wilkinson Boulevard gesehen zu haben, und zwar zwei Wochen nachdem Merikoski ins LEC gekommen war, um sie als vermisst zu melden. Ein Verkäufer behauptete, er habe Donovan in einer Tankstelle am Freedom Drive Zigaretten verkauft.

Mein Hirn registrierte, dass der Rummel an den Tafeln lauter wurde. Trotzdem ignorierte ich ihn.

Die Anrufe wurden weniger und hörten Ende Februar ganz auf. Im August rief die Tante an, um zu fragen, wie es mit dem Fall stehe. Das war alles.

»… meine Integrität infrage stellen?«

»Ich stelle Ihre Bemühungen infrage.«

Slidell und Tinker lagen sich wieder in den Haaren.

»Sie halten sich an die alten Fälle«, blaffte Slidell. »Überlassen Sie Leal mir.«

»Ein gebranntes Kind scheut das Feuer, was, Skinny?«

»Was zum Teufel soll jetzt das heißen?«

Ich drehte mich auf meinem Stuhl um.

151

Die Arme nach unten, die Fäuste geballt, starrte Slidell Tinker an.

»Nicht zu viel Druck machen? Es lieber locker angehen?«

»Ich mache jeden Druck, der geht. Ist nur nicht viel zum Druckmachen da.«

»Was ist mit dem Hintergrund des Kerls, der das Auto gesehen hat?«

»Er hat grauen Star und eine Prostata so groß wie eine Melone.«

»Wie läuft's mit der Computersuche?«

»Sie läuft.« Slidells Ton klang gefährlich.

»Haben Sie Donovans Jugendakte?«

»Ja. Sie hatte in einem K-Mart eine Uhr geklaut. Wurde bei einer Razzia mit dreißig Gramm Gras in ihrer Handtasche erwischt. Ach, und ihre ganz große Sache. Sie ist völlig zugedröhnt umgekippt und musste genäht werden.«

Das ließ Tinker einen Augenblick verstummen.

»Diese Pomerleau. Sie arbeitet seit, was, fünf Jahren in Ihrem Revier, und Sie können sie nicht finden?«

»Ich folge jeder Spur, Sie wertloses Stück —«

»Ach wirklich?«

»Was soll das heißen?«

»Ich habe mich nur gewundert. Es hat eine Weile gedauert, bis Sie diese andere Sache hinter sich gelassen hatten. Vielleicht haben Sie ja jetzt beschlossen, lieber auf Nummer sicher zu gehen. Wenn Sie keinen Scheiß bauen, vergessen die Leute. Und ziemlich bald sind Sie wieder ein Rockstar.«

»So ein Schwachsinn.«

»Oder geht's Ihnen um was ganz anderes?« Tinkers Mund kräuselte sich zu einem öligen, kleinen Grinsen. »Was Persönlicheres?«

Mit puterrotem Gesicht starrte Slidell Tinker lange und böse an.

»Sie hätten doch wissen müssen, dass Verlene sich irgendwann auf einen Deal einlassen würde.« Tinker ließ wie Groucho Marx die Augenbrauen hüpfen.

»Verdammte Scheiße!«

Ich sprang auf. »Muss ich euch beide mit dem Schlauch abspritzen?«

Slidell schaute mich an. Schüttelte angewidert den Kopf, um mir zu verstehen zu geben, ich würde das nicht verstehen. »Ich werde mich über dieses Arschloch beschweren.« Er wirbelte herum und stürmte aus dem Raum.

Ich sah auf die Uhr. Ryan hatte alle anderen Akten durchgearbeitet. Konzentrierte sich jetzt auf Montreal.

Ich ging zu den Tafeln und arbeitete mich langsam an der Reihe entlang. Ich betrachtete eben Shelly Leals Schulfoto, als etwas in meinem Kopf *pst* machte.

Was?

Ich hatte in Tinkers Stecknadeln kein Muster gesehen. Kein Geoprofil, das auf eine terrainorientierte Vorgehensweise hindeutete.

Mama hielt die Daten der letzten Lebendsichtung für wichtig. Wollte mein Unterbewusstsein mir sagen, dass da noch mehr dahintersteckte?

Leal war vor zehn Tagen verschwunden, am Freitag, dem 21. November. Ich nahm mein iPhone und holte mir einen Kalender von 2009 aufs Display. Spürte Erregung in mir aufsteigen. Nance war ebenfalls an einem Freitag verschwunden.

Ich rief das Jahr 2007 auf.

Die Erregung wurde stärker.

Gowers letzte Lebendsichtung war an einem Donnerstag. Aber Koseluks ebenfalls. Das *Pst* wurde lauter.

153

Es war nur ein spontaner Einfall, aber ich rechnete nach.

Einen Augenblick saß ich sehr still da und starrte die Zahlen an, die ich errechnet hatte.

Spürte einen Kloß im Hals.

»Ryan.«

Er hob den Kopf.

»Gower verschwand am 18. Oktober 2007. Nance am 17. April 2009.«

Er nickte, sichtlich verwirrt von der Kälte in meiner Stimme.

»Zwischen den beiden Entführungen liegt ein Intervall von achtzehn Monaten.«

Ryan nickte noch einmal.

»Gut zweieinhalb Jahre zwischen Nance und Koseluk.«

Ryan rechnete im Kopf nach. »Neunundzwanzig Monate.«

»Aber wenn man ME107-10 mit dazunimmt, mein unbekanntes Skelett, reduzieren sich die Intervalle auf ungefähr fünfzehn Monate.«

Ryan öffnete den Mund. Ich fiel ihm ins Wort.

»Koseluk verschwand am 8. September 2011. Estrada am 2. Dezember 2012.«

Er verstand, worauf ich hinauswollte. »Fünfzehn Monate Intervall.«

»Merikoski meldete Donovan am 1. Februar 2014 als vermisst.«

»Laut ihrer Aussage hatte sie das Mädchen seit Wochen nicht gesehen.«

»Leal verschwindet neun Monate später.«

»Du denkst an Mamas Theorie?«

»Jede neuere Lebendsichtung korreliert mit einer Lebendsichtung in Montreal.«

Wir hatten die Idee der miteinander in Beziehung stehenden Daten akzeptiert. Aber Mama hatte die volle Bedeutung des Musters begriffen. Vielleicht weil Ryan und ich an diesem Tag nicht nachgerechnet hatten, hatten wir sie übersehen. Oder vielleicht waren wir zu sehr auf den Altersunterschied zwischen den alten und neueren Opfern fixiert.

Jetzt hatten wir beide gleichzeitig denselben, schrecklichen Gedanken.

»Die Intervalle werden kürzer«, sagte ich. »Das nächste Mädchen könnte schon an *diesem* 6. Februar verschleppt werden. In weniger als drei Monaten.«

ZWEITER TEIL

16

Wir verließen das Law Enforcement Center mit zwanzig Minuten Verspätung. Zum Glück traf das Mädchen, das auf meine Katze aufpassen würde, pünktlich um sieben im Annex ein. Sie war ein schlaksiges Ding mit einem Glockenhut, wie er in den Wilden Zwanzigern in Mode gewesen war. Birdie mochte sie sofort. Als wir sie verließen, spielten sie mit seiner rot karierten Stoffmaus in meinem Arbeitszimmer Fangen.

Ich bin sehr oft an Flughäfen. Bis auf die Gepäckabholung, die länger dauert als eine durchschnittliche Herbsternte, ist mir Charlotte Douglas so ziemlich der liebste. Schaukelstühle. Ein Flügel. Sushibar. An diesem Abend konnten wir das alles vergessen. Wir hatten kaum genug Zeit, uns etwas zum Essen mitzunehmen und zum Gate zu stürzen.

Die Reifen verließen den Asphalt auf die Minute genau. Ryan und ich hatten zwölfhundert Meilen Ostküste, um lauwarmes Grillfleisch und Pommes zu essen und unseren Angriff zu planen.

Wir wussten, dass wir auf uns allein gestellt sein würden. Die beiden Detectives des SPVM, des *Service de police de la Ville de Montréal,* die den Fall bearbeitet hatten, Luc Claudel und Michel Charbonneau, waren beide nicht verfügbar. Claudel war in Frankreich. Charbonneau war nach einer Knieoperation auf Reha. Das war vielleicht auch gut so. Angesichts der Rivalität zwischen der Provinz- und der Stadtpolizei hatten wir starke Zweifel, dass wir von Letzterer bei einer zehn Jahre alten Akte viel Hilfe erhalten würden.

Angela Robinson war vierzehn, als sie 1985 in Corning, Kalifornien, verschwand. Eines der drei Skelette, die 2004 im Keller einer Pizzabude ausgegraben wurden, war das ihre gewesen. Da Slidell in keiner Richtung weiterkam, hatte er versprochen, im Sheriff's Department des Tehama County anzurufen und zu versuchen, dort etwas in Bewegung zu setzen. Mit wenig Optimismus. Seit Robinsons Entführung waren fast dreißig Jahre vergangen.

Die anderen Skelette gehörten Manon Violette und Marie-Joelle Bastien. Erstere war fünfzehn, Letztere sechzehn, als sie 1994 verschwanden.

Ryans telefonische Anfrage in Bezug auf Bastien hatte nichts erbracht. Sie stammte aus Bouctouche, New Brunswick, und in den zwei Jahrzehnten seit ihrem Verschwinden hatte ihre Kernfamilie sich zerstreut, nur ein paar Cousins und Cousinen lebten noch in der Gegend. Niemand erinnerte sich an irgendwas über Marie-Joelle, außer dass sie ermordet worden war. Und dass ihre Überreste im *Cimetière St-Jean Baptiste* bestattet waren.

Bei Violette hatte Ryan mehr Glück gehabt. Manons Eltern wohnten noch unter derselben Adresse am Boulevard Édouard-Monpetit in Montreal. Widerstrebend erklärten sie sich bereit, uns am nächsten Tag zu empfangen.

Am Vormittag würden wir, nach neuerlicher Lektüre unserer jeweiligen Akten, mit Mère und Père Violette sprechen. Dann würden wir versuchen, Tawny McGee aufzuspüren, die einzige Überlebende der Terrorherrschaft von Pomerleau und Catts. Wir hatten wenig Hoffnung, dass die Besuche etwas bringen würden. Aber was sollte es? Wir steckten ohnehin hoffnungslos fest.

Noch ein Luftfahrtwunder. Die Maschine landete vorzeitig. Bei dieser Überpünktlichkeit beschlich mich ein unbehagliches Gefühl.

Als wir den Flughafen verließen, traf mich ein Wind, der direkt aus der Tundra kam. Ich muss zugeben – mir stockte der Atem. Egal, wie oft es passiert, auf diesen ersten Klaps der Kälte bin ich nie vorbereitet.

Ryan und ich teilten uns ein Taxi in die Stadt. Er bestand darauf, dass der Fahrer mich zuerst absetzte. Ich nehme an, das war nur vernünftig. Meine Eigentumswohnung liegt in *Centreville*. Seine am anderen Ufer des Lawrence in einem Lego-Kuriosum aus Beton mit dem Namen Habitat 67.

Ryan bot an, mich am Morgen abzuholen. Da ich froh war, so der Metro und Frostbeulen zu entgehen, nahm ich an.

Während ich nach meinem Schlüssel suchte, bemerkte ich, dass das Taxi noch am Bordstein stand, im roten Schein der Heckleuchten quollen kleine, weiße Säulen aus dem Auspuff. Ich war gerührt – obwohl ich wusste, dass wir keine gemeinsame Zukunft hatten, dass er sich immer noch um meine Sicherheit sorgte.

Meine Wohnung war kalt und dunkel. Bevor ich mein hier unpassendes Herbst-in-Dixie-Jäckchen auszog, drehte ich den Thermostat auf. Sehr weit auf. In der Stille klang das Summen des Brenners überlaut.

Nach ein paar Spritzern Wasser ins Gesicht und schnellem Zähneputzen fiel ich ins Bett.

Und träumte von Schnee.

Als ich aufwachte, drang Sonnenlicht am Rand der Jalousien ins Zimmer. Ich wusste, dass der Tag eisig sein würde.

Der Küchenschrank war leer, es gab nicht einmal Kaffee.

Weil ich nicht zum Laden an der Ecke laufen wollte, ließ ich das Frühstück ganz aus.

Ryan rief um 7 Uhr 55 an, als er auf meine Straße einbog.

Ich holte meine Kanuk-Jacke, Handschuhe und einen Schal aus dem Schrank. Zog Stiefel an und verließ das Haus.

Ich hatte recht. Die Luft war so frisch, dass sie sich anfühlte wie Kristalle, die mir in die Nase stachen. Die Sonne stand als praller, weißer Ball tief an einem makellos blauen Himmel.

Ich lief zu Ryans Jeep und kletterte hinein.

Ryan wird nie müde, mich aufzuziehen, weil ich mit dem polaren Klima nicht umgehen kann. Heute sagte er nichts. Seine Haut sah grau aus, und unter den Augen hatte er dunkle Halbmonde.

Geronnenes Blut markierte eine Stelle an Ryans Kinn, wo er sich beim Rasieren geschnitten hatte. Ich fragte mich, ob er geschlafen hatte. Falls ja, so vermutete ich, dass er von der Lily-förmigen Leere geträumt hatte, die jetzt für immer in seinem Leben war.

Ich fragte mich auch, ob er vorab bei seiner Einheit angerufen hatte oder ob er es vorzog, unangekündigt aufzutauchen. So oder so hatte ich den Verdacht, dass ihm vor der bevorstehenden Begegnung graute.

Der Verkehr durch *Centreville* und den Ville-Marie Tunnel war erstaunlich schwach. Um 8 Uhr 15 standen wir auf dem Parkplatz des *Édifice Wilfrid-Derome,* eines t-förmigen Hochhauses in einem Arbeiterviertel östlich des Stadtzentrums.

Und so funktioniert das Gebäude.

Seit fast zwanzig Jahren arbeite ich als forensische Anthropologin für das *Laboratoire des sciences judiciaires et de médecine légale,* das zentrale forensische und gerichtsmedizinische Institut der Provinz Quebec. Charlotte, North Carolina? Montreal? Genau. Das Pendeln ist eine Qual. Eine Geschichte für ein anderes Mal.

Das LSJML benutzt die beiden obersten Stockwerke des *Wilfrid-Derome,* das zwölfte und dreizehnte. Das *Bureau du coroner* nutzt das zehnte und elfte. Die Leichenhalle und die Autopsiesäle sind im Keller.

Ryan ist *lieutenant-détective* der Provinzpolizei, der *Sûreté du Québec.* Die SQ nutzt den Rest des Gebäudes.

Nachdem wir das Gebäude durch den Haupteingang betreten hatten, zogen wir unsere ID-Cards durch einen Schlitz und warteten, bis sich das Metalltor klappernd geöffnet hatte. Ryan fuhr mit dem Aufzug in die *section des crimes contre la personne* im zweiten Stock. Ich wartete auf den speziellen Aufzug für das LSJML.

Mit Dutzenden anderer, die »*Bonjour*« und »*Comment ça va?*« murmelten, fuhr ich nach oben. Zu dieser Uhrzeit sind »Guten Morgen« und »Wie geht's« in jeder Sprache ähnlich flüchtig.

Eine Frau von der Ballistik fragte mich, ob ich eben aus den Carolinas gekommen sei. Ich bejahte es. Sie fragte nach dem Wetter. Als ich antwortete, stöhnten meine Mitfahrenden.

Fünf von uns stiegen im zwölften Stock aus. Nachdem ich den Marmorboden der Lobby überquert hatte, zog ich eine andere Sicherheitskarte durch und diese dann noch einmal, um in den gerichtsmedizinischen Bereich zu kommen. Die Tafel verzeichnete nur zwei anwesende Pathologen, Jean Morin und Pierre LaManche, den Chef. Die anderen traten als Gutachter auf, unterrichteten oder hatten Urlaub.

Auf dem Flur, den ich nun entlangging, befanden sich links die Pathologie- und Histologielabore und rechts die Büros der Pathologen. Durch Sichtfenster und offene Türen sah ich Sekretärinnen Computer hochfahren, Techniker in Tabellen blättern, Wissenschaftler und Analysten Labormäntel anziehen. Und alle tranken Kaffee.

Das Anthropologie-Odontologie-Labor ist das letzte in der Reihe. Zum Eintreten benutzte ich einen altmodischen Schlüssel.

Mein letzter Besuch lag fast einen Monat zurück. Auf meinem Schreibtisch stapelten sich Briefe, Broschüren und Werbung. Ein Umschlag mit Ausdrucken eines Fotografen der *Section d'identé judiciaire*. Eine Ausgabe von *Voir Dire*, dem Klatschblatt des LSJML. Ein Formular für ein *demande d'expertise en anthropologie*.

Nachdem ich meine umfangreiche Außenbekleidung ausgezogen hatte, überflog ich die Anfrage für ein Anthropologiegutachten. Auf dem Acker eines Farmers in der Nähe von St-Chrysostome waren Knochen gefunden worden. Falls die Überreste menschlich waren, wollte LaManche ein volles biologisches Profil, eine geschätzte Leichenliegezeit und eine Verletzungsanalyse.

Innerlich stöhnend, ging ich zur seitlichen Arbeitsfläche und öffnete eine braune Papiertüte mit SQ-Stempeln. Der Inhalt bestand aus dem Teil eines Schienbeins, einem Zehenknochen und einer Rippe.

Nichts davon war menschlich. Das war der Grund, warum LaManche mich nicht in Charlotte angerufen hatte. Aber als der Perfektionist, der er ist, hatte der alte Mann die Knochen für eine Beurteilung zurückgehalten.

Nachdem ich mir Kaffee besorgt hatte, kehrte ich ins Labor zurück und holte drei Dossiers aus einem Aktenschrank aus grauem Metall gleich hinter meinem Schreibtisch. LSJML-38426, LSJML-38427, LSJML-38428. Das Nummerierungssystem war hier ein anderes, aber die Hüllen waren genauso neongelb wie im MCME.

Ich begann mit den Fotos.

Und war sofort wieder in diesem Keller mit Ratten und Müll und Verwesungsgeruch.

Manon Violettes Knochen lagen wild durcheinander in einer Kiste mit der Beschriftung *Dr. Energy's Power Tonic.* Marie-Joelle Bastiens Skelett lag nackt in einem flachen Grab. Angela Robinsons war in eine schimmelige Lederdecke gewickelt.

Die Bilder. Meine Befunde. Berichte der SQ und der Stadtpolizei. Laborergebnisse. Die letztgültigen positiven Identifikationen. Die Namen der Verantwortlichen. Pomerleau. Catts, alias Ménard.

Bei einem Tatortfoto des Hauses an der de Sébastopol blieb ich hängen. Ich dachte an die ursprünglichen Besitzer, Ménards Großeltern, die Corneaus. Fragte mich, ob der Autounfall, bei dem sie gestorben waren, je genauer untersucht worden war.

Die Akte fühlte sich an wie ein Anruf aus einem anderen Jahrzehnt.

Zwei Stunden später lehnte ich mich frustriert und entmutigt auf meinem Stuhl zurück. Ich hatte nichts erfahren, was ich nicht bereits wusste. Außer dass Angela Robinson sich mit acht Jahren bei einem Sturz von einer Schaukel ein Handgelenk gebrochen hatte. Das hatte ich vergessen.

Die Wanduhr zeigte 10 Uhr 40.

Ich schrieb einen kurzen Bericht über die Überreste von St-Chrysostome. *Odocoileus virginianus.* Weißwedelhirsch. Dann wollte ich LaManche Bericht erstatten. Er war nicht in seinem Büro. Ich hinterließ ihm eine Nachricht.

Wie ausgemacht, traf ich mich um elf mit Ryan in der Lobby.

Andre und Marguerite Violette lebten in Côte-des-Neiges, einem Viertel, das für ausufernde Friedhöfe und die Université de Montréal bekannt war, nicht für architektonische Eskapaden. Wie das Westmount der gut betuchten Engländer und das Outremont ihrer französischen Pendants liegt dieses *quartier* hügelaufwärts von *Centreville,* eine Mischung aus Studenten, Mittelschicht und Arbeitern, mit genug finsteren Ecken, um es interessant zu machen.

Zwanzig Minuten nachdem wir das *Wilfrid-Derome* verlassen hatten, fuhr Ryan an einem Abschnitt des Boulevard Édouard-Montpetit in Spuckdistanz zum Universitätscampus an den Bordstein. Wir nahmen beide die Umgebung in Augenschein.

Doppelhäuser und niedrige Wohnblocks säumten die Straße, roter Backstein, schlicht und funktional. Keine Türmchen, keine Mansardendächer, keine verspielten Eisentreppen. Nichts von dem Schnickschnack, der Montreal seinen Charme verleiht.

Das Haus der Violettes passte ins Bild. Ihr Name stand auf einer zweistöckigen Backsteinschachtel, die an einer anderen zweistöckigen Backsteinschachtel klebte, beide erreichbar über steile, schmale Treppen.

»Hilf mir noch mal«, sagte ich. »Was hat Andre gleich wieder gemacht?«

»Er war Klempner. Ist er immer noch.«

»Und Marguerite?«

»Sie bügelt seine Hemden.«

»Wenn ich mich recht erinnere, war er schwierig.«

»Der Kerl war ein überheblicher, kleiner Wichser.«

»Charmant formuliert.«

»Wer kann, der kann.«

Ryan und ich stiegen aus und zur Tür hoch. Unsere Schritte hallten laut auf den harten Metallstufen.

Als Ryan auf die Klingel drückte, hörte ich einen gedämpf-
ten, doppelten Gongton, dann kläffte eine Stimme einmal,
wie ein Dobermann, der eine Warnung bellt. Sekunden später
klickten Schlösser, und die Tür ging nach innen auf.

André Violette wirkte kleiner – kürzer und dünner. Seine
Haare waren inzwischen gefärbt, sie waren stumpf, aber un-
erbittlich schwarz. Die Schmalzlocke war seit 2004 unverän-
dert.

Ebenso seine barsche Leck-mich-Haltung.

»Vielleicht erinnern Sie sich an uns. Ich bin Detective
Ryan. Das ist Dr. –«

»Ich weiß, wer Sie sind.«

»Vielen Dank, dass Sie uns empfangen.«

»Pff. Haben Sie mir eine andere Wahl gelassen?«

Joual ist eine Spielart des Quebecer Französisch. Einige
sprechen es aufgrund geringer Schulbildung, andere als Be-
kundung frankofonen Stolzes.

Andrés Akzent klang stärker als in meiner Erinnerung. Sein
»moi« kam als *»mou«* heraus, sein *»toi«* als *»tou«*. Ich bezweifelte, dass seine Aussprache politisch motiviert war.

»Wir bedauern –«

André fiel mir ins Wort. »Meinen Verlust sehr. Ich habe
diese Ansprache schon vor zehn Jahren gehört.«

»Wir arbeiten noch immer daran, diese Frau zu finden, die
Ihrer Tochter das angetan hat.«

Keine Antwort.

»Dürfen wir reinkommen?« Ryans Tonfall legte nahe, dass
die Frage eine reine Formalität war.

André trat beiseite. Wir folgten ihm über den kurzen Flur
in ein Wohnzimmer, das mit ausladenden Sofas, Sesseln und
geschnitzten Mahagonimöbeln vollgestopft war. Ein Zier-
deckchen schützte jede Sessellehne. Auf Regalen zu beiden

Seiten eines offenen Kamins aus getünchtem Backstein standen Nippes, religiöse Figuren und gerahmte Fotos.

Als Ryan und ich uns auf die Couch setzten, erschien eine Frau in der Tür links von uns. Ihre früher braunen Haare waren schon fast vollständig grau. Sie tat nichts, um es zu verstecken. Das gefiel mir an ihr.

Andres Blick wanderte zu seiner Frau.

»Ist es okay —«

Andre machte eine ungeduldige Handbewegung. Die Frau trippelte, die Hände an die Brust gedrückt, zu einem Sessel.

Ich hatte Marguerite Violette nie persönlich kennengelernt. Damals, 2004, war Andre meine einzige Kontaktperson gewesen. Es war Andre, der mir die prämortalen Daten geliefert hatte. Andre, dem ich von der eindeutigen Identifizierung berichtet hatte.

Ich erinnerte mich an seine merkwürdige Reaktion. Er hatte nicht geweint, keine Fragen gestellt, nicht um sich geschlagen. Er hatte einen Schokoriegel aus seiner Tasche gezogen, den Snack halb gegessen und war dann aufgestanden und aus meinem Büro marschiert.

Jetzt, da ich die beiden Violettes zusammen sah, verstand ich die Dynamik.

»Hätte jemand gern —«, setzte Marguerite an.

»Das ist kein Höflichkeitsbesuch.« Andre wandte sich an Ryan: »Und? Haben Sie dieses Monster endlich?«

»Es tut mir leid, dass ich das nicht bejahen kann. Noch nicht. Aber es gibt neue Spuren.«

Andre schüttelte den Kopf. Marguerite sackte sichtlich in sich zusammen.

»Wir haben Grund zu der Annahme, dass die Frau, die an der Entführung Ihrer Tochter beteiligt war —«

»Am Mord an meiner Tochter.« Andres Fuß wippte auf seinem Knie.

»Ja, Monsieur. Wir glauben, die Entführerin Ihrer Tochter ist jetzt in den USA.«

»Anique Pomerleau.« Marguerites Flüstern war kaum zu hören.

Ryan nickte. »Kürzlich entdeckte Hinweise deuten darauf hin, dass Pomerleau 2007 in Vermont und in diesem Jahr in North Carolina war.«

»Was für Hinweise?«, fragte Andre.

»DNS.«

Marguerite riss die Augen auf. Die Iriden waren grau und mit karamellfarbenen Punkten gesprenkelt. »Hat sie wieder einem Kind etwas angetan?«

»Es tut mir leid«, sagte Ryan sanft. »Über Details der Ermittlungen kann ich nicht sprechen.«

»Dann verhaften Sie die Schlampe«, blaffte Andre. »Gut, dass sie in Amerika ist. Dort kann man sie hinrichten.«

»Wir nutzen jede Ressource, die uns zur Verfügung steht.«

»Das ist alles? Zehn Jahre, und Sie erzählen uns, dass die Mörderin unseres Kindes vielleicht ihre Spucke an dem einen oder anderen Ort hinterlassen hat? Na klasse.« Letzteres sagte er auf Englisch. »Ihr seid doch alle zu nichts zu gebrauchen. Als Nächstes sagt ihr noch, es war *Bonhomme sept-heures.*«

»Sie hatten viel Zeit zum Nachdenken«, sagte ich behutsam. »Vielleicht haben Sie sich inzwischen an ein Detail erinnert, das Ihnen damals nicht eingefallen war, als Manon verschwand. Oder das Ihnen damals nicht wichtig vorkam. Die kleinste Information könnte sich als nützlich erweisen.«

»Erinnern? Ja, ich erinnere mich. Jeden Tag.« Andres Miene verhärtete sich, und Gift schlich sich in seine Stimme. »Ich erinnere mich, wie mein Baby die Decke heruntergestrampelt hat und schräg auf dem Bett lag. Dass sie Regenbogen-Sorbet liebte. Wie ich ihr das Knie verbunden habe, als sie vom Fahrrad fiel. Wie ihre Haare nach dem Waschen nach Orangen rochen. Und dass sie in die verdammte Metro stieg und nie wieder nach Hause kam.«

Andre kniff unvermittelt den Mund zusammen. Auf seinen Wangen zeigten sich rote Flecken.

Ryan schaute mich an. Ich verstand die Botschaft und sagte nichts.

Aber auch die beiden Violettes fühlten sich nicht verpflichtet, das verlegene Schweigen zu brechen, das auf seinen Ausbruch folgte. Andre blieb stumm. Marguerites Atmung wurde schneller und flacher, während tausend Emotionen sich um die Kontrolle über ihr Gesicht stritten.

Ich betrachtete Andres Augen, seine Körpersprache. Sah einen Mann, der seinen Schmerz hinter Machogehabe versteckte.

Eine ganze Minute verging. Ryan sprach als Erster wieder.

»Das ist genau die Art von Erinnerungen, die sich als nützlich erweisen kann.«

»Ich habe eine Erinnerung. Ich erinnere mich, dass mein Strickclub sich heute trifft.« Wieder wippte sein Fuß auf dem Knie. »Wir sind fertig.«

»M. Violette —«

»Ich habe das Recht zu schweigen, oder?«

»Sie sind kein Verdächtiger, Monsieur.«

»Ich werde es trotzdem tun.«

»Vielen Dank für Ihre Zeit.« Ryan stand auf. Ich tat es ihm gleich. »Und noch einmal, Ihr Verlust tut uns sehr leid.«

Andre blieb sitzen, in Gedanken sicherlich bei anderen Dingen als Stricknadeln und Wolle.

Marguerite führte uns den Gang entlang. An der Tür legte sie mir die Hand auf die Schulter.

»Urteilen Sie nicht zu hart über meinen Gatten. Er ist ein guter Mann.«

Die Traurigkeit in den karamellblauen Augen schien abgrundtief.

17

»Was ist *bonhomme sept-heures?*«, fragte ich Ryan, als wir wieder im Jeep saßen.

»Je m'excuse?«

»Andre hat die Formulierung benutzt.«

»Ach ja. Das ist der Schwarze Mann von Quebec, der sich die Kinder holt, die nach sieben noch auf sind.«

»Wie ist seine Vorgehensweise?«

Ryan schnaubte, und aus seiner Nase stieg weißer Dampf. »Er trägt eine Maske, hat einen Sack über der Schulter und versteckt sich unter dem Balkon, bis die Uhr sieben schlägt.«

»Eine Legende, um die Kinder ins Bett zu scheuchen.«

»Furchterregend, wenn die Legende Wahrheit wird.«

»Ja.«

»Das war reine Zeitverschwendung.« Ryan setzte sich eine Pilotenbrille auf die Nase.

»Jetzt wissen die Violettes wenigstens, dass wir nicht aufgeben.«

»Bestimmt machen sie gerade den Champagner auf.«

»Hattest du eine üble Nacht?«

Ryan setzte den Blinker.

»Du siehst aus, als hättest du sie irgendwo verbracht, wo's dunkel und feucht war.«

Mein Versuch, einen Witz zu machen, provozierte keine Reaktion.

Ryan bog rechts ab, dann noch einmal, dann links.

Laut und deutlich. Der Junge wollte Abstand.

Mit meinem Handschuh wischte ich Kondenswasser von der Scheibe und schaute zum Seitenfenster hinaus.

Fußgänger liefen über die Bürgersteige zu beiden Seiten der Queen Mary und stauten sich an den Kreuzungen, die sie so schnell wie möglich überqueren wollten. Studenten mit Rucksäcken. Einkaufende mit Plastiktüten oder Stofftaschen. Mütter mit Kinderwagen. Alle angezogen wie für die Antarktis.

Ich ließ nicht locker und probierte es noch einmal.

»Hast du Tawny McGee schon aufgespürt?«

»Arbeite daran.«

»Ist ihre Familie noch in Maniwaki?«

»Nein.«

»Die Mutter war allein, richtig? Zwei Kinder?«

»Ja.«

»War die Schwester nicht irgendwo im Westen?«

»Sandra Catherine. In Alberta.«

»Ist sie noch dort?«

»Nein.«

»Was jetzt?«, rief ich, als Ryan nicht weiter darauf einging.

»Sabine Pomerleau.«

»Aniques Mutter lebt noch?« Ich riss den Kopf nach links und schaute ihn an.

Die Sonne funkelte auf der Pilotenbrille, als sie sich kurz in meine Richtung drehte und sich dann wieder auf die Straße konzentrierte.

Ich lehnte mich zurück. Natürlich war es eine dumme Frage. Auch wenn wir noch so verzweifelt waren, eine Leiche konnten wir nicht befragen.

Aber Ryans Bemerkung überraschte mich. Die Pomerleaus hatten spät geheiratet und drei Jahre lang versucht, ein
Kind zu bekommen. Nach langer Qual und viel priesterli-
chem Beistand war Anique, ihr Wunderkind, schließlich 1975
von Gott geschickt worden. Mama war dreiundvierzig, Papa
achtundvierzig. So hatte Sabine die Geschichte der Geburt
ihrer Tochter erzählt.

Ich rechnete nach. Sabine musste jetzt zweiundachtzig sein,
ihr Mann siebenundachtzig.

»Lebt Jacques noch?«

»Hat 2006 den Löffel abgegeben.«

Ich fragte mich, ob die Schandtaten ihres Wunderkinds
zum Tod ihres Daddys beigetragen hatten. Behielt den Gedanken für mich.

Wir hatten eben vor einer zweistöckigen Doppelhaushälfte
aus grauem Stein in der Notre Dame de Grace geparkt, als
mein iPhone läutete. Während ich in meiner Handtasche danach kramte, legte Ryan zwei ausgestreckte Finger an die
Lippen, um anzudeuten, dass er eine rauchen ging. Er stieg
aus dem Jeep, und ich ging ans Telefon.

»Brennan.«

»Ich hätte die Zeit besser mit Zahnseide verbracht.«

Das Bild, wie Slidell vor einem Spiegel seine Zähne bearbeitete, war mir nicht gerade angenehm.

»Sie haben mit dem Tehama County gesprochen?«

»Mit dem hohen Sheriff höchstpersönlich. Will Trout. Wer
will schon Forelle heißen? Aber der Kerl hat auch die Hirn-
leistung —«

»Konnte Trout sich an Angela Robinson erinnern?«

»Ich bezweifle, dass er sich ohne Hilfestellung daran erinnert, aufs Klo zu gehen.«

Ich wartete.

»Nein. Aber nachdem ich den Fischjungen überzeugt hatte, dass ich kein Spinner bin, versprach er, nach der Akte zu suchen. Hab eben einen Rückruf bekommen. Das wird Ihnen gefallen.«

Slidell gestattete sich eine dramatische Pause.

»Sie ist weg.«

»Weg?«

»Robinson verschwand 1985. In diesen Tagen war alles noch auf Papier. Als der Fall kalt wurde, landete die Akte in einem Keller. Was sich als ein wirklich schlechter Plan erwies, da der Sacramento River alle paar Jahre aufmüpfig wird und das ganze verdammte County überflutet.«

»Die Akte wurde vernichtet?«

»Der Keller hat 1999 und 2004 Treffer abbekommen.

»Haben Sie Trout nach Ménard und Catts gefragt?«

»Mal sehen. Wie hat er sich ausgedrückt? Da beide tot sind, und das seit Jahren, und es auch in Zukunft bleiben werden, könne er keine Zeit damit verschwenden, ihre Biografien zu recherchieren.«

Einen langen Augenblick kam nur Schweigen aus der Leitung. Durch die Windschutzscheibe sah ich Ryan mit seinem Handy. Er telefonierte. Dann teilte mir Slidell die erste und einzige gute Nachricht seit einer ganzen Weile mit.

»Vielleicht haben wir Glück mit Leals Computer. Der IT-Typ benutzt irgendeine superschlaue Widerherstellungssoftware und kriegt Fragmente, was immer er damit meint.«

»Teile der Browsergeschichte.«

»Ja. Er sagt, die Löschungen waren amateurhaft. Glaubt, dass er vielleicht ein paar der Websites findet, die das Mädchen besucht hat.«

»Das ist fantastisch.«

»Oder eine gigantische Zeitverschwendung.«

»Ich habe das Gefühl, dass da was ist. Warum sollte man sonst den Browserverlauf löschen?«

»Hm.«

Ich erzählte Slidell, was Ryan und ich taten.

»Die Medien hier unten lechzen nach Blut. Bis jetzt läuft aber alles noch unter Lokalteil.«

»Wie läuft's mit Tinker?«

»Wollen Sie mir den Tag ruinieren?«

»Halten Sie mich auf dem Laufenden«, sagte ich.

Ich ging zu Ryan auf den Bürgersteig. Er hatte seinen Anruf beendet und blickte sich um.

Es war ein ruhiger Block, der von großen Bäumen beschattet wurde und offensichtlich nur aus Einfamilienhäusern bestand. Jedes Haus hatte vorn einen gepflegten, jetzt allerdings braunen Rasen und mit Rupfen verhüllte Sträucher und Büsche.

Ich betrachtete den aus mehreren miteinander verbundenen Häusern bestehenden Gebäudekomplex in unserem Rücken und sah dann Ryan an.

»Das Ding wurde in den Achtzigern zu einem Pflegeheim umgebaut«, sagte er.

»Betreutes Wohnen ist der politisch korrekte Begriff.«

»Wohl eher betreutes Sterben.«

Es geht doch nichts über eine witzige Erwiderung, um die Stimmung zu heben.

Stufen führten von dem kurzen Zuweg zu einer Tür am linken Ende der Veranda, die sich über die gesamte Vorderfront spannte. Auf der Veranda standen sechs Adirondack-Stühle, jeder in einer anderen Farbe lackiert, wahrscheinlich zur Zeit des Umbaus. Ein Balkon im Obergeschoss bot Schutz vor Regen oder Schnee.

Auf dem Balkon standen vier weitere verwitterte Stühle. In einem saß, eingemummt wie ein Inuit-Jäger, ein alter Mann mit dem Gesicht zur Sonne.

Ryan und ich stiegen die Treppe hoch und traten durch die Tür.

Im Inneren war es stickig und warm, und es roch nach Desinfektionsmittel und Urin und Jahren von Großküchen-essen. Rechts lag ein kleines Wartezimmer, ein ehemaliges Wohnzimmer, links eine Treppe. Direkt vor uns waren ein Speisesaal und ein Flur, der direkt nach hinten zu einem Raum führte, der aussah wie ein Sonnenzimmer. Von beiden Seiten des Flurs gingen Türen ab, alle geschlossen.

Anscheinend war irgendwo ein Signal ertönt, als Ryan die Tür öffnete. Als er sie wieder schloss, kam bereits eine Frau auf uns zu. Sie hatte schokoladenbraune Haut und dichte, silberne Haare, die sie oben auf dem Kopf zu einem Dutt gesteckt hatte. Sie trug eine weiße Uniform, Größe L. Ein kleines Messing-rechteck über ihrer Brust verkündete: M. Simone, LPN.

»*Puis-je vous aider?*« Kann ich Ihnen helfen? Ein breites Lä-cheln zeigte Zähne, die zu weiß waren, um echt zu sein.

»Wir würden gerne Sabine Pomerleau sprechen«, erwiderte Ryan auf Französisch.

»Gehören Sie zur Familie?« fragte Simone, obwohl sie mit Sicherheit wusste, dass dem nicht so war.

Ryan zeigte ihr seine Marke. Simone warf einen Blick da-rauf und sagte dann: »Ich fürchte, im Augenblick schläft Ma-dame Pomerleau.«

»Ich fürchte, wir müssen sie wecken.« Nicht einmal der Versuch des alten Ryan-Charmes.

»Störungen sind ungesund.«

»Hat sie sich den Wecker für die Frühschicht in der Firma gestellt?«

Unter Simones sonnigem Verhalten entdeckte ich einen Hauch Verärgerung. Einen Hauch von irgendwas. Aber das Lächeln blieb.

»Hat das mit ihrer Tochter zu tun?«

Ryan schaute sie nur an.

»Ich muss Sie warnen. Unterhaltungen mit Madame Pomerleau können problematisch sein. Sie hat Alzheimer, und ein vor Kurzem erlittener Schlaganfall hat ihre Sprachfähigkeit beeinträchtigt.«

»Verstanden.«

»Bitten warten Sie hier.«

In weniger als fünf Minuten war Simone wieder da und führte uns in ein winziges Zimmer im Obergeschoss mit zwei Betten, zwei Kommoden und zwei Stühlen mit gerader Lehne. Eine ausgebleichte grüne Tapete mit Blumenmuster machte den beengten Raum so klaustrophobisch wie möglich.

Die einzige Bewohnerin des Zimmers saß aufrecht im Bett und hielt eine zerzauste Stoffkatze im Arm. Während sie die Katze streichelte, sah ich unter den Ärmeln und dem Kragen ihres rosafarbenen Flanellmorgenmantels Knochen, die so zerbrechlich und gewichtslos wirkten wie die eines Vogels.

»Sie haben Besuch«, sagte Simone sehr laut.

Sabines Gesicht war faltig und übersät mit winzigen, blauen und roten Kapillargefäßen. Die wässrig grünen Augen schienen nichts wahrzunehmen.

»Ich bin in zehn Minuten wieder da«, sagte Simone zu Ryan.

»Wir werden uns bemühen, sie nicht aufzuregen«, sagte ich.

»Das werden Sie nicht.«

Mit dieser merkwürdigen Bemerkung eilte Simone davon.

Ryan und ich schoben beide Stühle ans Bett und setzten uns.

»J'espère que vous allez bien.«

Da Ryan keine Antwort bekam, fragte er auf Englisch, ob es ihr gut gehe.

Noch immer kein Zeichen, dass sie ihn verstanden hatte.

»Wir würden gern über Anique sprechen.«

Nicht einmal ein Zwinkern.

Ryan wechselte wieder ins Französische und sprach lauter.

»Vielleicht haben Sie ja von Anique gehört.«

Eine Hand streichelte weiter die Katze, und blaue Adern schlängelten sich wie Würmer unter der altersfleckigen Haut.

Eine ganze Minute verging. Ryan versuchte es noch einmal, mit demselben Ergebnis.

Ich bedeutete ihm, dass ich es mal probieren wollte.

»Madame Pomerleau, wir hoffen, Sie können uns helfen, Ihre Tochter zu finden.« Ich sprach laut, aber besänftigend. »Haben Sie vielleicht etwas von Anique gehört?«

Schweigen. Mir fiel auf, dass die Katze links von ihrer Schnauze keine Schnurrhaare mehr hatte.

»Vielleicht haben Sie eine Ahnung, wohin Anique nach den Problemen gegangen sein könnte?«

Ich hätte ebenso gut zu dem Wasserspeier in meinem Garten sprechen können.

Ich stellte noch einige weitere Fragen, langsam, aber nachdrücklich.

Es brachte nichts.

Ich schaute Ryan an. Er schüttelte den Kopf.

Als ich auf meine Uhr sah, hörte ich auf der Treppe Schritte.

Ich versuchte es ein letztes Mal.

»Wir fürchten, dass Anique etwas passieren könnte, wenn wir sie nicht bald finden.«

Es war, als wären wir gar nicht da.

Simone erschien in der Tür, und ihr schneeweißes Lächeln trübte ein Ausdruck, der wohl »Ich habe es Ihnen ja gesagt« heißen sollte.

»*Avec les saints. St. Jean.*« Dann auf Englisch mit einem starken Akzent. »*Buried.*« Begraben.

Ryan und ich drehten uns um.

Die uralte Hand auf dem zerfledderten Spielzeug war zur Ruhe gekommen.

»Anique ist bei den Heiligen?«, wiederholte ich. »Sie ist in St. John begraben?«

Aber der Augenblick war vorüber. Die uralte Hand streichelte wieder das verfilzte Fell. Die wässerigen Augen blieben auf eine Erinnerung gerichtet, die sonst niemand sehen konnte.

Draußen filterten lange, weiße Wolkenfinger das Sonnenlicht. Die Luft wirkte noch eisiger als vorher.

Ich blickte nach oben. Der alte Mann war vom Balkon verschwunden.

»Was denkst du?«, fragte ich Ryan und zog meine Handschuhe an.

»Schwester Strahlegrinsen hat ihrer Patientin gesteckt, dass die Bullen im Haus sind.«

»Glaubt sie wirklich, dass Anique tot ist?« Ein plötzlicher Gedanke. »Marie-Joelle Bastien ist auf dem *Cimetière St-Jean Baptiste* beerdigt. Könnte es sein, dass Sabine Anique mit Marie-Joelle verwechselt?«

Ryan zuckte die Achseln und hob die Augenbrauen.

»Oder hat sie einfach nur gemauert?«

»Wenn sie uns was vorgespielt hat, dann war das oscarreif.«

»Weißt du, wer für ihre Pflege zahlt?«

»Ein Neffe in Mascouche. Das Geld kommt aus dem Erbe, also ist er ziemlich knauserig.«

Wir stiegen in den Jeep. Ryan drehte eben den Zünd-
schlüssel, als sein Handy läutete. Er zog es aus der Tasche und
nahm den Anruf entgegen.

Ich hörte viele *Ouis,* ein paar Ein-Wort-Fragen und dann:
»Mail mir die Adresse.«

»Wem seine Adresse?«, fragte ich, als er das Gespräch be-
endete.

»Wessen.«

»Im Ernst?« Obwohl ich dieses kurze Aufblitzen des Ryan-
Humors durchaus begrüßte, hatten mir die beiden Besuche
dieses Vormittags die Lust auf Witzeleien verdorben.

»Tawny McGee.«

18

Unterwegs berichtete Ryan mir kurz, was er und sein Kollege
erfahren hatten. Ich kannte Tawny McGees Hintergrund,
wusste aber nichts von ihrem Leben seit 2004.

Was ich wusste: Bernadette Higham lebte fünf Jahre lang
mit einem Mann namens Harlan McGee zusammen. Sie arbeitete als Empfangsdame in einer kleinen Zahnarztpraxis in
Maniwaki. Er war Fernfahrer.

Obwohl das Paar nicht verheiratet war, hatte es zwei Töchter. Sandra wurde 1985 geboren, als Bernadette neunzehn
war und Harlan neunundzwanzig. Tawny folgte 1987.

Eine Woche nach Tawnys zweitem Geburtstag brach
Harlan zu einer Tour nach Vancouver auf, von der er nicht
zurückkam. Vier Monate später erhielt Bernadette einen Brief
mit Harlans Ankündigung, dass er nicht vorhatte, jemals
zurückzukehren. Der Umschlag enthielt außerdem 400 Dollar.

1999 verschwand Bernadettes jüngere Tochter, während sie in einem Park spielte. Tawny McGee war zwölf Jahre alt. Jahre vergingen, ohne dass die Ermittlungen zu ihrem Verschwinden je Fortschritte machten. 2004 wurde Tawny aus der Gefangenschaft in Anique Pomerleaus Folterverließ befreit.

Was ich jetzt von Ryan erfuhr:

Vier Monate nach Tawnys Rückkehr nach Hause ging der Zahnarzt in Maniwaki in Pension und schloss seine Praxis. Als Anerkennung für die jahrelangen treuen Dienste vermittelte er Bernadette eine Stellung als Empfangsdame in der Schädlingsbekämpfungsfirma seines Bruders. Falls sie bereit war, nach Montreal zu ziehen. Da Bernadette mit der psychologischen Betreuung, die Tawny erhielt, nicht zufrieden war und auf Besseres hoffte, packte sie zusammen und zog nach Osten.

Binnen einem Jahr heiratete Bernadette Jacob Kezerian, den Sohn des Kammerjägers. Die Kezerians lebten jetzt im Montrealer Vorort Dollard-des-Ormeaux.

Bernadette war bereit, mit uns zu sprechen. So fuhren wir am Nachmittag in diese Richtung.

Die Stadt Montreal breitet sich über ein kleines Stück Land in der Mitte des St. Lawrence River aus. Das West Island, im Französischen *l'Ouest de l'île,* ist ein Überbegriff für die Vorstädte am westlichen Ende.

Das West Island besteht aus Grünflächen, Radwegen, Langlaufloipen, Golfplätzen und Biofarmen inmitten einer wohlhabenden Schlafstadt. In der Gegend wimmelt es von Börsenmaklern, Anwälten, Bankern und selbstständigen Unternehmern.

Historisch unterteilt Montreal sich sprachlich, wobei die Franzosen im Osten bleiben und die Engländer im Westen. In den letzten Jahren hat sich diese Trennung etwas aufgeweicht.

Trotzdem ist das West Island noch stark anglofon. Was ironisch ist. Bis in die Sechziger war die Region Farmland, das von *les Français* bevölkert wurde.

Dreißig Minuten nachdem wir Sabine Pomerleau verlassen hatten, bog Ryan in eine Straße ein, die wie frisch aus den Fünfzigern wirkte. Die Vorgärten waren in Form und Größe einheitlich. Jeden durchschnitt ein Mittelpfad, jetzt gesäumt von winterleeren Erdstreifen oder in Rupfen gewickelten Sträuchern.

Die Häuser waren ähnlich homogen, jedes eine Variation des grundlegenden Bungalowdesigns von *La belle province* – mit Stein- oder Verputzfassade, blau oder braun lackierten Fenster- und Türrahmen, Mansardenfenstern im Obergeschoss und unten einer kleinen Veranda.

»Tawny wohnt bei ihrer Mutter und dem Stiefvater?«

»Ich dachte, wir gehen das behutsam an. Erst mal die Lage sondieren.«

»Dein Typ hat nicht danach gefragt?«

»Das habe ich nicht gesagt.«

»Hat er?«

»Nein.«

Ich hob fragend eine Augenbraue.

»Das Kind könnte immer noch Probleme haben.«

»Tawny ist kein Kind mehr. Sie ist siebenundzwanzig.«

»Ich wollte nicht, dass Bernadette zum Muttertier mutiert.«

»Sie weiß, dass du entscheidend dazu beigetragen hast, ihre Tochter zu finden.«

»Das tut sie.«

»Wie hat sie auf deinen Anruf reagiert?«

Ryan überlegte. »Sie wirkte argwöhnisch.«

»Also hast du angedeutet, dass wir nur kommen, um mit ihr zu reden?«

»Ich habe es nicht angedeutet. Es könnte bei ihr allerdings der Eindruck entstanden sein.«

Ich verdrehte die Augen und folgte Ryan zwischen den beiden Reihen eingewickelter Pflanzen hindurch, die zum Haus führten. Die Tür und die Fenster links und rechts waren mit bunten Lichterketten geschmückt. Ein Plastikweihnachtsmann hing von einem Klopfer in Form einer Bourbonenlilie. Ryan klopfte zweimal und trat dann einen Schritt zurück.

Die Frau, die die Tür öffnete, war eine adrette Brünette, die sich große Mühe gab, jünger auszusehen, als sie war. Ihre Augen zeigten ein aufsehenerregendes Türkis, das nur mit getönten Kontaktlinsen möglich war. Sie war zu stark geschminkt, die Strähnchen in ihren Haaren leuchteten viel zu blond, um natürlich zu wirken. Sie trug ein rot-grünes Hemd mit Blumenmuster offen über einem roten Tanktop. Sehr enge Jeans. Pseudoreitstiefel.

Ich hatte Tawnys Mutter nie persönlich kennengelernt. Doch aus den Akten wusste ich, dass sie jetzt achtundvierzig war.

Der Mann hinter ihr wirkte mindestens zehn Jahre jünger. Haare und Augen waren dunkel, sein Fünf-Uhr-Bartschatten noch dunkler. Seine Brauen wuchsen in einem unglücklichen V über seinem Nasenrücken zusammen.

»Ich bin Bernadette Higham. Zumindest ist das der Name, den der Beamte am Telefon benutzt hat.« Bernadette streckte die Hand aus, hielt dann aber inne. »Aber das wissen Sie natürlich. Jetzt heiße ich Kezerian. Aber das wissen Sie ebenfalls.«

»Freut mich, Sie zu sehen, Mrs Kezerian.«

»Ich habe den anderen Detective erwartet. Der immer so elegant gekleidet war.«

»Luc Claudel?«

»Ja. Wo ist er?«

»In Frankreich.«

»Verstehe.« Bernadettes halb ausgestreckte Hand wanderte zu ihrer Brust, als wäre es ihr peinlich, dass sie so allein in der Luft hing. Ihre Nägel waren aus Acryl und von der Farbe rohen Rindfleischs.

»Das ist meine Kollegin, Dr. Temperance Brennan.« Ryan beließ es dabei.

»Eine Ärztin?« Sie schaute mich an.

»Dr. Brennan arbeitet im gerichtsmedizinischen Institut.«

Die türkisen Augen wurden groß. Die Finger an der Brust verkrampften sich.

Warum diese Angst? Ich spürte eine gewisse Besorgnis.

»Meine Frau hat gesundheitliche Probleme. Haben Sie uns etwas zu sagen?«

Beim Klang der Stimme ihres Mannes drehte Bernadette sich um. »Mir geht's gut, Jake.«

Jake legte seiner Frau die Hand auf die Schulter. Er war muskulöser und straffer, als man es bei einem Mann, der nur Ungeziefer bekämpfte, erwarten würde. Sein Unterarm war mit einem komplizierten asiatischen Muster tätowiert. Ich fragte mich, ob seine Geste als Unterstützung oder als Warnung gedacht war.

»Können wir drinnen reden?«, fragte Ryan.

»Natürlich. Bitte«, sagte Bernadette.

Mit unveränderter Miene trat Jake beiseite. Er blieb an der Tür stehen, als wir an ihm vorbeigingen.

Bernadette führte uns einen breiten Flur entlang und rechts durch einen Bogengang in ein kleines Wohnzimmer mit einem Erkerfenster an der Vorderfront und einem offenen Kamin an der Rückwand. Die Einrichtung entsprach nicht dem, was ich erwartet hatte.

Die Wände waren weiß, den Boden bedeckte grau-weiße Auslegeware, Sofa und Sessel waren mit elfenbeinfarbener Baumwolle mit heller Paspelierung bezogen. Die einzigen Farbakzente im Zimmer kamen von Dekokissen und Gemälden. Die beherrschten leuchtende, geometrische Muster.

Abstrakte Bronzeskulpturen standen auf dem Kaminsims. Vor dem Kamin lag ein Rentierfell.

Die Couch- und Beistelltische waren aus Glas und antikem Messing. Auf einem stand ein einzelnes Foto. Der Rahmen bestand aus silbergefasstem Perlmutt, und seine Qualität war viel höher als die des Fotos, das in ihm steckte.

Das Bild war grobkörnig, vielleicht mit einem Handy oder einer billigen Kamera aufgenommen und dann über die Kapazität der Pixel hinaus vergrößert. Dargestellt war eine große, junge Frau, vielleicht neunzehn oder zwanzig, auf einem Boot mit einem Hafen oder einer Bucht im Hintergrund.

Die Frau trug einen Rollkragenpullover und eine Jacke sowie eine Perlenkette mit einer Art Anhänger. Der Wind stellte ihr den Kragen der Jacke auf und blies ihr die langen, dunklen Haare übers Gesicht.

Das Mädchen sah nicht glücklich aus. Es sah aber auch nicht traurig aus. Sie war hübsch auf eine verstörend distanzierte Art.

Ihr Gesicht war fleischiger, die Brüste voller als bei unserer letzten Begegnung. Aber ich wusste, dass ich Tawny McGee anschaute.

Ryan und ich setzten uns wie üblich an die entgegengesetzten Enden der Couch. Bernadette setzte sich in einen Sessel und verschränkte die Finger auf dem Schoß wie Klauen mit roten Spitzen.

Jake blieb stehen, die Arme vor der Brust verschränkt.

»Kann ich Ihnen etwas anbieten? Kaffee? Tee?« Bernadettes Angebot klang mechanisch, verunsichert.

»Nein, vielen Dank«, antworteten Ryan und ich gleichzeitig.

In der Tür erschien eine Katze, grau mit schwarzen Streifen und mit gelb-grünen Augen. Einer Kerbe in einem Ohr. Einer Narbe auf einer Schulter. Ein Streuner.

Bernadette bemerkte es.

»Oh, nein, nein, Murray. Husch.«

Die Katze blieb.

Bernadette wollte schon aufstehen.

»Bitte, lassen Sie ihn bleiben«, sagte ich.

»Schaff ihn hier raus«, sagte Jake.

»Ich habe auch einen Kater.« Ich lächelte. »Sein Name ist Birdie.«

Bernadette schaute Jake an. Er zuckte die Achseln, sagte aber nichts.

Murray betrachtete uns einen Augenblick, setzte sich dann hin, streckte ein Bein aus und fing an, seine Zehen zu säubern. Mit seinem linken Eckzahn stimmte irgendetwas nicht. Ich mochte diese Katze.

Bernadette lehnte sich wieder zurück, doch ihr Rücken blieb steif, die Halsmuskeln standen sehnig-hart vor. Sie blickte von Ryan zu mir, dann wieder zu Ryan. Voller Hoffnung, dass wir Neuigkeiten hatten. Voller Angst, dass wir welche hatten.

Ich konnte verstehen, dass der gestrige Anruf nach so vielen Jahren wohl ein Schock gewesen war. Aber die Angst der Frau wirkte völlig unverhältnismäßig. Die zitternden Hände. Der entsetzte Blick.

Mir gefiel nicht, was ich da spürte.

»Ihr Haus ist wunderschön«, sagte ich, um sie zu beruhigen.

»Tawny mag alles gern hell und freundlich.«

»Ist das Tawny?« Ich deutete auf die Frau im Perlmuttrahmen.

Die Wellensittichaugen bedachten mich mit einem merkwürdigen Blick. Dann: »Ja.«

»Sie hat sich zu einer schönen jungen Frau entwickelt.«

»Sind Sie sicher wegen der Katze?«

»Ja. Haben Sie noch andere Fotos?«

»Tawny ließ sich nicht gern fotografieren.«

Wie schon bei den Violettes ließ Ryan Schweigen zu, weil er hoffte, dass Mr. oder Mrs. Kezerian sich dazu verpflichtet fühlten, es zu füllen. Sie taten es beide nicht.

Murray nahm sich das andere Bein vor. Hinter ihm sah ich durch einen zweiten Bogengang auf der anderen Seite des Flurs ein Esszimmer von derselben Größe und mit offenbar identischem Erkerfenster. Der Tisch bestand aus Glas. Die Stühle waren aus weißem Acrylspritzguss und ließen mich an die Jetsons denken.

Als Bernadette dann sprach, sagte sie nicht, was ich erwartete. Bis jetzt war nichts, wie ich es erwartet hatte.

»Ist sie tot?«

»Wir haben keinen Grund für diese Annahme.« Ryan verriet keine Überraschung ob dieser Frage.

Bernadettes Schultern rundeten sich leicht, und ihr Gesichtsausdruck wurde weicher. Vor Erleichterung? Enttäuschung? Ich konnte es nicht sagen.

Jake spreizte die Füße. Und zeigte sein Stirnrunzeln.

»Aber wir haben neue Informationen«, sagte Ryan.

»Sie haben sie gefunden?«

»Ihren genauen Aufenthaltsort konnten wir nicht feststellen. Noch nicht.«

Bernadettes Knöchel wurden weiß, als ihre Finger sich wieder verkrampften.

Ryan beugte sich zu ihr. »Ich verspreche ihnen, Mrs. Kezerian. Wir sind dicht dran.«

»Dicht dran?«, schnaubte Jake. »Bei Ihnen klingt das wie bei einer Sportveranstaltung.«

»Ich entschuldige mich für meine unpassende Wortwahl.«

Eines kam mir merkwürdig vor. Im Gegensatz zu den Violettes fragten die Kezerians nicht nach der Art dieser »neuen Informationen«. Oder nach Pomerleaus Aktivitäten in den letzten zehn Jahren.

Jake kniff sich den Nasenrücken. Verschränkte wieder die Arme. »Wenn Sie uns nichts zu sagen haben, warum sind Sie dann hier?«

»Wir haben gehofft, Tawny könnte zu einem Gespräch bereit sein.«

Ich hörte ein scharfes Einatmen. Schaute Bernadette an. Ihr Gesicht war so weiß geworden wie die Wände um uns herum.

Aus den Augenwinkeln sah ich, dass Jake die Arme sinken ließ. Ich ignorierte ihn und konzentrierte mich auf seine Frau.

Bernadette versuchte zu sprechen, konnte aber nur schlucken und sich räuspern. Ich beugte mich vor und nahm ihre Hände in meine.

»Was ist los? Stimmt irgendetwas nicht?«

»Ich dachte, Sie sind gekommen, um mir zu sagen, dass Sie Tawny gefunden haben.« Sie schluckte noch einmal. »Auf die eine oder die andere Art.«

»Tut mir leid. Ich verstehe nicht.« Ich tat es wirklich nicht.

»Von wem reden wir hier überhaupt?«, wollte Jake wissen. »Wem sind Sie auf der Spur?«

»Anique Pomerleau«, sagte Ryan.

»Verdammte Scheiße.«

»Tawny ist nicht hier bei Ihnen?«, fragte ich Bernadette.

»Ich habe meine Tochter seit fast acht Jahren nicht mehr gesehen.«

19

»O Gott.« Ein winziges Schluchzen stieg aus Bernadettes Kehle.

»Es tut mir so leid«, sagte ich. »Offensichtlich haben Detective Ryan und ich uns nicht klar ausgedrückt.«

»Sie sind hier wegen der Frau, die mein Kind verschleppt hat?«

»Ja«, sagte ich. »Anique Pomerleau.«

Bernadette zog ihre Hände aus meinen und streckte eine nach hinten zu Jake. Er machte keine Anstalten, sie zu nehmen.

»Sie sind gekommen, um Tawny zu befragen?«, fragte sie.

»Um mit ihr zu reden.«

Bernadette ließ die nicht ergriffene Hand wieder sinken und legte sie auf die Armlehne. Sie zitterte.

»Wir hatten gehofft —«, setzte ich an.

»Sie ist nicht hier.« Bernadettes Stimme war jetzt ausdruckslos, als wäre irgendwo in ihr eine Tür zugefallen. Sie zupfte an einem Faden, der aus der Paspelierung herausragte.

»Wo ist sie?«

»Tawny hat uns 2006 verlassen.«

»Wissen Sie, wo sie jetzt wohnt?«

»Nein.«

Ich sah zu Ryan. Er nickte knapp zum Zeichen, dass ich weitermachen sollte.

»Und in dieser ganzen Zeit haben Sie nichts von Ihrer Tochter gehört?«

»Sie hat ein Mal angerufen. Einige Monate nach ihrem Auszug. Um uns zu sagen, dass es ihr gut geht.«

»Sie hat Ihnen nicht gesagt, wo sie ist?«

»Nein.«

»Haben Sie sie gefragt?«

Bernadette zupfte weiter an dem Faden. Der inzwischen doppelt so lang war.

»Haben Sie eine Vermisstenanzeige aufgegeben?«

»Tawny war fast zwanzig. Die Polizei meinte, sie ist eine Erwachsene. Und kann tun, was sie will.«

Deswegen war nichts in der Akte, dachte ich. Ich wartete, dass Bernadette weiterredete.

»Es ist verrückt, ich weiß. Aber ich dachte, das wär der Grund, warum Sie gekommen sind. Um mir zu sagen, dass Sie sie gefunden haben.«

»Warum ist sie weggegangen?«

»Weil sie irre ist.«

Ryan und ich schauten an Bernadette vorbei zu ihrem Mann. Er öffnete den Mund, um weiterzureden, doch etwas in unseren Gesichtern hielt ihn davon ab.

Bernadette redete, ohne den Blick von dem Faden zu nehmen, den sie sich jetzt um den Finger wickelte. »Tawny musste einen fünfjährigen Albtraum durchleiden. Da hätte jeder Probleme.«

Mein Blick wanderte zu Ryan. Mit einem leichten Heben der Hand bedeutete er mir weiterzumachen.

»Können Sie darüber sprechen?«, fragte ich sanft.

»Worüber?«

»Tawnys Probleme.«

Bernadette zögerte, entweder weil sie nicht darüber reden wollte oder weil sie nicht recht wusste, wie sie es formulieren sollte. »Sie kam verändert zu mir zurück.«

Mein Gott. Natürlich war sie verändert. Das Kind war seine gesamte Jugend über vergewaltigt und gequält worden.

»Inwiefern verändert?«

»Sie hatte übergroße Angst.«

»Wovor?«

»Vor dem Leben.«

»Um Himmels willen, Bee.« Jake warf die Hände in die Höhe.

Bernadette drehte sich zu ihrem Mann um und fuhr ihn an: »Vielen Dank für dein Mitgefühl.« Dann sagte sie zu mir: »Tawny hatte, was die Spezialisten Körperwahrnehmungsprobleme nennen.«

»Was meinen Sie damit?«

»Mein Baby hat unter Bedingungen gelebt, die man keinem Hund wünschen würde. Kein Sonnenlicht. Kein anständiges Essen. Das hat Folgen.«

Ich erinnerte mich an Tawny in meinem Büro, fast verschwunden in einem viel zu großen Trenchcoat, den sie an der Taille zusammenhielt.

»Sie ist nicht richtig gewachsen. Kam nie in die Pubertät.«

»Das ist verständlich«, sagte ich.

»Aber dann fing ihr Körper, ich weiß auch nicht, mit einer rasanten Nachholjagd an. Sie ist total schnell gewachsen. Bekam große Brüste.« Bernadette hob eine Schulter. »Sie fühlte sich in ihrem eigenen Körper nicht wohl.«

»Sie hat sich absurd benommen.« Jake.

»Wirklich?«, blaffte Bernadette. »Weil sie sich nicht gerne nackt gezeigt hat? Ist ja ganz was Neues. Die meisten Kinder wollen das nicht.«

»Die meisten Kinder drehen aber nicht völlig durch, wenn ihre Mutter sie zufällig auf dem Klo sieht.«

»Sie machte Fortschritte.« Kalt.

»Sehen Sie, womit ich mich herumschlagen muss?« Jake richtete seine Frage direkt an Ryan.

»Du wusstest vom Tag unseres Kennenlernens an über Tawny Bescheid.« Bernadettes Ton ihrem Mann gegenüber war beißend.

»O ja, da hast du recht. Und seitdem haben wir nicht mehr aufgehört, über das Kind zu reden.«

»Sie ist zu einer Therapeutin gegangen.«

»Diese blöde Kuh war doch Teil des Problems.«

Bernadette schnaubte: »Mein Mann, der Psychologieexperte.«

»Die Pfuscherin hat sie in diesen Keller geführt, in dem sie eingesperrt war. In meinen Augen ist das pervers bis zum Abwinken.«

Das überraschte mich. »Tawny und ihre Therapeutin sind in das Haus an der de Sébastopol gegangen?«

»Vielleicht war die Behandlung ein bisschen rigoros.« Dann sanfter, fast flehend: »Aber Tawny entwickelte sich gut. Sie hat das Community College besucht. Sie wollte Menschen helfen. Die ganze Welt heilen. Als sie dieses eine Mal anrief, hat sie gesagt, dass sie wieder zur Schule geht.«

»Aber sie hat nicht gesagt, wo?«

»Nein.«

Ich schaute Ryan an. Er musterte Jake.

»Wie kamen Sie beide miteinander aus?«

»Wer? Ich und Tawny?«

Ryan nickte.

Jakes Stimme blieb neutral, aber am Spiel seiner Kinnmuskeln sah man, dass seine Verärgerung jetzt nicht mehr nur seiner Frau galt. »Wir hatten unsere Kabbeleien. Das Mädchen war nicht einfach.«

»Kabbeleien? Ihr zwei habt euch gehasst!«

Jake seufzte, offensichtlich ungehalten über Vorwürfe, die er sich schon mehr als einmal hatte anhören müssen. »Ich hab Tawny nicht gehasst. Ich hab versucht, ihr zu helfen. Ihr zu verstehen gegeben, dass es im Leben Grenzen gibt.«

»Sei doch ehrlich, Jake. Sie ist wegen dir weggegangen.«

»Sie hat mich nie als Vater akzeptiert, wenn du das meinst.«

»Du hast sie aus dem Haus getrieben.«

Die Kezerians wechselten wuterfüllte Blicke. Dann drehte Bernadette sich wieder mir zu.

»Tawny ist nach einem heftigen Streit mit meinem Mann ausgezogen. Ist nach oben gestürmt, hat ihre Sachen gepackt und ist gegangen.«

»Wann war das?«

»Im August 2006.«

»Worüber haben Sie sich gestritten?«

»Ist das wichtig?« Jakes Stimme blieb weiter neutral, aber in seinen Augen flackerte etwas Undeutbares.

»Was glauben Sie, wohin sie gegangen ist?«, fragte ich Bernadette.

»Sie hat oft von Kalifornien gesprochen. Oder Australien. Und Florida, vor allem von den Keys.«

»Sie hätte gehen können, wohin sie wollte, nicht, Bee?« Jakes Mund kräuselte sich zu einem humorlosen Lächeln.

Röte kroch Bernadettes Hals hoch, zeigte sich fleckig auf der farblosen Haut. Sie sagte nichts.

»Als letzten Abschiedsgruß hat sich Tawny den Notgroschen geschnappt, den meine Frau in ihrem Schrank hatte.«

»Wie viel hat sie genommen?« Ich wusste nicht so recht, warum ich das fragte.

»Fast dreitausend Dollar.« Jake schnippte in einem angedeuteten Abschiedsgruß zwei Finger von seiner Stirn weg. »Adios und leckt mich.«

Jetzt stellte Ryan eine Reihe Fragen. Hat Tawny je Anique Pomerleau erwähnt? Hat sie in den zwei Jahren, die sie in Montreal lebte, Freunde gefunden? Gab es im College einen Menschen, dem sie sich vielleicht anvertraut hatte? Verfügten sie über Namen oder Telefonnummern von Personen, mit denen sie gearbeitet, Kurse besucht oder sonst irgendwie in Beziehung gestanden hatte? Könnte es etwas bringen, mit ihrer Schwester Sandra zu sprechen? War Tawnys Zimmer noch so unberührt, dass ein Besuch angebracht wäre? Die Antwort auf jede Frage war ein eindeutiges Nein.

Ryan schloss mit der Bitte, anzurufen, falls Tawny sich bei ihnen meldete. Falls ihnen noch irgendetwas einfiel, das ihre Tochter über ihre Entführerin oder die Gefangenschaft gesagt hatte. Das Übliche eben.

Dann legten wir unsere Visitenkarten auf den Couchtisch und standen auf.

Mrs. Kezerian begleitete uns zur Tür. Mr. Kezerian nicht.

An der Tür versicherten wir Bernadette, dass wir alles tun würden, um die Entführerin ihrer Tochter zu finden.

»Und Tawny?«, fragte sie.

Ryan versprach, Nachforschungen anzustellen.

Keine einzige Frage über Pomerleau. Über ihren Aufenthaltsort. Darüber, wie oder warum sie wieder aufgetaucht war.

Und das war's.

Ich hatte mich in meinem Leben noch nie so entmutigt gefühlt.

Es war halb fünf, als wir Dollard-des-Ormeaux verließen. In den meisten Häusern, an denen wir vorbeikamen, brannte Licht, gelbe Rechtecke, die warm aus der dichter werdenden Dunkelheit strahlten. Hier und dort kündigten elektrische Eiszapfen oder bunte Lämpchen das Kommen einer

Zeit an, die für einige Freude, für andere Einsamkeit bringen würde.

Der Verkehr auf der Metropolitan war dicht und langsam. Wir krochen nach Osten durch Lichtkegel von den Halogenlampen, die sich über den Highway wölbten, vor uns Hecklichter, hinter uns die Doppelstrahlen der Scheinwerfer.

Wie Sequenzen einer alten Filmspule blitzte Ryans Silhouette plötzlich auf und verschwand dann wieder im Schatten. Er zeigte absolut keine Regung.

Das Schweigen im Jeep wurde immer bedrückender.

»Nicht gerade trautes Heim, Glück allein«, bemerkte ich, als ich es nicht mehr aushielt.

»Wenn ich das Mädchen gewesen wäre, wäre ich auch gegangen.«

»Glaubst du, Jake neigt zu körperlicher Gewalt?«

»Der Typ ist ein arroganter Mistkerl.«

»Das habe ich nicht gefragt.«

»Ich kann's mir vorstellen.«

Ich mir ebenfalls. Und noch eine unerfreuliche Möglichkeit kam mir in den Sinn.

»Denkst du, dass er sich an Tawny herangemacht hat?«

»Spekulationen bringen nichts.«

»Wirst du versuchen, sie zu finden?«

»Ja. Aber sie steht nicht ganz oben auf meiner Liste.«

»Hast du nicht das Gefühl, dass sie uns helfen kann?«

Ryan schaute kurz zu mir, dann wieder auf die Straße.

»Zu welchem Preis?« Die Verbitterung in seiner Stimme war so greifbar, dass ich sie auf meiner Haut spürte.

Lange Augenblicke vergingen.

»Findest du es merkwürdig, dass die Kezerians kein Interesse an Pomerleau gezeigt haben?«

»Nein.«

»Nein?«

»Sie sind zu sehr mit ihrer eigenen Seifenoper beschäftigt.«

»Ja, aber —«

»Wir waren nicht das, was sie erwartet haben.«

Ich lehnte mich zurück. Vor der Windschutzscheibe hatte der klare Himmel einer dichten Wolkendecke Platz gemacht. Über uns funkelte nichts. Vor uns schmierten Bremslichter rote Flecken auf die Motorhaube.

Neben uns schlingerte ein gelber Mini und bremste synchron mit unserem Jeep. Der Fahrer lenkte mit einem Ellbogen und tippte mit dem Daumen auf einem Handy herum. Simsen. E-Mailen. Twittern über den Hamburger, den er gleich essen würde. Beeindruckend. Ein Multitasking-Künstler.

Ich schloss die Augen. Sah vor mir ein Mädchen mit schmerzhaft weißer Haut, erschöpften Augen und einem Zopf, der sich über von Jahren der Entbehrungen geschärften Wirbeln schlängelte. Dieses Bild machte dem eines kleinen, dunkelhaarigen Mädchens in Trenchcoat und Baskenmütze Platz. Dann dem einer jungen Frau auf einem Boot in einem windgepeitschten Hafen.

Tawny McGee war siebzehn, als sie endlich befreit wurde. Ich stellte sie mir irgendwo vor, in der Sonne, lachend beim Lunch mit Frauen ihres Alters. Wie sie einen Kinderwagen schob. Mit einem Golden Retriever oder einem Bernhardiner spazieren ging. Frei von dem Groll, den wir eben erlebt hatten. Der beständigen Nörgelei.

Hatte Bernadette recht mit ihrem Optimismus? Dass es ihrer Tochter gut ging? Oder traf eher Jakes Einschätzung zu, dass sie dauerhaft gebrochen war?

Ich verstand Ryans Bestreben, sich auf die Jagd zu konzentrieren, derentwegen ich ihn aus Costa Rica geholt hatte.

Pomerleau hatte den Albtraum inszeniert, der Tawny die Jugend genommen hatte. Vielleicht sogar ihre geistige Gesundheit.

Trotzdem. Ich fragte mich, wo Tawny war und was sie tat.

Ryan setzte mich an meiner Wohnung ab. Kein Abschiedsgruß. Nur das Versprechen, am Morgen anzurufen.

Ich rief bei Angela's an und bestellte eine kleine Pizza mit allem, nur ohne Zwiebeln. Dann ging ich zu dem Laden an der Ecke, um Kaffee und ein paar Sachen fürs Frühstück einzukaufen. Es hatte keinen Sinn, Vorräte anzulegen, wenn ich schon bald in den Süden zurückkehren würde. Mit den Einkäufen in der Hand holte ich die Pizza ab und ging nach Hause.

Ich aß zu den CNN-Nachrichten. Die Pizza war gut. Die Meldungen waren meiner Stimmung nicht gerade förderlich.

Dann, mit einem Mal, war ich völlig ausgelaugt. Der mörderische Flug nach Costa Rica, gefolgt von erschöpfenden Tagen in Charlotte. Die vielen Stunden gestern, dann der Nachtflug. Heute die aufwühlende Aktendurchsicht, dann die Zickzackfahrt über die Insel, um Leute zu besuchen, die uns nicht gerne sahen.

Hatten wir irgendetwas Nützliches erfahren? Oder einfach nur unsere Zeit verschwendet?

Ich streckte mich auf der Couch aus und ging jede Unterhaltung im Geiste noch einmal durch.

Die Violettes waren ein Reinfall gewesen. Okay. Wir hatten uns aber auch wenig von ihnen versprochen.

Dasselbe bei Pomerleau. Kaum noch bei Sinnen. Was war das Einzige, was sie gesagt hatte? Dass ihre Tochter im *Cimetière St-Jean Baptiste* ist? Marie-Joelle Bastien liegt dort begraben, nicht Anique. Anique lebt noch.

Tawny McGee war die Einzige, von der ich glaubte, dass sie

uns weiterhelfen könnte, aber wir hatten sie nicht gefunden. Bernadette und Jake hatten keine Ahnung, wo sie sich aufhielt. Sie selbst waren erbärmlich.

Vielleicht die Therapeutin? Hatten wir ihren Namen herausgefunden? Das war nicht schwer. Allerdings lebte Tawny noch. Die Frau würde sich auf ihre ärztliche Schweigepflicht berufen. Aber falls sie noch Kontakt hatten, könnte sie dann Tawny vielleicht eine Nachricht zukommen lassen?

CNN berichtete, dass die Waldbrände in Australien sich ausbreiteten.

Ryan sagte, Pomerleau sei in Vermont. Jake Kezerian kam wütend auf ihn zu. Hielt ihm ein Blatt Papier vors Gesicht. Ryan nahm das Blatt und steckte es in eine leuchtend gelbe Akte.

CNN brachte irgendwas über wirtschaftliche Indikatoren.

Kezerian verschränkte die Arme vor der Brust. Spreizte die Füße. »*Grand-mère* und *Grand-père.*«

Der Himmel hinter Ryan verwandelte sich in ein florales, grünes Netz. Efeu, der sich um nichts rankte, frei im Raum mäanderte.

Ryan öffnete die Akte.

Der Efeu schlängelte und wand sich.

Ryan hob den Kopf. Langsam verwandelte sich sein Gesicht in das von Schwester Strahlegrinsen. Simone.

»*Ce que vous voulez?*«, fragte Kezerian. Was wollen Sie?

»St. John«, sagte Simone.

Das war verkehrt. Die Schwester sprach Englisch, Kezerian Französisch.

»*Maladie d'Alzheimer.*« Kezerian.

»Sie ist nicht begraben.« Simone.

»*Qui est avec les saints.*« Wer ist bei den Heiligen?

Simone schüttelte langsam den Kopf.

Meine Augen sprangen auf.

Anthony Bourdains Kochsendung hatte die CNN-Nach-richten ersetzt.

Ich ging den Traum noch einmal durch.

Spielte mit den Puzzleteilen, die mein Unterbewusstsein gesammelt und aufbewahrt hatte.

Sie passten zusammen.

Mein Gott. Konnte das sein?

Ich griff zum Telefon.

20

Während ich die Nummer wählte, schaute ich auf die Uhr. Viertel nach elf. Mein schlechtes Gewissen meldete sich. Ich ignorierte es.

»Umpie Rodas.«

»Dr. Brennan hier. Tempe.«

Es dauerte einen Augenblick, bis er meinen Namen ein-ordnen konnte.

»Ja.«

»Ich bin in Montreal. Mit Ryan.«

Er wartete.

»Das könnte rein gar nichts zu bedeuten haben.«

»Wegen rein gar nichts rufen Sie nicht so spät abends noch an.«

Ein milder Tadel? »Ist Ihnen im Verlauf Ihrer Ermittlungen je der Name Corneau untergekommen?«

»Nein. Warum?«

»Als wir Pomerleau 2004 zur Strecke brachten, hat sie mit einem Kerl gearbeitet, der sich Stéphan Ménard nannte. Die Geschichte ist kompliziert, ich vereinfache deshalb ein bisschen. Das Haus an der de Sébastopol, das sie benutzt haben, gehörte ursprünglich einem Paar namens Corneau, Ménards Großeltern. Die Corneaus starben 1988 bei einem Autounfall in Quebec. Können Sie mir noch folgen?«

»Ich höre zu.«

»Ménards Mutter war Genevieve Rose Corneau, eine Amerikanerin. Sie und ihr Mann Simon Ménard besaßen in der Nähe von St. Johnsbury, Vermont, ein Haus. Die Besitzurkunde lautete auf Simons Namen. Stéphan Ménard hat dort eine Zeit lang gelebt, bevor er nach Montreal umzog.«

»Um sein perverses, kleines Fantasieland aufzubauen.«

Ich nahm an, dass Rodas vor Kurzem von Ménard erfahren hatte, entweder von Ryan oder Honor Barrow, oder vielleicht war er selbst auf ihn gestoßen, als die auf Nellie Gowers Leiche sichergestellte DNS zu Anique Pomerleau führte.

»Genau. Heute Nachtmittag haben Ryan und ich Sabine Pomerleau besucht, Aniques Mutter. Sie ist zweiundachtzig und leidet an Demenz. Aber eine Sache hat sie gesagt. Vielleicht lese ich in das Geplapper einer senilen, alten Frau zu viel hinein —«

»Was hat sie gesagt?«

»Dass Anique *avec les saints* ist. *St. Jean.* Dann wechselte sie vom Französischen ins Englische und sagte *buried,* begraben.«

Schweigen kam aus der Leitung, während Rodas offenbar nachdachte.

»Ryan und ich dachten, sie meint, Anique liegt auf dem *Cimetiére St-Jean Baptiste,* wo Marie-Joelle Bastien beerdigt ist.«

»Eins von Pomerleaus Opfern.«

»Ja. Aber wenn ich jetzt darüber nachdenke, ist es möglich, dass sie gar nicht ins Englische gewechselt ist. Und dass das Wort davor nur klang wie *Jean*. Dass wir sie vollkommen missverstanden haben.«

Rodas kapierte sofort. »Nicht St. Jean, sondern Saint John. Und nicht *buried* wie begraben, sondern *bury*. St. Johnsbury. Das Haus in St. Johnsbury, Vermont.«

»Das ist ein Schuss ins Blaue, ich weiß. Aber falls es dort noch anderen Familienbesitz gibt, der auf den Namen Corneau registriert ist —«

»Auf diese Verbindung wäre ich nie gekommen.«

»Vielleicht hat Anique von Ménard von dem Haus erfahren. Vielleicht haben sie es als Rückzugsmöglichkeit in Betracht gezogen. Oder als Treffpunkt.«

»Vermont ist nur einen Katzensprung von Quebec entfernt.«

Ein Klingelton riss mich aus einem kilometertiefen Schlaf. Ein zweiter folgte. Benommen dachte ich, meine Alarmanlage würde einen Einbrecher oder ein Feuer melden.

Dann die Erkenntnis. Ich griff nach meinem iPhone.

Der Text war aufreizend kurz.

Sie hatten recht. Bin unterwegs. Rufe an, wenn ich was Neues weiß. UR.

Sofort hellwach, setzte ich mich auf.

Was sollte das heißen? Hatte Rodas Grundbesitz gefunden, der auf die richtigen Corneaus registriert war? War er unterwegs dorthin? Wohin?

Das Zimmer war in dämmriges Licht getaucht. Der Wecker zeigte 8 Uhr 42.

O Mann. Hatte ich wirklich so lange geschlafen?

Ich schob mir ein Kissen in den Rücken und drückte eine Kurzwahltaste.

Mein Anruf wurde sehr schnell entgegengenommen.

»Ryan.«

Ich fing an, ihm von meiner Theorie zu erzählen.

»Ich weiß.«

»Du weißt?«

»Er hat angerufen.«

»Wann?«

»Vor einer Stunde. Nicht schlecht, Brennan.«

Ich spürte Verärgerung in mir aufsteigen. Sagte nichts.

»Wo ist er?«

»Er fährt dorthin.«

»Wohin?«

»Du hattest recht. Den Corneaus gehören ungefähr vier Hektar mit einem Haus und ein paar Nebengebäuden ein Stück südlich von St. Johnsbury. Das Grundstück liegt etwa zwanzig Meilen von der Farm entfernt, wo Ménard sich verkrochen hat, bevor er nach Montreal zog.«

»Und Rodas konnte nicht warten?«

»Er hielt es für vernünftig, dort mal vorbeizuschauen.«

»Hat er Verstärkung?«

»Er ist schon sehr lange Polizist.« Klang da ein wenig Herablassung mit?

»Hat er ein Spurensicherungsteam mitgenommen?« Ich wusste, dass das dumm war. Ich stellte die Frage trotzdem.

»Das wäre ein bisschen verfrüht.«

»Was hat er vor?«

»Beobachten. Feststellen, ob da irgendjemand lebt.«

»Konnte er das nicht in Erfahrung bringen, bevor er losfuhr?« Scharf.

»Rodas hat jemanden, der für ihn die Suche durchführt. Steuerunterlagen. Telefon- und Stromrechnungen. Du weißt doch, wie das läuft.«

Das wusste ich wirklich.

»Wie lange braucht er nach St. Johnsbury?«

»Nach seiner Schätzung ungefähr vierzig Minuten.«

Ich schaute auf den Wecker. Jetzt war es 8 Uhr 57.

»Wenn du vor einer Stunde mit ihm gesprochen hast, warum hat er dann noch nicht angerufen?«

»Wahrscheinlich gibt's nichts zu berichten.«

»Und was sollen wir jetzt tun?«

»Abwarten.«

»Gut. Ich warte. Während du und Rodas euch als brave Polizisten den Arsch aufreißt.«

Mit dieser schlauen Erwiderung legte ich auf und warf das Handy aufs Bett.

Ich wusste, dass mein Eingeschnapptsein kindisch war. Ich hatte Dampf ablassen müssen, und Ryan hatte es abbekommen. Aber Rodas hatte mich nicht informiert. Ryan ebenfalls nicht. Von ihm nicht einmal eine SMS. Ich war stinksauer.

Ich warf die Decke zurück und stand auf. Zog einen Trainingsanzug an. Stürmte ins Bad und putzte mir die Zähne.

9 Uhr 08.

In die Küche für einen Bagel und Kaffee. Esszimmertisch. Noch einmal zum Bett, um mein Handy zu holen. Zurück zum Tisch.

Vor der Glasschiebetür hatte der Himmel die Farbe von altem Zinn. Die Büsche im Garten wirkten dunkel und schlaff, als würde die Aussicht auf Graupel oder Schnee sie entmutigen.

Um 9 Uhr 29 klingelte das Telefon. Als ich danach griff, stieß ich meine Kaffeetasse um. Ich nahm ab und holte mir aus der Küche ein Tuch.

Slidell redete, bevor ich mich melden konnte.

»Pastori hat Zugriff auf einen Teil von Leals Browserverlauf.«

Slidell verstand mein Schweigen als Verwirrung wegen des Namens.

»Das ist der Computertyp.«

»Ich weiß, wer das ist.«

»O Mann. Ist Ihnen eine Laus über die Leber gelaufen?«

»Was hat Pastori gefunden?«, fragte ich, während ich einen flüssigen braunen Tentakel umlenkte, der sich auf die Tischkante zuschlängelte.

»Ich erspare Ihnen den Blödsinn mit URLs und partiellen URLs und eingebetteten Sites, blablabla. Unterm Strich klingt es nach nicht viel.«

Ich hörte ein feuchtes Geräusch, als Slidell seinen Daumen an der Zunge benetzte, eine Seite umblätterte und weiterredete.

»Keine Einkaufsorgien bei eBay, amazon und so weiter.«

»Kein Wunder. Shelly Leal war dreizehn Jahre alt.«

»Sie war auf einigen der Spieleseiten, auf denen Kinder Comicfiguren verkleiden können. Sie wissen schon. Zieh Barbie ein Tubetop an und flechte ihr einen Zopf.«

Ich klemmte mir das Telefon zwischen Schulter und Ohr, während ich wischte und Porzellan anhob.

»Da war eine Website, auf der Kinder Aviatoren erzeugen können, die sich in virtuellen Welten bewegen.«

Da ich wusste, dass Slidell keine Ahnung von Avataren hatte, machte ich mir nicht die Mühe, ihn zu korrigieren.

»Was zum Teufel ist eine virtuelle Welt? Irgendeine Scheinwelt, wo alle Supertricks können?«

»Virtuell, nicht virtuos. Was ist mit Chatrooms?«

»Die Kleine war nicht auf Pornoseiten, falls Sie das meinen.«

»Sie wissen, dass ich das nicht meine«, brummte ich, während ich den Stuhl abwischte.

»Sie war auf einer Website namens *ask the doc dot com*. Man stellt da eine Frage wegen der Prostata, und einer, der behauptet, Arzt zu sein, antwortet.«

»Hat sie das getan?«

»Was?«

»Sich wegen ihrer Prostata erkundigt.« Das Wenige, was ich noch an Geduld hatte, schwand sehr schnell.

»Versuchen Sie's doch mal mit 'ner Pinzette.«

»Was?«

»Um an die Laus zu kommen, die Ihnen —«

»Welche Fragen hat Shelly gestellt?«

»Da kam Pastori nicht ran.« Papier raschelte. »Die einzige andere Seite, die er rekonstruieren konnte, war ein Forum zu einer Krankheit namens Dysmenorrhö.« Er sprach es Düsmännorri aus.

»Das ist keine Krankheit. Der Begriff bedeutet starke Schmerzen bei der Menstruation.«

»Ja. Ich verzichte auf Details.«

»Was hat sie auf der Website gemacht?«

»Da ist er ebenfalls nicht rangekommen.«

»Warum nicht?« fragte ich schärfer als beabsichtigt.

Slidell ließ ein paar Sekunden verstreichen. Das war seine Art, mir zu sagen, ich solle mich zusammennehmen.

»Man braucht eine Identifikation, und das Forum hat Unmengen von Mitgliedern. Pastori hat ein paar Hundert Einträge überflogen. Aber er hatte keine Ahnung, wonach er suchen sollte. Und auch wenn er herausgefunden hätte, wer Leal war, hätte sie auch ein Lurker sein können. Das ist jemand —«

»Ich weiß, was ein Lurker ist. Hat er versucht, ihren Benutzernamen herauszubekommen?«

»Ja, mit dem wenigen, was ich ihm geben konnte. Familiennamen, Namen von Lieblingstieren, Initialen, Geburtsdaten, Telefonnummern. Hat aber nichts gebracht.«

Ich überlegte. »Konnte er herausfinden, welche Comicfiguren sie sich auf den Spielesites ausgesucht hat?«

»Hm«, machte Slidell.

Ich knüllte das Tuch zusammen, ging zur Tür und warf es ins Spülbecken. Kaffee tropfte auf den Boden, als es durch die Küche flog.

»Dieser ganze Internetansatz könnte eine Sackgasse sein«, sagte Slidell.

»Vielleicht hat sie aber in diesem Chatroom jemanden kennengelernt.«

»Das ist eine Website für Leute, die über Krämpfe jammern.«

Im Ernst?

»Meine Güte. Glauben Sie, dass ein paar von diesen Jammerlappen heranwachsende Mädchen sein könnten?«

»Wollen Sie damit sagen, unsere Zielperson besucht diesen Chatroom, weil sie hofft, dort mit jungen Mädchen in Verbindung zu kommen? Sich vielleicht als Arzt oder Ähnliches ausgibt?«

»Als Arzt, Lehrer, ein anderes Mädchen, das eine schwierige Zeit durchmacht. Im Internet lügen die Leute.«

»Im Ernst?«

»Im Ernst.«

»Sagen Sie Pastori, er soll dranbleiben. Wenn irgendjemand Leal geholfen hat, ihren Browserverlauf zu löschen, dann aus einem bestimmten Grund.«

Slidell ließ ein theatralisches Seufzen hören. Aber er widersprach mir nicht.

»Und reden Sie mit der Mutter. Vielleicht hat sie ja irgendwelche Anregungen zu Passwörtern oder Benutzernamen, die Leal benutzt haben könnte. Finden Sie heraus, wie viele Freiheiten sie Shelly online gestattet hat. Und fragen

Sie sie, warum ihre Tochter sich für Dysmenorrhö interessierte.«

»Okay.«

»Vielleicht sollten Sie sich auch Leals Schlafzimmer noch mal anschauen. Was hat sie gelesen? Welche Puppen oder Tiere hatte sie? Wie auch immer, holen Sie sich von Pastori, was Sie können.«

»Sie wissen schon, dass dieser Typ eine unsägliche Quasselstrippe ist. Redet ohne Punkt und Komma, schätze, um sein kleines Nerd-Ego ein wenig aufzupäppeln. Wann immer ich ihn anrufe, ist ein halber Tag futsch.«

Ich stellte mir die Unterhaltungen zwischen Slidell und Pastori vor. Meine Sympathien lagen eindeutig bei Letzterem.

»Machen die Medien immer noch Lärm?«

»Irgendein Arschloch hat uns dabei gefilmt, wie wir Leals Leiche in der Unterführung bearbeitet haben, können Sie sich das vorstellen? Wollte wahrscheinlich seine fünfzehn Minuten Ruhm.«

Ich wechselte das Thema. »Was ist mit diesem Altersabgleich für Anique Pomerleau?«

»Ja. Den habe ich.«

»Hatten Sie vor, mir das zu sagen?«

»Ich sag's Ihnen jetzt.«

»Wie sieht er aus?«

»Als wäre sie älter geworden.«

»Schicken Sie ihn mir auf mein iPhone. Bitte.«

Ich berichtete Slidell, was sich auf meiner Seite getan hatte. Die unbefriedigenden Befragungen. Mein Durchbruch im Unterbewussten, nachdem ich die Akten von 2004 noch einmal gelesen und mit Sabine Pomerleau gesprochen hatte. Das Anwesen in Vermont.

»Nicht schlecht, Doc.«

»Falls sie das Anwesen der Corneaus als Versteck benutzt hat, ist sie längst verschwunden.«

»Wann wird das Anwesen durchsucht?«

»Wenn Rodas es sagt.«

»Hat er schon einen Durchsuchungsbeschluss beantragt?«

Daran hatte ich noch gar nicht gedacht.

»Muss jetzt Schluss machen.« Ich legte auf.

9 Uhr 46.

Ich wischte den Kaffee von den Küchenfliesen und packte dann den Koffer aus, den ich aus Charlotte mitgebracht hatte. Duschte und trocknete mir die Haare. Zog Jeans, Wollsocken und einen Pullover an.

10 Uhr 38.

Ich schaute auf mein Handy, weil ich hoffte, dass eine Nachricht eingetroffen war, während ich im Bad war. Nichts.

Ich ging im Schlafzimmer auf und ab, zum Stillsitzen war ich viel zu aufgedreht.

Warum diese Unruhe? Was fühlte ich eigentlich? Verblüffung, weil ich recht gehabt hatte? *Vielleicht* recht gehabt hatte. Erregung, weil wir vielleicht den Ort gefunden hatten, wo Pomerleau sich zuerst versteckt hatte? Sich *vielleicht* versteckt hatte. Entrüstung, weil Rodas und Ryan mich übergangen hatten? Auf jeden Fall.

Um zehn nach elf klingelte endlich das Telefon. Vorwahl 802.

»Brennan.« Kalt wie Schnee in Vermont.

»Ryan ist unterwegs, um Sie abzuholen.«

»Ist er das?«

»Sie müssen hierherkommen. Schnell.«

21

Es fing an zu schneien, als wir die Champlain Bridge überquerten. In Stanstead, knapp nördlich der Grenze, begrüßte uns Schneeregen.

Ich sah zu, wie die Wischerblätter dicke fette Flocken und Schneematsch von der Windschutzscheibe schoben. Hin und wieder trieb der Wind ein Blatt gegen das Glas und riss es wieder weg, spröde und glänzend vor Nässe.

Im Auto roch es nach feuchtem Leder und feuchter Wolle. Schalem Zigarettenrauch.

»Halt Ausschau nach dem Passumpsic Cemetery.«

Das waren Ryans erste Worte seit fast zwei Stunden. Für mich war das okay. Nachdem er berichtet hatte, was er wusste, nämlich so gut wie nichts, hatten wir beide uns tief in unsere eigenen Gedanken vergraben.

Hin und wieder schaute ich auf mein iPhone. Kurz nach Mittag kam von Slidell eine E-Mail mit Anhang. Ich lud das Bild herunter und vergrößerte es.

Sie kennen Bilder von Charles Manson. Egal, wie alt er gerade ist oder wie er aussieht − zottelig oder kahl rasiert, stämmig oder hager. Als ob man direkt ins Herz des Bösen starrte.

Genauso war es auch bei Pomerleau. Sie war ein Teenager, als das einzig existierende Foto aufgenommen wurde. Jetzt musste sie neununddreißig sein.

Der Computer hatte die Kinnpartie weicher und die Lider schlaffer gemacht, die Lippen und die Gesichtskonturen verbreitert und so aus dem Kindergesicht das einer Frau gemacht. Der Blick war noch immer hart und kalt, heimtückisch und gefühllos.

Wie bei unserer letzten Begegnung. Als sie mich mit Brandbeschleuniger übergossen und dann cool ein Streichholz angezündet hatte.

Ich tat, was Ryan gesagt hatte. Wir hatten St. Johnsbury eben hinter uns gelassen und sahen jetzt vor allem Ackerland, Bäume und ein paar Häusergruppen.

»Da.« Ich deutete zum Friedhof. Es war ein alter Friedhof, mit Grabsteinen und Säulen anstelle der Bodenplatten, die moderne Friedhofsgärtner bevorzugten. Eine Szene wie von Poe im winterlichen Dämmerlicht.

Nach etwa einer Viertelmeile bremste Ryan, blinkte und bog vom Highway 5 links in die Bridge Street ab. Wir fuhren an einer Kirche und einem Gemischtwarenladen mit Postschalter vorbei, einem grauen Gebäude mit einem alten roten Autositz auf der Veranda und einem roten Kajak, das vom Vordach hing. Das Wort Passumpsic stand in weißen Buchstaben seitlich auf dem Kajak. Auf einem Holzschild über der Tür stand Passumpsic River Outfitter, LLC.

Gleich nach dem Laden kam eine Brücke, eine schmale, grün lackierte Gitterkonstruktion aus Metallstreben und Holzbalken. Nicht die überdachte New-England-Brücke, die ich erwartet hatte.

Der Passumpsic River wirkte dunkel und bedrohlich, als wir ihn überquerten. An einem Ufer stand ein uraltes Wasserkraftwerk aus Backstein.

Bald änderte sich der Name der Straße in Hale. Nun übernahm auf beiden Seiten Wald die Führung. Hohe Kiefern, weniger hohe Fichten. Harthölzer mit nackten Ästen und schwarzen, feucht glänzenden Rinden.

Dann gab es gar keine Häuser, keine Scheunen mehr. Nur noch Wald.

Sieben Minuten Schweigen, ich schaute immer wieder auf

die Uhr. Schließlich bog Ryan neben einem ramponierten Holzpfosten, an dem früher vielleicht einmal ein Briefkasten gehangen hatte, rechts ab. Auf einem an einen Baum genagelten Schild stand ORNE in Buchstaben, die die Sonne zur Farbe von altem Jeansstoff ausgebleicht hatte. Unter dem verstümmelten Namen war eine ähnlich ausgebleichte Bourbonenlilie zu erkennen.

Die Fahrspur war kaum mehr als eine Lücke zwischen Bäumen mit zwei Furchen, die sich nicht zwischen Schlamm und Eis entscheiden konnten. Der Jeep ruckelte und schwankte, und ich stützte mich mit den Handflächen am Armaturenbrett ab. Meine Zahnfüllungen wackelten bereits, als Ryan endlich bremste. Am anderen Ende einer Lichtung stand, vielleicht zehn Meter entfernt, ein kleines Holzhaus, das schon bessere Tage gesehen hatte. Einstöckig, früher vermutlich gelb mit weißen Tür- und Fensterrahmen. Aber wie der Briefkasten war auch die Farbe schon längst verschwunden.

Die Haustür, die man über eine Betonstufe erreichte, wurde durch einen Stein offen gehalten. Die vorn und an der rechten Seite sichtbaren Fenster waren von innen mit Sperrholz vernagelt. Links standen an einer kleinen Anhöhe und unter einer Kieferngruppe drei Schuppen, ein großer und zwei kleine. Fußpfade verbanden die drei miteinander und mit dem Haus.

Vor dem Haus stand ein Streifenwagen des Hardwick Police Department. Ich nahm an, dass er Umpie Rodas gehörte.

Neben dem Streifenwagen parkte ein Transporter der Spurensicherung. Und neben dem Transporter ein schwarzer Van mit einer Doppeltür im Heck. Mein Bauch sagte mir, dass das Fahrzeug mit einer Leichenhalle in Verbindung stand.

»*Tabernac!*«

Ich wirbelte zu Ryan herum, um ihm zu sagen, wie sauer

ich darüber war, dass er mir nichts sagte. Er blickte so überrascht drein, wie ich mich fühlte.

»Worum geht's hier?«

»Ich habe keine Ahnung.«

»Rodas hat es dir nicht gesagt?«

»Er hat nur gesagt, sie hätten etwas gefunden, das wir uns ansehen sollten. Klang ziemlich abgelenkt.«

»Na klar. Hatte sicher viel zu telefonieren.«

Ich zog mir die Kapuze meines Parkas über den Kopf. Streifte die Handschuhe über. Stieg aus und ging auf das Haus zu.

Der Wind blies jetzt heftig, trieb mir den Schneeregen wie feurige, kleine Körnchen ins Gesicht. Mein Hirn raste, ging Möglichkeiten durch. Sinnlos. In ein paar Sekunden würde ich es wissen.

Hinter mir raschelten Ryans Stiefel durch rutschiges Laub und Gras. Wie meine eigenen.

Ein Uniformierter stand in der Haustür, die Daumen in den Gürtel gehakt, der unter einer mächtigen Speckrolle beinahe verschwand. Seine Kappe und die Jacke trugen die Abzeichen des Hardwick Police Department.

Der Polizist straffte sich, als er uns sah.

»Dr. Temperance Brennan.« Ich zeigte ihm meinen LSJML-Ausweis und Ryan seine Marke.

»Er ist in dem großen Schuppen da hinten.«

»Danke.«

»Knallharte Sicherheitsmaßnahmen«, sagte Ryan, als wir an dem Haus vorbeigingen.

»Wir sind im ländlichen Vermont.«

Wir folgten dem Pfad den Hügel hoch und setzten unsere Stiefelabdrücke zu den Dutzenden anderen in dem halbgefrorenen Schlamm.

Der Schuppen bestand aus nackten Brettern, die sporadisch miteinander verbunden waren. Das Dach aus verrostetem Wellblech, das unten von Nägeln gehalten wurde und oben in einer Art überdachtem Rauchabzug endete.

Das scheunenartige Tor des Schuppens stand weit offen, der Innenraum war gleißend hell erleuchtet. Die Szene wirkte surreal, wie von einem übereifrigen Lichttechniker ausgeleuchtet. Ich nahm an, dass man transportable Scheinwerfer aufgestellt hatte.

Aber wozu?

In der hinteren Ecke standen halb im Schatten zwei Gestalten neben einem blauen Plastikfass und redeten. Die eine war Umpie Rodas. Die andere war eine große Frau mit einer tief in die Stirn gezogenen, roten Strickmütze. Ein langer, schwarzer Mantel verhüllte ihre Figur.

Als sie unsere Schritte hörten, drehten sich beide um.

Rodas trug keine Kopfbedeckung, und seine Jacke war offen. Er trug ein rotes Hemd, vielleicht dasselbe wie in Charlotte. Oder er hatte eine Sammlung davon.

»Gut, dass Sie es geschafft haben. Tut mir leid wegen des Wetters.«

Ryan und ich betraten den Schuppen. Drinnen roch es nach Rauch, feuchter Erde und etwas Süßem, wie ein Haus, in dem es zum Sonntagsfrühstück Pfannkuchen gab.

Ich hatte recht gehabt mit den Scheinwerfern. Es waren drei, auf Stative montiert, wie sie an Tatorten normalerweise benutzt wurden. Der Generator war gasbetrieben und ein Modell, das man in jedem besseren Baumarkt kaufen konnte.

Rodas stellte uns vor. Die Frau, Cheri Karras, arbeitete für das Büro des Chief Medical Examiners in Burlington. Statt Fäustlingen trug sie Gummihandschuhe. Rodas ebenfalls.

Ich spürte, wie sich meine Eingeweide zusammenzogen.

Hinter Karras schoss ein Mann in einer dicken Steppjacke Fotos. Im Schein des Blitzlichts leuchtete sein Atem weiß auf. Ich sah mich schnell um.

Der Boden war gestampfte Erde, auf der Unmengen von Sachen standen. Riesige, vom Feuer geschwärzte Kessel. Ein offener Karton mit blauen Plastiksäcken. Daneben Dutzende identischer Kartons, alle noch verschlossen. An den Wänden standen und hingen rostige Eimer, Stieltöpfe unterschiedlicher Größe, Siebe, Saft- und Milchkartons, weiße Fünf-Gallonen-Plastikeimer, die zu wackeligen, eineinhalb Meter hohen Türmen aufgestapelt waren.

Auf einem Regal aus unbehandelten Brettern standen Holzkisten mit kleinen Metallgegenständen mit einer dornartigen Spitze an einem Ende und einer Spundöffnung an der anderen. Desweiteren Metallhaken, zwei Bohrer, ein Sortiment von Hämmern, ein halbes Dutzend blauer Schlauchrollen, Kanister mit Haushaltsbleiche.

In der Mitte des Schuppens, direkt unter der Lüftungsöffnung des Dachs, befand sich eine ummauerte Grube von etwa einem mal eineinhalb Metern, auf deren Längsseiten parallele Eisenstangen lagen. Auf den Stangen stand eine rechteckige Pfanne mit geradem Boden, die im Inneren von irgendeinem Rückstand gelb verfärbt war.

Die Ziegel und Stangen waren vom Feuer geschwärzt und mit Ruß bedeckt. Die Außenseite der Pfanne ebenfalls.

Ich war verblüfft. Doch eines war klar. Wozu dieser Schuppen auch gedient hatte, Spinnweben und Schmutz deuteten darauf hin, dass er schon seit Jahren nicht mehr benutzt wurde.

»– erfuhr, dass das Anwesen nicht mehr bewohnt war, beschloss ich, mal nachzuschauen, ob da nicht irgendwelche Vandalen ihr Unwesen treiben. Wir haben hier manchmal

Hausbesetzer, Leute, die ein leeres Sommerhaus finden und für den Winter einziehen.«

Mein Blick wanderte umher. Zu Rodas. Zu Karras. Zu dem ominösen blauen Fass zwischen ihnen.

»Ins Haus war wirklich eingebrochen worden. Das Schloss wurde aufgehebelt. Ich hatte deshalb grünes Licht. Da drinnen nichts beschädigt und nichts Stehlenswertes zu sehen war, habe ich mich hier oben umgesehen.«

»*Cabane à sucre.*« Aus irgendeinem Grund sagte Ryan es auf Französisch.

Natürlich. Der Schuppen war eine Zuckerhütte, in der man aus Ahornsaft Sirup machte.

Ich schaute zu dem Fass. Wieder dieses Ziehen im Bauch.

Rodas nickte. »Ein Quebecer kennt so was, mh?«

Karras' Handy klingelte. Sie ging wortlos hinaus. Ich sah ihr nach, während Rodas weiterredete. Sie wirkte nicht sehr beunruhigt. War's nur ein Waschbär in dem Fass? Oder ein neuer Tag mit dem Tod.

»Das Anwesen ist auf Margaux und Martin Corneau eingetragen. Acht Hektar, vier davon mit Rot- und Zuckerahorn bewachsen. Bis Ende der Achtziger betrieben die Corneaus eine kleine Produktion, lieferten zehn, zwanzig Gallonen an ein Geschäft, das den Sirup abfüllte und verkaufte.«

Rodas deutete auf die Utensilien um uns herum.

»Die alten Sachen stammen von den beiden, die Kessel und die Blecheimer mit Deckel. Die Plastiktüten zum Auffangen und die Polyethylenschläuche sind was anderes.«

»Soll heißen?«, fragte Ryan.

»Soll heißen, dass sie neu sind.«

»Was auf einen Betrieb in jüngerer Zeit hindeutet.«

Rodas nickte mit finsterer Miene. Doch da war noch etwas anderes. Aufregung? Neugier?

»Von wem?«

»Ich arbeite daran.«

»Was ist in dem Fass?« Ich versuchte erst gar nicht, meine Ungeduld zu verbergen.

»Da warten wir besser auf Doc Karras.«

»Wo kann man denn Ausrüstung für die Sirupherstellung kaufen?«, fragte Ryan.

»Überall. Die Fässer werden häufig zur Lagerung von Lebensmitteln benutzt. Die Schläuche sind Allzweckware.«

»Die Zapfhähne und Tüten?«

»Gibt's bei Firmen, die diese Utensilien herstellen. Die Auffangtüten sind nicht teuer, vielleicht vierzig Cent pro Stück. Den meisten Kleinproduzenten sind die inzwischen lieber als Eimer. Den Sack über eine Halterung streifen, den Schlauch vom Zapfhahn direkt hineinstecken, den Saft in einen Sammelbehälter gießen und den Prozess wiederholen, bis der Baum nichts mehr hergibt.«

»So viele können von denen doch nicht verkauft werden.«

»Mehr, als Sie denken.«

»Kann man die Sachen auch online kaufen?«

Rodas nickte. »Ein Kollege telefoniert für mich rum.«

Karras telefonierte immer noch.

Ich schlang die Arme um den Oberkörper und steckte die Hände unter die Achseln. Die Kälte stieg durch die Sohlen meiner Stiefel und breitete sich in meinen Knochen aus. Das Frösteln kam von mehr als nur dem Wetter.

»Ist das ein Verdampfer?« Ryan deutete mit dem Kinn auf die Feuergrube.

»Ja. Besser als die Kessel, aber man braucht jede Menge Brennstoff.«

»Meint ihr das ernst?«, blaffte ich. »Reden wir jetzt über die Fortschritte in der Kunst der Sirupproduktion?«

»Der Brennholzschuppen ist hier gleich nebenan.« Rodas ignorierte meinen Ausbruch. »Nicht mehr viel übrig. Ich vermute, die Nachbarn haben sich über die Jahre bedient.« Dann wandte er sich an mich. »Was wissen Sie über Ahornsirup?«

»Wir verschwenden hier unsere Zeit.« Barsch, aber ich fror. Außerdem ärgerte ich mich über diese männliche Verbrüderungsorgie.

»Dann sollten wir sie nutzen, um etwas zu lernen.«

Rodas nahm meine Nichtreaktion als Einladung zum Weitermachen.

»In der Wachstumszeit sammelt sich Stärke in den Wurzeln und Stämmen der Ahorne. Enzyme wandeln die Stärke in Zucker um, und das Wasser, das durch die Wurzeln absorbiert wird, macht daraus Saft. Im Frühling zwingen abwechselnde Frost- und Tauperioden den Saft in die Höhe. Die meisten Leute zapfen, sobald die Tagestemperaturen auf über vier Grad steigen. Das ist hier normalerweise Ende April. Der Saft muss bearbeitet werden, damit das Wasser verdampft und nur der konzentrierte Sirup übrig bleibt. Das heißt, zwischen fünf und dreizehn Gallonen Saft zu einer Viertelgallone Sirup einkochen. Man kann das komplett über einer Hitzequelle machen.« Rodas deutete zu der Feuergrube. »Oder man kann währenddessen kleinere Mengen abschöpfen und sie in Töpfen kochen.« Er deutete zu den Töpfen.

»Ist das wirklich wichtig?«

Rodas grinste mich an. »Brauchen Sie Kaffee? Ich habe eine Thermosflasche.«

»Ich bin okay.« Kurz angebunden.

»Unterm Strich besteht Ahornsirup zu ungefähr sechsundsechzig Prozent aus Zucker. Nur Saccharose und Wasser, mit kleinen Mengen Glucose und Fructose, die während des

Kochprozesses entstehen. Einige organische Säuren, zum Beispiel Apfelsäure. Ein relativ geringer Mineraliengehalt, vorwiegend Kalium und Kalzium, ein wenig Zink und Mangan. Eine Vielzahl flüchtiger organischer Verbindungen, Vanillin, Acetoin, Propanal.«

»Endlich. Eine Chemiestunde.« Ich konnte es kaum glauben.

»Saccharose, Glucose und Fructose. Klebrig und süß. Fällt Ihnen dazu was ein?«

Heilige Scheiße. Jetzt kapierte ich.

Bevor ich etwas sagen konnte, wanderte Rodas' Blick an mir vorbei zur offenen Tür.

Als ich mich umdrehte, trat Karras ins Licht. Tropfen glitzerten auf ihren Schultern und ihrer Mütze.

»Können wir, Doc?«

»Gehen wir's an.«

Rodas schob behandschuhte Finger unter den Hebel des Metallrings, der den Deckel verschloss. Zog ihn auf.

Der Deckel ging leicht ab. Aber Kerben und Kratzer am Rand des Fasses deuteten darauf hin, dass beim ersten Mal eine größere Kraftanstrengung nötig gewesen war.

Den Deckel mit beiden Händen vom Körper weggestreckt, trat Rodas zurück.

Ryan und ich näherten uns dem Fass.

22

Schneeregen zischte auf dem Blech über unseren Köpfen.

Der Generator summte.

Die Kamera des Tatortfotografen klickte leise.

Die Leiche schwebte knapp unter der Oberfläche, mit dem

Kopf nach oben und zur Seite geneigt, das Schädeldach an die Fasswand gepresst. Lange blonde Haare umhüllten das Gesicht, modellierten die Züge wie ein Neoprenanzug den Körper eines Surfers.

Nein. Sie schwebte nicht. Sie war eingetaucht in dicke, braune Klebmasse.

Ein Bild blitzte vor mir auf. Ein Exponat im Montréal Science Centre. Körper, die konserviert worden waren, indem man Wasser und Fett im Gewebe durch Polymere ersetzt hatte. Plastination.

Karras sprach als Erste. Forsch und kühl. Sie war hier, um ihre Arbeit zu tun, nicht um sich Freunde zu schaffen.

»Ich habe Vorbereitungen getroffen, damit wir das ganze Fass mitnehmen können.«

»Wie lange ist sie schon da drin?«, fragte Rodas.

»Das weiß ich, wenn ich die Leiche untersucht habe. Und ob das Opfer männlich oder weiblich ist.«

»Verstanden.«

»Ich helfe Ihnen sehr gern«, sagte ich.

»Unser Institut ist für die Öffentlichkeit nicht zugänglich.« Als würde sie mit einer Amateurin sprechen.

Ich erläuterte ihr meine Qualifikationen.

»Bei diesem Erhaltungszustand dürfte eine Anthropologin nicht nötig sein.«

»Der erste Blick kann trügen.«

»Ach wirklich?«

»Ich weiß, dass ich hier nicht zuständig bin.« Als Entschuldigung für meine Taktlosigkeit. Und meine Rüpelhaftigkeit von vorher. »Und ich verstehe —«

»Wahrscheinlich nicht.«

Locker bleiben.

»Kann ich wenigstens zusehen?«

»Dr. Brennan und Detective Ryan bearbeiten Mordfälle, die vielleicht mit Nellie Gower in Verbindung stehen.« Rodas intervenierte zu meinen Gunsten.

»Darum geht's also?« Karras klopfte mit einer Hand auf den Fassrand.

»Möglicherweise.«

Karras starrte mich ausdruckslos an.

»Sie wissen, wie's bei einer Autopsie zugeht?«

»Ja.«

»Sobald die Leiche aus dem Sirup ist, verwest sie sehr schnell.«

»Ich weiß.«

»Ich werde die Nacht durcharbeiten.«

»Wie auch ich es tun würde.« Ich hielt ihrem Blick stand.

»In Burlington.«

»Nimm den Jeep«, sagte Ryan. »Ich bleibe und helfe hier mit.«

Und genau so machten wir es.

Der Chief Medical Examiner von Vermont hat sein Institut im Gebäudekomplex des Fletcher Allen Medical Center am Westrand von Burlington. Und Burlington liegt in der westlichen Ecke von Vermont, von St. Johnsbury aus am anderen Ende des Staates. Zum Glück ist es ein kleiner Staat.

Trotzdem war die Fahrt brutal. Ich war mit Ryans Jeep nicht vertraut. Und im Verlauf des Abends sank die Temperatur, und aus dem Schneeregen wurde Eis, das die Wischer verklebte, die Sicht verschlechterte und die Straßen tückisch machte.

Ich kam um halb sieben an. Karras und das Fass waren bereits da.

Das Institut war ähnlich wie viele andere, in denen ich gearbeitet hatte, darunter auch die des MCME und des LSJML. Es gab mehrere Autopsiesäle, jeder mit Fliesenboden, Weißwandtafel, Metall- und Glasschränken, Arbeitsflächen und einem zentralen Tisch aus Edelstahl.

Ohne Mantel stand Karras als große, kräftige Frau mit dicken Gliedern und einem Hängebusen vor mir. Der ihr vermutlich egal war. Ihr Verhalten ließ auf Baumwollschlüpfer und praktisches Schuhwerk schließen.

Nach der üblichen Aufnahmeprozedur wurde das Fass mit einem Lodox-Scanner geröntgt, der eine Echtzeitbetrachtung am Computer ermöglichte. Karras und ich untersuchten die Leiche Abschnitt für Abschnitt. Knochen, Schädel und Zähne weiß, Bindegewebe grau, Luft in Bauch und Atemwegen schwarz.

Das Fass enthielt eine einzelne menschliche Leiche, die Beine an den Knien abgeknickt, die Arme an den Bauch gedrückt. Nichts Strahlenundurchlässiges. Keine Gürtelschnallen, Reißverschlüsse, Uhren oder Schmuck. Keine Zahnfüllungen. Keine Projektile. Ich konnte keine offensichtlichen skelettalen Verletzungen erkennen.

Nach dem Röntgen schob ein Techniker das Fass auf einem Karren in einen Autopsiesaal. Er nahm Proben des Sirups, während Karras Beobachtungen zu Art und Zustand des Fasses diktierte.

Nach unzähligen Fotos legte der Techniker ein Sieb über einen Abfluss im Boden, und gemeinsam kippten wir das Fass auf die Seite. Mit viel Mühe und beträchtlichem Fluchen holten wir die Leiche heraus und legten sie auf den Tisch.

Danach waren wir alle mit Sirup und Schweiß bedeckt. Hier und dort trugen wir Blätter, die sich an unsere Haut geheftet hatten.

Während Karras diktierte und weitere Fotos schoss, legte

der Techniker weitere Siebe über große Edelstahlwannen, in die man den restlichen Sirup für weitere Untersuchungen schöpfen würde. Vielleicht gaben die Vegetation, Pollen oder ein Insekt Hinweise auf die Jahreszeit, in der die Person gestorben war.

Nach diesen Eingangsprozeduren schickte Karras den Techniker nach Hause. Gefährlicher Straßenzustand. Vielleicht ein Vertrauensbeweis für mich. Ihr waren meine Bemerkungen beim Röntgen aufgefallen. Und mein Verhalten beim Herausziehen und Bewegen der Leiche.

Dann gingen Karras und ich duschen und uns umziehen.

Um 8 Uhr 40 hatten wir frische Schutzbrillen, frische Handschuhe und frische Schürzen an. Obwohl ich die Haare schnell gewaschen hatte, juckten sie unter der Schutzkappe, die sie davon abhalten sollte, mir ins Gesicht zu fallen.

Das Opfer aus dem Fass war weiblich. Die Frau lag auf dem Tisch, die Haare ans Gesicht geklebt, während Sirup mit leisen Tropfgeräuschen von ihrer Leiche triefte. Sie war nackt, und ihre Haut wirkte merkwürdig gebräunt, eine Auswirkung der bernsteinfarbenen Flüssigkeit, in der sie gelegen hatte.

Ich wartete, während Karras Größe, Gewicht und Geschlecht diktierte. Über das Alter sagte sie noch nichts, dazu mussten wir uns erst die Zähne ansehen. Ich sah zu, wie sie die Kopfschwarte untersuchte, und die Haare, die sich lösen ließen, in Strähnen von der Schwarte abhob.

Nach ein paar Minuten: »Schauen Sie sich das an.«

Ich trat neben sie. Die vom Sirup klebrige, blaue Folie, die den Boden schützte, zerrte an den Überziehern über meinen Schuhen.

Die Haare des Opfers waren blond, doch an den Wurzeln etwa einen Zentimeter weit dunkel. Amateurhaft gefärbt, wahrscheinlich zu Hause aus einer Tube.

Karras hob eine Handvoll Haare an und zeigte mir eine ovale, etwa fünf Zentimeter lange und gut zwei Zentimeter breite Verletzung. Die Schwarte war verschwunden, und gelb verfärbter Knochen leuchtete in dem eiförmigen Defekt.

»Was ist das?«

Keine Antwort. Eine Quasselstrippe war die Frau auf jeden Fall nicht.

»Eine Abschürfung durch den Kontakt mit dem Fass?«

»Ihr Kopf lag auf der anderen Seite.«

»Nager?« Ich konnte es mir nicht vorstellen.

»Keine Zahnspuren in Knochen oder Gewebe. Und sie war viel zu weit unter der Oberfläche. Außerdem, wie sollten Mäuse aus dem Fass wieder herauskommen, nachdem sie ihren Schädel angeknabbert hatten?«

»Gibt es andere Verletzungen?«

»Zwei. Geben Sie mir die Lupe.«

Ich tat es.

»Die Ränder erscheinen breiig, nicht sauber. Aber das könnte der Sirup verursacht haben.«

Ich überlegte mir andere Möglichkeiten.

»Was Äußerliches? Eine Verbrennung? Kontakt mit einer ätzenden Chemikalie?«

»Haare und Gewebe in der Umgebung sind nicht betroffen.«

»Milben, Zecken, Läuse? Braune Einsiedlerspinnen?«

»Ich habe weder Eier noch Exkremente entdeckt. Aber ich nehme an, Befallsbereiche könnten sich infiziert haben und eventuell nekrotisch geworden sein.«

»Eine Autoimmunreaktion? Etwas wie Pemphigus?« Ich meinte eine Gruppe von Hautkrankheiten, die Blasenbildung auf Haut und Schleimhäuten verursachen können.

»Hm.«

»Ein infektiöses Geschehen? Leishmaniose? MRSA?« Methicillin-restistenter *Staphylococcus aureus.*

Noch eine unverbindliche Reaktion.

»Ekzeme? Pustulöse Psoriasis?«

»Wir schauen uns das genauer an, wenn ich die Schädelschwarte abgezogen habe.«

Diskussion beendet.

Karras nahm die Maße, diktierte und trug sie in eine Tabelle ein. Dann versuchte sie, mit dem Zeigefinger die Haare vom Gesicht zu ziehen. Sie klebten fest.

Ich trat einen Schritt zurück, während Karras mit der Lupe Hals, Schultern, Brüste, Bauch und die Schenkelansätze der Beine betrachtete und nach Leberflecken, Tätowierungen, Muttermalen, Narben und frischen Wunden suchte.

»Hallo.« Sie hatte den rechten Arm angehoben.

Sie ging zum linken. Winkte mich zu sich.

Unter Vergrößerung sah ich eine Ansammlung nadelstichkleiner Verfärbungen an der Innenseite des rechten Ellbogens.

»Links das Gleiche?«

»Drei.«

»Drogeninjektionsstellen?« Es sah nicht so aus.

»Falls ja, ist das Muster atypisch.«

Karras untersuchte weiter die Leiche. Die Haut der Handflächen wirkte rau und schrundig, die Nägel waren ungepflegt. Arbeiterhände, dachte ich.

»Beide Handgelenke zeigen bandförmige Rötungen.«

»Fesselspuren?«

»Kann sein.«

Einige Augenblicke vergingen.

»Haben Sie so was schon mal bearbeitet?«, fragte Karras.

»Ich hatte mal eine Leiche in einem Fass mit Asphalt. Mit Ahornsirup noch nicht.«

»Haben Sie ein Gefühl, wie lange sie in dem Zeug war?«

»Sie ist in gutem Zustand«, sagte ich. »Verschorfungen an der Nasenspitze, den Schienbeinen, ein paar Zehen. Das ist alles.«

»Wahrscheinlich Kontaktpunkte.«

Wieder einige Augenblicke lang Schweigen. Dann startete Karras ihren ersten Konversationsversuch, der nichts mit der Autopsie zu tun hatte.

»Ich wohne neben einem alten Friedhof. Ein kleiner, nur ein paar Gräber. Ein Junge liegt unter einem Grabstein, auf dem steht, dass er 1747 gestorben ist. Es heißt, man hätte ihn in einem Fass mit Honig nach Hause geschafft.«

»Damals gab es keine Einbalsamierung.«

»Alexander der Große.« Die linke Achsel. »Starb 323 vor Christus. Sie konservierten ihn in einem Sarg voller Honig.«

»Ja, richtig.« Ich war einigermaßen überrascht, dass Karras das wusste.

»Weiß aber nicht mehr, warum man das getan hat.«

»Alexander hat in Babylon den Löffel abgegeben, musste aber nach Makedonien.«

Kein Kichern.

Faustregel. Wenn ein Witz erklärt werden muss, ist er nicht gut. Ich ließ es sein.

»Die Assyrer benutzten Honig zum Einbalsamieren«, sagte ich. »Die Ägypter ebenfalls.«

»Wie funktioniert das?« Karras bewegte sich am Tisch entlang zu den Füßen. Spreizte die Zehen und schaute sich die Zwischenräume an.

»Honig besteht aus Monosacchariden und H_2O. Da die meisten Wassermoleküle mit dem Zucker verbunden sind, bleiben nur wenige für Mikroorganismen übrig und bilden deshalb ein schlechtes Milieu für Bakterienwachstum.«

»Kein Zugang zum Körperäußeren, deshalb keine anaeroben Prozesse im Inneren. Resultat: keine Verwesung. Hat Sirup dieselbe Wirkung?«

»Anscheinend.« Was Rodas mir mit seiner Lektion über Ahorn und Verzuckerung hatte beibringen wollen.

Mein Handy klingelte. Ich ging zur Arbeitsfläche und schaute auf die Anruferkennung, ohne es zu berühren.

Slidell.

»Ich muss da drangehen.«

Keine Erwiderung.

Ich zog einen Handschuh aus und nahm den Anruf an.

»Die Mutter sagt, Leal hatte Probleme mit ihren Tagen.«

Bei Slidells Euphemismus verdrehte ich nur die Augen.

»Ich hab nicht nach Details gefragt, aber es klang, als hätte das Mädchen wirklich üble Bauchschmerzen gehabt. Die Mutter hat sie einmal sogar in die Notaufnahme gebracht. Sie glaubt, das ist der Grund für diese Internetseiten.«

»Ist ihr zu möglichen Passwörtern irgendwas eingefallen?«

Am Tisch kratzte Karras Rückstände unter den Fingernägeln heraus.

»Ein bisschen was. Ich hab's an Pastori weitergegeben.«

»Hat die Mutter den Internetzugang reguliert?«

»Sie sagt Ja, aber ich habe einen anderen Eindruck.«

Karras ging zur Arbeitsfläche und öffnete das Fingerabdruck-Set.

Da ich keine vertraulichen Informationen preisgeben wollte, drehte ich ihr den Rücken zu und senkte die Stimme.

»Haben Sie die Pomerleau-Skizze in Umlauf gebracht?«

»Habe eine aktualisierte Fahndung ausgegeben, gleich nachdem ich sie Ihnen gemailt hatte.«

»Irgendwelche Reaktionen?«, fragte ich.

Karras kehrte zum Tisch zurück.

»Oprah hat sofort angerufen. Sie will Pomerleau in der Sendung.«

Ich ließ das unkommentiert.

»Wie läuft's bei Ihnen?«

Hinter mir hörte ich eine Bewegung. Wusste, dass Karras jede Fingerspitze einfärbte und dann auf ein Formblatt drückte.

»Sag ich Ihnen später.«

»Wo ist Ryan?«

»Durchsucht eine Zuckerhütte.«

»Und was soll das heißen?«

»Später.«

Ich hörte metallisches Klirren, dann Wasser, das auf Edelstahl plätscherte.

Ich drehte mich um.

Karras benutzte einen Brauseschlauch, um die Haare vom Gesicht zu lösen. Langsam gaben die Strähnen nach und glitten zu den Schläfen zurück.

Die Gesichtszüge wurden sichtbar.

Mir fiel die Kinnlade herunter.

23

»Allmächtiger.«

Karras schaute mich stumm und missbilligend an.

Ich suchte auf meinem Handy ein Foto, ging zu ihr und hielt das Display so, dass sie es sehen konnte.

Ihr Blick wanderte zwischen meinem iPhone und dem feucht glänzenden, gebräunten Gesicht auf dem Tisch hin und her.

Ein langer Augenblick verging.

»Wer ist das?«

»Anique Pomerleau.«

Ein verständnisloser Blick.

»Pomerleau hat möglicherweise Nellie Gower und mehrere andere Mädchen ermordet.«

»Erzählen Sie.«

Ich tat es. Fasste mich aber kurz.

»Sind Sie sicher, dass sie es ist?«, fragte Karras mit einem Blick zur Leiche auf dem Tisch.

»Sie ist es.«

»Wir geben die Fingerabdrücke ins System ein und entnehmen Proben für eine DNS-Analyse.«

»Natürlich.«

»Wie ist Ihre Verdächtige in ein Fass mit Sirup gelangt?«

»Ich hoffe, Sie können mir helfen, die Antwort auf diese Frage zu finden.«

Um 2 Uhr 45 schnitt Karras den Faden ab, mit dem sie den Y-Schnitt auf Pomerleaus Brust vernäht hatte.

Zu dieser Zeit hatten sich bereits Bakterien, denen man den Zugriff lange verwehrt hatte, über die Leiche hergemacht. Die Luft war schwer vom fauligen Geruch der Verwesung und dem süßen Duft des Sirups.

Leider warf die Autopsie mehr neue Fragen auf, als sie alte beantwortete.

Die Leichenstarre, ein vorübergehender Zustand, der die Muskeln versteift, war schon längst wieder verschwunden. Keine Überraschung. Das war uns bereits beim Bewegen der Leiche aufgefallen.

Leichenflecken, Verfärbungen aufgrund von Blutansammlungen an der Unterseite des Körpers, waren in den Pobacken, den Unterschenkeln und den Füßen festzustellen. Entweder war Pomerleau in dem Fass gestorben, oder sie war gleich nach ihrem Tod hineingesteckt worden.

In den Nasennebenhöhlen, den oberen Atemwegen, der Lunge oder dem Magen war kein Sirup vorhanden, was bedeutete, dass Pomerleau ihn weder eingeatmet noch geschluckt hatte. Sie war in dem Fass nicht ertrunken, sondern tot hineinverfrachtet worden.

In Pomerleaus Darm fanden sich nur ein paar Fragmente von Tomatenschale. Etwa sechs bis acht Stunden vor ihrem Tod hatte sie zum letzten Mal etwas gegessen.

Karras fand keine Projektile, keine Fragmente oder Schussbahnen. Keine Verletzungen mit einem stumpfen Gegenstand. Keinen Bruch des Zungenbeins als Hinweis auf eine Strangulation. Keine erheblichen Petechien, die auf Ersticken hingewiesen hätten.

Unter der Lupe entdeckte ich drei parallele Kerben auf dem Schädeläußeren neben dem Rand des ovalen Defekts, v-förmig und extrem schmal im Querschnitt. Weder Karras noch ich hatten eine zufriedenstellende Erklärung.

Abgesehen von den winzigen Spuren an den Innenseiten der Ellbogen zeigte die Leiche nicht die Merkmalskonstellation, die man bei gewohnheitsmäßigen Drogenkonsumenten findet.

Karras suchte nach Hinweisen auf eine Vergewaltigung. Nahm für eine toxikologische Untersuchung so viel Blut ab, wie sie konnte. War jedoch in beiden Richtungen nicht sehr optimistisch.

Unterm Strich: Pomerleau war eine gesunde, neununddreißigjährige weiße Frau, die keine Hinweise auf Verletzungen, Infektionen, systemische Krankheiten oder angeborene Missbildungen zeigte. Wir wussten nicht, wie oder wann sie gestorben war. Wir wussten nicht, wie oder warum sie in dem Fass gelandet war.

Eisiger Schneeregen fiel, als Karras mich zu einem Comfort Inn fuhr, das etwa eine Meile vom Medical Complex entfernt war. Unterwegs tauschten wir Theorien aus.

Ich hielt es für wahrscheinlich, dass Pomerleau ermordet worden war. Karras war vorsichtiger und wollte als Todesursache »unbestimmt« und als Todesart »verdächtig« angeben.

Sie hatte recht. Andere Möglichkeiten waren zwar unwahrscheinlich, aber nicht auszuschließen. Eine Drogenüberdosis mit anschließender Vertuschung. Unbeabsichtigtes Ersticken. Ich glaubte nicht daran.

In einem Punkt waren wir uns einig. Pomerleau hatte sich nicht selbst in diesem Fass eingesperrt.

Nachdem ich eingecheckt hatte, überlegte ich kurz, Ryan anzurufen. Slidell. Stattdessen duschte ich noch einmal und fiel ins Bett.

Während ich langsam wegdämmerte, traf mich die Wahrheit auf einmal wie ein Schlag.

Pomerleau war endlich tot. Das Monster, das davongekommen war. Ich versuchte, die Gefühle zu bestimmen, die in meinen Eingeweiden rumorten. Schaffte es nicht.

Fakten und Bilder schossen mir durchs Hirn.

Ein Lippenabdruck auf einer Jacke.

Männliche DNS.

Stéphan Ménard.

Eine schalldichte Zelle in einem Keller.

Fragen. Viele Fragen.

Hatte Pomerleau einen neuen Komplizen gefunden? Hatte dieser Mann mit ihrem Tod zu tun?

Hatte er sie ermordet? Warum?

Wer war er? Wo war er jetzt?

Hatte er sein Horrortheater mit in den Süden gebracht?

Diesmal war es Hämmern, das die dicke Wand des Schlafs durchdrang.

Ich wachte desorientiert auf.

Aus einem Traum? Ich konnte mich nicht erinnern.

Das Zimmer war dunkel.

Fragmente tauchten aus dem Nebel auf. Die Zuckerhütte. Das Fass. Die Autopsie.

Pomerleau.

Hatte ich mir das Hämmern nur eingebildet?

Ich lauschte.

Das Rauschen des Verkehrs. Jetzt laut, ununterbrochen.

Weder Schneeregen noch Wind, die am Fenster rüttelten.

»Brennan!« Klopf. Klopf. Klopf.

8 Uhr 05.

Scheiße.

»Raus aus den Federn.«

»Komme gleich.« Ich zog mir die Sachen an, die ich gestern schon getragen hatte. Alle, die ich hatte.

Die Sonne blendete mich, als ich die Tür öffnete. Der Sturm hatte sich gelegt und eine unnatürliche Stille hinterlassen.

Die Pilotenbrille verzerrte mein Gesicht zu einer Fratze. Darüber eine schwarze Strickmütze. Darunter eine wettergegerbte Nase und Wangen.

»Du bist das.« Lahm. Ich war immer noch etwas benommen.

»Du solltest Detective werden.«

Einer von Ryans alten Sprüchen. Keiner lachte.

»Start in zehn.«

»Zwanzig«, sagte ich mit der Hand vor den Augen.

»Ich bin im Jeep.«

Zwanzig Minuten später war ich angeschnallt und schlang

die Finger um einen wachsbeschichteten Polyethylenbecher. Im Jeep roch es nach Kaffee und verbranntem Schweinefleisch.

»Die Karre hätte jeder klauen können —«

»Hat aber keiner.«

»Ich brauche diesen Jeep.«

»Ich bin mir sicher, dass er dich braucht.«

»Du bist nicht sehr wachsam.«

»Beruhig dich, Ryan. Du hattest die Schlüssel.«

»Ihn am Medical Complex stehen zu lassen war einfach nur Faulheit. Nur gut, dass Karras mir Bescheid gesagt hat.«

Auf meinem Schoß lag ein Egg McMuffin, das Fett machte das Einwickelpapier an manchen Stellen durchscheinend.

»Wie bist du von St. Johnsbury hierhergekommen?«

»Umpie hat mich gebracht.«

Umpie. Die Männerfreundschaft knospte.

»Wohin fahren wir?«

Ryan reihte sich in den Verkehr ein, ohne zu antworten.

Ich wickelte den Muffin aus, nahm ein paar Bissen.

Minuten später schossen wir die Auffahrt zur I-89 hoch. In nördlicher Richtung.

»Da ist es ja.« Ich deutete auf Ryan. »Da ist das Lächeln.«

Ryan war offensichtlich nicht zum Scherzen aufgelegt.

Auch gut.

Ich schaute mir Vermont an, das draußen vorbeizog.

In der Morgensonne schmolz eine Welt aus Eis. Doch noch sah die Landschaft glänzend braun aus, karamellisiert. Vielleicht mit Ahornsirup überzogen.

»Okay, Sonnenschein. Dann fange ich an.« Ich stopfte das Muffinpapier in die Tüte zwischen uns. »In diesem Fass, das war Anique Pomerleau.«

Die Pilotenbrille schnellte in meine Richtung. »Willst du mich verarschen?«

»Nein.«

»Wie ist sie gestorben?«

»Ich kann dir sagen, wie sie nicht gestorben ist.«

Ich skizzierte kurz die Autopsieergebnisse. Ryan hörte zu, ohne mich zu unterbrechen, das Gesicht verkniffen und skeptisch.

»Rodas' Team hat das Anwesen völlig auf den Kopf gestellt.« Nachdem ich fertig war. »Hat keine Drogen oder Drogenutensilien gefunden.«

»Was war im Haus?«

»Einrichtung und Gerätschaften Billigware. In der Speisekammer Konserven und Müsli und Pasta, an denen sich Generationen von Nagern erfreut haben.«

»Mit lesbaren Verfallsdaten?«

»Ein paar. Das jüngste war irgendwann 2010.«

»Was war mit dem Kühlschrank?«

»Variationen der Fäulnis. Ungeziefer, Mäusekot, Schimmel. Sieht aus, als wäre das Anwesen einige Zeit bewohnt und dann verlassen worden.«

»Wann verlassen?«

»In einem Papierkorb steckten alte Zeitungen. *Burlington Free Press*. Die jüngste war vom Sonntag, dem 15. März 2009. Das und die Lebensmittel deuten darauf hin, dass seit über fünf Jahren dort niemand mehr gelebt hatte.«

»Habt ihr die Lichtschalter kontrolliert? Die Lampen?«

Ryan warf mir einen Blick zu.

»Alle waren ausgeschaltet bis auf eine Deckenlampe in der Küche und eine Tischlampe in einem Schlafzimmer. Die Birnen waren durchgebrannt.«

»Waren die Betten gemacht?«

»Das eine ja, das andere nein.«

»Wer dort als Letztes war, hat sich nicht die Mühe gemacht,

das Haus dichtzumachen. Du weißt schon, den Kühlschrank ausräumen, die Betten abziehen, alle Lichter ausschalten. Sind einfach verschwunden. Wahrscheinlich nachts.«

»Sehr gut.«

»Wie ist die Zeitung gekommen?«

»Nicht per Post. Das Postamt hat die Belieferung eingestellt, weil für die Adresse kein Briefkasten vorhanden war.«

»Wann war das?«

»1997. Laut Umpie bietet die Zeitung keinen Lieferservice an.«

Ich überlegte einen Augenblick.

»Pomerleau hat in oder in der Nähe von Burlington eingekauft.«

»Oder in einem Kramerladen vor Ort, der die Burlingtoner Zeitung verkauft hat.«

»Irgendein Fahrzeug?«

»In einem der Schuppen stand ein 86er Ford F-150.«

»Das ist ein Pick-up, oder?«

»Ja, Brennan. Ein Halbtonner.«

Ryan nahm meine nächste Frage vorweg.

»Der Tank war viertel voll. Keine Nummernschilder. Offensichtlich kein GPS, das man überprüfen könnte.«

»Offensichtlich. Sonst noch was in diesem Schuppen?«

»Ein alter Traktor mit Anhänger.«

»Ich nehme an, das Haus hatte keine Alarmanlage.«

»Außer sie hatten einen Hund.«

»Gab es Indizien dafür?«

Ryan schüttelte nur den Kopf. Hieß das nein? Oder hieß es, dass meine Frage ihn ärgerte?

»Nachbarn gibt's keine«, sagte ich zur Windschutzscheibe, der Armlehne, vielleicht dem Lüftungsschlitz. »Niemand, dem aufgefallen wäre, dass die Lichter nicht mehr an- und ausgegangen sind.«

Ryan scherte nach links aus, um einen Budweiser-Laster zu überholen. Schnell. Zu schnell.

»Gab es Telefon im Haus?« Ich konnte mich nicht an Leitungen oder Kabel erinnern.

»Nein.«

»Ich nehme an, auch kein Kabelfernsehen und kein WLAN.« Keine Antwort.

»Was ist mit Versorgungsleistungen? Gas? Wasser? Strom?«

»Wird geprüft.«

»Die Corneaus starben 1988. Wer hat danach die Steuern bezahlt?«

»Auch das wird geprüft.«

»Glaubst du wirklich, dass Pomerleau hier gelebt, Bäume angezapft und sich ansonsten bedeckt gehalten hat?«

»In einem Schlafzimmer war eine Reihe von Büchern über die Ahornsirupherstellung. Die dazu nötige Ausrüstung war bereits vor Ort.«

»Was sagen die Nachbarn?«

»Auch das –«

»… wird geprüft. Warum verhältst du dich eigentlich wie ein Arschloch?«

Ryans Hände packten das Lenkrad fester. Er atmete tief ein.

»Wir haben dort noch was gefunden.«

»Müssen fleischfressende Zombies gewesen sein, so wie du dich aufführst.«

Es war schlimmer.

»Mich?«

»Ja, Brennan. Dich.«

»Was für eine Zeitschrift?« Meine Eingeweide fühlten sich an, als hätte ich Säure getrunken. Es war nicht der Muffin.

»*Health Science.*«

»Ich kann mich nicht erinnern, denen ein Interview —«

»Hast du aber.«

»Wann ist der Artikel erschienen?«

»2008.«

»Was war das Them—«

»Wir haben nur eine Seite gefunden. Ein Foto, wie du in deinem Institut an der UNCC einen Schädel vermisst.«

Eine vage Erinnerung. Ein Anruf. Ein Artikel über Veränderungen in der physischen Anthropologie in den letzten fünfzig Jahren. Ob ich etwas zu meinem Spezialgebiet im Rahmen der Forensik sagen könne? Ob ich Bildmaterial schicken könne?

Ich hatte damals gedacht, der Artikel würde vielleicht mit den Hollywoodmythen über den Glamour der Spurensicherung und den hundertprozentigen Aufklärungsraten aufräumen. War das wirklich schon sechs Jahre her?

Das Sodbrennen breitete sich vom Magen in die Brust aus. Ich schluckte.

Pomerleau hatte ein Foto von mir ausgeschnitten. Hatte gewusst, dass ich in Charlotte lebte. Und zwar schon seit 2008.

Lizzie Nance starb 2009. Andere folgten. Estrada. Leal. Vielleicht Koseluk und Donovan. ME107-10.

Bevor ich etwas sagen konnte, läutete das Handy in Ryans

Tasche. Er schaute aufs Display, nahm den Anruf entgegen und hörte zu.

»Pomerleau.«

Der Fluch wurde von Ryans Ohr abgeblockt. Fragen folgten. Ryan reagierte ziemlich einsilbig. Ja. Nein. Unbestimmt. Verdächtig.

»Ich stelle auf Lautsprecher.«

Er tat es und legte das Handy aufs Armaturenbrett.

»Wie läuft's, Doc?« Rodas.

»Bestens.«

»Folgendes haben wir bis jetzt. Die Befragung der Nachbarn hat ungefähr fünf Sekunden gedauert, da draußen ist so gut wie niemand. Ein Ehepaar im Süden, beide in den Achtzigern. Hören nichts mehr, sehen nichts mehr. Sie kannten die Corneaus, sagten, sie benutzten das Anwesen zum Sirupkochen und sporadisch auch im Sommer. Haben ihren Tod beklagt. Der Mann meinte, eine Enkelin hätte eine Weile hier gelebt.«

»Wann hat er sie zum letzten Mal gesehen?«

»Das wusste er nicht.«

»War sie blond?«

»Ich frage nach.«

»Ich schicke Ihnen zwei Fotos. Eine Altersentwicklung von Pomerleaus Polizeifoto«, sagte ich, während ich die Dateien mit Begleittext versah. »Und eine Nahaufnahme, die ich bei der Autopsie geschossen habe. Zeigen Sie sie ihnen.«

»Mach ich. Der Nachbar im Norden ist Witwer, ist nur einen Teil des Jahres dort. Er wusste rein gar nichts. Dasselbe gilt für die, die an der Hale wohnen.«

»Niemandem ist aufgefallen, dass das Haus dauerhaft dunkel war?«

»Es ist zu weit von der Straße entfernt. Ich habe mir das

gestern Nacht angeschaut. Durch die Bäume sieht man rein gar nichts.«

»Keiner erinnert sich an hin- oder wegfahrende Fahrzeuge?«

»Nein.«

»Niemand kam je zu Besuch? Hat nach einem verlorenen Hündchen gesucht? Ist mit Plätzchen aufgetaucht, um die neuen Nachbarn zu begrüßen?«

»Die Vermonter bleiben eher für sich.«

»Haben Sie sich im Ort umgehört?«

»Anscheinend hat Pomerleau ihre Ware woanders hingebracht. Bis jetzt haben wir noch niemanden gefunden, der sich an eine Frau erinnert, auf die die Beschreibung passt. Falls sie hin und wieder in einen Laden ging, haben die Leute sie wahrscheinlich für eine Touristin gehalten, die zum Fischen oder Kajakfahren hier ist. Haben sie nicht weiter beachtet.«

Das passte zu meiner Theorie, wonach Pomerleau in der Nähe von Burlington eingekauft hatte. Eine größere Stadt, wo sie anonym bleiben konnte.

Ich hörte ein gedämpftes *Ping*. Und noch eins. Erkennungszeichen, dass meine Mails auf Rodas' Handy gelandet waren.

»Wo bekam sie das Holz her?«

»Wir haben einen Kerl gefunden, der sagt, er habe ein paar Jahre lange jeden März eine Wagenladung hingebracht. Und dass eine Frau bar bezahlt habe.«

»Wann war die letzte Lieferung?«

»Seine Buchhaltung ist ein bisschen schlampig. Er glaubt, vielleicht 2009.«

»Zeigen Sie ihm die Fotos.«

»Mach ich. Andy.«

»Ich bin hier.«

»Hast du ihr das mit den Zeitungen und den Verfallsdaten gesagt?«

»Ja.«

»Ich denke mir das so: Pomerleau kommt 2004 von Montreal nach Vermont. Sie zieht in das Haus ein und hält sich bedeckt. Das Haus wurde 2009 verlassen. Glauben Sie und Doc Karras, dass sie schon so lange tot sein könnte?«

Ich stellte mir das Fass vor. Die Leiche. Die sehr gut erhaltenen Blätter.

»Fünf Jahre sind möglich«, sagte ich. Dann: »Wem gehört das Anwesen?«

»Hier wird's interessant. Die Besitzurkunde lautet immer noch auf Margaux Daudet Corneau.«

»Stéphan Ménards Großmutter mütterlicherseits.«

»Ich nehme an, da Corneau in Kanada gestorben ist, bekam niemand mit, dass die Urkunde nach ihrem Tod nicht an einen anderen überschrieben wurde. Die Steuern, gigantische neunhundert Dollar pro Jahr, wurden automatisch von einem Konto auf Corneaus Namen bei der Citizens Bank in Burlington überwiesen.«

»Wann wurde das Konto eröffnet?«

»Das finde ich raus, sobald ich einen Gerichtsbeschluss bekomme.«

»Was ist mit Strom, Heizung, Wasser?«

»Das Anwesen hat seinen eigenen Brunnen, Gasanschluss gibt es nicht. Die Rechnungen des Stromlieferanten wurden vom selben Konto wie die Steuern bezahlt. Aber das Konto war irgendwann leer. Es wurden Mahnungen verschickt —«

»Kamen aber nie an, weil es weder Postlieferung noch Telefon gab.«

»2010 wurde der Strom abgeschaltet.«

»Die Behörden haben nicht auf das Ausbleiben der Steuerzahlungen reagiert?«

»Wie gesagt, es wurden Mahnungen verschickt. Bis jetzt noch keine weiteren Maßnahmen.«

Ich hörte ein Klicken.

»Moment mal. Da kommt gerade ein anderer Anruf rein.«

Die Verbindung klang plötzlich hohl. Dann meldete sich Rodas wieder, und seine Stimme wirkte deutlich angespannter.

»Ich rufe zurück.«

»Du hast recht«, sagte Ryan, nachdem wir ein paar Meilen gefahren waren. »Ich habe mich wirklich wie ein Arschloch aufgeführt.«

»Hast du«, pflichtete ich ihm bei.

»Ich ertrage den Gedanken nicht, dass Pomerleau deinen Aufenthaltsort kannte.« Die Fahrbahnmarkierungen spiegelten sich als doppelte, gelbe Linien auf Ryans Brillengläsern. »Dass sie ihn kennen wollte.«

»Mir gefällt das auch nicht.«

»Ich bin froh, dass die Schlampe tot ist. Hoffentlich verfault sie in der Hölle.«

»Irgendjemand hat sie umgebracht.«

»Wir kriegen ihn.«

»Und in der Zwischenzeit?«

»Wir kriegen ihn.« Ryan sah mich weiterhin nicht an.

»Wenn ich dieses Interview nicht gegeben hätte, wäre Pomerleau nie nach Charlotte gekommen.«

»Wir wissen nicht, ob sie es überhaupt getan hat.«

»Ihre DNS war auf Lizzie Nances Leiche.«

»Sie hätte mit ihrem Gemetzel hier in Vermont weitermachen können. Oder sonst wo.«

»Warum Charlotte? Warum in meinem Revier?«

Wir kannten beide die Antwort auf diese Frage.

Wir überquerten eben die Grenze nach Quebec, als Ryans Handy wieder klingelte. Wie zuvor schaltete Ryan Rodas auf Lautsprecher.

»Einer meiner Detectives hat einen Mechaniker gefunden, der sagt, er hätte die Heizung im Haus der Corneaus gewartet, einmal 2004, dann wieder 2007.«

»Hat er sie auf den Fotos wiedererkannt, die ich geschickt habe?«

»Ja, Ma'am. Er sagt, beim ersten Mal war Pomerleau alleine. Beim zweiten Besuch war noch jemand da.«

Ich warf Ryan einen Blick zu. Er straffte das Kinn, erwiderte den Blick aber nicht.

»Kann jemand mit ihm eine Skizze anfertigen?«, fragte ich.

»Negativ. Er sagt, die Person war zu weit weg, hinten bei einer der Hütten und winterlich dick eingepackt. Sicher weiß er nur, dass der Kerl groß war.«

»Das ist doch was«, sagte ich.

»Das ist was«, erwiderte Rodas.

Ryan und ich brauchten eine Weile, um diese neuen Informationen zu verdauen. Er sprach als Erster wieder.

»2007 hat Pomerleau sich jemanden gesucht, der ihre Psychose teilte. Sie ermorden Nellie Gower. Im nächsten Jahr reisen sie nach North Carolina, töten Lizzie Nance und kehren dann nach Vermont zurück, um ihre Ahorne anzuzapfen. Die Beziehung geht in die Brüche –«

»Oder es kommt zu einem Unfall.« Ich dachte so vorsichtig wie Karras.

»– er tötet sie, stopft ihre Leiche in ein Fass und verduftet nach North Carolina.«

»Würde passen«, sagte ich.

»Wie die Faust aufs Auge.«

»Und jetzt?«

»Jetzt legen wir dem Arschloch das Handwerk.«

Ryan und ich beschlossen, die Sache zweigleisig anzugehen. Wobei wir beide nicht so recht wussten, wohin diese Gleise führten.

Er würde in Montreal bleiben. Er war zwar nicht gerade begeistert davon, vor allem, da Pomerleau oder ihr Hausgenosse mein Gesicht an eine Wand gepinnt hatten. Aber nach längerer Diskussion gab er zu, dass es das Sinnvollste war.

Ich nahm den Frühflug nach Charlotte. Als wir uns verabschiedeten, fragte ich mich, wann ich Ryan wiedersehen würde. Bei unserer Vergangenheit und der Tatsache, dass meine Gesellschaft für ihn inzwischen schmerzhaft war, nahm ich an, dass er in Zukunft um Fälle bitten würde, die nichts mit mir zu tun hatten.

Kurz nach elf setzte ein Taxi mich am Annex ab. Ich zahlte und fischte meine Schlüssel aus der Tasche. Und merkte, dass ich sie nicht brauchte. Die Hintertür war unverschlossen.

Kurz Panik. Erst mal nachschauen? Die Polizei rufen?

Dann sah ich durch die Scheibe Mary Louise mit Birdie an der Brust in die Küche kommen.

Erleichterung durchströmte mich. Und gleich darauf Verärgerung.

»Du solltest die Tür immer abschließen!«, polterte ich beim Eintreten.

Mary Louise trug immer noch diesen Glockenhut. Das Gesicht unter der weichen Krempe wurde lang.

Echt cool, Brennan. Deine ersten Worte an das Mädchen sind ein Tadel.

»Ich meine nur, so ist es sicherer.«

»Ja, Ma'am.«

Birdie schaute mich mit runden, gelben Augen an. Vorwurfsvoll?

»Sieht aus, als hättet ihr zwei euch wirklich gefunden.«

»Er ist ein toller Kater.«

Birdie versuchte erst gar nicht, sich zu befreien und zu mir zu kommen, seine normale Reaktion, wenn ich von einer Reise zurückkehrte.

»Ich wollte ihm eben was Leckeres geben.« Zögern.

Birdie schaute mich lange prüfend an. Wollte er mich davon abbringen, mich einzumischen?

»Das gefällt ihm bestimmt«, sagte ich mit einem breiten Lächeln.

Mary Louise ging in die Speisekammer. Ich stellte meinen Rollkoffer ab und legte die Handtasche auf die Arbeitsfläche.

»Ihre Mutter hat angerufen«, berichtete Mary Louise, während Birdie ihr Greenies aus der Hand fraß. »Ich bin nicht drangegangen. Aber ich habe gehört, dass sie eine Nachricht hinterlassen hat. Meine Großmutter hat auch so einen Anrufbeantworter.«

Klasse. Ich war ein Fossil. Ich fragte mich, wie alt sie wohl war. Zwölf, vielleicht dreizehn.

»Noch andere Anrufe?«

»Das rote Lämpchen blinkt seit Mittwoch. Deshalb schätze ich, ja.«

»Was bin ich dir schuldig?«

Sie strich Bird über den Kopf. Der begnadete Schauspieler drückte den Rücken durch und schnurrte. »Nichts. Ich mag das Kerlchen wirklich.«

»Das war nicht unsere Abmachung.« Ich holte vier Zehner aus der Brieftasche und gab sie ihr.

»Wow«, sagte sie, während sie die Scheine einsteckte. »Meine Mom hat Allergien. Ich kann keine Haustiere halten.«

Verlegene Pause.

»Kann ich ab und zu mal kommen und ihn besuchen? Ich meine, auch wenn Sie zu Hause sind?«

»Birdie und ich würden uns beide sehr freuen.« Ich dankte ihr und sah ihr dann durchs Fenster nach, wie sie den Gartenpfad hinunterhüpfte.

Lächelnd drückte ich die Abspieltaste auf meinem AB-Fossil.

Mama, die sich über Dr. Finch beschwerte.

Harry, die mir Bücher über Krebs empfahl.

Draußen schlug Mary Louise mitten auf dem Rasen zwei Räder.

Die letzte Nachricht war von Larabee. Er sagte, er habe die DNS-Ergebnisse zu den Haaren, die wir in Shelly Leals Kehle gefunden hatten.

Merkwürdig. Ich schaute auf mein iPhone. Er hatte auch dort angerufen. Ich hatte vergessen, es nach der Landung wieder einzuschalten.

Ich rief im MCME an. Mrs. Flowers stellte mich nach ein paar Bemerkungen über Salat aus dem Treibhaus durch.

»Larabee.«

»Tempe hier.«

»Wie war's in Kanada?«

»Kalt. In Vermont ebenso.« Ich berichtete ihm kurz von den Gesprächen mit Sabine Pomerleau, den Violettes und den Kezerians. Dann ließ ich die Bombe in Bezug auf Anique Pomerleau platzen.

»Ich fass es nicht.«

»Genau.« Ich dachte an Ryans Bemerkung. Hatte fast kein schlechtes Gewissen, weil ich seine Freude über Pomerleaus Tod teilte. Fast.

»Die Haare, die wir in Leals Kehle gefunden haben, wurden mit Gewalt ausgerissen, deshalb konnte das Labor Kern-DNS sequenzieren.« Larabees Stimme klang merkwürdig. »Sie passt zu Pomerleau.«

Ich war zu schockiert, um etwas zu sagen.

»Die Haare waren gebleicht, das passt also zu ihrer Leiche. Pomerleau hatte wahrscheinlich versucht, ihr Aussehen zu verändern.«

»Aber Pomerleau war schon lange tot, als Leal ermordet wurde.«

»Haare können sich auf viele Arten übertragen. Auf Kleidung. Auf Decken. Sieht aus, als wäre ihr Komplize schlampig geworden.«

Bilder schossen mir durch den Kopf, eines schlimmer als das andere.

»Was jetzt?«, fragte Larabee.

»Jetzt legen wir dem Arschloch das Handwerk.« Ryans Zitat.

Ich war im Schlafzimmer beim Auspacken, als es an meiner Haustür polterte.

25

Ich rannte zum Fenster im Gang, um auf das Vordertreppchen hinunterzuschauen. Unter dem Vordach war eine karierte Schulter halb zu sehen. Ein Rockport-Männerschuh mit Gummisohle, viel getragen und abgenutzt.

Ich lief nach unten. Bestätigte meine Identifizierung des Besuchers mit einem Blick durchs Guckloch.

Slidell bearbeitete einen Backenzahn mit dem Daumennagel.

Er ließ die Hand sinken, als ich die Tür öffnete.

»Barrow will Lonergans DNS auf einem Stäbchen.«

Ich brauchte einige Augenblicke, um das einzuordnen.

»Lonergan ist Colleen Donovans Tante«, sagte ich.

»Ja.«

Ich bekam einen Schreck.

»Wurden Überreste gefunden?«

»Nee.«

»Warum Lonergan dann jetzt eine Probe abnehmen?«

»Die Dame fällt nicht gerade durch einen steten Lebensstil auf. Barrow will eine Akte über sie. Sie wissen schon. Für den Fall, dass sie sich aus dem Staub macht und keine Nachsendeadresse hinterlässt.«

Für den Fall, dass Colleen auftaucht.

Slidells Blick wanderte in das Wohnzimmer hinter mir.

»Hey, Kater.«

Ich drehte mich um. Birdie beobachtete mich von der Mitte des Zimmers aus. Er mag Slidell. Der Geschmack der Katze ist unergründlich.

»Ich dachte mir, Sie wollen vielleicht mitkommen.«

Ich kannte den Grund dafür. Slidell ekelt sich vor den Körperflüssigkeiten anderer. Verabscheut den Körperkontakt, der nötig ist, um sie zu bekommen.

»Haben Sie mit Larabee gesprochen?«, fragte ich.

»Er hat mich über Pomerleau informiert, als ich den Q-tip abgeholt hab. Schätze, wir zünden keine Kerzen für sie an.«

Ich widersprach ihm nicht.

»Hat Rodas irgendwelche Theorien, wer ihr Komplize sein könnte?«

»Nein«, sagte ich.

»Fahren wir. Dabei können Sie mir die Highlights erzählen.«

Laura Lonergan wohnte an der Park Road, nicht weit von den noblen Vierteln entfernt. Geografisch gesprochen. Ökonomisch war die Adresse Lichtjahre davon entfernt.

Unterwegs gab Slidell mir einen Ausdruck.

VERFÜGBAR 24/7. *Massage. Begleitung. Für reife Männer, die eine erotische, sensible Frau suchen. Echte Locken, sexy Titten, klasse Arsch!!! Sofort anrufen. Keine Schwarzen. Keine SMS, keine unterdrückte Nummer. Prinzessin.*

Mein Alter: 39

Meine Adresse: In Charlottes bester Lage.

Ein Foto zeigte eine Frau in Stringtanga und Push-up-BH, die sich wie eine Schlange auf dem Bett rekelte. Auf einem anderen lächelte sie aus einem nicht ganz kinntiefen Schaumbad heraus.

»Woher ist das?«

»Backpage dot com. Rubrik Begleitung. Charlotte.«

»Sie ist sehr aufgeschlossen.«

»Wir haben alle unsere Grenzen.«

»Sie nennt sich Prinzessin.«

»Reinster Adel.«

»Schätze, die Vermarktung im Internet ist einfacher, als auf den Strich zu gehen.«

»Das macht sie zwischendurch auch.«

Slidell bremste. Schaute auf seinen Notizblock.

Der Häuserblock bestand aus zwei- und dreistöckigen Gebäuden, davon viele, in denen Wohnungen zu Räumlichkeiten für Kleingewerbe umgebaut worden waren. Lonergans Adresse bestand aus sechs Einheiten, die Fassade war mit großblättriger Vegetation bewachsen. Vielleicht Kudzu.

»Erwartet sie uns?«, fragte ich.

»Nein.« Slidell schaltete auf Parken. »Aber sie ist zu Hause.«

Wir stiegen aus und betraten eine winzige Lobby. Die Luft

247

roch nach Schimmel und jahrelang nicht gereinigten Teppichen. Nach Chemikalien zum Haarefärben und -wellen.

Hinter einer Innentür befand sich rechts ein Steuerberaterbüro, in dem weder Angestellte noch Mandanten zu sehen waren. Direkt vor uns war eine schmale Treppe. Links von der Treppe führte ein weiterer Gang quer durch den rückwärtigen Teil des Gebäudes.

Lonergans Wohnung lag im Obergeschoss, neben einem Schönheitssalon und gegenüber einem Nagelstudio. Beide Türen waren geschlossen. Hinter beiden kein Hinweis auf menschliches Leben.

Ein Schild an Lonergans Tür bot Massage an und bat Kunden anzuklopfen.

Slidell tat es.

Wir warteten. Mein Blick wanderte umher. Landete auf einem Spinnennetz, das es wahrscheinlich in den *Architectural Digest* geschafft hätte.

Slidell klopfte noch einmal.

Eine Stimme drang heraus, weiblich, die Worte unverständlich.

Slidell bedeutete mir, zur Seite zu treten, damit ich nicht zu sehen war. Dann klopfte er noch einmal, diesmal mit mehr Schmackes.

Nach einigem Klappern ging die Tür auf.

Laura Lonergan war ein Porträt mit dem Titel *Das Angesicht des Meth*. Ausgefranste, orangene Haare. Grobporige, verschorfte Haut. Eingefallene Wangen, weil diverse Zähne fehlten.

Lonergan lächelte mit geschlossenen Lippen, wahrscheinlich um die unansehnlichen Reste ihres Gebisses zu verbergen. Eine Hand strich über Brüste, die die Topografie eines pinkfarbenen Tanktops aus Polyester kaum modellierten. Sie hob das Kinn und schob eine Schulter vor. Die kokette Verführerin.

248

»Lass gut sein, Prinzessin.«

Slidell streckte ihr seine Marke hin.

Lonergan betrachtete sie ungefähr eine Woche lang. Dann richtete sie sich auf.

»Bist ein Bulle.«

»Du bist ein Genie.«

»Habe geschlossen.«

Lonergan trat einen Schritt zurück und wollte die Tür wieder schließen. Slidell bremste sie mit fleischiger Hand.

»Jetzt nicht mehr.«

»Ich muss nicht mit dir reden.«

»Doch. Musst du.«

»Was habe ich getan?«

»Lassen wir den Teil weg, wo du die Unschuldige spielst.«

»Ich bin Masseuse.«

»Du bist ein Junkie und 'ne Nutte.«

Lonergans Blick huschte den Flur entlang. Dann sagte sie leiser: »So kannste nicht mit mir reden.«

»Doch. Kann ich.«

Lonergans Stirn legte sich in Falten, als sie darüber nachdachte.

»Wie wär's mit ein bisschen Nachsicht?«

»Vielleicht.«

Ein Augenblick, in dem sie darüber nachdachte, was das bedeuten könnte.

»Ja?«

»Ja.«

»Keine Verhaftung?«

»Hängt von dir ab.«

Die flackernden Augen verengten sich. Schnellten zu mir. Zurück zu Slidell.

»Ein flotter Dreier ist okay. Aber das kostet.«

»Reden wir drinnen weiter«, blaffte Slidell.

Lonergan rührte sich nicht.

»Haste mich verstanden, Prinzessin?«

»Meinetwegen.« Um Gleichgültigkeit bemüht, doch weit davon entfernt.

Von der Wohnungstür gelangte man direkt in ein kleines Wohnzimmer. Lonergan durchquerte es und ließ sich auf eine Couch mit einem Leopardenmusterüberzug fallen, streckte das eine Bein in der hautengen Jeansröhre aus und hängte das andere über die Armlehne.

Dem Sofa gegenüber standen zwei wackelige Korbstühle und ein Couchtisch mit unzähligen Brandflecken von Zigaretten. Dahinter stand vor der roten Rückwand ein Tisch mit einem Fernseher und einer nachgemachten Banker-Lampe aus Plastik, die von Isolierband zusammengehalten wurde.

An den Wänden standen schwarze Müllsäcke, randvoll mit Schätzen, die ich mir nicht vorstellen konnte. Von einer windschiefen Stehlampe ohne Schirm verbreitete eine nackte Halogenbirne fahles Licht.

Durch eine Tür auf der rechten Seite sah ich in eine Kochnische, Arbeitsfläche und Tischchen vollgestellt mit schmutzigem Geschirr und leeren Essensbehältern.

Ich nahm an, dass Schlafzimmer und Bad hinten lagen. Verspürte nicht den Wunsch, sie zu sehen.

Ich musterte die Stühle. Beschloss, stehen zu bleiben.

Slidell wuchtete eine voluminöse Hinterbacke auf den Rand des Schreibtischs. Verschränkte die Arme. Und starrte.

»Wird das jetzt den ganzen Tag dauern?«, maulte Lonergan, während sie an einem Schorf am Kinn kratzte. »Ich hab Sachen zu erledigen.«

»Erzähl von Colleen.«

»Colleen?«

»Deine Nichte.«

»Ich weiß, dass sie meine Nichte ist. Seid ihr hier, um mir was Schlimmes über sie zu sagen?«

Slidell starrte sie weiter nur an.

»Wo ist Colleen?«

»Sag du's mir.«

»Ich weiß es nicht.«

»In letzter Zeit was von ihr gehört?«

»Nicht, seit sie abgehauen ist.«

»Wann war das?«

Das verwüstete Gesicht wurde schlaff, während sie die Trümmer durchsuchte, die noch von ihrem Verstand übrig waren.

»Ich weiß nicht. Weihnachten vielleicht.« Lonergan widmete sich wieder dem Schorf, dessen Umgebung jetzt blutverschmiert war. »Ja. Weihnachten war sie da. Hab ihr ein Sechserpack geschenkt. Sie mir dasselbe. Haben gelacht darüber.«

»Wohin ist sie gegangen?«

»Bei Freunden pennen. Zu einem Kerl gezogen. Woher soll ich das wissen?«

»Schwer vorstellbar, dass sie verduftet, wo du ihr doch eine so fürsorgliche Umgebung bietest.«

»Das Mädchen hatte keine Lust mehr, auf der Couch zu schlafen.«

»Keine Lust mehr, dir beim Meth-Einwerfen und Kerle-Vögeln zuzuschauen.«

»So war das nicht.«

»Ich bin mir sicher, ihr habt miteinander den Rosenkranz gebetet.«

»Colleen war kein Engel.« Verteidigend. »Sie hat die Beine breit gemacht, wenn es sich bei einem Kerl lohnte.«

»Sie war sechzehn.« Scharf. Ich konnte nicht anders. Die Frau war abstoßend.

»Colleen ist eine Überlebenskünstlerin. Wahrscheinlich tanzt sie in Vegas.« Unbekümmert. Aber in ihrer Stimme hörte ich Fragezeichen.

Slidell zog ein Plastikröhrchen aus der Tasche. Gab es mir.

»Wir brauchen deine Spucke«, sagte er.

»Auf keinen Fall.«

»Die Prozedur ist schmerzlos.« Ich zog den Tupfer aus dem Röhrchen und zeigte ihn ihr. »Ich streiche Ihnen damit nur innen an der Wange entlang. Das ist alles.«

Lonergan nahm das eine Bein von der Lehne, zog dann beide an und beugte sich vor, legte die Arme um die Knie und schüttelte den Kopf.

Slidell durchbohrte sie mit einem seiner Polizistenblicke. Was sinnlos war, da sie zu Boden starrte.

»Das ist doch ein Trick, um zu beweisen, dass ich was einwerfe.« Der Blick noch immer auf ihren Stiefeln. Mit Absätzen, die höher waren als die Reifen meines Autos.

»Um das zu sehen, brauch ich keine Speichelprobe.« Slidells Stimme hörte man an, dass er die Geduld verlor.

»Da kotze ich bestimmt.«

Slidell wandte sich an mich. »Die Zeugin sagt, dass es ihr nicht gutgeht. Vielleicht sollte ich mich mal umsehen, um festzustellen, ob es hier etwas gibt, das sie krank macht.«

Slidell stand auf.

Als Lonergans Kopf in die Höhe schnellte, standen die Sehnen an ihrem Hals ab wie Kabelstränge.

»Nein.«

Wir warteten.

»Warum macht ihr das?« Der flackernde Blick schnellte im Zimmer herum und blieb an mir hängen, einer weniger bedrohlichen Feindin.

»Wir brauchen Ihre DNS für die Akte«, sagte ich sanft.

»Falls Colleen —«

»Es dauert nur eine Sekunde.« Ich streifte mir Gummihandschuhe über und machte einen Schritt auf sie zu.

Ich hatte erwartet, dass Lonergan sich abwenden würde. Die Lippen zusammenpressen. Mich vielleicht anspucken. Stattdessen öffnete sie den Mund und zeigte Zähne, die so verfault waren, dass ich mich fragte, wie sie kaute.

Ich machte den Abstrich, steckte den Tupfer zurück ins Röhrchen und beschriftete es mit einem Sharpie. Slidell nahm die Probe wortlos an sich. Dann drehte er sich auf dem Absatz um und ging zur Tür.

Als ich Lonergan anschaute, spürte ich ein wenig Mitleid in mir aufsteigen. Die Frau hatte nichts. Ihre Schwester war tot. Ihre Nichte war verschwunden, wahrscheinlich ebenfalls tot. Sie hatte keine Gegenwart. Keine Zukunft. Nur die Versklavung durch eine Sucht, die ihr unweigerlich das Leben nehmen würde.

»Ich weiß, dass Ihnen Colleen am Herzen liegt«, sagte ich.

Lonergans Schnauben sollte Gleichgültigkeit zeigen. Was ich hörte, war schlechtes Gewissen und Selbstverachtung.

»Sie haben Ihr Bestes gegeben, Laura.«

»Einen Scheiß hab ich getan.«

»Sie haben nicht aufgegeben.«

»Doch, mich.«

»Sie haben es nicht auf sich beruhen lassen«, beharrte ich, weil ich unbedingt etwas Tröstendes sagen wollte. »Sie haben sich die Mühe gemacht, sich nach dem Stand im Fall Ihrer Nichte zu erkundigen.«

»Nein, habe ich nicht.«

»Colleens Akte zufolge haben Sie letzten August angerufen und nach dem neuesten Stand gefragt.«

Lonergan schaute mich mit echter Verwirrung an.

»Wen soll ich angerufen haben?«

»Pat Tasat.«

»Noch nie von ihm gehört.«

»Kennen Sie eine Frau namens Sarah Merikoski?«

Eine knochige Schulter hob und senkte sich. »Vielleicht.«

»Sie hat Ihre Nichte als vermisst gemeldet. Tasat war der zuständige Detective.«

»Lady, ich bin mir bei vielem nicht sicher. Aber auf eins können Sie Gift nehmen. Ich hab in meinem Leben noch nie einen Bullen angerufen.«

Sprach da das Meth? Hatte Tasat es falsch verstanden? Oder hatte er etwas nicht mitbekommen?

»Hat Colleen mehr als eine Tante?«, fragte ich.

»Wenn das Mädchen eine andere Möglichkeit gehabt hätte, wäre sie dann in diesem Loch geblieben?« Sie deutete mit einem knochigen Arm durchs Zimmer.

Meine Nervenenden kribbelten.

Ich schaute zu Slidell.

Er hörte aufmerksam zu.

26

Ich war so aufgeregt, dass ich die Geruchsmischung gar nicht bemerkte, die Slidells Taurus verpestete.

»Wenn nicht Lonergan Tasat angerufen hat, wer dann?«

»Die Zellen, die im Schädel dieser Tussi noch funktionieren, können Sie an einer Hand abzählen.«

»Sie klang so sicher.«

Slidell schniefte nur.

»Ich kann mich nicht erinnern, ob zu dem Vermerk eine Rückrufnummer gehörte.«

»Tun Sie, was Sie nicht lassen können. Ich bringe die Probe ins Labor.«

In wenigen Minuten waren wir im LEC. Fuhren schweigend im Aufzug hoch.

Mein Puls raste. War Lonergans beschädigte Verdrahtung schuld an dieser Unstimmigkeit? Hatte Tasat es sich falsch notiert? Oder waren wir über einen von Ryans Big Bangs gestolpert?

Ich stieg im zweiten Stock aus und ging am CCU vorbei zum Konferenzsaal. Slidell fuhr weiter in den vierten.

Die Donovan-Akte lag mit den anderen auf dem Tisch. Den Eintrag hatte ich schnell gefunden.

Ermittlungsnotizen (Tasat)(8/07/14)

Laura Lonergan, Familienmitglied, rief an, um nach Fortschritten in Bezug auf die Vermisste Colleen Donovan zu fragen. Lonergan ist Donovans Tante mütterlicherseits. Die Frage, ob sie sich vorstellen könne, wo Colleen sein könnte, verneinte sie. Auf die Frage, wie sie zu erreichen sei, nannte sie eine Handynummer und gab an, zu Hause und in der Arbeit keinen Festnetzanschluss zu haben.

Lonergans Handynummer stand am Ende des Eintrags.

Nachdem ich meine eigene Anruferkennung unterdrückt hatte, wählte ich die Nummer.

Eine Stimme sagte mir, dass sie nicht vergeben sei.

Ich saß einfach nur da, und Frustration sickerte aus jeder meiner Poren, als Slidell zur Tür hereinkam.

»Was ist los?«, fragte er, als er mein Gesicht sah.

»In der Akte steht nichts, was darauf hinweist, woher der Anruf kam. Die Handynummer, die Lonergan damals −« ich malte mit den Fingern Anführungszeichen »− *angegeben* hat, ist falsch. Und Tasat ist nicht hier, um Fragen zu beantworten.«

»Ich hab's Ihnen doch gesagt. Das Hirn dieser Frau ist Hackfleisch.«

»Ich denke, wir sollten der Sache nachgehen.«

Slidell seufzte mehr als nachsichtig. Zog seinen Notizblock heraus.

»Haben Sie das Datum, wann der Anruf reinkam?«

»Am 7. August.«

»Uhrzeit?«

»Nein.«

»Ich muss mir Tasats Nummer besorgen.«

»Das ist nicht schwer.«

»Dann muss ich die Daten bei der Telefongesellschaft gerichtlich einfordern.«

»Wie lange dauert das?«

»Ein paar Wochen, ein paar Tage. Einige Firmen sind freundlicher als andere.«

»Sollen wir es Barrow sagen?«

»Was sagen? Dass ein Meth-Junkie Probleme mit dem Gedächtnis hat?«

Ruhig bleiben, Brennan.

»Wo ist Barrow?«

»Auf dem Weg hierher.«

Slidell hatte es kaum gesagt, als der Leiter der Altfallabteilung durch die Tür kam.

Ich erläuterte ihm die Sache mit dem Anruf. Und meinen Verdacht, dass eine andere Person als Lonergan ihn getätigt hatte.

»Netter Fang.«

»Vielleicht.« Ich wusste aus dem Bauch heraus, dass es einer war. »Die Nummer, die Lonergan Tasat genannt hat, ist nicht vergeben. Und es ist nicht diejenige, die auf Backpage.com angegeben ist.«

256

»Der Anbieter hat ihr gekündigt, oder sie hat den Anbieter gewechselt.« Slidell mit seiner Skepsis war eine echte Spaßbremse.

»Gehen Sie der Sache nach?«, fragte ihn Barrow, bevor ich etwas erwidern konnte.

»Wollen wir wetten, dass das Zeitverschwendung ist?«

»Ich könnte es Tinker übergeben.«

Etwas von Papierkram und Schwachsinn murmelnd, machte Slidell sich davon.

Barrow setzte sich auf den Stuhl mir gegenüber.

»Wie war's im fernen Norden?«

»Kalt.«

»Bringen Sie mich auf den neuesten Stand.«

Ich tat es.

Barrow hörte zu und räusperte sich nur hin und wieder.

Als ich damit fertig war, überlegte er erst eine Weile. Dann:

»Die Chefetage wollte eindeutige Zusammenhänge zwischen Leal und den anderen Fällen. Um bei veränderter Situation die Lage neu einschätzen zu können.«

»Ja.«

»Wir sollten das dem Deputy Chief mitteilen.«

»Wann?« Ich schaute auf die Uhr. Es war zehn nach fünf. Ich war vor Tagesanbruch aufgestanden, um nach Charlotte zurückzufliegen.

»Jetzt.«

»Seit 2007 wurden drei heranwachsende Mädchen am helllichten Tag entführt und später tot aufgefunden. Nellie Gower, Hardwick, Vermont, 2007. Lizzie Nance, Charlotte, 2009. Tia Estrada, Salisbury, 2012. Die Opfer entsprechen demselben Typ. Die VICAP-Verbrechensprofile zeigen eine erstaunliche Ähnlichkeit. In jedem Fall wurde die Leiche im

Freien und gut sichtbar abgelegt, voll bekleidet und zu einer Pose arrangiert. In keinem Fall gab es Hinweise auf sexuellen Missbrauch. In keinem Fall konnte die Todesursache eindeutig festgestellt werden.«

Deputy Chief Denise Salter schaute mich unverwandt an. Ihre Augen waren braun, dunkler als ihre karamellfarbene Haut, aber heller als die schwarzen Haare, die sie am Hinterkopf zusammengefasst hatte. Ihre Bluse war blendend weiß, die Bügelfalten an den langen Ärmeln scharf wie Skalpelle. Schwarze Krawatte, schwarze Hose, schwarze Lacklederschuhe, die glänzten wie polierter Marmor.

Salter hatte eine andere Besprechung verlegt, um Zeit für uns zu schaffen. Sie hörte zu, mit einer Miene, die weder freundlich noch unfreundlich war.

»In eben diesen sieben Jahren verschwanden in North Carolina noch mindestens zwei andere Mädchen. 2011 Avery Koseluk aus Kannapolis. Ende 2013 oder Anfang 2014 Colleen Donovan aus Charlotte.«

Barrow legte fünf Fotos vor Salter auf den Tisch. Sie setzte eine Lesebrille auf und betrachtete sie. Dann schaute sie dezidiert mich an.

»Koseluk wurde als Entführung durch einen Elternteil ohne Sorgerecht betrachtet, Donovan als Ausreißerin. Beide bleiben offene Vermisstenakten.«

»Kommen Sie auf den Punkt.« Hinter den Brillengläsern wirkten Salters Augen so groß wie die von ET.

»Auf Gower und Nance wurde identische DNS gefunden.«

Barrow legte die Altersentwicklung von Pomerleaus Foto zu den anderen. Salter nahm es zur Hand und betrachtete das Gesicht.

»Ist sie das?«

»Ja.«

»Woher hatten Sie den Treffer?«

»Aus der NDDB, dem kanadischen Äquivalent von CODIS.«

Falls Salter das überraschte, verbarg sie es gut.

»Wer ist das?«

»Eine kanadische Staatsangehörige namens Anique Pomerleau. Sie und ein Komplize, Stéphan Ménard, werden wegen der Morde an mindestens drei Personen gesucht. Ihre Vorgehensweise war Einkerkerung, Folterung und Vergewaltigung junger Frauen. Angela Robinson, Ménards erstes Opfer, wurde 1985 in Corning, Kalifornien, entführt. Marie-Joelle Bastien und Manon Violette wurden 1994 in Montreal verschleppt. Alle drei starben in Gefangenschaft.«

»Das wissen Sie weshalb?«

»Ich habe ihre Überreste identifiziert.«

»Fahren Sie fort.«

»2004 ging Pomerleau der Polizei von Montreal, die ihr dicht auf den Fersen war, durchs Netz. Seitdem war sie flüchtig. Bis jetzt.«

»Und Ménard?«

»Entweder hat sie ihn getötet oder er sich selbst kurz vor ihrem Verschwinden.«

»Sie glauben, Pomerleau tötet jetzt Mädchen in meinem Revier?«

»Nein.«

Salters Brauen hoben sich fragend.

»Vor zwei Tagen habe ich bei Pomerleaus Autopsie assistiert.«

Ich fasste meinen Ausflug nach Montreal und St. Johnsbury kurz zusammen. Ryan. Die fruchtlosen Gespräche mit den Kezerians, Sabine Pomerleau und den Violettes.

Ich berichtete von dem Corneau-Anwesen, dem Fass, der

Autopsie. Dem Holzlieferanten, der auf der Farm eine zweite Person gesehen hatte.

»Sie glauben, Pomerleau und ein Komplize haben Nellie Gower umgebracht. Zwei Jahre später kam das Paar dann hierher und ermordete Lizzie Nance.«

»Das tun wir.«

Barrow und ich wechselten einen Blick. Er nickte.

»Und wir glauben, dass es noch andere gibt.«

Eine Bewegung von Salters Handgelenk sagte mir, dass ich fortfahren sollte.

»2010 wurde in Belmont ein Skelett gefunden. Ich stellte fest, dass die Knochen zu einem vierzehnjährigen Mädchen gehörten, das bei der Leichenablage wahrscheinlich voll bekleidet war.«

»Wahrscheinlich?«

»Die Überreste wurden von Tieren angenagt.«

Salter legte die Brille ab und lehnte sich zurück.

»Bei Shelly Leals Autopsie hat Larabee Haare aus ihrer Kehle gezogen«, fügte ich hinzu.

»Das Kind, das vor Kurzem in der Unterführung der I-485 gefunden wurde.«

Ich nickte. »Die DNS-Sequenzierung besagt, dass mindestens eines dieser Haare von Anique Pomerleau stammt.«

»Ein mächtiges Indiz.«

»Aber auch verwirrend. Andere Indizien deuten nämlich darauf hin, dass Pomerleau bereits 2009 starb.«

»Erklärung?«

»Die Haare könnten von Pomerleau auf ihren Komplizen übertragen worden sein«, sagte Barrow. »Vielleicht über ein gemeinsam getragenes Kleidungsstück. Oder es gehört zu seinem Ritual, etwas zu tragen, das Pomerleau trug.«

»Larabee fand außerdem auf Leals Jacke einen Lippenabdruck«, sagte ich. »Er enthielt DNS. Einem Amelogenin-Test nach ist die DNS männlich.«

»Ich nehme an, der Lippenbursche ist nicht im System.«

»Nein.«

Ein längeres Schweigen folgte. Salter durchbrach es.

»Nur damit ich das richtig verstehe. Pomerleau und ihr männlicher Komplize operierten bis 2009 von einer Farm in Vermont aus?«

»Ja.«

»Wurden irgendwelche Hinweise darauf gefunden, dass die Mädchen dort festgehalten wurden? Ein schalldichter Raum? An eine Wand geschraubte Handschellen?«

»Nein.«

»Aha.« Neutral. »Dieser mysteriöse Komplize tötete schließlich Pomerleau und steckte ihre Leiche in ein Fass mit Sirup.«

»Ja.«

»Motiv?«

»Wir haben keins.«

»Dann geht er in den Süden. Schnappt sich Nance, Estrada, vielleicht Koseluk, Donovan und das in der Nähe von Belmont gefundene Mädchen. Jetzt Leal.«

»Ja.«

»Warum verlegt er sein blutiges Geschäft hierher?«

Ich berichtete ihr von dem Artikel in *Health Science*. Von meinem Foto, das ausgeschnitten und in der Corneau-Farm aufbewahrt worden war.

»Sie wollen damit sagen, dass der Übeltäter Ihretwegen in meiner Stadt ist.«

»Ich sage nur, es ist eine Möglichkeit.«

»Warum?«

»Rache? Provokation? Wer weiß?«

Salters Telefon klingelte. Sie ignorierte es.

261

»Erläutern Sie noch einmal die Daten«, sagte Barrow zu mir.

Ich tat es, wobei ich Mamas Rolle bei der Entdeckung des Musters ausließ.

»Die Opfer werden also an den Jahrestagen der Entführungen in Montreal verschleppt.« Eine Feststellung, keine Frage. Salter wollte nur eine Bestätigung.

»Das scheint mir die Idee dahinter zu sein«, sagte ich. »Wahrscheinlich an den Todestagen.«

»Und Pomerleaus Komplize führt das Spiel fort, obwohl er sie umgebracht hat.«

»So sieht es aus.«

»Und die Intervalle werden kürzer.«

»Ja«, sagte Barrow. »Und in zwei Monaten ist wieder ein Jahrestag.«

In dem Schweigen, das folgte, konnte ich meinen eigenen Atem hören. Das Klopfen von Salters zusammengeklappter Brille auf der Schreibtischplatte.

Als ich schon glaubte, sie würde uns zum Teufel jagen, sagte sie schließlich: »Slidell bearbeitet Leal, nicht wahr?«

»Ja«, bestätigte Barrow.

»Sind an diesen Fällen noch andere dran?« Sie fuhr mit der Hand über die Fotos.

»Von Amts wegen ein Detective in Montreal, ein anderer in Hardwick, Vermont.«

»Ich habe Beau Tinker in unseren heiligen Hallen gesehen. Ist das SBI auf Ihre Einladung hier?«

»Nicht unbedingt.«

Wieder ein kurzes Schweigen. Dann steckte Salter die Brille ein.

»Schreiben Sie es zusammen. Alles, was Sie haben.«

262

27

Draußen war es kälter geworden, während ich im LEC war. Nicht so sehr, dass ich es hasste. Aber doch so, dass ich mir überlegte, die Handschuhe hervorzuholen, die ich im März in einem Schrank verstaut hatte.

Birdie schien sich mehr für den Inhalt meiner Tüte von Roasting Company zu interessieren als für meine Rückkehr. Ich füllte ihm seine Schüssel, schaltete CNN ein und setzte mich an den Küchentisch.

Die Abendnachrichten waren bereits vorbei. Jetzt stritten sich ein Demokrat und ein Republikaner über Reformen des Gesundheitssystems und der Einwanderungsbestimmungen. Ich ärgerte mich. Am Ende des Tages wollte ich Informationen, keinen verbalen Schlagabtausch.

Ich schaltete aus und warf die Fernbedienung auf den Tisch.

Birdie sprang auf den Stuhl neben mir, vermutlich weil ihm warmes Hühnchen lieber war als die harten, braunen Pressteile, die ich ihm serviert hatte.

Beim Essen kam mir Tasats Notiz in den Sinn.

»Dieser Anruf kam nicht von Lonergan«, sagte ich mit dem Mund voller Succotash.

Birdie legte den Kopf schief. Weil er mir zuhörte oder auf Geflügel hoffte.

»Aber wer dann?«

Die Katze äußerte sich nicht.

»Eine Verwandte? Eine Freundin? Angeblich hatte Donovan keine.«

Ich legte ein Stück Schenkel auf den Tisch. Bird prüfte es mit einer Pfote und nahm es dann behutsam zwischen die vorderen Zähne.

»Donovans Mörder, der war's. Das ist klassisches Täterverhalten. Als würde er an den Tatort zurückkehren.«

Bird und ich schauten einander an, doch unsere Gedanken waren eindeutig nicht beim selben Thema.

Mein Handy klingelte.

»Dein Flug lief gut?« Ryan klang so erschöpft, wie ich mich fühlte.

»Der ist so lange her, ich kann mich gar nicht mehr erinnern.«

»Ich bin auch kaputt.«

»Irgendwelche Fortschritte?« Ich legte Bird noch ein Häppchen Geflügel hin. Wieder tastete und schnappte er.

»Nein. Wo bist du?«

»Zu Hause. Ich habe den Tag mit Slidell verbracht.«

»Und?«

»Er hat sehr oft sehr schlechte Manieren an den Tag gelegt.«

»Irgendwelche Fortschritte?«

»Vielleicht.«

Ich erzählte ihm von dem Besuch bei Lonergan und der Besprechung mit Salter. Von Tasats Notiz und Lonergans Leugnung, überhaupt angerufen zu haben. »Slidell ist überzeugt, dass da nichts dran ist.«

»Aber er hat eingewilligt, die Telefondaten gerichtlich einzufordern.«

»Widerwillig. Er meint, es könnte Wochen dauern. Unterdessen werden wir —«

In meinem Kopf explodierte eine Silvesterrakete.

»Scheiße!«

»Was?«

»Wie konnte ich das übersehen? Ich muss ja komplett bescheuert sein.«

»Erde an Brennan.«

»Tia Estrada.«

»Das Mädchen aus Salisbury.«

»Ich war abgelenkt, weil Slidell und Tinker sich bekriegt haben.«

»Bleib beim Thema.«

»Den Ermittlungsunterlagen zufolge hat eine Journalistin sechs Monate nach Estradas Verschwinden bei der Polizei angerufen.«

»Und?«

»Ich bin mir fast sicher, dass das der letzte Eintrag in der Chronologie war. Und die Akte enthielt keine Zeitungsausschnitte aus dem Jahr 2013.«

»Du glaubst, dass der Anruf ebenfalls getürkt sein könnte?«

»Genau wie bei Donovan. Jemand ruft sechs Monate nach dem Verschwinden des Mädchens an. Vielleicht war es dieselbe Person, die wegen Informationen über Donovan angerufen hat. Falls ja, ist das ein Muster. Etwas, das die Fälle verbindet.«

»Dem sollte man nachgehen.«

Plötzlich wollte ich unbedingt auflegen. »Ich muss jetzt Schluss machen.«

»Mach langsam.«

»Langsam?«

»Nur nichts überstürzen.«

»Mein Gott, Ryan. Du klingst wie Slidell.«

Ein langes, leeres Schweigen kam durch die Leitung.

Dann fragte er: »Anson County, oder?«

»Ja. Weißt du noch, wer den Fall hatte?«

»Cock.«

»Sehr hilfreich.« Aber das war es tatsächlich. »Henrietta irgendwer, richtig?«

»Ich glaube schon.«

265

»Und mir ist noch was anderes eingefallen. Wie müssen die Fotos der Fundorte von Gower, Nance und Leal vergleichen. Schauen, ob da immer wieder derselbe Gaffer auftaucht.«

»Das hat noch niemand getan?«

»Soweit ich weiß, nicht.«

Ich legte auf, und meine Erschöpfung war vertrieben von der Aussicht auf den Big Bang.

Nachdem ich den Tisch abgeräumt hatte, schnappte ich mir Handtasche und Jacke und rannte los.

Es war still im zweiten Stock des LEC. Ich ging direkt in den Konferenzsaal und breitete die Estrada-Akte auf dem Tisch aus.

Der letzte Artikel stammte aus der *Salisbury Post* vom 27. Dezember 2012, ungefähr drei Wochen, nachdem Tia gefunden worden war. Zumindest war das der letzte, der aufbewahrt worden war.

Er enthielt kaum mehr als eine Zusammenfassung der Fakten. Das Verschwinden des Mädchens. Die Entdeckung der Leiche vier Tage später in der Nähe des Pee-Dee-Naturreservats. Die Ausweisung der Mutter nach Mexiko. Den Abschluss bildete eine Bitte an die Bevölkerung um weitere Informationen.

Ein Verfasser wurde nicht genannt.

Ich ging online und googelte die *Salisbury Post*. Eine Frau namens Latoya Ring schien sich viel mit Verbrechen zu beschäftigen. Ein Link lieferte mir ihre E-Mail-Adresse.

Ich schrieb eine kurze Nachricht, in der ich ihr mein Interesse an dem Estrada-Fall erläuterte und sie um einen Anruf bat.

Ich legte den Ausschnitt aus der *Post* beiseite und las die gesamte Akte noch einmal. Alle paar Minuten spähte ich auf mein iPhone. Danach hatte ich allerdings nichts Neues erfahren.

Aber ich hatte den Namen, den ich brauchte. Henrietta Hull vom Anson County Sheriff's Office.

Mein Kopf dröhnte, weil ich mich mit schlechten Handschriften und verschwommenem Text hatte herumschlagen müssen. Und die Müdigkeit kam jetzt verstärkt zurück.

Ich schloss die Augen und rieb mir die Schläfen. Hull anrufen? Oder abwarten, bis ich von Ring etwas hörte?

Es war nach neun an einem Freitag. Wenn Hull nicht Nachtschicht hatte, dann saß sie wahrscheinlich zu Hause und genehmigte sich ein Bier. Vielleicht in der Kirche oder beim Bowling mit den Kindern. Ich redete besser zuerst mit Ring. Wenn sie oder ein Kollege wegen Estrada angerufen hatte, dann war dies das Ende der Geschichte.

Scheiß drauf.

Ich wählte.

»Anson County Sheriff's Office. Ist das ein Notfall?«

»Nein. Ich —«

»Bitte warten Sie.«

Ich wartete.

»Okay, Ma'am, wie heißen Sie?«

»Dr. Temperance Brennan.«

»Der Zweck Ihres Anrufs?«

»Ich würde gern mit Deputy Hull sprechen.«

»Okay, kann ich ihr sagen, worum es geht?«

»Um den Mord an Tia Estrada.«

»Okay. Kann ich Details erfahren?«

»Nein.«

Ein leichtes Zögern. Dann: »Bitte warten Sie.«

Ich wartete. Länger als zuvor.

Es klickte.

»Deputy Hull.« Die Stimme klang leicht skeptisch. Heiser, aber weicher, als ich erwartet hatte. Vielleicht ein Vorurteil meinerseits wegen des Spitznamens.

Ich erklärte, wer ich war, und meinen Grund für den Anruf.

»Plötzlich sind alle interessiert.«

»Wie bitte?«

»Zwei Jahre vergehen. Und dann plötzlich drei Anfragen in einer Woche.« Im Hintergrund hörte ich Dialoge, das Konservengelächter einer Sitcom.

»Sie haben mit den Detectives Ryan und Slidell gesprochen.«

»Slidell. Der ist vielleicht eine Nummer.«

»Hat er Colleen Donovan erwähnt?«

»Nein.«

»Donovan verschwand letzten Januar in Charlotte. Wir haben den Verdacht, dass ihr Fall einen Bezug zu Tia Estrada haben könnte.«

»Für wen arbeiten Sie gleich wieder?«

»Den Medical Examiner. Und die Altfallabteilung des CMPD.«

»Okay.«

»Sechs Monate nach Colleen Donovans Verschwinden rief eine Tante an und fragte nach dem Stand der Ermittlungen. Donovans einzige Tante bestreitet aber, den Anruf getätigt zu haben. Sechs Monate nach Estradas Entführung rief eine Journalistin in Ihrem Büro an. Wir fragen uns, ob dieser Anruf ebenfalls getürkt war.«

»Wer ist diese Journalistin?«

»Der Vermerk ist handgeschrieben, nur eine Zeile, ohne Namen und Telefonnummer. Und in der Akte gibt es keinen Zeitungsausschnitt.«

»Überrascht mich nicht. Estrada wurde noch zu Bellamys Zeit getötet, und der war mit einem Fuß schon aus der Tür. Ich habe den Fall geerbt, als er nach seiner Pension nach Boca ging.«

»Ich habe Latoya Ring eine Nachricht hinterlassen. Kennen Sie sie?«

»Ring ist seriös.«

»Das kann sich als Sackgasse erweisen. Donovans Tante ist ein Meth-Junkie und ziemlich fertig. Aber falls niemand von der *Post* den Anruf getätigt hat, meinen Sie, dass Sie die Nummer finden und zurückverfolgen könnten?«

Zweimal Lachen aus der Konserve brachte mich auf den Gedanken, dass etwas lustig war. Schließlich: »Erledigt. Jetzt sagen Sie mir, was Sie wissen.«

Ich tat es. Dabei fiel mir noch etwas anderes ein.

»Nach dem Autopsiebericht hat der örtliche ME Haare in Estradas Kehle gefunden. Wissen Sie, ob die auf DNS untersucht wurden?«

»Ich schaue nach.«

»Falls nicht, könnten Sie herausfinden, was mit ihnen passiert ist?«

»Okay.«

Aus Wadesboro kam langes Schweigen.

»Danke, Dr. Brennan. Dieses Mädchen hat was Besseres verdient.«

»Tempe«, sagte ich. »Ich rufe wieder an, wenn ich von Ring etwas gehört habe.«

»Sie werden was von ihr hören.«

Eine weitere Stunde lang studierte ich die Tatortfotos von Gower, Nance, Estrada und Leal. Betrachtete Gesichter mit einer Lupe. Verglich Gesichtszüge, Körperformen, Kleidung, Silhouetten.

Es brachte nichts. Die Blutgefäße in meinem Kopf wollten durch die Schädelwand platzen.

Um zehn packte ich zusammen und fuhr nach Hause.

Ich hatte eben vor dem Annex gehalten, als mein Handy *Joy to the World* plärrte. Ich hatte den Klingelton umgestellt, weil ich was Festliches wollte.

Die Nummer war unterdrückt. Ich zögerte einen Augenblick, nahm dann ab.

»Brennan.« Während ich auf Parkposition schaltete.

»Hier Latoya Ring. Ich habe eben mit Hen Hull gesprochen.«

»Vielen Dank für Ihren Rückruf.«

»Von der *Post* hat niemand beim Sheriff angerufen.«

Ich war wie elektrisiert.

»Sind Sie sicher?«

»Wir sind nicht die *New York Times.* Nur zwei von uns bearbeiten die Verbrechen. Er hat nicht angerufen, ich habe nicht angerufen.«

Am anderen Ende des Gartens störte irgendetwas das Schattengewirr eines riesigen Magnolienbaums. Ein Hund? Ein spätabendlicher Spaziergänger? Oder bildete ich mir das nur ein?

»Und um ganz sicherzugehen, habe ich auch meinen Herausgeber angerufen«, fuhr Ring fort. »Was meiner Nominierung als Angestellte des Monats nicht gerade förderlich sein wird. Er hatte grünes Licht fürs Fallenlassen der Estrada-Sache gegeben.«

»Sind Sie sicher?« Ich spähte angestrengt in die Dunkelheit.

»Der Auftrag wäre an mich gegangen. Ich habe mehrmals nachgefragt. Und immer wieder ein Nein als Antwort erhalten.«

»Warum?«

270

»Es hatte keinen Zweck. Die Polizei hatte rein gar nichts – keine Verdächtigen, keine Spuren, die Mutter war inzwischen gar nicht mehr im Land.«

Tia Estrada war nicht gerade ein blauäugiges Herzchen mit Shirley-Temple-Locken.

»Danke, dass Sie so prompt reagiert haben.«

Da drüben? War da hinter der Remise eine Bewegung? Ein Reh?

»Die ganze Sache stinkt.«

Ich wartete, dass Ring ins Detail ging.

»Irgendein Arschloch hat dieses Mädchen ermordet. Und dann lässt das System es einfach durch die Ritzen fallen.«

»Wir kriegen ihn«, sagte ich und starrte in die dichte Vegetation neben meinem Auto.

»Seien Sie vorsichtig.«

Mit einem unbehaglichen Gefühl blieb ich noch einen Augenblick sitzen. Dann stieg ich aus und eilte zum Annex.

Binnen Sekunden war ich im Bett.

Bewusstlos binnen Minuten.

Ohne zu ahnen, was ich ausgelöst hatte.

28

Am Wochenende regnete es in Charlotte, aber nicht ununterbrochen. Manchmal herrschte nur feuchter Nebel, der sich hin und wieder zu einem halbherzigen Nieseln aufraffte. Eine kalte Feuchtigkeit tränkte die Luft, Wasser tropfte vom Dachgesims und von den breiten, grünen Blättern der Magnolien.

Am Samstag kam Mary Louise vorbei, um Birdie zu besuchen. Diesmal trug sie einen Fischerhut mit einer Quaste obendrauf.

Vielleicht war ich einsam wegen Ryan. Vielleicht einfach nur einsam. Oder vielleicht wollte ich mich nicht um den Stapel Akten kümmern, die auf mich warteten. Verdammt, vielleicht war es das Wetter. Ich überraschte mich selbst, indem ich sie einlud, zum Abendessen zu bleiben.

Nachdem wir von den Eltern die Erlaubnis erhalten hatten, machten wir Schinken-Käse-Sandwiches und aßen sie. Dann backten wir Plätzchen und verzierten sie mit M&M's. Mary Louise erzählte, dass sie sich einen Hund wünschte. Dass sie Probleme mit Mathe hatte. Dass sie ein Fan von Katniss war. Dass sie Modedesignerin werden wollte. Das Mädchen war eine angenehme Gesellschaft.

Am Sonntag fuhr ich Mama besuchen. In größeren Höhen neigte der Niederschlag zu Schnee. Wir saßen am offenen Kamin und sahen zu, wie draußen auf der Veranda Flocken zu Pfützen schmolzen.

Mama wirkte müde, abgelenkt. Sie fragte nur einmal nach meinen »armen, verlorenen Seelen« und sprang dann von einem Thema zum anderen. Als hätte sie das Interesse an dem verloren, was sie noch vor einer Woche so belebt hatte.

Mamas Haltung zur Chemotherapie hatte sich nicht verändert. Als ich das Thema anschnitt, fiel sie mir ins Wort. Der einzige Funke, den sie den ganzen Tag über zeigte.

Auf dem Weg nach draußen unterhielt ich mich mit Dr. Finch. Sie riet mir dringend, die Lage so zu akzeptieren, wie sie war. Ich fragte sie, wie lange noch. Sie weigerte sich zu spekulieren. Wollte wissen, welches Krankenhaus ich bevorzugte, wenn die Zeit kommen sollte, da Heatherhill nicht mehr angemessen war. Wie schon beim letzten Mal sagten ihre Blicke mehr als ihre Worte.

Draußen im Auto rief ich Harry an. Sie weigerte sich, das Unvermeidliche zu akzeptieren. Redete von neuen Therapien, Wunderkuren, einer Frau in Ecuador, die ein Jahrzehnt nach der Diagnose noch lebte.

Nach dem Auflegen ließ ich den Tränen freien Lauf. Durch den salzigen Schleier konzentrierte ich mich auf die Lichtkegel meiner Scheinwerfer, die durch die Dunkelheit stachen.

Die Fahrt den Berg hinunter wirkte endlos. Der matschige Schnee ließ mich an meine Fahrt von St. Johnsbury nach Burlington denken. Die Erinnerung war mir beinahe willkommen. Nicht aber die grausige Collage, die in ihrem Windschatten lauerte.

Ein blasser Körper in bernsteinfarbener Flüssigkeit. Eine kleine, aufgeblähte Leiche auf einem Edelstahltisch. Die Knochen einer Heranwachsenden in einer Schachtel auf einem Regal.

In dieser Nacht hielten diese Bilder mich wach. Als der Schlaf schließlich kam, drangen sie in meine Träume ein.

Nellie Gower am Rand eines Steinbruchs. Lizzie Nance auf einer Wiese in Latta Plantation. Tia Estrada hinter einem Pavillon auf einem Campingplatz. Shelly Leal in einer Highway-Unterführung.

Fakten. Die zu Fragen führten. Aus denen sich weitere Fragen ergaben. Die aber nie zu Antworten führten.

Anique Pomerleau hatte in Montreal nicht allein gehandelt. Ihre Vorgehensweise erforderte einen Komplizen.

Pomerleaus zweite Mordsaison hatte auf einer Farm in Vermont begonnen. Dort wurde ihre DNS auf einem Opfer gefunden, dazu in Charlotte auf drei weiteren.

Die DNS eines Lippenabdrucks besagte, dass der gegenwärtige Täter männlich war. Das passte zu der Theorie, wonach Pomerleau beim Morden einen Partner hatte.

Aber Pomerleau war tot. Hatte ihr Komplize sie ausgeschaltet? Warum? Wann?

Folgte er Pomerleaus Muster der Entführungen an den Jahrestagen früherer Verschleppungen? Warum ihr Vermächtnis ohne sie fortführen?

Würde er bald wieder zuschlagen?

Als ich aufwachte, schien hell die Sonne. Ich machte Kaffee und ging nach draußen, um die Zeitung zu holen.

Braune Blätter lagen verstreut auf den Ziegeln der Veranda. Der Himmel war blau. Aus den Bäumen drang das geschäftsmäßige Zwitschern von Spottdrosseln und Kardinälen.

Ich hatte mir eben eine Tasse Kaffee eingeschenkt, als mein Handy klingelte. Im ersten Moment war mir nicht klar, wer anrief. Dann schon.

»Ich hoffe, ich habe Sie nicht geweckt.« Etwas in Hulls Stimme beschleunigte meinen Puls.

»Ich bin seit Stunden wach«, log ich.

»War ein bisschen Arbeit, aber ich hab's«, sagte Hull. »Bereit?«

Ich holte mir Stift und Papier von der Anrichte. »Schießen Sie los.«

Sie las eine Nummer vor, und ich schrieb sie auf.

»Konnten Sie sie zurückver–?«

»Bereit?«

»Schießen Sie los.«

»Der Anruf bei Bellamy wegen des Estrada-Falls kam von einem Münztelefon in der Nähe der Kreuzung Fünfte und North Caswell in Ihrer schönen Stadt. Ich dachte, das Handy hätte diese Münzdinger aufs Altenteil geschickt. Das und Vandalismus.«

»Den Anschluss gibt es vielleicht längst nicht mehr.«

»Oder die Kabine ist jetzt eine Toilette.«

Ich überlegte einen Augenblick.

»Auch wenn das Telefon noch existiert und wenn es an dieser Ecke Videoüberwachung gibt, besteht kaum die Chance, dass die Aufnahmen noch existieren.«

»Nicht nach zwei Jahren.«

Die Nummer war eine weitere Sackgasse. Ich hätte am liebsten geschrien vor Frustration.

»Glauben Sie, der Anrufer war Estradas Entführer?«

»Jemand von der *Post* war es nicht.«

»Irgendwas über die Haare?«

»Die Autopsie wurde von einem Kerl namens Bullsbridge durchgeführt. Ich warte auf seinen Rückruf.«

»Ist er kompetent?«

»Ich warte auf seinen Rückruf.«

»Ich sage Slidell Bescheid.«

»Melden Sie sich wieder.«

Ich trennte die Verbindung. Wählte. Die Leitung war belegt.

Ich hinterließ eine Nachricht. Ich hatte das Handy noch in der Hand, als Slidell zurückrief.

»Ich habe —«

»Hull hat —«

Wir brachen beide ab.

»Sie zuerst«, sagte ich.

»Ich habe die Nummer des Anrufs wegen Colleen Donovan. Von Tasats Anschluss.«

Ich las die Nummer vor, die ich mir eben notiert hatte.

»Woher zum Teufel haben Sie die?«

Ich erzählte ihm von der Anruferin, die behauptet hatte, Reporterin bei der *Salisbury Post* zu sein.

»Dasselbe Telefon. Verdammt.«

»Zweifellos dieselbe Person. Eine solide Verbindung zwischen Estrada und Donovan.«

»Stellt aber noch immer keinen Bezug zu Gower und Nance her. Oder zwischen diesen beiden und den anderen.«

»Mein Gott, Slidell. Was brauchen Sie denn noch?«

»Ich spiele nur den *Advocatus Diavoli.*«

Ich war zu aufgeregt, um ihm zu sagen, dass es *Diaboli* hieß.

»Und jetzt?«, fragte ich.

»Jetzt kriege ich von der Staatsanwältin meine Eier überreicht.«

»Sie haben um ein weiteres Treffen mit Salter gebeten?«

»Ich nicht, aber Tinker, das Arschloch.«

»Warum?«

»Er hat Probleme mit meiner Haltung.«

»Erzählen Sie Salter von den Anrufen.«

»Werde ich.«

Ich versuchte es bei Ryan. Voicemail. Rodas. Barrow. Voicemail. Voicemail.

Mein Puls raste. Ich konnte nicht still sitzen.

Ich änderte meinen Klingelton. Wusch einen Berg Wäsche. Saugte Staub. Setzte Eier zum Kochen auf. Vergaß sie, bis der Geruch verbrannter Schalen mich in die Küche jagte.

Mittags zog ich Trainingsshorts, ein Sweatshirt und Nikes an und hämmerte auf der Booty Loop zwei Meilen herunter. Beim Atmen inhalierte ich eine Mischung aus nassem Beton, regenfeuchtem Gras und Blättern. Und dem sonnengewärmten Metall der Autos an den Bordsteinen.

Am Ende meines Laufs wimmelte es zwischen den Gebäuden der Queens University von Studenten. Während ich langsam den letzten Block zu Sharon Hall zurückging, fühlte sich die Luft auf meiner schweißfeuchten Haut kühl an.

Zu Hause checkte ich Handy und Festnetz. Niemand hatte angerufen. Ich fragte mich, ob Slidell noch in der Besprechung mit Salter saß. Oder ob er sie zu verärgert verlassen hatte, um sich mit mir abzugeben.

Ich duschte und zog Jeans und einen Pullover an. Noch

immer aufgedreht, nahm ich mir die Kopie vor, die ich von der Nance-Akte gemacht hatte.

Was ist die Definition von Wahnsinn? Dieselbe Handlung wiederholen und andere Ergebnisse erwarten?

Ich wusste, dass es vergeblich war, aber ich musste einfach etwas tun. So ging ich jeden Eintrag noch einmal durch.

Fotos. Berichte der Spurensicherung und des Medical Examiners. Befragungszusammenfassungen.

Wie schon bei den Akten in Montreal fühlte die Lektüre sich an wie ein vergilbter Brief aus einer anderen Zeit.

Aber heute gab es noch ein zusätzliches Element. Etwas, das an der Peripherie meines Denkens nagte. Etwas, das sich einfach nicht zeigen wollte.

Bemerkte mein Unterbewusstsein etwas, das mein Bewusstsein übersah?

Um drei versuchte ich es noch einmal bei Slidell. Mit demselben Ergebnis. Ich überlegte mir, Tinker anzurufen. Tat es nicht, weil ich wusste, dass Slidell mich in der Luft zerreißen würde.

Um vier rief Harry an. Ob sie Mama Blumen schicken solle? Sie besuchen? Für den Augenblick riet ich ihr, es sein zu lassen.

Eine Tasse Earl Grey, dann wieder zurück zur Akte.

Noch immer kribbelte mein Unterbewusstsein. Was? Ein Foto? Etwas, das ich gelesen hatte? Etwas, das Ring gesagt hatte? Hull?

Um fünf gab ich auf.

Ohne Ideen, aber unfähig zum Nichtstun ging ich online und holte mir einen Stadtplan von Charlotte auf den Bildschirm. Nachdem ich die Kreuzung Fünfte und North Caswell gefunden hatte, schaltete ich auf Satellitendarstellung und zoomte mich heran.

Ich entdeckte die Telefonzelle. Sie stand neben einem Parkplatz voller Autos. Hinter der Zelle erhob sich ein ausgedehnter Backsteinkomplex.

Ich aktivierte die Beschriftungsfunktion. Eine rote Blase erschien. Ich klickte darauf. Sah die Buchstaben CMC-Mercy.

Carolinas Medical Center-Mercy Hospital.

Etwas flackerte in meinem Hinterkopf auf. War wieder verschwunden.

Ich starrte den Bildschirm an und wollte unbedingt, dass dieser nervige Funke endlich aufloderte.

Er tat es. Mit einem Hochspannungsblitz.

Lizzie Nance hatte sich für ein Schulprojekt über die Pflege in der Notaufnahme informiert. Man hatte den Bericht nach ihrem Tod auf ihrem Laptop gefunden.

Shelly Leal war wegen Dysmenorrhö in eine Notaufnahme gegangen.

Colleen Donovan war in eine Notaufnahme gebracht worden, nachdem sie gestürzt war und sich den Kopf angeschlagen hatte.

Eine Anruferin benutzte ein Münztelefon in der Nähe eines Krankenhauses, um sich unter falschem Namen nach Estrada zu erkundigen. Um sich nach Donovan zu erkundigen.

Während ich mir das durch den Kopf gehen ließ, spürte ich, wie mein Herz schneller pumpte.

Ich griff zum Telefon. Musste zweimal wählen.

»Komm schon. Komm schon.«

»Ja.« Slidell kaute irgendetwas.

Meine Worte kamen in halsbrecherischer Geschwindigkeit heraus. Nachdem ich alles erzählt hatte: »Sie müssen Shelly Leals Mutter anrufen und Sie fragen, in welches Krankenhaus sie sie gebracht hat. Und dann müssen Sie herausfinden, wo Donovan behandelt worden ist.«

»Ich melde mich wieder.« Barsch.

Das Warten schien endlos. Tatsächlich aber dauerte es weniger als eine Stunde.

»CMC-Mercy«, sagte Slidell.

»O Mann«, sagte ich. »Dort wurden die Opfer ausgesucht.«

»Ich besorge mir eine Liste der Angestellten.«

»Ohne Gerichtsbeschluss?«

»Ich überrede die Leute dort.«

»Wie?«

»Persönlicher Charme. Wenn das nicht funktioniert, drohe ich damit, den *Observer* anzurufen.«

Um zehn hatte Slidell die Liste.

»Haben Sie eine Ahnung, wie viele Leute in einem Krankenhaus arbeiten?«

»Und jetzt?«, fragte ich.

»Ich vergleiche die Namen mit denen, die ich von der Zulassungsbehörde in Bezug auf das Nummernschild bekommen habe. Und unser Special Agent Arschloch wird sie dann ins System eingeben.«

»Wird denn nicht jeder Krankenhausangestellte einmal gründlich überprüft?«

»O ja. Daran scheitern die bösen Jungs.«

»Konzentrieren Sie sich auf die mit einem Bezug zur Notaufnahme.«

Wir legten auf.

Während ich auf Neuigkeiten von Slidell wartete, versuchte ich es noch einmal bei Ryan.

Zur Abwechslung meldete er sich.

Er war so aufgeregt wie ich. Gratulierte mir.

»Hier passiert nicht viel«, sagte er.

»Hast du McGees Psychologin gefunden?«

»Ja. Pamela Lindahl. Sie ist Psychiaterin beim Sozialdienst.«

»Arbeitet sie noch im General?«

»Ja. Aber sie hat's nicht sehr mit Rückrufen. Ich bleibe dran. Aber ich bezweifle, dass es uns irgendwas bringt, wenn wir McGee finden.«

Ich konnte ihm nicht widersprechen. Und fragte mich, ob es das Aufbrechen der alten Wunde wert war.

»Was ist mit Rodas?«, fragte ich.

»Hat bei der Presse ein paar Gefallen eingefordert. Ließ Pomerleaus Gesicht im ganzen Staat veröffentlichen, zusammen mit einer Beschreibung und der Bitte an die Bevölkerung um Fotos oder Videos zwischen 2004 und 2009, auf denen sie im Hintergrund zu sehen sein könnte. Du weißt schon, Überwachungskameras in Läden, an Tankstellen, auf Parkplätzen.«

»Wenn sie mit einem Kerl zusammen ist, würde es ihrem Spielkameraden ein Gesicht geben.«

»Genau. Ist zwar unwahrscheinlich, aber man kann nie wissen. Außerdem lässt er seine Leute in Hardwick und St. Johnsbury von Tür zu Tür gehen.«

Ich fragte Ryan, ob er vorhatte, nach Charlotte zurückzukommen. Er antwortete: bald.

Dann gab es eine verlegene Pause. Oder ich bildete sie mir nur ein. Wir legten beide auf.

Da ich wusste, dass ich nicht würde schlafen können, kochte ich mir Tee und kehrte zu der Nance-Akte zurück.

Omas Uhr tickte leise auf dem Kaminsims.

Wie erwartet, fand ich nichts mehr.

Um Mitternacht nahm ich mir die Berichte vor, die auf mich warteten.

Meine Gedanken schweiften immer wieder ab. Ich spekulierte. Pomerleaus Komplize war Rettungssanitäter. Pfleger. Wachmann.

Die Stunden schleppten sich dahin.

Um zwei rief Slidell endlich an.

Er hatte drei Dinge erfahren.

29

»Leal war im Mercy.«

»Wann?«

»Irgendwann im letzten Sommer. Die Mutter glaubt, wahrscheinlich Ende Juli.«

»Weiß sie, wer ihre Tochter behandelt hat?«

»Nein.«

»Die Notaufnahme wird eine Akte über den Aufenthalt haben.«

»Ach wirklich?«

»Wahrscheinlich bestehen sie auf einem Gerichtsbescheid.«

»Wollen Sie hören, was ich zu sagen habe?«

Entspann dich. Ihr seid beide müde.

»Die gute Nachricht ist: Der Laden hat Unmengen von Überwachungskameras. Die schlechte: Sie haben Speicherprobleme. Sie bewahren die Daten nur neunzig Tage auf.«

»Sie müssen die jüngsten Aufnahmen anfordern.«

»Daran habe ich noch gar nicht gedacht.«

Eine tadelnde Pause entstand. Dann hörte ich, wie Seiten umgeblättert wurden, und wusste, dass Slidell etwas in seinem Spiralnotizbuch suchte.

»Habe einen möglichen Treffer auf meiner Liste von der Zulassungsbehörde.«

Slidell redete so tonlos, dass ich dachte, ich hätte ihn missverstanden. Ich wartete, dass er ins Detail ging.

»Hamet Ajax. Fährt einen 2009er Hyundai Sonata. Dunkelblau. Die ersten zwei Ziffern entsprechen denen auf dem Nummernschild, das dieses Genie auf der Morningside gesehen haben will.«

»Der Zeuge, der Leal vor dem Laden gesehen hat?«

»Sie *vielleicht* gesehen hat.«

»Wie sind Sie auf Ajax gekommen?«

»Mein Gott, ich hab's Ihnen doch schon gesagt. Ich habe die Namen von der Zulassungsbehörde mit der Angestelltenliste des Krankenhauses verglichen.«

Locker, Brennan.

»Und Ajax arbeitet im Mercy?«

»Seit 2009.«

»Als was?«

»Arzt in der Notaufnahme in Teilzeit.«

»Warum haben Sie das nicht einfach gesagt?«

»Hab ich doch.«

»Und jetzt?«

»Recherchiere ich.«

»Über Ajax.«

»Nein. Über den Kerl, der mir gestern Abend mein Steak zu blutig serviert hat.«

Einmal tief durchatmen.

»Halten Sie mich auf dem Laufenden.«

Danach brauchte ich lange, um einzuschlafen, und dann schlief ich unruhig, war immer wieder in Traumsequenzen, die mit Mama zu tun hatten. Beim Aufwachen behielt ich davon nichts zurück außer dem Gefühl ihrer Nähe und ein Potpourri unzusammenhängender Bilder.

Hände, die lange, blonde Haare flechten. Eine kleine Messingglocke auf einem Nachtkästchen. Eine glänzende, weiße Vase mit Kleeblättern am Rand. Tränen. Das Wort Belleek, das von zitternden Lippen kam.

Mit einem Gefühl der Unruhe stand ich auf. Es war sinnlos.

Ich goss mir meinen zweiten Kaffee ein, als das Telefon
klingelte.

Reflex. Auf die Uhr schauen. 7 Uhr 40.

Slidell klang fertig, wahrscheinlich weil er die ganze Nacht
durchgearbeitet hatte. Er verschwendete keine Zeit für Sarkasmus oder seine Version von Humor.

»Ajax ist ein Pädophiler.«

Das Wort trieb mir einen Eiszapfen direkt ins Herz.

»In Oklahoma saß er fünf Jahre, weil er ein Mädchen missbraucht hatte.«

»Und jetzt?«

»Jetzt lade ich diesen Kotzbrocken zu einem Gespräch ein.«

»Ich will dabeisein.«

»Natürlich wollen Sie das.«

Die Befragung sollte um drei an diesem Nachmittag stattfin-
den. Wie sich zeigte, hatte Slidell nicht so lange warten können.

Als ich ins LEC kam, saß Ajax bereits bei Slidell in einem
Verhörraum. Ich ging daran vorbei zu einem angrenzenden.

Barrow und eine Handvoll Detectives standen vor einem
Monitor, auf den Ajax' Bild übertragen wurde. Sie schauten
hoch, als ich eintrat, mit ausdruckslosen Mienen, als erwarte-
ten sie nicht viel oder wären nicht beeindruckt von dem, was
sie sahen.

Barrow nickte und ging einen Schritt nach links. Die anderen rückten nach rechts. Ich stellte mich in die Lücke.

Ajax nahm fast den ganzen Bildschirm ein. Er war ein großer, knochiger Mann in einem Anzug, der für einen großen,
muskulösen Mann gemacht war. Seine Haare waren schwarz,

die Haut überraschend blass. Eine Schildpattbrille vergrößerte Augen, die schon zu groß waren in einem Gesicht mit hervorstechender Nase. Ich dachte, er könnte aus dem Nahen Osten kommen oder vielleicht aus Indien oder Pakistan.

Er saß an einem Metalltisch, die Hände lagen reglos auf der Platte aus Holzimitat. Die Wand hinter ihm war ab Taillenhöhe malvenfarben, darunter weißer Waschbeton. Die am Boden verschraubten Schellen waren ihm nicht angelegt worden.

Slidell saß ihm gegenüber, eine Schulter und ein Stück fettiger Schädel waren auf dem Monitor zu sehen. Eine ungeöffnete Akte lag auf seiner Seite des Tisches.

»Irgendwas bis jetzt?«

Barrow schüttelte den Kopf.

»Ich habe gestern Nacht und heute gearbeitet.« Ajax' Stimme klang gelassen, sein Englisch hatte einen leichten Akzent. »Ich bin jetzt ziemlich müde.«

»Haben Sie das auch Ihrer Frau gesagt, damit Sie dieses Mädchen vögeln konnten?«

Keine Reaktion von Ajax.

»Guter Trick. Behaupten, im Krankenhaus zu sein, und stattdessen auf die Pirsch gehen.«

»Ich hab's Ihnen gesagt. Es war nicht so.«

»Richtig. Das Mädchen war der Babysitter Ihrer Familie. Deshalb war es okay.«

»Ich sag ja nicht, dass mein Verhalten korrekt war. Ich sage nur, dass ich mir nie speziell Kinder ausgesucht habe.«

»So kommt man leichter an die ran, die einem bereits vertrauen.« Slidells Stimme triefte vor Abscheu.

»Es gab keine anderen.«

»Blödsinn.«

»Ich habe einen Fehler gemacht. Die Umstände waren … ungewöhnlich.«

»Wie das?«

»Das fragliche Mädchen war für sein Alter sehr reif. Sein Verhalten war aufreizend.«

Ich spürte, wie sich mein ganzer Körper vor Ekel schüttelte.

»Du perverser Drecksack.« An den Bildschirm.

»Das ist eine Beleidigung für das Wort ›Drecksack‹.« Der Detective hinter mir.

»Ich habe meine Zeit abgesessen«, sagte Ajax unbeeindruckt. »Ich habe mich einer Therapie unterzogen.«

»Soweit ich weiß, ist der Eintrag in die Liste der Sexualstraftäter für Mutanten wie dich nicht freiwillig.«

»Ich wurde in Oklahoma registriert.«

»Wir sind hier nicht in Oklahoma.«

»Mein Verbrechen war vor fünfzehn Jahren. Ich musste mich nur für zehn registrieren lassen.«

»Haben Sie es getan, als Sie hier ankamen?«

Ajax zog ein schiefes Grinsen. »Ich bin ein anderer Mensch.«

»Ein echter Menschenfreund.«

»Ich heile die Kranken.«

»Gehen wir das noch einmal durch. Sie haben eine Sechzehnjährige namens Colleen Donovan zusammengeflickt. Straßenmädchen, das von der Polizei gebracht wurde. Kopfwunde.«

»Ich wiederhole. Ich habe Hunderte von Patienten pro Jahr behandelt.«

»Was ist mit Shelly Leal? Kam letzten Sommer und klagte über Krämpfe.«

»Ohne Zugang zu den Akten kann ich das unmöglich wissen.«

»Wirklich? Na ja, aber wir wissen es.«

Slidells Hand wurde sichtbar. Klappte den Aktendeckel auf und nahm einen Ausdruck heraus.

Ich schaute Barrow an. Er schüttelte den Kopf, um mir zu sagen, dass es nur ein Trick war.

»Vielleicht habe ich diese Patientin behandelt.« Ungerührt. »Na und?«

Slidell zog ein weiteres Blatt aus der Akte und schob es über den Tisch.

»Ist das Ihr Wagen?«

Ajax drehte den Ausdruck und schaute auf das Foto.

»Ich fahre einen Hyundai.«

»Schauen Sie auf das Nummernschild.«

Er tat es.

»Das Fahrzeug gehört mir. Und ist völlig legal auf mich zugelassen.«

»Wir haben einen Zeugen, der gesehen hat, wie Sie Shelly Leal in dieses Auto schubsen.«

»Diese Person lügt.«

»Irgendein kaltblütiger Mistkerl hat diese beiden Mädchen umgebracht.« Was Donovan anging, noch eine Lüge.

Die dunklen Augen hinter den Brillengläsern wurden ein wenig kleiner.

»Sie werden doch sicher nicht mich verdächtigen.«

»Warum sollten wir das tun?«

»Ich hab's Ihnen gesagt. Ich habe nie irgendjemandem was getan.«

»Wie geht's diesem Babysitter heute so?«

»Ich habe nie körperliche Gewalt gegen ein menschliches Wesen angewandt.«

»Wo waren Sie am 17. April 2009?«

Als Ajax das Kinn hob, zuckte ein weißer Blitz über beide Gläser, eine doppelte Reflexion der Deckenlampe. Die Blitze änderten die Richtung, als das Kinn sich wieder senkte.

»Da muss ich in meinem Terminkalender nachsehen.«

»Was ist mit dem 21. November 2014?«

»Sollte ich mir einen Anwalt besorgen?«

»Sollten Sie das?«

Ajax seufzte.

»Wenn Sie Beweise für meine Beteiligung an diesen Morden hätten, würden Sie mir ein Verbrechen zur Last legen. Da Sie es nicht tun, nehme ich an, mir steht es frei, zu gehen.«

»Wir versuchen, Sie aus dem Kreis der Verdächtigen auszuschließen, Doc.«

Die Stimme überraschte mich. Beau Tinker war ebenfalls im Zimmer.

»Der Tonfall Ihres Partners hat den ganzen Nachmittag auf das Gegenteil hingedeutet.«

»Hören Sie, Sie sind doch ein kluger Mann. Bei Ihrer Vergangenheit wissen Sie doch, dass wir Sie überprüfen mussten. Das haben Sie doch verstanden, oder? Um Sie aus dem Kreis der Verdächtigen auszuschließen.«

»Sie haben mich von meiner Arbeit weggeholt. Ich habe Ihre Fragen nach bestem Wissen beantwortet.«

»Aber es gibt noch Lücken.«

»Ich kann Ihnen präzisere Antworten geben, wenn ich Zugang zu Krankenakten und meinen persönlichen Unterlagen habe.«

»Sie können sich nicht erinnern, Colleen Donovan behandelt zu haben?«

»Nein.«

»Oder Shelly Leal?«

»Nein.«

»Sie können sich an keinen Kontakt mit diesen beiden erinnern?«

»Nein. Das habe ich doch schon dargelegt.«

»Wir wollen es nur richtig verstehen.«

»Ich habe mich bereit erklärt, mich aufnehmen zu lassen.« Ajax schaute direkt in die Kamera, offensichtlich kannte er sich in polizeilichen Verhörzimmern aus. »Sie können es auf Ihrem Band nachprüfen.«

Eine Pause.

»Kennen Sie ein Mädchen namens Tia Estrada?« Slidell übernahm wieder.

»Nein.«

»Avery Koseluk?«

»Nein.«

»Lizzie Nance?«

Ajax saß stumm und unbeweglich da.

»Klingelt da etwas bei Ihnen?«

»Nein.«

»Was ist mit Nellie Gower?«

»Ich kenne keine dieser Personen.«

»Waren Sie je in Vermont?«

»Das habe ich bereits verneint.«

»Reden wir über Anique Pomerleau.«

»Über wen?«

Slidell beugte sich über den Tisch, bis sein Gesicht dicht vor dem von Ajax war. »Lass die Scheiße, du wertloser Dreckshaufen.«

»Ich weiß nicht, wovon Sie reden.« Er schaute Slidell direkt in die Augen.

»Fällt Ihnen irgendjemand aus dem Mercy ein, den wir befragen sollten?« Wieder Tinker.

»Ich verspreche, ernsthaft über diese Frage nachzudenken.«

»Ja. Bitte tun Sie das.« Ein Stuhl scharrte. Slidells sichtbare Teile schnellten aus dem Bild. »In der Zwischenzeit brauche ich Luft, die nicht vergiftet ist.«

Eine Tür ging auf. Schloss sich wieder. Ajax saß still wie eine Figur am Mount Rushmore, den Blick auf die Ecke gerichtet, in der, wie ich annahm, Tinker stand.

»Ich habe nie jemanden körperlich verletzt. Damals nicht. Und jetzt nicht.«

»Ich glaube, dass das stimmt, Doc.« Tinker, der gute Bulle in Reinkultur. »Hören Sie. Wollen Sie eine Limonade?«

Das Zucken einer Lippe. Ein Grinsen. »Ich werde weder Essen noch Getränke akzeptieren.«

»Wie Sie wollen.«

Unsere kleine Gruppe trennte sich. Die Detectives gingen links zur Abteilung für Gewaltverbrechen, Barrow und ich rechts zum Konferenzraum. Slidell war bereits da, er stand am Tisch. Sein Gesicht wirkte erschöpft, die Augen verquollen und rot vom Schlafmangel.

»Schon irgendwas herausbekommen?«, fragte Barrow.

Slidell schüttelte den Kopf. »Der Kerl ist ein schlauer Fuchs. Weiß genau, wie er sein Blatt spielen muss.«

»Wann haben Sie mit ihm angefangen?«

»Kurz nach eins.«

Vielleicht hatte ich ein Geräusch gemacht. Oder mich bewegt. Slidells Blick schnellte zu mir.

Bevor ich etwas sagen konnte, waren auf dem Gang Stimmen zu hören, dann kam Tinker zu uns, gefolgt von Salter.

»Ich wollte ihn mir alleine vorknöpfen.« An mich gerichtet, aber so laut, dass Tinker es mitbekam. Vielleicht auch Salter.

»Während der ganzen Befragung hat Ajax seine Geschichte nie verändert?« Barrow hatte den Anfang ebenfalls verpasst.

»Kann sich nicht erinnern, Donovan oder Leal behandelt zu haben. Wusste nicht, dass sie tot sind. Hat mit den Morden an ihnen nichts zu tun.«

»Leal war doch überall in den Nachrichten«, sagte ich. »Liest Ajax keine Zeitungen oder sieht fern?«

»Behauptet, er wär zu sehr damit beschäftigt, Leben zu retten.«

»Und niemand im Krankenhaus hat Leal je erwähnt? Klingt das wahrscheinlich?«

»Dieser schleimige —«

Salter schnitt Slidell das Wort ab.

»Was genau haben Sie gegen diesen Kerl in der Hand?«

»Er ist ein Pädophiler. Und sein Fahrzeug und das Nummernschild passen zu einer Zeugenaussage von der Stelle, wo Leal verschleppt wurde.«

»Volle Übereinstimmung?«

»Zwei Ziffern.«

»Das ist alles?«

»Vier Mädchen sind tot. Vielleicht sechs. Dieses Ekel mag kleine Mädchen.«

»Das ist dürftig.«

»Zwei unserer vier Opfer waren in seiner Notaufnahme.«

»Hat er sie behandelt?«

»Wir warten auf die Unterlagen.«

»Sonst noch was?«

»Erzählen Sie ihr von der Telefonzelle«, befahl Slidell mir. Ich tat es.

»Vor dem Mercy?«

»Ja.«

Salter nickte, wandte sich wieder Slidell zu.

»Schon ein Versuch, an seine DNS zu kommen?«

»Er fällt nicht darauf rein.«

»Wie wollen Sie fortfahren?«

»Lassen Sie mich wieder an ihn ran.«

»Hat er einen Anwalt verlangt?«

»Noch nicht.«

»Er müsste sich als Sexualstraftäter registrieren lassen«, sagte Tinker. »Hat er seit Jahren nicht getan und nie in North Carolina.«

»Das gibt uns ein wenig Spielraum.« Nach ein paar Augenblicken: »Glauben Sie ernsthaft, Ajax könnte unser Mann sein?«

»Er ist unser einziger wirklicher Verdächtiger.«

»Sie besorgen sich seine Vorgeschichte?«

»Jeden Furz, den er je gelassen hat.«

»Okay. Lassen Sie ihn noch eine Weile schmoren, dann gehen Sie wieder rein.« Sie schaute von Slidell zu Tinker. »Wenn wir bis sechs nichts haben, lassen wir ihn laufen.«

Slidell wollte protestieren.

»Und das läuft streng nach Vorschrift. Wenn ich irgendwelche Tricks sehen will, schaue ich mir *Chinatown* an.« Dezidiert an Slidell: »Sobald Ajax einen Anwalt verlangt, brechen wir ab. Haben wir uns verstanden?«

Slidell atmete tief ein und durch die Nase wieder aus.

»Haben wir uns verstanden, Detective?«

»Wenn wir ihn laufen lassen müssen, bleiben wir ihm dann auf den Fersen?«

»Wir kleben an ihnen.«

30

Um fünf verlangte Ajax einen Anwalt.

Dreißig Minuten später setzte ein Streifenwagen ihn vor seinem Haus ab. Ein paar Häuser entfernt stand bereits ein ziviles Fahrzeug.

Um sechs erhielt Slidell einen Anruf von einem Anwalt namens Jonathan Rao. Von nun an werde sein Mandant Fragen nur noch durch ihn oder in seiner Gegenwart beantworten.

Um sieben saßen Slidell, Barrow und ich im Konferenzraum und aßen, was wir uns aus King's Kitchen geholt hatten. Zwischen Bissen von frittierter Flunder berichtete Slidell, was er über Ajax' Vergangenheit herausgefunden hatte.

»Damals in Oklahoma war er Hamir Ajey. Seine Geschichte entspricht dem, was ich aus den Gerichtsakten habe. Ajey alias Ajax fing an, eine Babysitterin zu bumsen, als sie vierzehn war, er war zu der Zeit dreiunddreißig. Der Missbrauch hörte zwei Jahre später auf, als das Mädchen sich einer Lehrerin anvertraute. Er wurde wegen Vergewaltigung und Missbrauchs einer Minderjährigen angeklagt und ließ sich auf einen Deal mit dem Staatsanwalt ein.«

»Um dem Mädchen das Martyrium eines Prozesses zu ersparen«, sagte Barrow. »Das läuft oft so.«

»Der kranke Wichser hat sechsundvierzig Monate abgesessen und war dann ein freier Mann.«

»War er denn nicht verpflichtet, sich als Sexualstraftäter registrieren zu lassen?«, fragte ich.

»Hat er auch getan.« Ein Biss von der Flunder. »Als er 2004 aus dem Knast kam. In Oklahoma.«

»Hat der Bundesstaat denn seine ärztliche Zulassung nicht eingezogen?«

»Oklahoma schon.« Slidell schnippte mit den Fingern. »Ajey/Ajax verschwindet für eine Weile, taucht dann in New Hampshire in einer Notfallklinik wieder auf, wo man es mit der Überprüfung der Vorgeschichte nicht so genau nimmt.«

»Soll das ein Witz sein?«

»Ein paar Federstriche auf seiner Zulassung, und aus Hamir Ajey wird Hamet Ajax. Er geht davon aus, dass kein Mensch in Mumbai anrufen wird.«

»Was auch keiner getan hat. O Mann.«

»Nach ein paar Jahren benutzt er den Job in New Hampshire als Sprungbrett zu einer Notaufnahme in West Virginia.«

»Von dort nach Charlotte«, sagte Barrow.

»Unterwegs hört er irgendwann auf zu erwähnen, dass er ein Perverser ist.«

»Und keiner fragt nach.« Ich war entsetzt.

»Warum Charlotte?«, fragte Barrow.

»Wer weiß?«

»Wie lange musste Ajax sich registrieren lassen?«, fragte ich.

»Das finde ich noch raus«, sagte Slidell. »Er behauptet, zehn Jahre.«

»Ist er verheiratet?«

»In Oklahoma war er's. Seine Frau hat ihn verlassen.«

»Kinder?«

»Zwei Mädchen.«

Ich spürte widerstreitende Gefühle. Abscheu gegenüber Ajax. Mitleid mit seinen Töchtern. Angst um zukünftige Opfer. Am liebsten hätte ich geschrien, etwas an die Wand geworfen.

»Irgendwelche anderen Vorfälle? Beschwerden von Patienten und dergleichen?«, fragte Barrow.

»In den vier Bundesstaaten, in denen ich beide Namen durchlaufen ließ, ist absolut gar nichts aufgetaucht. Anscheinend bemüht sich Ajax um eine weiße Weste.«

»Oder er hat seine Technik verbessert.« Barrow.

»Wo wohnt er jetzt?«, fragte ich.

»In einem dieser Nobelviertel an der Sharon View Road.«

»Hat Oklahoma seine DNS?«

Slidell schüttelte den Kopf.

»Hat Ajax an den Tagen gearbeitet, als Donovan und Leal im Mercy waren?«

»Der Gerichtsbeschluss ist in der Mache. In ein oder zwei Stunden wissen wir mehr.«

»Was denken Sie?«, fragte Barrow.

»Ich will in Ajax' Haus.«

»Ohne Fall wird daraus nichts.«

»Ja, ja. Also hängen wir vierundzwanzig Stunden am Tag und sieben Tage die Woche Teams an ihn dran. Wenn das Arschloch einen Spielplatz auch nur von Weitem anschaut, gehört sein Arsch wieder uns.«

Beeindruckend. Slidell schaffte es, in einem Satz zweimal das Hinterteil zu erwähnen.

»Wenn er sich nicht länger registrieren lassen muss, wird das nicht funktionieren.«

»Verwirrend, nicht? Aber wir warten auf die Bestätigung aus Oklahoma.«

»Und wenn Ajax nichts macht?«, fragte ich.

»Diese Wichser machen immer was. Unterdessen finde ich heraus, an welchen Tagen Leal und Donovan im Mercy waren. Ich suche in den Notaufnahmeakten nach Arztunterschriften oder getippten Namen oder Identifikationsnummern oder was immer sie benutzen. Und ich besorge mir eine Liste mit allen Angestellten, die an diesen Tagen anwesend waren. Rede mit ihnen. Wenn das nichts bringt, weite ich die Suche auf das gesamte Krankenhaus aus.«

»Wo ist Tinker?«, fragte ich.

»Kümmert sich weiter um Ajax«, sagte Barrow. »Fragt ihn nach Alibis für die Tage, als Leal, Estrada, Nance und Gower verschleppt wurden. Und überprüft sie dann.«

»Habt ihr beide euch versöhnt?« Mein lahmer Versuch einer Stimmungsaufheiterung. Außerdem war ich neugierig.

Slidell warf mir nur einen finsteren Blick zu, offensichtlich war er nicht bereit, über sein Verhältnis zu Tinker zu sprechen.

»New Hampshire hat eine gemeinsame Grenze mit Vermont.« Ich wechselte das Thema.

»Ich schicke Rodas ein Foto von Ajax«, sagte Barrow. »Mal sehen, ob das da oben irgendwas in Gang setzt. Unterdessen habe ich mehrere Stunden Videomaterial von Orten, an denen Leal sich in der Woche vor ihrem Tod aufgehalten haben könnte. Ich gehe das weiter durch, schaue, ob das Mädchen irgendwo auftaucht. Ob sich irgendjemand in ihrer Umgebung verdächtig verhält. Und ich habe Leute, die sich Material ansehen, das in dem Zeitfenster aufgenommen wurde, in dem unser Kerl Leal abgelegt haben muss. Straßen, die er gefahren sein könnte, um zu der Unterführung zu gelangen.«

»Von wie vielen Stunden reden wir?«

»Das wollen Sie gar nicht wissen.«

»Ajax hält sich für schlau.« Slidell stemmte sich hoch. »Dieser arrogante Scheißer wird untergehen.«

»Was kann ich tun?«, fragte ich.

»Löschen Sie mich aus Ihrer Kurzwahlliste.«

Ich konnte nur noch Slidells Rücken anstarren.

Ich war im MCME, als Slidell endlich anrief. Ich hätte die Berichte auch zu Hause schreiben können, aber im Institut kam ich mir irgendwie weniger an den Rand gedrängt vor.

»Donovan ist am 22.8.2012 um 23 Uhr 40 ins Mercy gekommen. Ist mit drei Stichen an der Stirn genäht worden. Um 1 Uhr 10 wurde sie wieder entlassen. Die Uniformierten, die sie gebracht hatten, fuhren sie in ein Obdachlosenheim. In den Akten steht Ajax als der behandelnde Arzt.«

Ich spürte, wie mein Puls sich beschleunigte. Achtete sehr darauf, ihn nicht zu unterbrechen.

»Leal kam am 27.7.2014 um 14 Uhr 20 an. Ein Dr. Berger hat sie wegen Unterbauchkrämpfen behandelt und ihr frei verkäufliche Medikamente empfohlen. Um 16 Uhr 40 brachten ihre Eltern sie wieder nach Hause.«

»Hat Ajax an diesem Tag gearbeitet?«

»Ja.«

»Irgendwelche anderen Angestellten, die an diesen Tagen Dienst hatten?«

»Fünf.«

»Ich dachte, die Liste wäre länger.«

»Zwei Jahre vergehen, Leute wechseln Jobs. Wir hatten sogar noch Glück. Ein Mädchen kam nachts, das andere tagsüber.«

»Andere Schichten.«

»Genau.«

»Arbeitet von den fünf noch einer im Mercy?«

»Drei.« Ich hörte das Rascheln des allgegenwärtigen Spiralnotizbuchs. »Ein PH namens Ellis Yoder. Das ist ein Pflegehelfer.«

Ich wusste das. Sagte aber nichts.

»Alice Hamilton, ebenfalls PH. Jewell Neighbors, Fachfrau für Gästebetreuung. Man könnte meinen, man ist im verdammten Ritz.«

Das war auch mir neu.

»Eine Schwester, Blanche Oxendine, in Rente. Eine andere, Ella Mae Nesbitt, hat den Bundesstaat verlassen.«

»Haben Sie mit ihnen geredet?«

»Hatte einen wichtigen Termin im Sonnenstudio.«

Ich wartete einfach.

»Oxendine ist sechsundsechzig und verwitwet. Hat zehn Jahre im Mercy gearbeitet, davor zweiunddreißig im Presbyterian. Wohnt bei der Tochter und zwei Enkelinnen. Hat Arthritis, schwache Knochen und eine ebensolche Blase.«

Ich konnte mir diese Unterhaltung gut vorstellen.

»Hat sich Oxendine an die beiden Mädchen erinnert?«

»An Leal vage. An Donovan überhaupt nicht.«

»Was hielt sie von Ajax?«

»Fand, dass sein Atem immer gut gerochen hat.«

»Das ist alles?«

»Hat das Gefühl, dass heutzutage zu viele Jobs an Ausländer vergeben werden.«

»Kennt sie sich mit dem Internet aus?« Ich wusste nicht so recht, warum ich das fragte.

»Sie hält Computer für den Ruin der heutigen Jugend.«

»Was ist mit Nesbitt?«

»Zweiunddreißig, alleinstehend, war nach ihrem Abschluss vier Jahre am Mercy. Ist im September nach Florence gezogen, um sich um ihre neunundachtzig Jahre alte Mutter zu kümmern. Die alte Dame ist gestürzt und hat sich die Hüfte gebrochen.«

»Also lebte Nesbitt an den Tagen, an denen Nance und Leal getötet wurden, gar nicht in Charlotte.«

»Nein.«

»Benutzt sie einen Computer?«

»Für E-Mail und Onlineshopping.«

»Ihr Eindruck von Ajax?«

»Sie meinte, für ihren Geschmack wär er ein bisschen zu steif. Schrieb es dem kulturellen Unterschied zu. Was immer das heißt. Als Arzt schien er ihr ganz okay zu sein.«

»Konnte sie —«

»Erinnert sich an Donovan, weil sie Ajax damals beim Nähen assistiert hat. Meinte, das Mädchen wär aggressiv gewesen, wahrscheinlich unter Drogen. Bei Leal war sie blank.«

»Also hat keine von denen Alarm geschlagen?«

»Hallo? Unser Täter spielt für mein Team.«

Slidell hatte recht. Die DNS auf Leals Jacke besagte, dass der Mörder männlich war.

»Was ist mit den anderen?«, fragte ich.

»Dachte mir, ich fahre jetzt im Krankenhaus vorbei.«

»Wir sehen uns dort«, sagte ich und legte auf, bevor Slidell widersprechen konnte.

Ich kam als Erste an.

Um neun Uhr abends an einem Montag war es still im Krankenhaus.

Weil ich wusste, dass Slidell durchdrehen würde, wenn ich außer zu atmen irgendetwas machte, setzte ich mich in den Wartebereich und hoffte, dass dort niemand Anthrax oder Tb hatte.

Mir gegenüber saß, an die Wand gelehnt, ein Mann im Tarnanzug, der sich eine in ein T-Shirt gewickelte Hand an die Brust drückte. Links von ihm beobachtete mich ein Kind im Trainingsanzug mit verkrusteten, roten Augen.

Rechts von mir saß einige Stühle entfernt ein Mädchen mit einem Wickelkind im Arm, das sich nicht bewegte und keine Geräusche von sich gab. Ich schätzte das Mädchen auf sechzehn oder siebzehn. Hin oder wieder tätschelte oder wiegte sie das kleine Bündel.

Neben dem Mädchen hustete eine Frau feucht in ein zusammengeknülltes Taschentuch. Die Haare hingen ihr dünn und grau von einem glänzend rosafarbenen Schädel, ihre Haut hatte die Farbe ungekochter Nudeln. Die Finger der einen Hand waren nikotingelb.

Ich konzentrierte mich auf das Personal, las die Namensschildchen, sobald jemand in Sichtweite kam. Und entdeckte so bald eine unserer Zielpersonen.

Ein großer, teigiger Kerl mit strähnigem, blondem Pony trug ein Schild, das ihn als *E. Yoder, PH* identifizierte. Als Yoder an mir vorbeiging, um die verkrusteten Augen abzuholen, fiel mir auf, dass seine Arme schwabbelig und mit Sommersprossen bedeckt waren.

Zehn Minuten vergingen. Fünfzehn.

Die alte Frau hustete noch immer. Ich überlegte eben, mich umzusetzen, als Slidell endlich durch die Tür kam. Ich stand auf und ging zu ihm.

»Yoder ist da. Neighbors habe ich noch nicht gesehen.«

»Ich habe mit ihr gesprochen.«

»Was?«

»Sie ist eine Idiotin.«

»Wo haben Sie Neighbors gesehen?«

»Ist das wichtig?«

Ich starrte ihn finster und fragend an.

»In der Lobby.«

»Und?«

»Sie hat viel mit Patienten mit Bauchschmerzen und Kratzern zu tun.«

»Hat sie das so gesagt?«

»Das war eine höfliche Umschreibung.«

»Warum ist sie eine Idiotin?« Ich zeigte Anführungsstriche.

»Sie ist vierundzwanzig, hat einen Mann und drei Kinder und hat nicht im Mercy gearbeitet, als Nance oder Estrada getötet wurden.«

»Und das macht sie zu einer Idiotin?«

»Sie war nur einmal im Leben außerhalb der Carolinas, auf einer Schulfahrt nach Washington, D.C. Hält das Lincoln Memorial für eins der sieben Weltwunder. War noch nie in einem Flugzeug. Hat keinen Computer. Verstehen Sie jetzt, was ich meine?«

Das tat ich. Jewell Neighbors passte nicht zum Profil eines Kindermörders. Oder des Lehrlings eines Kindermörders.

»Außerdem ist sie eine Frau.«

»Sie gehen davon aus, dass niemand anders beteiligt ist?«

Jetzt war ich der Empfänger des fragenden Blicks.

»Eine Frau wäre weniger bedrohlich.«

»Also rekrutiert eine Frau die Opfer.«

»Vielleicht hier, persönlich. Vielleicht online.«

»Und warum sollte sie das tun?«

»Unmöglich ist es nicht.« Verteidigend. »Pomerleau hat es für Ménard getan.«

»Wenn unser Täter Hilfe bekommt, dann nicht von Neighbors. Oder Oxendine. Und Nesbitt war bei Nance und Estrada gar nicht da.«

»Wenn Estrada überhaupt dazugehört.« Ich überlegte einen Augenblick. »2009 war Neighbors neunzehn. Wo war sie da?«

»Ich frage nach.«

»Was hat sie über Ajax gesagt?«

»Dass er für sich blieb, nicht im Pausenraum geschäkert hat, keine gesellschaftlichen Ereignisse besucht. Außerhalb der Arbeit hat sie ihn nie gesehen. Kannte ihn überhaupt nicht. Dasselbe Bild, das ich auch von Nesbitt bekommen habe.«

»Ajax ist ein Einzelgänger.«

»Ja. Aber darf ich jetzt mit einem Kerl reden, der eine Vorgeschichte hat?«

»Was meinen Sie damit?«

»Ich habe Yoder ins System eingegeben. Er hat Einträge.«

»Weswegen?«

»Zwei 10-90er.«

»Wen hat er angegriffen?«

»Einen Kerl in einer Bar.«

Ich wollte eine Frage stellen. Slidell unterbrach mich.

»Und ein siebzehnjähriges Mädchen namens Bella Viceroy.«

31

Ellis Yoder war nicht offen feindselig. Aber auch nicht sehr kooperativ.

Nachdem Slidell ihm seine Marke gezeigt und mich knapp vorgestellt hatte, bat er um ein vertrauliches Gespräch. Yoder führte uns in ein ungenutztes Büro.

Slidell eröffnete das Gespräch mit seiner kriminellen Vorgeschichte.

»Erinnern Sie sich an Chester Hovey? Den Kerl, dem Sie mit einer Flasche das Gesicht umgestaltet haben?«

»Der Kerl, der meine Freundin gegen eine Windschutzscheibe gedrückt hat, um ihre Titten zu befummeln. Wissen Sie, wo Hovey jetzt ist?«

»Nein.«

»Im Knast, weil er eine Nutte verprügelt hat.«

»Und Viceroy?«

»Bella.« Yoder schüttelte langsam den Kopf. »Darum geht's also?«

Slidell schaute ihn nur stumm an.

»Wir haben uns gestritten. Die Schlampe hat mich gebissen. Ich hab ihr eine geknallt. Da hat sie mich angezeigt. Sie war siebzehn. Ich war neunzehn, also musste ich den Kopf hinhalten.«

»Klingt, als hätten Sie Probleme, Ihre Wut im Zaum zu halten, Ellis.«

»Ach ja, stimmt. Ich bin derjenige mit Problemen.« Yoder schnaubte freudlos auf. »Hören Sie. Bella und ich, wir waren beide auf Meth. Ich bin seitdem sauber. Das können Sie nachprüfen.«

»Da können Sie Gift drauf nehmen.«

»Ihr Jungs lasst einen doch nie in Ruhe.«

»Erinnern Sie sich an eine Patientin namens Shelly Leal, die im letzten Sommer wegen Bauchkrämpfen hierherkam?«

»Mann, ja. Das ist doch die, die ermordet wurde.«

»Erzählen Sie mir von ihr.«

»An sie selbst kann ich mich nicht mehr erinnern.«

»Aber das haben Sie doch eben gesagt.«

»Ich meine, als ich ihren Namen hörte, später in den Nachrichten, wissen Sie, da hab ich mich dran erinnert, dass sie da war.«

»Sie kennen den Namen von jedem Patienten, der hierherkommt?«

»Nein.« Er verschränkte die Arme und kratzte sich mit langen, nervösen Bewegungen die Unterarme. Seine Nägel hinterließen weiße Spuren auf der gesprenkelten Landschaft.

»Aber Sie erinnern sich an sie.«

»Heilige Scheiße. Denken Sie, ich habe was damit zu tun?«

»Haben Sie?«

»Nein.« Yoders Gesicht wurde rot.

»Was ist mit einer Patientin namens Colleen Donovan? Straßenmädchen, das mit einem Riss in der Stirn hergebracht wurde.«

»Wann?«

»August 2012.«

»Vielleicht. Ich weiß es nicht.« Er kratzte weiter. »Moment mal. Ich glaube, Doc Ajax hat die zusammengeflickt. Ich habe aber nicht assistiert.«

»Haben Sie diese beiden Mädchen außerhalb der Notaufnahme gesehen?«

»Notfallaufnahme.«

»Was?«

»Korrekt heißt es die Notfallaufnahme.«

»Wollen Sie mich verarschen?«

»Nein!« Er sagte das mit solcher Vehemenz, dass die Ränder seiner Nasenlöcher weiß wurden.

»Beantworten Sie die Frage.«

»Die Antwort ist nein.«

»Reden wir über Hamet Ajax.«

»Doc Ajax?« Yoders beinahe unsichtbare Brauen hoben sich. »Was ist mit ihm?«

»Sagen Sie es mir.«

»Er ist Inder.«

Slidell hob nur die Hand.

»Redet nicht viel, ist also schwer zu sagen.«

»Ist er ein guter Arzt?«

»Ganz okay.«

»Reden Sie weiter.«

»Was soll ich sagen? Die Patienten scheinen ihn zu mögen. Er behandelt das Personal anständig. Über sein Privatleben weiß ich nichts. Der Doc gibt sich nicht mit den Hiwis an meinem Ende der Gehaltsskala ab.«

»Je Beschwerden gehört? Gerüchte?«

»Worauf wollen Sie hinaus?« Yoders Blick sprang zu mir, dann wieder zu Slidell. Seine Augen waren von einem merkwürdigen Avocadogrün.

»Ich frag ja nur.«

»Nein.«

»Irgendwann mal schlechte Schwingungen gespürt?«

»Von Doc Ajax? Nein.«

»Was sonst noch?«

»Nichts sonst noch.«

»Das ist alles?«

»Das ist alles.«

»Arbeitet Alice Hamilton heute?«

Yoder hörte auf zu kratzen. »Jetzt kapier ich's.«

»Ja?«

»Sie und der Doc.«

»Weiter.«

»Wäre selber auch nicht abgeneigt.« Seine Lippen verzogen sich zu einem schmierigen Grinsen. »Wenn Sie wissen, was ich meine.«

Slidell schaute ihn nur kalt an.

»Hey, ich werfe nach niemandem mit Steinen.« Er hob beide Hände und zeigte die Innenflächen. Die gesprenkelt waren mit trockenen Hautschuppen.

»Sie wollen damit sagen, dass Ajax und Hamilton was miteinander haben?«

Yoder hob Schultern und Augenbrauen.

»Wo ist sie?«

»Weiß ich doch nicht.«

»Wann haben Sie sie zuletzt gesehen?«

»Schon eine ganze Weile nicht.«

»Ist das ungewöhnlich?«

Yoder überlegte kurz. »Nee. Sie arbeitet nur Teilzeit.«

Slidell gab Yoder die übliche Anweisung, ihn anzurufen, falls ihm noch irgendetwas einfallen sollte. Wir gingen, und er stand da, kratzte sich die Unterarme und starrte Slidells Karte an.

Bevor wir das Krankenhaus verließen, fragte Slidell einen Vorgesetzten nach Hamiltons nächstem Dienst. Erfuhr, dass sie bis Mittwoch frei hatte. Erhielt als Kontaktinformation eine Handynummer.

Er wählte, während wir über den Parkplatz gingen. Bekam nur Voicemail.

Als Nächstes rief er das Überwachungsteam an und erfuhr, dass Ajax seit seiner Rückkehr um sechs das Haus nicht verlassen hatte.

Ich schaute auf die Uhr. Halb elf, und wir hatten überhaupt nichts erfahren. Der Adrenalinschub hatte längst nachgelassen.

Weil ich immer noch sauer auf Slidell wegen seiner Kurzwahl-Bemerkung war, fragte ich ihn nicht nach seinen Plänen.

Ich stieg in mein Auto und fuhr nach Hause.

Inspiriert von Yoders Schuppenschauer, stellte ich mich unter die Dusche.

Ryan rief an, als ich eben ins Bett fiel. Ich schob mir ein Kissen hinter den Kopf und stellte ihn auf Lautsprecher. Im Hintergrund hörte ich frenetische Männerstimmen.

»Wie geht's?«

»Gut. Und dir?«

»Schau mir die Habs gegen die Rangers an.«

»Um elf Uhr abends?«

»Digitalrekorder, Baby.«

Ich erzählte Ryan von den Anrufen aus der Telefonzelle vor dem Mercy. Von Ajax.

»Verdammt. Wie hat er reagiert?«

»Kalt wie eine Schlange. Ajax hatte Dienst, als Donovan und Leal im Krankenhaus waren. Slidell und ich reden mit allen anderen, die in beiden Schichten gearbeitet haben.«

»Was sagen die Kollegen über ihn?«

»Ein Pflegehelfer hat angedeutet, dass er vielleicht was mit einer Pflegehelferin hat. Kein Mensch weiß irgendwas über Ajax. Keiner kann sich noch groß an Donovan oder Leal erinnern. Wie läuft's bei dir? Schon Glück bei McGee?«

»Die Mutter hat die Wahrheit gesagt. Tawny belegte wirklich Kurse am Cégep.« Ryan benutzte den umgangssprachlichen Ausdruck für *Collège d'enseignement général et professionel,* eine weiterführende Schule, die es nur in Quebec gibt.

»Wo?«

»In Vanier. Ich habe mit ein paar Lehrern gesprochen. Keiner erinnert sich an sie. Keine Überraschung. Sie war nur kurz dort, hat 2006 abgebrochen. Dann ist es so, als wäre sie vom Planeten gefallen.«

»Hast du von der Psychiaterin was gehört?«

»Ja. Pamela Lindahl. Du hast sie 2004 kennengelernt, stimmt's?«

»Nur kurz.«

»Dein Eindruck?«

»Sie schien an Tawnys Wohlergehen wirklich interessiert zu sein. Warum?«

»Ich weiß auch nicht. Sie ist irgendwie komisch.«

»Psychiater sind immer irgendwie komisch.«

»Ich kann's dir nicht konkret sagen. Sie schien etwas anzudeuten, das sie nicht direkt aussprechen wollte.«

»Hast du sie gefragt, warum sie mit Tawny zur de Sébastopol gegangen ist?« Nicht so wichtig. Aber dieser Ausflug bereitete mir immer noch Kopfzerbrechen. Ich sah einfach nicht, was das bringen sollte.

»Sie behauptet, sie wäre dagegen gewesen, aber Tawny hätte darauf bestanden, als wäre es irgendein Übergangsritual. Als das Mädchen nicht lockerließ, hat Lindahl Kollegen konsultiert, die meinten, sie soll es probieren, und deshalb hat sie sich schließlich darauf eingelassen.«

»Das Haus war nach dem Feuer doch versiegelt. Wie sind sie da reingekommen?«

»Lindahl hat die Stadtverwaltung angerufen, irgendjemand hat eine Sicherheitsinspektion durchgeführt. Das Gebäude war zwar beschädigt, von der Substanz her jedoch noch solide. Unter diesen besonderen Umständen erhielten sie die Erlaubnis für diesen Besuch. Ich bin mir nicht sicher, ob das die ganze Geschichte ist.«

»Was haben sie dort getan?«

»Die meiste Zeit nur im Wohnzimmer gesessen.«

»Hat Tawny sich auch in den Keller getraut?«

»Ja. Lindahl ist aber nicht mitgegangen. Fand, dass das Mädchen allein sein musste.«

»Mein Gott.«

»Lindahl hielt noch Kontakt zu ihr, nachdem die Mittel für die Behandlung erschöpft waren.«

»Wie lange?«

»Bis das Mädchen sich 2006 aus dem Staub gemacht hat.«

»Hat sie eine Vorstellung, wo das Mädchen sein könnte?«

»Falls ja, verrät sie es mir nicht.«

»Hast du nach Jake Kezerian gefragt?«

»Lindahls Kommentar war nicht gerade schmeichelhaft.«

»Hält sie ihn für den Grund, warum Tawny weggegangen ist?«

»Sie weigert sich zu spekulieren.«

»Wurde bei ihren Sitzungen auch über Anique Pomerleau gesprochen?«

»Sie hat nicht die Befugnis, das zu sagen.«

»Im Ernst?«

»Tawny ist eine Patientin. Und erwachsen. Ihre Gesprächsthemen sind vertraulich.«

»Hast du sie nach möglichen Auswirkungen gefragt, wenn wir mit Tawny in Kontakt treten?«

»Lindahl meinte, eine Rückkehr in die Vergangenheit könnte schmerzhaft sein.«

»Im Ernst?«

Eine Pause.

»Glaubst du wirklich, dass Ajax unser Mann sein könnte?«, fragte Ryan.

»Slidell tut es.«

»Wie ist er mit Pomerleau zusammengekommen?«

»Wenn Ajax nicht redet, dürften wir das nie erfahren. Aber nach Oklahoma hat er in New Hampshire gearbeitet.«

»Irgendwie treffen sie sich. Er tut sich mit Pomerleau zusammen, und daraus entstehen die Morde.«

Während wir beide darüber nachdachten, lief im Hintergrund Eishockey.

»Eins stört mich daran«, sagte ich. »Ajax ist Pädophiler. Aber diese Morde zeigen keine sexuelle Komponente.«

»Wir wissen nicht, was für solche Monster sexuell bedeutet. Unser Täter nimmt sich Souvenirs. Vielleicht kommt der Kick erst nach dem Mord.«

»Oder von der Kontrolle über das Opfer.« Als Fortführung von Ryans Gedanken. »Vom Diktieren kleinster persönlicher Entscheidungen – Haare, Kleidung, Körperposition.«

»Im Augenblick des Todes.«

Ich hörte, wie ein Streichholz angerissen wurde.

»Warum Pomerleau umbringen?«, fragte Ryan. »Und warum nach Charlotte umziehen?«

»Besseres Wetter?« Ich glaubte es nicht.

»Warum dann die Verzögerung? Warum erst nach New Hampshire, dann nach West Virginia?«

»Ajax brauchte Zeit, um sich eine neue Vita zu basteln.«

»Vielleicht.«

»Wahrscheinlich hatte Pomerleau ihm von Montreal erzählt. Von meiner Rolle bei der Jagd nach ihr. Vielleicht erregte ihn das. Es ist nicht ungewöhnlich, dass Serienmörder versuchen, noch einen draufzusetzen.«

»Die Gefahr erhöhen, den Kick erhöhen.«

»Wobei die Gefahr ich bin.«

Wir dachten beide darüber nach.

»Wie wär's damit?«, sagte Ryan. »Ajax will verhaftet werden. Er verabscheut, was er tut, aber selber kann er sich nicht stoppen.«

»Unterbewusst will er, dass ich ihn fange?«

»Während er bewusst versucht, dir zu entwischen.«

»Hm.«

Das Hintergrundgeschrei explodierte.

»Wer hat das Tor geschossen?«

»Desharnais.«

»Warum würde Ajax, oder sonst jemand, an Tagen zuschlagen, die für Pomerleau eine Bedeutung hatten?«

»Hat er ihren Zwang übernommen? Oder vielleicht sendet er unbewusst einen Hinweis aus?«

»Einen Hinweis, von dem er annimmt, dass ich ihn verstehe.«

»Das könnte noch interessant werden.«

»Und das nächste Datum ist schon in weniger als sechs Wochen.«

32

In den folgenden achtundvierzig Stunden passierte kaum etwas.

Es zeigte sich, dass Ajax seine Bewegungen an dem Tag im Jahr 2007, als Nellie Gower verschwand, nicht rekonstruieren konnte. Er war zu der Zeit in New Hampshire, aber die Gehaltsunterlagen der Klinik hatten keine Angaben über die genauen Tage, an denen er gearbeitet hatte, und Dienstpläne wurden nicht so lange aufbewahrt. Auch Ajax selbst hatte keine Unterlagen mehr.

Wie in Charlotte hatte Ajax allein gelebt, in einem gemieteten Haus am Rand von Manchester. Er verließ das Haus nur, um zu arbeiten, einzukaufen und andere Dinge zu erledigen, nie aus gesellschaftlichen Gründen. Er besuchte keine Kirche. Er hatte keinen Kollegen, mit dem er näher bekannt war, keine Freunde oder Nachbarn, mit denen er über Gartenarbeit oder Sport redete. Keinen, den er anrufen konnte, um seinem Gedächtnis auf die Sprünge zu helfen.

Ajax behauptete, an den Tagen, an denen Koseluk und Estrada verschwanden, zu Hause oder in der Arbeit gewesen zu sein. Tinker arbeitete daran, seine Angaben zu Dienststunden im Mercy zu verifizieren. Redete dort mit Leuten.

Ajax' Anwalt verweigerte Zugriffe auf Telefon-, Kreditkarten- und Bankdaten. Tinker beantragte gerichtliche Beschlüsse.

Leal war eine andere Geschichte. Ajax wusste genau, wo er am Tag ihrer Entführung gewesen war.

Der 11. November war einer seiner seltenen freien Tage. Am Nachmittag kaufte er im Morrocroft Village in einem Harris Teeter ein, dann im Walmart an der Pineville Matthews Road. Betankte und wusch sein Auto an einer Tankstelle einen Block entfernt.

An diesem Abend aß er zu Hause und ging dann allein ins Manor-Theater, um sich einen Film anzuschauen. Es war Pech für ihn, dass er keine Kreditkarte benutzt, keine Quittung und auch kein Ticket aufbewahrt hatte.

Slidell zeigte Angestellten in den Läden, der Tankstelle und dem Kino Ajax' Foto und verlangte die Überwachungsbänder des fraglichen Tages. Fing an, das Material zu sichten.

Barrow machte weiter mit dem Videomaterial von den Orten, die Leal in den Monaten vor ihrem Tod häufig besucht hatte. Rief in Oklahoma an. Erfuhr, dass Ajax' Frau mit den Töchtern nach Indien zurückgekehrt war.

Rodas zeigte Ajax' Foto in Hardwick und St. Johnsbury

herum. Niemand erkannte ihn wieder. Der Mann, der das Holz an die Corneau-Farm geliefert hatte, sagte, er sei zu weit weg gewesen, um das Gesicht des Kerls erkennen zu können.

Am Dienstagvormittag rief der IT-Techniker Slidell an. Er habe in dem Dysmenorrhö-Chatroom einen Besucher gefunden, von dem er denke, dass er interessant sein könnte. HamLover. Ham. Hamet. Slidell sagte ihm, er solle tun, was zu tun war, um den User zu identifizieren.

Am Dienstagnachmittag gewährte die PR-Abteilung des CMPD den immer stärker drängenden Medien eine Pressekonferenz. Sie fand auf dem Rasen vor dem LEC statt.

Unter einem sonnigen Himmel stellten sich Salter und Tinker den Fragen zum Leal-Mord. Gaben keine echten Antworten. Erwähnten Lizzie Nance und die anderen Mädchen nicht. Erwähnten Hamet Ajax nicht.

Mit verkniffenem Gesicht und ganz offensichtlich frustriert stellte Leighton Siler Frage um Frage. Erfuhr aber nichts. Was unwichtig war. Früher oder später würde Siler oder ein hungrigerer und geschickterer Rivale Details der Ermittlungen in reißerischen Schlagzeilen enthüllen.

Ich rief mehrmals auf Heatherhill an, erreichte Mama aber nie. Hinterließ Nachrichten, obwohl ich wusste, dass sie nicht zurückrufen würde. Wenn die Dämonen sich rühren, misstraut meine Mutter allen Formen der Kommunikation. Keine Anrufe, keine SMS, keine E-Mails mehr.

Luna Finch sagte, Mama sei apathisch und schlafe mehr als sonst. Und dass sie Cécile Gosselin angerufen habe.

Ich legte auf und musste erst einmal tief durchatmen. Mama hatte Goose an ihre Seite gerufen.

Am Mittwochmorgen machte Ajax einen Fehler.

Zu meiner Verwunderung kam Slidell zu mir nach Hause, um es mir mitzuteilen. Es war kurz nach neun. Er sah mitgenommen aus und roch nach Kaffee und zu viel billigem Rasierwasser.

»Der Blödmann ist direkt zu einer Schule gefahren.«

»Wann?«

»Heute früh um zwanzig nach sieben.«

»Wo ist er jetzt?«

»In einem Käfig im LEC.«

»Wie lautet seine Erklärung?«

»Er wollte Essen für die weihnachtliche Spendenaktion abliefern. Sagt, er fährt jeden Tag an der Schule vorbei, und dabei wär ihm aufgefallen, dass dieses Spendenthermometer nicht stieg. Wollte ihnen Dosenerbsen und Nudeln vorbeibringen.«

»Stimmt das?«

»Egal. Ein Pädophiler hat mindestens dreihundert Meter Abstand zu jeder Schule zu halten.«

»Dreihundert Meter?«

»Oder was auch immer.«

»Die Einschränkung gilt nicht mehr, wenn Ajax sich nicht länger registrieren lassen muss.«

»Wir überprüfen das noch.«

»Warum dauert das so lange?«

»Anscheinend irgendeine Störung im Cyberspace.«

»Wann haben Sie —«

»Mein Gott. Der Kerl hat ein Mädchen vergewaltigt. Er ist auf einen Schulhof gefahren.«

»Wollen Sie Kaffee?« Einen Tritt in die Eier?

»Ein Gerichtsbeschluss ist unterwegs.«

»Der Ihnen was erlaubt?«

»Die Durchsuchung von Ajax' Haus.«

»Fahren Sie jetzt dorthin?«

Slidell nickte. »Ich will fertig und wieder weg sein, bevor Ajax' Anwalt es herausfindet. Dasselbe gilt für Siler und seine blutsaugenden Kumpels.«

»Wie viel Zeit haben Sie?«

»Wir haben völlige Funkstille zu diesem Thema vereinbart. Trotzdem, nicht sehr viel.«

»Wo wohnt er?«

Slidell hielt mir einen kleinen Zettel mit aufgerissenen Heftlöchern an der einen Seite hin. Eine Adresse war quer über die blauen Zeilenstriche gekritzelt.

»Sie haben uns auf diesen Scheißkerl gebracht«, sagte er. »Schätze, ich bin Ihnen was schuldig.«

Larabee rief an, als ich mir die Zähne putzte. Ein Kind hatte im nördlichen Teil des Countys eine Mülltüte mit Knochen gefunden. Nichts Dringendes, aber er wollte, dass ich sie mir anschaute.

Dann ein Anruf von Harry. Ein langer Anruf.

Ich zog mir eben Jeans an, als Rodas sich meldete. Die Toxikologieberichte zu Pomerleau waren eingetroffen. Zum Zeitpunkt ihres Todes hatte sie weder Drogen noch Alkohol in ihrem Körper gehabt.

Ich erzählte Rodas von Ajax' Ausflug zur Schule. Und von dem Durchsuchungsbeschluss.

Ajax lebte im südöstlichen Tortenstück der Queen City, in der Nähe der Country Day School, des Carmel Country Club und des Olde Providence Racquet Club. Große Häuser, große Gärten. Golf und Pinot auf den Greens. Lacrosse und Milton in der Schule. Land der neuen und nicht ganz so neuen Reichen.

Slidells Gekritzel führte mich in die Sharon View Road,

eine schmale Nebenstraße ohne Bürgersteige, aber mit alten Bäumen auf beiden Seiten. Sunrise Court war eine kleine Abzweigung, die von der Südseite abging.

Der Block bestand aus zehn Häusern, alle geschaffen von einem Bauherrn mit einem Faible für Holz und Stein. Hinein gelangte man durch ein Tor aus Pseudo-Schmiedeeisen, das mit einem Plastikgewinde verziert war. Ich tippte den Code ein, den Slidell mir genannt hatte, und fuhr hindurch.

Hier gab es keine großen Kiefern oder Virginia-Eichen. Die struppigen Setzlinge deuteten auf kürzliche Bepflanzung hin. Oder auf ein bescheidenes Begrünungsbudget zur Zeit der Erbauung.

Ajax' Haus befand sich am Ende des Blocks, auf einer leichten Anhöhe oberhalb der anderen. Exklusiv wie seine Nachbarn, aber nicht zu sehr. Im Gegensatz zu seinen Nachbarn hatte es keine Nikoläuse, Rentiere, Eiszapfen oder Elfen.

Ajax' Rasen war gepflegt, das Strauchwerk einfach. Stechpalmen, Buchsbaum. Nichts, was Aufmerksamkeit erforderte.

Slidells Taurus stand ganz vorn in einer Schlange von Fahrzeugen am Bordstein dieser Sackgasse.

Zwei Streifenwagen. Ein Transporter der Spurensicherung. Ein ziviler SUV. Skinny meinte es ernst.

Ich stellte meinen Mazda ans Ende und stieg aus. Als ich die Einfahrt hochging, bemerkte ich im vorderen Fenster des Hauses zu meiner Linken eine Bewegung. Eine Silhouette stand mit verschränkten Armen da, die Augen waren auf mich gerichtet. Obwohl das spiegelnde Glas das Gesicht verdeckte, nahm ich aufgrund der Körperform an, dass der neugierige Nachbar männlich war.

Ich eilte ein paar Steinstufen zu einer dunkel lackierten Tür hoch. Ich drückte auf die Klinke und merkte, dass sie nicht verschlossen war.

Das Foyer hatte einen Schieferboden und Wand- und Deckenleuchter aus polierter Bronze. Links lag eine Toilette. Direkt vor mir lagen das Wohn- und das Esszimmer. In jedem arbeitete ein Spurensicherungstechniker in weißem Tyvek-Overall. Der eine schoss Fotos. Der andere bürstete ein dunkles Pulver auf einen Türrahmen.

Von links hinten kamen Stimmen. Laut. Und unzufrieden.

Ein Häufchen Tyvek-Überzieher lag auf dem Boden. Ich zog mir ein Paar über die Schuhe und ging nach hinten.

Die Einrichtung des Hauses sah aus wie der Versuch, ein altes Schwarz-Weiß-Foto zu rekonstruieren. Polstermöbel, Teppiche und Wände waren in Variationen von Grau gehalten. Nebel. Asche. Sweatshirt. Stahl. Hellgrüne Accessoires fügten Farbtupfer hinzu. Zwei Kissen, ein Spiegelrahmen, ein Stuhl.

Ein Einbauregal neben einem Kaminsims aus Feldstein war voller DVDs. Darüber hing ein kleiner Flachbildfernseher.

Im Esszimmer hing eine taubengraue Tonnenleuchte über einem Tisch mit hellgrünen Platzdeckchen. In der Mitte standen Kerzen, die noch nie gebrannt hatten.

Auf einem Sideboard stand präzise in der Mitte eine hellgrüne Keramikschüssel. Ein Gemälde von leuchtend grünen Mohnblumen hing an einer Wand.

Ich fragte mich, ob Ajax oder der Bauherr die Einrichtung ausgesucht hatte. Verdächtigte eher Letzteren. Die Atmosphäre war kalt und unpersönlich. Als wäre die Einrichtung bei Rooms To Go und Pottery Barn gekauft und dann genau so aufgestellt worden, wie das Hochglanzfoto einer Zeitschrift es vorschlug.

Während ich zur Küche ging, nickte ich den Technikern zu. Sie nickten zurück.

Slidell stand auf der einen Seite einer Kochinsel mit Granitarbeitsfläche. Tinker auf der anderen. Beide trugen Überzieher und Latexhandschuhe.

»– konnten ihn weder mögen noch nicht mögen. Sie kannten ihn nicht. Die Frau von nebenan meinte, er würde in einem Apple-Laden arbeiten.« Tinker war rot im Gesicht und wirkte sauer.

»Suchen Sie die anderen, die Sie nicht angetroffen haben.« Slidell wirkte noch saurer.

»Von denen kriege ich die gleiche Geschichte.«

»Sie haben doch drauf gedrängt.«

»Glauben Sie nicht, dass Ajax Dreck am Stecken hat?«

»Das habe ich nicht gesagt«, blaffte Slidell.

»Was sagen Sie dann?«

»Ich sage, wenn Salter von der Verzögerung in Oklahoma erfährt, hängen meine Eier an einem rostigen Haken und nicht Ihre. Ganz zu schweigen davon, dass wir Ajax im Augenblick von seinem Anwalt abschirmen.«

»Oder sind diese Eier vielleicht schon verschwunden? Ein gebranntes Kind scheut das –«

»Sehen Sie zu, dass Sie rauskommen, und bringen Sie mir etwas!«

Tinker wollte etwas erwidern, hörte dann aber meine Plastiküberzieher über die Fliesen patschen. Mit verkniffenem Mund drehte er sich um und stürmte davon.

Slidells angespannter Kiefer verriet mir, dass etwas nicht stimmte.

»Was ist los?«, fragte ich.

»Wir haben das ganze verdammte Haus auf den Kopf gestellt. Bis jetzt gar nichts. Kein Porno. Keine Mädchenkleidung. Kein Schlüssel, kein Ring, keine Ballettschuhe. Keine vernagelten Fenster, keine Türen mit Vorhängeschloss. Nichts, was darauf hindeutet, dass hier je ein Mädchen war.«

»Fingerabdrücke?«

»Ja, aber da können Sie Gift darauf nehmen, dass sie alle von Ajax stammen. Dasselbe gilt für Haare und Fasern. Entweder ist er der ordentlichste Wichser der Welt oder der vorsichtigste.«

»Haben die Techniker den Staubsauger kontrolliert?«

»Haben den Inhalt eingepackt.«

»Abfall?«

Slidell schaute mich nur an.

»Haben Sie irgendwas gefunden, das uns DNS liefern könnte?«

»Zahnbürste. Aber Ajax' DNS ist nicht registriert.«

»Wir können Sie mit der DNS von dem Lippenabdruck auf Leals Jacke vergleichen.«

»Ja, richtig.«

»Haben Sie einen Computer gefunden?«

Ein kurzes Zögern. Dann: »Nein.«

»Ladegerät für einen Laptop?«

»Nein.«

»Ein Modem? Einen Router?«

Ein knappes Kopfschütteln.

»Er könnte woanders online gegangen sein. Vielleicht im Krankenhaus.«

»Ja.«

»Gibt es einen Keller?« Ich traute mich fast nicht zu fragen.

»Nur so 'nen Kriechkeller. Leer bis auf die Sachen, die der Bauherr dort reingeschoben hat. Und eine ganze Generation von Spinnen.«

»Garage?«

»Sauber.«

»Wo ist sein Auto?«

»In der Stadt.«

»Gilt der Durchsuchungsbeschluss auch für das Fahrzeug?«

»Nein.« Slidells Kiefermuskulatur arbeitete. Wir wussten es beide. Wenn diese Durchsuchung nichts erbrachte, würde es keine andere geben.

»Darf ich mich umsehen?«

»Aber nichts anrühren.«

Slidell wirkte so deprimiert, dass ich die ärgerliche Bemerkung kommentarlos überging.

Ich kehrte zurück ins Foyer und ging nach links. Der Flur führte zu zwei Schlafzimmern, jedes mit eigenem Bad.

Ich betrat das Zimmer, das nach vorn hinausging. Hier war Grün die beherrschende Farbe. Die Einrichtung bestand aus einem Bett, einem Nachtkästchen mit Lampe und einem Schreibtisch. Der Bohemestil schrie Restauration Hardware. Zwei Bücherregale neben dem Schreibtisch sahen eher nach Staples oder Costeo aus.

Ich glaube, dass ein Badezimmer viel über einen Menschen aussagt. Ich fing damit an.

Das Medizinschränkchen stand offen, der Spiegel war mit Fingerabdruckpulver überzogen. Ebenso die gläserne Duschkabine. Beide waren leer. Keine Seife, kein Shampoo, kein Waschlappen oder -schwamm. Das Waschbecken stand auf einem Podest und bot keinen Stauraum.

Der Raum war steril. Nicht der kleinste Hinweis auf eine Persönlichkeit.

Ich kehrte ins Schlafzimmer zurück.

Auf den Regalen standen Schuber mit medizinischen Fachzeitschriften. Ich ging hin, um sie mir aus der Nähe zu betrachten. *The Emergency Medicine Journal. The Journal of the American Medical Association. The New England Journal of Medicine. Annals of Emergency Medicine.*

Ich ging zum Schreibtisch. Präzise in der Mitte lag die

jüngste Ausgabe vom *JAMA*, geschlossen, mit einem kleinen Plastiklineal als Lesezeichen. Ich fragte mich, was Ajax gelesen hatte, dachte aber dann an Slidells Warnung und sah nicht nach.

Hefter. Klebebandspender. Brieföffner. Ein Lederbecher mit Kulis und Bleistiften. Ein kleiner Stapel Umschläge, die aussahen wie Rechnungen.

Nichts im Abfallkorb. Wahrscheinlich die Arbeit der Spurensicherungstechniker.

Das Zimmer war offensichtlich Ajax' Büro. Und doch benutzte er ein anderes Bad. Aus Gewohnheit? Um nicht mehr als eines putzen zu müssen?

Ich ging über den Gang ins Schlafzimmer gegenüber. Es war etwas größer und in Blauschattierungen gehalten. Auch hier sah die Einrichtung nach Restauration Hardware aus, unterschied sich aber in der Oberflächenbehandlung und der Detailarbeit am Holz. Es wirkte irgendwie urbaner.

Wie zuvor fing ich im Bad an.

Im Gegensatz zu seinem Pendant war dieses hier benutzt. In der Duschkabine waren je eine Flasche Shampoo und Conditioner, eine Ivory-Seife und eine Bürste mit langem Griff.

Das Medizinschränkchen enthielt Ibuprofen, Nasenspray, Lippenpflege, ein Päckchen Plastikpflaster, Degree Deospray, einen Einmalrasierer von Gillette, eine Dose Edge Rasiergel, Zahnseide und eine Tube Zahnpasta.

Das Waschbecken war in einen Toilettentisch eingebaut. Offene Schubladen enthielten Bürste und Kamm, eine Pinzette, eine Schere, ein Rasierset und einen batteriebetriebenen Nasenhaarschneider.

Handtücher, Toilettenpapier und ein Vorrat an Pflegeartikeln waren in einem hohen Schrank mit Lamellentür untergebracht, der zum Toilettentisch passte. Wenn Ajax einkaufte, dann legte er Vorräte für Monate an.

An einem Haken an der Tür hing ein schwarzer Flanellpyjama.

Ich dachte an das Spektrum der Produkte in meinem Badezimmer. Den Hygienezustand in meinen Schränken und Schubladen. Slidell hatte recht. Das Haus war außerordentlich sauber. Eine Manie? Oder das Verwischen von Spuren?

Zurück ins Schlafzimmer.

Ein Buch mit Kreuzworträtseln lehnte an der Lampe auf dem Nachtkästchen, ein Kugelschreiber klemmte am Einband. Ein Nachdruck aus dem *European Journal of Emergency Medicine*. Ich beugte mich zur Seite, um den Titel zu lesen. »Verringerung von Reperfusionsverletzungen nach Druckverbandbehandlungen«. Ja. Davon schläft man wirklich ein.

Auf der Kommode standen präzise im selben Abstand voneinander drei gerahmte Fotos. Ich ging hin, um sie mir anzuschauen.

Und bekam eine Gänsehaut.

33

Keines der Fotos sah neu aus. Eines war gestellt. Eine Frau saß mit einem Baby auf dem Arm und einem Kleinkind an ihrer Seite. Die langen, schwarzen Haare waren mit einem roten Samtband zusammengefasst.

Mit großen, braunen Augen schaute die Frau direkt in die Kamera. Traurige Augen.

Die beiden anderen Fotos waren Schnappschüsse. Auf dem einen ging die Frau Hand in Hand mit zwei kleinen Mädchen. Sie sahen aus wie etwa drei und fünf. Auf dem anderen saß das Trio auf einem Mäuerchen. Dieselben Mädchen, aber älter, vielleicht sechs und acht.

Beide Mädchen hatten die dunklen Augen und Haare der Frau. Bei beiden Gelegenheiten waren sie in der Mitte gescheitelt, geflochten und mit Schleifen gebunden.

In meinem Kopf blitzten Bilder auf. Leal. Donovan. Estrada. Koseluk. Nance. Gower.

Ich eilte zurück in die Küche.

Slidell sah in den Kühlschrank.

»Haben Sie sich die Fotos im Schlafzimmer angeschaut?«

»Wahrscheinlich Frau und Kinder.« Er knallte die Tür zu.

»Ist Ihnen die Ähnlichkeit aufge −«

»Wollen Sie mir sagen, wie ich meinen Job zu machen habe?«

Schneidend, sogar für Slidells Verhältnisse. Da ich wusste, dass der Druck von Salter und die Reibungen mit Tinker ihn mehr als reizbar machten, sagte ich nichts.

»Kriegen Sie langsam ein Gefühl dafür, wer Ajax ist?«

»Bollywood-Freak.« Alles andere als entschuldigend, aber deutlich gemäßigter.

»Die DVDs?«

Slidell nickte. »Kleidet sich grässlich. Isst gesund. Mag Baseball.«

Ich hob fragend eine Augenbraue. Was aber nichts brachte, weil Slidell mich nicht ansah.

»Er kriegt das Major-League-Paket über Kabel.«

Ich schaute zu der Arbeitsfläche hinter der Kochinsel. Keine Brösel, keine Flecken. Keine Dosen, kein Plätzchenglas. Nur ein schnurloses Telefon im Ladegerät.

Slidell drehte sich um und sah, worauf sich mein Blick richtete.

»Ja. Ich habe die Wahlwiederholung gedrückt. Der letzte Anruf ging ans Mercy.«

»Irgendwelche gespeicherten Nummern?«

»Nein.«

»Irgendwelche Nachrichten?«

»Nein.«

»Sie haben recht, hier ist es wirklich makellos sauber.«

»Dieser Wurm hat jedes Spray und jede Politur, die je in eine Flasche gefüllt wurde.« Er deutete mit dem Daumen auf eine Abstellkammer, die mir zuvor noch gar nicht aufgefallen war.

»Benutzt Ajax einen Putzdienst?«

»Keiner der Nachbarn hat je irgendjemanden außer ihm kommen oder gehen sehen. Verdammt, sie haben *ihn* ja kaum gesehen.«

»Gartenservice?«

»Nein.«

»Was ist mit der Post?« Ich bemerkte einen kleinen, weißen Kasten an der Wand neben der Hintertür.

»Versorgungsrechnungen. Werbung. Kataloge. Nichts Persönliches.«

»Kein Hinweis darauf, dass er mit seiner Familie Kontakt gehalten hat?«

»Sie sind in Indien.«

»Es gibt auch dort Telefone und Briefkästen.«

»Im Ernst?«

»Kataloge könnten bedeuten, dass er online einkauft.« Der Kasten hatte einen Aufkleber.

»Ich kaufe nicht online ein und kriege denselben Scheiß.«

»War die Alarmanlage aktiv, als Sie reingekommen sind?« Der Aufkleber zeigte ein Logo. ADT.

»Ja.«

»Ajax hat Ihnen den Code gegeben?«

»Ich habe ihn überzeugt, dass es in seinem eigenen Interesse ist.«

»Er schaltet sie also an, wenn er weggeht.«

»Worauf wollen Sie hinaus?«

»Wenn ADT Aufzeichnungen speichert, könnten die Ihnen sagen, wann Ajax das Haus betreten und verlassen hat.«

»Sie konnten mir sagen, wann irgendjemand das Haus betreten und verlassen hat.«

»Das war also ein Reinfall«, sagte ich.

»Machen Sie Witze? Zwei Treffer.«

Slidell zog seine Handschuhe aus.

»Erstens, das Haus ist kein Tatort.«

Slidells Handy klingelte. Er zog es vom Gürtel. Spähte auf das Display. Seufzte und hob sich das Telefon ans Ohr.

»Slidell.«

Eine blecherne Stimme. Weiblich. Schrill.

»Ja?«

Die Stimme kreischte wieder.

»Muss ein Missverständnis sein.«

Noch einmal Kreischen.

»Bin unterwegs.« Er steckte das Handy weg.

»Salter nominiert mich für den Polizisten des Jahres.«

Slidell schaute mich an. Die Augen waren blutunterlaufen vor Sorge und Stress. Dann ging er zur Tür.

»Was?«, fragte ich im Umdrehen. »Was ist das Zweite, das Sie erfahren haben?«

»Das Arschloch hat noch einen anderen Unterschlupf für seine Drecksarbeit.«

Während Slidell Salter Bericht erstattete, ging ich ins MCME.

Larabees Knochen waren nicht so problemlos, wie er gehofft hatte.

Obwohl alles andere als vollständig, war das Skelett eindeutig menschlich. Ein Mann mittleren Alters, zahnlos, wahrscheinlich weiß. Schuppung der Knochenrinde, Verfärbung und anhaftende Fasern deuteten darauf hin, dass der Mann viele Jahre in einem Sarg gelegen hatte.

Larabee war irgendwo unterwegs. Ich schrieb einen vorläufigen Bericht und legte ihn ihm auf den Schreibtisch. Es war seine Entscheidung, ob Ermittlungen aufgenommen wurden oder nicht.

Am späten Nachmittag rief Slidell an. Seine Laune ließ die vom Vormittag als reinste Fröhlichkeit erscheinen.

Kurz vor Mittag hatte Salter zwei Anrufe erhalten. Der eine war von Ajax' Anwalt. Jonathan Rao beschuldigte das CMPD, seinem Mandanten dessen verfassungsmäßiges Recht auf juristischen Beistand zu verweigern. Der zweite kam von der Richterin, die den Durchsuchungsbeschluss ausgegeben hatte – Rao hatte auch Ihre Ehren zusammengestaucht.

Da beide Anrufer nicht glücklich waren, war auch Salter nicht glücklich.

Nachdem sie auf Slidell eingedroschen hatte, lenkte sie ein wenig ein und meinte, er könne jetzt Ajax noch einmal befragen. Allerdings mit Samthandschuhen.

Das Verhör ergab nichts. Die wenigen Antworten, die Ajax gab, wurden durch Rao gefiltert. Um drei spazierten beide zur Tür hinaus.

Es war das letzte Mal, dass irgendjemand mit Ajax reden würde.

Slidell hatte das Videomaterial vom Walmart und von Harris-Teeter von dem Tag erhalten, als Leal verschwunden war. Bis jetzt hatte er Ajax oder sein Auto noch nicht entdeckt. Er hatte vor, das Material weiter durchzuarbeiten.

Ich schrieb noch zwei Berichte und machte um fünf Schluss. Zu Hause aß ich mit Bird Bojangles-Hühnchen und sah mir eine Wiederholung von *Bones* an. Aus irgendeinem Grund ist die Katze ganz verrückt nach Hodgins.

Um neun rief Slidell an.

»Er ist auf Band.«

»Auf welchem?«

»Von Walmart und The Manor.« Deprimiert. Offensichtlich wollte er nicht, dass Ajax dort gewesen war.

»Leal wurde um Viertel nach vier in dem Gemischtwarenladen an der Morningside zum letzten Mal lebend gesehen.«

»Ajax war im Walmart an der Pineville Matthews Road. Hat den Laden um 15 Uhr 52 betreten. Und hat ihn um 17 Uhr 06 wieder verlassen.«

»Stoßzeit, und die beiden Läden sind mindestens zehn Meilen voneinander entfernt.«

Das mussten wir beide erst verdauen.

»Vielleicht haben Sie recht.« Slidell seufzte. »Vielleicht arbeitet dieser Mistkerl nicht alleine.«

Oder vielleicht. Nur vielleicht.

Ich sagte es nicht.

In dieser Nacht wollte der Schlaf nicht kommen.

Es regnete wieder. Ich lag im Dunkeln und hörte die Tropfen, die ans Fliegengitter wehten und aufs Fensterbrett plätscherten. Zum leisen Summen des Weckers.

Und dachte den Gedanken wieder.

Ich ging durch, was ich über Serienmörder wusste.

Ihre Opfer entsprechen normalerweise einem bestimmten Typ. Eine große, blonde Frau. Ein Teenager-Junge mit kurzen, braunen Haaren. Cher. Eine Nutte. Ein Obdachloser mit einem Karren voller Plunder.

Das Individuum bedeutet dem Mörder nichts. Er oder sie ist ohne Bedeutung, nur ein Kleindarsteller in einem sorgfältig inszenierten Ballett. Allein der Tanz ist wichtig. Jeder

Sprung und jede Pirouette müssen präzise ausgeführt werden.

Der Mörder ist sowohl Tänzer als auch Choreograf, hat immer alles unter Kontrolle. Opfer betreten und verlassen die Bühne, sind auswechselbar, nur Komparsen im Ensemble.

Ich dachte an Pomerleau. An Catts. An ihren verrückten Tango, der in Montreal so viele Tote hinterlassen hatte.

Ich dachte an Ajax. Zu was für einer kranken Musik bewegte er sich? Hatte er es von Pomerleau gelernt? Oder komponierte er das Stück selbst?

Wen wollte Ajax in seinem Unterbewusstsein wohl umbringen? Seine Töchter? Seine Frau? Die Babysitterin, die ihn verführt und sein Leben ruiniert hatte?

Birdie sprang aufs Bett. Ich zog ihn zu mir. Er schmiegte sich an mich, stupste meine Handfläche mit dem Kopf. Ich streichelte ihn, und er fing an zu schnurren.

Ajax war einkaufen, als Shelly Leal verschwand.

Hatte er einen Komplizen? War es jemand aus dem Krankenhaus? Wenn nicht, woher dann? Hatte er einen speziellen Ort zum Töten, wie Slidell glaubte?

Oder.

Ich dachte an das Haus am Sunrise Court. So architektonisch richtig und doch so falsch. Leblos. Steril.

Ich stellte mir vor, wie Ajax im Bett Kreuzworträtsel löste. An seinem Schreibtisch Rechnungen bezahlte. Baseball oder eine DVD in seinem hellgrünen Sessel schaute. Allein. Immer allein.

Bei Serienmördern ein häufiges Charakteristikum.

Im Geiste ging ich noch einmal durch jedes Zimmer. Erinnerte mich an überhaupt nichts, was darauf hindeutete, dass Ajax auch ein Leben außerhalb seines Hauses und des Krankenhauses hatte. Kein Frauenmorgenmantel im Wandschrank.

Kein Post-it auf dem Kühlschrank, auf dem *Tom anrufen* stand. Kein Foto von sich mit Freunden oder Kollegen. Kein Eintrag in einem Kalender über ein Mittagessen mit Ira.

Nichts, was zeigte, dass irgendjemand in Ajax' Leben ihm nahestand. Dass er jemandem nahestand.

Nein. Das stimmte nicht. Er hatte die drei Fotos aufbewahrt. Alte Fotos. Von wem? Es mussten seine Frau und seine Töchter sein. War die Frau das Vorbild für seine Opfer? Eines der Mädchen? Warum?

Niemand im Mercy kannte Ajax. Niemand in seiner Straße. Niemand in New Hampshire oder West Virginia erinnerte sich an ihn.

Wieder der beunruhigende Gedanke.

Konnte es sein, dass wir uns irrten? Dass Ajax vielleicht unschuldig war?

Konnte es sein, dass wir einen Mann belästigten, der sich aus Selbsthass vom Rest der Welt abgeschnitten hatte? Einen Mann, der einen abscheulichen Fehler begangen und alles verloren hatte? Der nicht bereit war, außerhalb der Enge von Arbeit und Zuhause sich selbst zu vertrauen?

Es gibt keine Ausrede für den Missbrauch eines Kindes. Aber hatte irgendjemand in dieser Sache weiterrecherchiert? Mit denen gesprochen, die an Verhaftung und Prozess beteiligt gewesen waren? Mit der Babysitterin, die jetzt wohl Anfang dreißig war? Hatte irgendjemand mit ihr gesprochen?

Morgen würde ich Slidell danach fragen.

Draußen fiel leise der Regen. Im Haus war es dunkel und still.

Mein Hirn wollte nicht abschalten.

Immer und immer wieder starrte ich auf den Wecker.

Zwanzig nach elf.

Zehn nach zwölf.

2 Uhr 47.

Mein iPhone riss mich aus tiefem Schlaf.

Das Zimmer war dunkel.

Der Wecker zeigte zwanzig vor sechs.

Mama!

Mit pochendem Herzen ging ich ran.

Meine Mutter war nicht tot.

Hamet Ajax war es.

34

Als Slidell mich abholte, war seine Begrüßung nicht mehr als ein mürrischer Blick. Das war aber okay.

Er gab mir einen Styroporbecher mit weißem Plastikdeckel. Der lauwarme Inhalt erinnerte vage an Kaffee.

Im Fahren verfärbte sich der eben noch schwarze Horizont in schimmerndes Rosa. Bäume und Gebäude nahmen Gestalt an, und Grau sickerte in die Lücken dazwischen.

Je heller es wurde, desto schlechter sah Slidell aus. Die untere Gesichtshälfte war dunkel von einem Bartschatten, die Tränensäcke unter den Augen so groß, dass kleine Nager darin Platz gehabt hätten. Seine Kleidung war ein farblich schreiendes, kaffeefleckiges Knitterensemble, das nach Zigaretten und Schweiß stank.

Slidell berichtete mir mit von zu vielen Zigaretten und zu wenig Schlaf heiserer Stimme.

Nachdem er seinen Wagen abgeholt hatte, war Ajax ins Krankenhaus gefahren. Er hatte sich an diesem Tag zu einer Doppelschicht verpflichtet, was nicht untypisch für ihn war. Dreißig Minuten nach der Ankunft war er wieder gefahren. Das war eindeutig untypisch.

Seiner Vorgesetzten, Dr. Joan Cauthern, hatte er gesagt, er sei Opfer eines polizeilichen Übergriffs geworden. Und dass er den ganzen Tag nicht zu Hause gewesen sei und duschen und nach dem Haus sehen müsse. Er versicherte Cauthern, um sieben wieder zurück zu sein.

Das Überwachungsteam war Ajax vom Mercy zum Sunrise Court gefolgt. Um 5 Uhr 22 war er in die Garage gefahren. Und nie wieder herausgekommen.

Als Ajax nicht wie versprochen zurückkehrte, fing Cauthern an zu telefonieren. Versuchte es die ganze Nacht lang immer wieder. In den frühen Morgenstunden fing sie dann an, sich Sorgen zu machen. Ajax hatte stark geschwitzt und fahrig gewirkt, was sie bei ihm noch nie gesehen hatte. Als es um vier in der Notaufnahme ruhiger wurde, fuhr Cauthern zu seinem Haus, um nachzusehen, ob er krank war.

Das Überwachungsteam hatte um 4 Uhr 20 ein Auto in Ajax' Einfahrt einbiegen sehen. Eine Frau stieg aus und klingelte. Tippte eine Nummer in ihr Handy. Klingelte wieder.

Da die Frau keine Reaktion erhielt, ging sie zur Garage. Schien mit einem Ohr an der Tür zu lauschen. Ging zur Seitenwand und spähte durchs Fenster. Lief winkend auf den Streifenwagen zu.

Die Beamten gingen zu ihr. Die Frau wirkte aufgeregt. Stellte sich als Joan Cauthern vor. Gab an, sie sei Ajax' Vorgesetzte im Mercy Hospital.

Cauthern sagte, in der Garage laufe der Motor eines Fahrzeugs. Und sie befürchte, dass Ajax darin sitze.

Als die Beamten Motorengeräusche hörten, brachen sie das Tor auf. Fanden einen bewusstlosen Mann hinter dem Steuer eines Hyundai Sonata. Versuchten, das Opfer wiederzubeleben, doch es reagierte nicht. Riefen einen Krankenwagen auch dann Slidell an.

Der Krankenwagen war nicht mehr da, ein Transporter des MCME stand jetzt an seiner Stelle. Larabees Auto war ebenfalls da. Der Transporter der Spurensicherung. Ein Streifenwagen mit blinkenden Lichtern. Ein Lexus, von dem ich annahm, dass er Cauthern gehörte.

Das Garagentor war offen, die Deckenbeleuchtung brannte. Wie auch jedes Licht im Haus.

Eine Rollbahre war die Einfahrt hochgeschoben worden. Darauf lag ein schwarzer Leichensack, offen, bereit für die Leiche. Daneben waren dieselben Spurensicherungstechniker, die vor weniger als vierundzwanzig Stunden bereits hier gearbeitet hatten. Der eine hielt eine Videokamera, der andere eine Nikon.

Slidell und ich stiegen aus. Der Himmel hatte sich mit einem nebligen Grau überzogen. Die Farbe von Ajax' einsamen Zimmern, dachte ich.

Die Luft war kühl und feucht. Der mit Reif überzogene Rasen pulsierte rot und blau. Als Slidell und ich ihn überquerten, verkrampften sich meine Eingeweide.

Larabee stand zwischen dem Hyundai und der Garagenwand. Neben ihm war Joe Hawkins, ein Ermittler des MCME. Auf dem Boden stand der metallene Einsatzkoffer für Leichenfunde. Hawkins fotografierte.

Die Fahrertür war offen. So konnte ich Ajax zusammengesunken über dem Lenkrad liegen sehen, den Kopf seitlich verdreht, verkrusteten Nasenschleim und Speichel auf einer Wange. Eine Schildpattbrille lag auf der Matte neben seinen Füßen. Das makabre Stillleben leuchtete grell auf, sooft Hawkins auf den Auslöser drückte.

»Doc.« Slidells Art, unsere Ankunft zu verkünden.

Larabee drehte sich um, ein Thermometer in der behandschuhten Hand. Hawkins knipste weiter.

»Detective Slidell. Dr. Brennan. Einen frischen Wintermorgen muss man doch einfach lieben.«

»Was haben wir?« Slidell schlug sein Spiralnotizbuch auf.

»Wahrscheinlich Kohlenmonoxidvergiftung.«

»Der Kerl hat sich selber umgebracht?«

»Die ersten Beamten vor Ort haben keine Hinweise auf ein gewaltsames Eindringen ins Haus oder in die Garage gefunden. Keine Nachricht. Ich kann nur minimale Verletzungen feststellen.«

»Minimale?«

»Abschürfungen an der Stirn und dem rechten Ohr. Wahrscheinlich verursacht vom Aufprall des Kopfes aufs Lenkrad.«

»Wahrscheinlich?«

»Möglicherweise.«

»Soll heißen Selbstmord.«

»Das weiß ich nach der Autopsie.«

Ein Tod durch Kohlenmonoxid wird verursacht durch einen Unfall oder Selbstmord. Bei einigen wenigen liegt ein Verbrechen zugrunde. Larabee wusste das und war deshalb vorsichtig.

»Das Garagentor war zu, als Cauthern eintraf?«, fragte Slidell.

»So wurde es mir gesagt.«

»Die Motorhaube war nicht geöffnet, richtig?«

»Richtig.«

»Hat das Opfer Schmiere an den Händen?«

»Nein.«

Slidell ließ seinen Blick durch den beengten Raum schweifen, in dem wir standen. »Es liegen keine Werkzeuge herum.«

»Ich bin Ihrer Meinung, Detective. Das hier sieht nicht aus wie ein Unfall.«

»Todeszeitpunkt?«

»Ausgehend von der Körpertemperatur, würde ich sagen, zwischen null und zwei Uhr heute Morgen. Das ist wie üblich nur eine grobe Schätzung.«

»Wie lange hat es gedauert?«

»Tod durch Kohlenmonoxidvergiftung?«

Slidell nickte.

»Nicht lange.«

Slidell runzelte die Stirn.

»Es ist nur sehr wenig CO nötig, um einen tödlichen Pegel an Carboxyhämoglobin im Körper zu erzeugen.«

Das Stirnrunzeln blieb.

Man muss Larabee zugutehalten, dass er keine Ungeduld zeigte. Aber er hielt seine Erklärung schlicht. Sehr schlicht.

»Carboxyhämoglobin unterbricht den Sauerstofftransport zu den Zellen.«

»Ein bisschen ausführlicher.«

»Okay.« Larabee überlegte sich kurz eine Zusammenfassung. »Hämoglobin ist ein Molekül, das sich in den roten Blutzellen findet. Sein Job ist es, Sauerstoff durch den Körper zu transportieren. Aber Hämoglobin hat eine starke Affinität zu Kohlenmonoxid, CO. Tatsächlich ist es so, dass Hämoglobin, wenn zugleich Sauerstoff und Kohlenmonoxid vorhanden sind, sich eher mit dem CO verbindet. Wenn das passiert, kriegt man Carboxyhämoglobin, und das kann den Job nicht erledigen.«

Larabee erwähnte nicht, dass Hämoglobin über vier Andockstellen zur Maximierung der Bindung von Sauerstoff aus dem arteriellen Blut aus der Lunge und zur Beschleunigung der Freisetzung in Gewebe und Organe verfügt. Dass bei der gleichzeitigen Anwesenheit von Sauerstoff und Kohlenmonoxid das Hämoglobin sich dreihundertmal wahrscheinlicher mit Letzterem verbindet. Dass diese Verbindung die Freisetzung von O_2-Molekülen an den anderen Andockstellen des Hämoglobins verhindert. Dass, als Resultat davon, das O_2, auch wenn die Sauerstoffkonzentration steigt, ans Hämoglobin gebunden bleibt und nicht an die Zellen geliefert wird. Dass, als Folge des Sauerstoffmangels, das Herz zu rasen beginnt, was das Risiko von Angina Pectoris, Herzrhythmusstörungen und einem Lungenödem erhöht. Dass es quasi zu einem Kurzschluss im Hirn kommt.

Dass Kohlenmonoxid wirklich üble Scheiße ist.

»Wir reden von wie viel?« Slidell ließ nicht locker.

»Hohe Carboxyhämoglobinpegel können die Folge von Luft sein, die nur kleine Mengen CO enthält.«

»Man atmet das Zeug ein.«

»Ja.«

Ich war mir sicher, dass Slidell das Wesentliche wusste, dass er schon öfter solche Fälle bearbeitet hatte. Ich wunderte mich über sein für ihn so untypisches Interesse an der Physiologie der Kohlenmonoxidvergiftung.

In meinem Hirn blitzten ein paar Statistiken zu CO-Pegeln im Blut auf. Ein paar Vergiftungssymptome. Bizarr. Wohl Überbleibsel eines lange zurückliegenden Seminars.

1 bis 3 Prozent: normal. 7 bis 10 Prozent: normal bei Rauchern. 10 bis 20 Prozent: Kopfschmerzen, Konzentrationsschwächen. 30 bis 40 Prozent: heftigste Kopfschmerzen, Übelkeit, Erbrechen, Schwindel, Lethargie, erhöhter Puls und beschleunigte Atmung. 40 bis 60 Prozent: Orientierungslosigkeit, Schwäche, Koordinationsverlust. Ab 60 Prozent: Koma und Tod.

Slidell seufzte: »Wie wär's mit einer groben Schätzung?«

»Wovon?« Larabee kauerte sich hin, um Ajax' Hände zu untersuchen.

»Wie lange man durchhält.«

»Das Einatmen von Luft mit einem Kohlenmonoxidpegel von 0,2 Prozent kann in nur dreißig bis fünfundvierzig Minuten eine Carboxyhämoglobinsättigung von über sechzig Prozent verursachen.«

»Und das bringt einen um.«

»Das bringt einen um.«

Slidell schrieb etwas auf und deutete dann mit dem Notizbuch.

»Und das haben wir hier?«

»Der Motor läuft in einer engen Garage für nur ein Fahrzeug. Tor geschlossen. Fenster zu. Eindeutig.« Larabee redete, ohne hochzusehen. »In nur fünf bis zehn Minuten.«

»Also war Hamet Ajax schon hinüber, kurz nachdem er den Schlüssel gedreht hat.«

»Angenommen, *er* hat den Schlüssel gedreht.«

»Das angenommen.«

»Und dass er noch atmete, als er ins Auto kam.«

»Auch das.«

»Was, wie ich vermute, auch der Fall war. Sehen Sie das?«

Larabee hob eine von Ajax' Händen. Slidell schaute im Stehen auf sie hinunter.

»Die Geschichte mit der Blutansammlung. Weil die Arme nach unten hängen.«

»Ja. Aber ich rede von den Nagelbetten.«

Jetzt bückte sich Slidell, um genauer hinzusehen.

»Sie sind hellrosa.«

»Genau. Was darauf hindeutet, dass er am Leben war.«

Ich stellte mir Blut und Organe vor, die noch kirschrot wären, wenn er seinen Y-Schnitt setzte. Die Proben von Leber, Lunge, Magen, Nieren, Herz und Milz, die noch immer kirschrot wären, wenn sie in Formalin schwammen. Und auch noch kirschrot, wenn sie, in hauchdünne Scheibchen geschnitten, auf Objektträger und unters Mikroskop gelegt wurden.

»Sagen Sie es mir noch einmal. Wann fängt diese Sache mit den Blutansammlungen an?«

»Die Leichenflecken? Innerhalb von zwei Stunden nach Eintritt des Todes. Nach sechs bis acht erreicht der Prozess seinen Höhepunkt.« Larabee stand auf. »Es ist kalt hier draußen. Das könnte den Prozess verlangsamen.«

»Diese Leichenflecken in den Fingern. Das heißt, dass die Leiche nicht bewegt wurde, oder?«

»Ja.«

»Und es gibt noch keine Leichensteife.« Slidell meinte Leichenstarre.

»Es gibt eine gewisse Versteifung der kleineren Muskeln in Gesicht und Hals. Aber das ist alles.«

»Wann fängt das mit dem Steifwerden an?«

»Nach ungefähr zwei Stunden. Aber niedrige Temperaturen verlangsamen auch das.« Larabee stand auf. »Ich werde einen kompletten Toxologietest machen.«

»Weil Sie wonach suchen?«

»Was immer er in sich hatte. Leute greifen oft zu Medikamenten, bevor sie sich umbringen.«

»Wie sieht's im Haus aus?«

»Laut den ersten Beamten vor Ort war das Bett gemacht, Fernseher und Radio waren ausgeschaltet, auf dem Abtropfbrett stand eine einzelne Kaffeetasse, sauber und umgedreht.«

»Kein Abschiedsbrief?«

»Kein Abschiedsbrief.«

»Kein Hinweis auf einen Besucher?«

»Soweit ich weiß, nicht.«

»Ich bin mit der vorläufigen Untersuchung fertig.« Larabee wandte sich an Hawkins. »Joe?«

Hawkins schoss noch ein paar Fotos, und das Blitzlicht brannte mir Ajax weißglühend auf die Netzhaut. Über dem

Lenkrad hängend, wie ein Schlafender oder ein Betrunkener nach einer Nacht in der Stadt.

Slidell und ich gingen nach draußen. Hawkins stellte die Bahre so nahe ans Auto, wie es ging. Dann bückte er sich und fasste Ajax an den Schultern.

Ajax löste sich leblos und schlaff vom Lenkrad. Hawkins drückte ihm die Arme an die Brust. Larabee packte die Beine, bevor die Füße auf dem Boden auftrafen. Gemeinsam bugsierten sie ihn in den Leichensack.

Eine Erinnerung blitzte auf. Wie ich in Vermont mit Cheri Karras Pomerleau aus ihrem Fass zog.

Nachdem Hawkins Ajax' Brille geholt und sie neben seinen Kopf gelegt hatte, zog er den Reißverschluss des Sacks zu. Sie rollten die Bahre zum Transporter, schoben sie hinein und knallten die Türen zu.

Ich schaute dem davonfahrenden Transporter nach. Fühlte mich innerlich und äußerlich kalt.

»Wollen wir doch mal sehen, was dieser Haufen Hundescheiße in seinem Kofferraum hat.«

Ich drehte mich um.

Slidell streifte Gummihandschuhe über. Nachdem er den Schlüssel aus der Zündung gezogen hatte, ging er um den Hyundai herum und steckte ihn ins Kofferraumschloss.

Mit einem leisen, dumpfen Geräusch ging die Klappe auf.

Ein Geruch strömte heraus. Süßlich, stechend.

Vertraut.

35

Es war unser schlimmster Albtraum.

Und Ryans Big Bang.

Mit zusammengebissenen Zähnen zog Slidell einen Ziploc-Beutel aus einem Karton mit anderen Ziplocs und einem kleinen Plastikbehälter mit Deckel.

Durch die transparente Folie sah ich in dem Beutel vier Dinge. Einen silbernen Muschelschalenring. Einen Schlüssel an einer roten Kordel. Ein gelbes Band. Einen pinkfarbenen Ballettschuh.

Wir alle starrten die Gegenstände an. Bedrückt. Entsetzt. Wütend.

»Wem gehört das Band?« Meine Stimme klang hoch und angespannt.

»Ist egal. Damit haben wir den Hurensohn.«

Slidell legte den Beutel weg und nahm einen anderen. Er enthielt Röhrchen mit einer dunklen Flüssigkeit, die aussah wie Blut. Ein dritter enthielt Injektionsspritzen. Ein vierter Wattestäbchen. Ein fünfter zusammengeknüllte Papiertaschentücher.

»Was ist in der Schale?«, fragte Larabee.

Slidell nahm den Deckel ab. Ein übler Gestank stieg uns in die Nase.

»Verdammte Scheiße.« Slidell riss den Kopf zur Seite.

»Lassen Sie mich mal sehen.« Ich streckte die Hand aus.

Slidell hielt den Behälter von sich weg.

Larabee stockte der Atem. Ich glaube, mir auch.

Ich sah helle Haare in einer schlammigen, braunen Suppe schwimmen. Darunter eine nicht zu identifizierende Masse.

»Das ist irgendein Körperteil, stimmt's?«

Darauf hatte keiner eine Antwort.

»Noch ein Souvenir?«

Oder darauf.

»Das muss man sich mal vorstellen. Während der Typ bei uns mauert, fährt er die ganze Zeit mit diesem Monstrositätenkabinett in seinem Auto herum.« An Larabee gewandt: »Nehmen Sie die Körperteile. Ich schicke den ganzen Rest ins Labor.«

Larabee nickte.

Slidell riss sich einen Gummihandschuh mit den Zähnen herunter und stürmte zu den Spurensicherungstechnikern. Ich konnte seine Instruktionen nicht verstehen, aber ich wusste, wie sie lauteten. Alles eintüten und beschriften, das Auto sicherstellen, das Haus noch einmal auf den Kopf stellen auf der Suche nach weiteren Hinweisen.

Während Larabee die Plastikschale in eine Beweismitteltüte steckte, holten die Techniker Rollen mit gelbem Band aus ihrem Transporter und sperrten den Fundort ab. Slidell lief zu seinem Wagen und sprang hinein.

Ich sah zu, wie er, das Handy am Ohr, die Straße hinunterraste.

Larabee beschloss, als Erstes die Schale zu untersuchen. Eigentlich brauchte er mich nicht, bat mich aber trotzdem, ihm zu assistieren. Meinte, falls irgendetwas auftauchte, das eine anthropologische Beurteilung erforderte, könnte ich das erledigen, während er Ajax sezierte.

Ich tat es bereitwillig. Ich war aufgeregt und nervös. Wusste, dass der Annex sich beengt und klaustrophobisch anfühlen würde, bevölkert von den Geistern fünf toter Mädchen. Vielleicht sechs.

Außerdem hatte ich kein Auto, mit dem ich heimfahren konnte.

Um acht waren wir im MCME. Nachdem wir Laborkluft angezogen hatten, trafen wir uns im Stinker. Hawkins war mit der Vorbereitung von Ajax' Leiche beschäftigt, deshalb beschlossen wir, ohne seine Hilfe anzufangen.

Während ich die Kamera herrichtete, stellte Larabee die Schale auf die Arbeitsfläche. Ich fragte nach der Fallnummer, bereitete Etiketten vor und machte Fotos.

Als ich die Nikon weglegte, zog Larabee Handschuhe an und hob die Maske vor Mund und Nase. Ich tat es ihm nach.

Larabee öffnete den Deckel. Derselbe Gestank. Dieselben Haare, dieselbe braune Brühe.

Ich schoss noch mehr Fotos, dann goss Larabee die Flüssigkeit durch ein feines Sieb in einen Becher. Anschließend faltete er ein grünes Tuch auf und breitete es im Spülbecken aus.

Als er das Sieb umdrehte, fiel ein Klumpen auf das Tuch, schwammig und glitschig und mit Haaren bedeckt.

Mit einer Sonde schob er den Klumpen auseinander und strich ihn glatt. Er war schmal im Profil, oval und ungefähr zweieinhalb Zentimeter breit und fünf Zentimeter lang.

Larabee betastete den Klumpen mit der Sonde. Hob den Haarknäuel an.

In meinem Kopf blitzte eine Reihe von Bildern auf.

Ich sah Fleisch von der Farbe geronnener Milch. Etwas Dunkles am Ende jeder blassen Strähne.

Ich spürte Übelkeit in mir aufsteigen. Schluckte.

»Das ist ein Stück Schädelschwarte.«

»Menschlich?« Larabee beugte sich darüber. »Könnte sein.«

»Nicht könnte sein.« Ich bemühte mich um eine neutrale Stimme. »Ist es.«

Larabee schaute mich an. Wortlos holte er sich die Handlupe, hielt sie über das Fragment und beugte sich darüber.

»Verstehe, was Sie meinen. Die Haare sind gebleicht.«

»Das Stück hier stammt von Anique Pomerleau.«

»Soll das ein Witz sein?« Er drehte den Kopf in meine Richtung.

»Ich habe bei Pomerleaus Autopsie assistiert.«

»In Burlington.«

Ich nickte. »Pomerleau hatte drei Schwartenverletzungen, die wir uns nicht erklären konnten.«

»Nekrotische Bereiche?«

Ich schüttelte den Kopf. »Das Gewebe war bis zum Schädelknochen verschwunden. Jede Verletzung war oval und maß etwa zweieinhalb mal fünf Zentimeter.«

Über unseren Masken wechselten wir einen langen Blick. In Larabees lag Verwirrung. In meinem ganz zweifellos tiefste Abscheu.

»Was wollen Sie damit sagen?«

»Ich will sagen, der Mörder hat −« Ich suchte nach dem richtigen Wort. »− Proben von Pomerleau genommen und sie auf seinen Opfern platziert.«

»Die Haare in Leal und Estradas Kehle?«

Ich nickte.

»Die Röhrchen. Mein Gott, hat er ihr auch Blut abgenommen? Vielleicht die Q-tips benutzt, um DNS zu bekommen?«

»Ich halte das für möglich.«

»Warum?«

»Ich weiß es nicht.«

Larabee zog die Brauen zusammen. Er wollte etwas sagen.

In diesem Augenblick steckte Hawkins den Kopf durch die Tür. »Fertig?«, fragte er leise.

»Bin gleich da.«

Eine lange Minute verging.

»Ajax war Arzt«, sagte Larabee. »Er hatte die Fähigkeiten, um Blut abzunehmen. Gewebe herauszutrennen.«

»Ja.«

»Wenn die Flüssigkeit in diesen Röhrchen sich als menschliches Blut erweist, sollte die Serologie es zur DNS-Sequenzierung weiterleiten.«

»Ich rufe Slidell an«, sagte ich.

»Danke.«

Larabee nahm Maske und Handschuhe ab und eilte aus dem Raum.

Nachdem ich noch ein paar letzte Fotos geschossen hatte, packte ich das Schwartenstück wieder ein und stellte es in den Kühlraum. Dann ging ich in mein Büro.

Vielleicht war es die Erschöpfung. Vielleicht war er abgelenkt. Slidell zeigte auf meine Nachrichten keine Reaktion. Bat mich nur, ihn anzurufen, wenn Larabee mit der Autopsie fertig war. Er war im Mercy und redete mit Ajax' Kollegen.

Um halb vier kam Larabee in mein Büro. Seine Laborkluft war unter den Achseln dunkel und überall blutfleckig. Spritzer auf einem Ärmel erinnerten mich an die elektrischen Eiszapfen, die die Haustür meiner Nachbarin einrahmten.

Ich legte meinen Bericht hin und richtete mich auf ein längeres Zuhören ein. Mein Chef ging gerne ins Detail.

Larabee hatte keine Flüssigkeiten oder Anhaftungen in den Pleurahöhlen gefunden, keine Verstopfungen oder Blutungen in den Lungenflügeln, keine Hinweise auf einen Herzinfarkt, kein Magengeschwür, keine Fibrose in der Leber, keine Thromboembolien, keine Krampfadern im arteriellen, venösen oder lymphatischen System.

Bis auf eine leichte Arteriosklerose, die bei einem achtundvierzigjährigen Mann normal ist, war Hamet Ajax bei guter Gesundheit gewesen. Er hatte den ganzen Tag nichts gegessen. Hatte nur Kaffee im Magen.

Larabee hatte das verräterische, kirschrote Blut und die

ebensolche Muskulatur gesehen und Hyperämie, Blutfülle, im gesamten Gewebe festgestellt. Hyperämie, Ödeme und diffuse Mikroeinblutungen hatte er auch in den beiden Hirnhälften festgestellt sowie eine ausgedehnte Degeneration der Kortex- und der nuklearen Ganglienzellen und symmetrische Degeneration der basalen Ganglien, vor allem in den Kernen.

»Erstickung durch akute Kohlenmonoxidvergiftung.«

»Todesart?«, fragte ich.

»Das ist schon kniffliger.«

»Irgendein Hinweis auf etwas anderes als Suizid?«

»Nicht wirklich. Aber ich warte auf die Toxikologie-Ergebnisse, bevor ich mich endgültig festlege. Außerdem will ich wissen, was in dem Haus noch gefunden wird.«

»Und jetzt.« Seine Ellbogen schwangen nach außen, als er sich mit den Händen auf den Knien hochstemmte. »Jetzt muss ich zu einer Weihnachtsparty.«

»Feiertagsparty.«

»Was?«

»Man darf Chanukka nicht vergessen.«

»Und Kwanzaa.«

Und damit war er verschwunden.

Die Details gab ich nicht an Slidell weiter. Berichtete ihm einfach, dass Kohlenmonoxidvergiftung als Todesursache bei Ajax bestätigt worden war. Und dass Larabee mehr wissen würde, wenn er die Toxikologieresultate erhielt.

Ich rief auch Ryan an. Während ich ihm alles erläuterte, stellte ich mir vor, dass er sich mit der Hand durch die Haare fuhr.

»Slidell glaubt also, dass durch die Souvenirs die Fälle Leal, Gower und Nance abgeschlossen sind. Und dass der Besitz von Pomerleaus DNS diesem Ajax auch Estrada anhängt.«

»Er war nicht gerade gesprächig, aber ich bin mir sicher, dass er genau das denkt.«

»Skinny sollte ein Fass aufmachen. Vier gelöste Fälle und bye-bye Tinker.«

»Er klang erschöpft.«

»Was ist mit den anderen?«

»Ich weiß es nicht.«

»Saublöd, dass man Ajax nicht mehr befragen kann.«

»Ja.«

»Soll ich hier Schluss machen?«

»Ich glaube schon.«

»Ich wusste eh nicht mehr, in welche Richtung ich weitermachen sollte.«

Ein langer Augenblick des Schweigens.

»Frohe Weihnachten, Brennan.«

»Frohe Weihnachten, Ryan.«

Ich legte auf und saß einen Augenblick, die Hand noch auf dem Hörer, still da. Eigentlich sollte ich mich freuen. Erleichtert sein. Warum war es nicht so?

Die anderen. Koseluk. Donovan. Würden sie offene Vermisstenfälle bleiben? Würden die aktiven Ermittlungen weitergehen? Suchte noch irgendjemand irgendwo nach dem Kind, dessen Skelett auf meinem Regal lag?

Jährlich verschwinden in den Vereinigten Staaten über achthunderttausend Menschen. Mindestens vier Jahre waren seit dem Tod von ME107-10 vergangen. Drei seit Avery Koseluks Verschwinden. Ich kannte die traurige Antwort.

Aber Ajax hatte ein Etikett am Zeh. Der Wahnsinn war zu Ende.

Mein Blick wanderte zu einem Flugzettel auf meiner Korktafel. Larabees Bemerkung hatte mich daran erinnert. Auch ich hatte Einladungen.

Aber ich war nicht in der Stimmung. Das bin ich selten. Heiße, überfüllte Räume. Schweißgerüche. Gastgeber mit roten Nasen von Eierpunsch und Starkbier.

Es geht nicht ums Trinken. Ich habe gelernt, ohne Alkohol zu leben. Aber Small Talk bei belegten Brötchen ist einfach nicht meine Stärke.

Dennoch mag ich meine Kollegen. Und die meisten meiner Studenten.

Ich kaufte eine Flasche Pinot, zog eine rote Bluse an und stürzte mich ins Vergnügen.

Eigentlich hätte ich Lust aufs Feiern haben sollen. Endlich hatten wir unseren Mörder. Aber kein Motiv. Keine Erklärung, wie Ajax sich mit Pomerleau zusammengetan hatte. Warum oder wie er sie getötet hatte. Warum er weiter nach ihrem Drehbuch arbeitete. Diese Antworten würden später kommen. Wichtig war jetzt, dass er nie wieder zuschlagen würde.

Aber diese beunruhigenden Fragen lenkten mich einfach ab.

Ich dachte an Ryans Worte. Hatte Ajax gefasst werden wollen? Warum dann der Anwalt? Warum spielte er dann den Unschuldigen, als wir ihn schließlich schnappten?

Letzteres war einfach. Ajax war ein Soziopath. Soziopathen lügen. Und sie sind gut darin.

Ich erinnerte mich an die Befragungen. Ajax hatte kein Mitgefühl für die ermordeten Mädchen ausgedrückt. Für ein Kind, das er behandelt hatte.

Ajax hatte sich selbst umgebracht. Wenn er den Suizid geplant hatte, warum versprach er Cauthern dann, dass er ins Krankenhaus zurückkehren werde? War es eine spontane Entscheidung gewesen? Wodurch ausgelöst?

Ajax war zehn Meilen entfernt, als Leal entführt wurde.

Wie konnte er an zwei Orten gleichzeitig sein? Hatte er einen Komplizen?

Wenn ich an dieses Weihnachten zurückdenke, an diese Fälle, dann erinnere ich mich immer an den Augenblick, als wir diesen Kofferraum öffneten. Das flackernde Neonlicht, das unsere Gesichtszüge schärfte. Das rote und blaue Pulsieren in der kalten Morgenluft. Wie der Frost der Nacht gegen die Wärme der Sonne verlor.

Eine Frage stelle ich mir immer wieder. Hätte ich meine Zweifel laut ausgesprochen, wären die Dinge dann anders gelaufen?

Ich werde es nie erfahren. Zu der Zeit sagte ich nichts.

DRITTER TEIL

36

Die Feiertage kamen und gingen.

Ich fuhr oft zur Heatherhill Farm. Goose war allgegen-
wärtig, klopfte Mamas Kissen auf, bürstete ihr die Haare,
legte Kleidung heraus und bestand darauf, dass sie sie auch
anzog.

Harry kam aus Texas hergeflogen.

Drei Tage übernachteten wir in einem B&B in der Nähe
von Marion, demselben, in dem auch Goose sich eingemie-
tet hatte. Unsere Zimmer hatten Himmelbetten und Chintz
bis zum Abwinken.

Harry schenkte Mama zum Frustrationsabbau eine Zom-
biepuppe, der man die Glieder ausreißen und die man aus-
weiden konnte. Und eine Diamantbrosche mit viertausend
Karat. Ich schenkte ihr einen Kaschmirponcho.

Im Zentrum der Aufmerksamkeit zu sein gab Mama neuen
Auftrieb. Sie plapperte von vergangenen Weihnachtstagen.
Denen am Strand. Denen auf Grand Cayman. Kein Wort
über die, an denen sie sich allein in ihrem Zimmer vergraben
hatte. Oder an denen sie verschwunden war.

Wenn wir unter uns waren, fragte Mama mich nach meinen Fällen. Ich erzählte ihr die ganze Geschichte. Pomerleau,
die Farm der Corneaus, das Fass mit Ahornsirup, das Grauen
in Ajax' Kofferraum. Ich dachte mir, dass der Ausgang ihr Ge-
rechtigkeitsgefühl ansprechen würde.

Mama fragte nach Ryans Beitrag zu dem Fall. Ich weiß

nicht genau, warum. Ich glaube, in ihrer Vorstellung sind wir Orpheus und Eurydike. Vielleicht Mulder und Scully.

Ich sagte ihr, dass Ryan einen Großteil seiner Zeit mit der Suche nach Pomerleaus einzig überlebendem Opfer zugebracht hatte. Sie fragte, wie es dem armen Ding gehe. Ich sagte, wir hätten sie nicht gefunden. Sie wurde neugierig, ließ nicht von dem Thema ab, bis Goose kam, um sie ins Bad zu scheuchen.

Die Schautafeln im LEC wurden abgeräumt. Die Fotos, Karten, Verhörzusammenfassungen und Berichte wurden wieder in die jeweiligen Schachteln gepackt. Der Konferenzraum erhielt wieder seine ursprüngliche Bestimmung.

Tinker ließ sich nicht mehr sehen. Rodas klinkte sich aus. Barrow wandte sich anderen Altfällen zu.

Slidell war nicht mehr zu erreichen. Ich hatte keine Ahnung, was er trieb. Machte mir auch nicht die Mühe, es herauszufinden.

Das CMPD hielt eine Pressekonferenz ab. Die Sender schalteten geschickt auf die Mitgefühlsschiene. Schlagzeilen stimmten ihr Geheul an. Sondersendungen berichteten von Ajax' Verhaftung in Oklahoma, von »Beweismitteln in seinem Besitz, die ihn mit den Morden an Shelly Leal, Lizzie Nance und anderen« in Verbindung brachten, von seinem Tod im Sunrise Court. Slidell blieb weg. Tinker tat bescheiden, überzeichnete aber geschickt seine Rolle und die des SBI. Ich musste Slidell zustimmen. Der Kerl war ein schmieriger, kleiner Wichser.

Ryan und ich redeten oft. Fast wie früher. Fast. Er arbeitete wieder in seinem alten Job, allein. Wie früher auch brachte er sein Wissen und seine Erfahrung in Ermittlungen ein, die es erforderten.

Am Freitagmorgen, dem zweiten Tag des neuen Jahres, erhielt Larabee die Toxikologieergebnisse. Ajax hatte eine Kohlenmonoxidsättigung von achtundsechzig Prozent im Blut. Ein Pegel, der mehr als tödlich war.

Außerdem hatte Ajax Chloralhydrat im Körper, was sich allerdings erst zeigte, nachdem Larabee eine zweite Analyse anfordert hatte, die über die Opiate, Amphetamine, Barbiturate, Alkohol und die anderen Substanzen der üblichen Toxologietests hinausging. Es war zwar eine etwas antiquierte Substanz, doch das war nach Larabees Ansicht ohne Bedeutung. Wie er schon vor Ort gesagt hatte, viele Leute brauchen Pharmazeutika, um diesen letzten Schritt zu tun.

In den Unterlagen der Apotheke des Mercy gab es keinen Hinweis auf eine Chloralhydratentnahme, und auch in keiner Apotheke in Charlotte war ein entsprechendes Rezept eingelöst worden. Keine große Sache. Als Arzt hatte Ajax leichten Zugang zu dem Medikament, das oft als Beruhigungsmittel vor EEG-Untersuchungen eingesetzt wurde.

Beunruhigender war, dass weder im Haus am Sunrise Court noch bei Ajax' Leiche ein leeres Pillenfläschchen gefunden wurde. Im Gegensatz zu anderen Abfallbehältern fand die Spurensicherung den Küchenmülleimer leer. Auch ein Müllsack in der Rolltonne enthielt nichts, worin sich diese Pillen hätten befinden können.

Der große Schock kam am folgenden Montagmorgen.

Larabee fing mich im Biovestibül ab, mit einem Papier in der Hand und einer verwirrten Miene auf dem Gesicht.

»Kreditkartenabrechnung der Feiertage?«, fragte ich und wickelte mir einen Schal vom Hals.

Larabee hielt mir das Papier entgegen. Ich klemmte mir die Aktentasche unter den Arm und nahm es.

Ich überflog die Seite und sah sofort die Zeile, die wichtig war. Jetzt begriff ich, warum Larabee über meine Ironie nicht gelacht hatte.

»Soll das ein Witz sein?«

»Schön wär's.«

»Die DNS des Lippenabdrucks ist nicht die von Ajax?«

Larabee schüttelte feierlich den Kopf.

»Besteht die Möglichkeit, dass die Jacke kontaminiert wurde?«

»Sie sagen, das ist unmöglich.«

»Und die Proben, die Sie geschickt haben, waren gut?«

Larabee sah mich nur stumm an.

»Ich habe in Ajax' Medizinschränkchen Lippenbalsam gesehen. Vielleicht —«

»Der wurde von der Spurensicherung sichergestellt. Das Labor machte einen Vergleichstest. Für den Fall, dass irgendein Anwalt einen Experten findet, der behauptet, das Zeug hätte die DNS-Sequenzierung verfälscht, oder sonst irgendeinen pseudowissenschaftlichen Blödsinn von sich gibt.«

»Was ist mit dem Lippenbalsam selbst?«

»Nicht dieselbe Marke.«

»Jetzt Moment mal.« Ich hatte Mühe, das Bild zu rekonstruieren, das wir so mühsam zusammengebaut hatten. »Könnte es dann sein, dass Ajax gar nicht unser Mann ist?«

Larabee hob die Hände und zuckte die Achseln. Wer weiß?

»Aber er hatte Leals Ring.«

»Nances Schuhe. Gowers Schlüssel.«

»Was ist mit dem Blut in Ajax' Kofferraum? Der Schädelschwarte?«

»Das dauert länger.«

»Haben Sie schon mit Slidell gesprochen?«

»Er ist bereits unterwegs hierher.«

Es dauerte eine Stunde, bis Slidells Absätze über den Gang vor meiner Tür knallten wie Schüsse. Aus Larabees Büro kamen Stimmen, aber gemäßigt, ohne Wut oder Empörung. Zehn Minuten später polterte Slidell in mein Büro.

Die Veränderung war minimal, aber eindeutig da. Dasselbe schäbige, braune Jackett. Dieselbe schlechte Frisur. Was war es dann?

Slidell zog sich mit dem Fuß einen Stuhl an meinen Schreibtisch und ließ sich darauf fallen. Als er die Beine ausstreckte, sah ich eine orangene Socke aufblitzen. Manche Dinge ändern sich nie.

»Sie wissen Bescheid?«

»Ja.«

Dann fiel es mir auf. Slidell hatte abgenommen. Sein Gesicht war noch immer teigig, vielleicht sogar mehr als sonst. Aber sein Bauch hing nicht mehr so weit über den Gürtel. Das senfgelbe Hemd steckte komplett in der Hose.

Slidells nächste Feststellung verblüffte mich.

»Da passt einiges nicht zusammen.«

»Was wollen Sie damit sagen?«

Slidells Kiefermuskulatur arbeitete.

»Haben Sie Zweifel bezüglich Ajax?«

»Er war in der Pineville Matthews Road, als Leal auf der Morningside verschleppt wurde.«

»Ja.«

Zehn Sekunden Pause.

»Die IT konnte diesem User in dem Chatroom wegen Krämpfen einen Namen geben.«

»HamLover.«

»Ja. Mona Spleen. Dreiundvierzig, wohnt in Pocatello, Idaho. Ist Mitglied im Pocatello ARC. Das steht für Amateur Radio Club.«

»Sie ist Amateurfunkerin. Deshalb HamLover. Ham Radio ist doch Insider-Slang für Amateurfunk.«

»Genau.«

Noch eine längere Pause.

»17. April 2009. Ajax wurde angehalten, weil er in einer Fünfundfünfzig-Meilen-Zone achtundsechzig fuhr.«

»Der Nachmittag, als Lizzie Nance verschwand. Das heißt aber nicht —«

»Die Verkehrskontrolle war auf der I-64, außerhalb von Charleston, West Virginia.«

»Haben Sie das eben erst erfahren?«

»Selbst ich kann nicht zaubern. Die Leute waren mit Baumschmücken und Strümpfefüllen beschäftigt.«

»Der Strafzettel gibt Ajax ein wasserdichtes Alibi. Warum hat er das nicht erwähnt?«

»Der Kollege von der Straße ließ ihn mit einer Verwarnung davonkommen. Keine Strafe, kein Verfahren. Ajax hatte es wahrscheinlich schon wieder vergessen.«

»Die Fahrt vergessen?«

»Das Datum fällt mit seinem Arbeitsbeginn im Mercy zusammen. Vielleicht hatte er einfach den Kopf voll.«

Ich sagte nichts.

Nach einer weiteren langen Pause sagte Slidell: »Ich habe mich ein bisschen über das Mädchen in Oklahoma schlaugemacht.«

»Die Babysitterin, die Ajax missbraucht hat?«

»Ja.« Er strich sich seine Krawatte auf der Brust gerade. Sie war schwarz mit irgendwie glänzenden Punkten. »Die Dame hat ein Vorstrafenregister, das weit in ihre Jugend zurückreicht.«

»Das kann was heißen, muss es aber nicht.«

»Ja.«

»Und was denken Sie?«

»Vielleicht ist dieses Arschloch gar nicht unser Mann.«

»Haben Sie schon mit Salter gesprochen?«

Slidell schüttelte knapp den Kopf.

»Warum nicht?«

»Ich arbeite noch daran.«

»Wie sieht das aus?«

»Zum einen nehme ich mir diesen Volltrottel Yoder noch einmal vor.«

»Den Pflegehelfer am Mercy?«

Slidell nickte.

»Irgendein spezieller Grund?«

»Ich mag den Kerl nicht.«

»Das ist alles?«

»Nein, das ist nicht alles.« Schroff. »Während Sie Weihnachtslieder gesungen und Mistelzweige aufgehängt haben, habe ich mir noch einmal die Nachbarn und das andere Krankenhauspersonal vorgeknöpft.«

»Soll heißen?«

»Ein vertrauliches Gespräch nach dem anderen.«

»Und?«

»Und nichts. Der Kerl hat unter einem Stein gelebt.«

»Was jetzt?«

»Ich gehe zu denen, die nicht da waren. Über den Fluss und durch die Wälder. Ho, ho. Und der ganze Quatsch.«

»Was für ein wunderbarer Grinch Sie doch sind.«

»Ich arbeite daran.«

»Und wenn Sie mit den Befragungen durch sind, reden Sie mit Salter?«

»Ja.«

»Was ist mit Tinker?«

»Ich sehe diesen Wichser in der Hölle, bevor ich ihn wieder dazuhole.«

»Wer steht auf Ihrer Liste?«

»Ein paar Pfleger, ein Arzt, ein Pflegehelfer. Wahrscheinlich reine Zeitverschwendung. Aber vielleicht hat ja jemand was mitbekommen.«

Ich sah auf die Uhr. Auf meinen Stapel ungeschriebener Berichte.

»Fahren wir.« Ich holte meine Handtasche aus der Schublade.

Slidell wollte etwas einwenden, ließ es aber sein. Er nickte und stand auf.

Wir hatten Glück mit einem Pfleger und dem Arzt. Sie hatten die Tagschicht.

Beide sagten, die Berichte über Hamet Ajax hätten sie fassungslos gemacht. Beide hatten mit ihm gearbeitet und hielten ihn für einen guten Arzt. Beide zeigten sich traurig über seinen Tod.

Keiner hatte auch nur die geringste Ahnung von Ajax' Privatleben.

Die beiden anderen hatten an diesem Tag frei. Alice Hamilton, eine Pflegehelferin, und Arnie Saranella, ein Pfleger.

Vor allem mit Hamilton wollte Slidell unbedingt sprechen. Sie hatte Dienst gehabt, als Colleen Donovan und Shelly Leal in die Notaufnahme gekommen waren. Und Ellis Yoder hatte angedeutet, dass Ajax und Hamilton etwas miteinander hatten.

Slidell hatte Hamilton wiederholt angerufen. Ihr Nachrichten aufs Handy gesprochen, nie eine Antwort erhalten. Deshalb hegte er keine besondere Sympathie für sie.

Hamilton wohnte an der North Dotger, in Spuckdistanz zum Mercy. Die Straße war gewunden und im Sommer von großen Bäumen beschattet, deren Blätterdach die Sonne aussperrte.

Hamiltons Haus war nicht eines dieser Stadthäuser, die

überall hervorsprossen wie Pilze nach dem Regen, eine Folge der Yuppifizierung des Elizabeth-Viertels. Ihre Wohnung lag in einem langweiligen Backsteinbunker aus der Nachkriegszeit. In einem von vier identischen Bunkern, alle beige gestrichen in einem erfolglosen Versuch, Moosbewuchs zu verhindern.

An der Straßenfront hatten die Bunker paarweise angelegte Betonterrassen mit Metallzäunen und verrosteten und aufgeworfenen Blechvordächern. Jeder Terrassenanteil war gerade groß genug für einen Stuhl oder vielleicht zwei, wenn der persönliche Platzbedarf nicht sehr groß war. Vom Alter milchig gewordene Glasdoppeltüren bildeten die Eingänge zu den Terrassen.

Die Wohnungen darüber hatten Balkone ohne Dächer. Dieselbe Grundfläche. Dieselben matten Türen.

Slidell und ich gingen den schlammverkrusteten und wie die Mauer üppig grün überwucherten Fußweg entlang und betraten eine kleine Lobby mit schmutzigem schwarz-weißem Boden. Vier Briefkästen bildeten an der linken Wand ein Quadrat.

Auf den Fliesen lag übergequollene Post, Flugzettel und Werbung, ein paar Zeitschriften. *Good Housekeeping. O. Car and Driver.*

Der Name *A. Hamilton* stand auf dem Briefkasten mit der Bezeichnung 1C. Handschriftlich auf einem Papierstreifen hinter einem winzigen Rechteck aus gesprungenem Glas.

Slidell drückte auf die Klingel. Wartete. Drückte noch einmal.

Kein Türöffner. Keine Stimme aus dem kleinen, runden Lautsprecher.

»Verdammt.«

Während wir warteten, schaute ich mir die Adressaufkleber auf den Zeitschriften an. Das Automagazin war für einen Roger Collier, Oprah Winfreys Monatsheft für Hamilton. Die Haushaltstipps gingen an eine Melody Keller.

Slidell klingelte ein viertes Mal, und seine Wut war so greifbar, dass sie mir fast wie ein Ellbogen in die Rippen drückte.

»Jetzt kriegen Sie bloß keinen Herzinfarkt«, sagte ich.

»Warum geht sie nicht an die Tür?«

»Weil sie vielleicht nicht zu Hause ist?«

Mit zusammengekniffenen Augen und schmalem Mund starrte Slidell die Briefkästen an.

»Was hat ihre Vorgesetzte gesagt?«

»Sie hat irgendeine Vereinbarung, nach der sie nicht regelmäßig arbeiten muss.«

»*PRN. Pro re nata.* Nach Bedarf. Das ist in Krankenhäusern eine häufige Vereinbarung. Das heißt, die Arbeitspläne der Angestellten ändern sich häufig, und es gibt keine garantierten Arbeitsstunden.«

»Wie auch immer.«

»Fahren wir weiter. Reden wir mit dem Pfleger.«

»Es stinkt mir, dass diese verdammte Alice Hamilton mich nie zurückruft.«

Slidell klingelte eben zum fünften Mal, als mein iPhone in meiner Tasche vibrierte.

Ich ging dran.

Larabee hatte die DNS-Ergebnisse der Materialien in Ajax' Kofferraum.

»Alles stammt von Pomerleau. Das Blut, die Schädelschwarte.«

»Hab ich's doch gewusst.«

»An einigen der Papiertaschentücher war Speichel.«

»Von Pomerleau?«

»Ja.«

Mein Herz machte ein paar zusätzliche Schläge.

»Woran denken Sie?«, fragte Larabee, als ich nicht weiterredete.

»Der Mörder hat das DNS-Material auf die Leichen aufgebracht.«

»So sehe ich das auch.«

»Bei Gower und Nance hat er Papiertaschentücher mit Speichel benetzt und sie den Kindern in die Hand gesteckt.«

»Aber das ist unsicher. Was, wenn es regnet? Wenn das Tuch weggeweht wird? Tiere es davonschleppen?« Larabee war da völlig meiner Meinung. »Er musste raffinierter werden.«

Ich schloss die Augen. Sah eine siruptriefende Leiche auf einem Edelstahltisch.

»Pomerleau hatte Einstiche an den Innenseiten der Ellbogen«, sagte ich. »Der ME in Vermont meinte, nach Drogeneinstichen sähen sie nicht aus. Denke ich auch. Und Pomerleaus Toxikologietest war sauber.«

»Ajax hat ihr Blut abgenommen und es in Röhrchen aufbewahrt.«

»Oder sie hat es ihm freiwillig gegeben.«

»Ich bezweifle, dass sie ihm auch Teile ihrer Schädelschwarte freiwillig gab.«

Ich überlegte einige Augenblicke.

»Er ist schlau«, sagte ich. »Er weiß, dass die Haarschäfte

nicht reichen. Dass man Wurzeln braucht, um Kern-DNS zu sequenzieren.«

»Glauben Sie, er hat sie skalpiert, nachdem er sie umgebracht hatte?«

»Ja.«

Eine Pause. Im Hintergrund klapperte Metall. Ich stellte mir vor, dass Larabee in einem Autopsiesaal war.

»Der Mörder hat einen Vorrat angelegt.« Ich dachte laut. »Haare. Blut. Speichel.«

»Bewahrte das Zeug wahrscheinlich im Kühlschrank auf.«

»Aber warum sich diese Mühe machen?«

»Um den Verdacht von sich abzulenken? Für den Fall, dass er geschnappt wird?«

»Vielleicht. Oder vielleicht gehörte es zum Spiel.«

»Das er weiterspielte, nachdem er Pomerleau in ein Fass gestopft hatte. Das passierte wann?«

»Wahrscheinlich 2009«, sagte ich.

»Als es hier bei uns losging.«

Eine Textnachricht landete auf meinem Handy.

»Ich muss Schluss machen.«

»Können Sie Slidell anrufen?«

»Er ist bei mir.«

Ich hörte ein kurzes Stocken in Larabees Atmung. Dann: »Sie sagen Mörder. Nicht Ajax. Ist das Slidells Ansicht?«

Mit einem Anflug von schlechtem Gewissen drückte ich mir das Telefon fest ans Ohr.

»Ja.«

»Ich dachte heute Morgen, er reißt mir bestimmt den Kopf ab, wenn ich ihm die Neuigkeiten berichte. Er hat es nicht getan. Saß einfach nur da.«

»Er hatte bereits eigene Zweifel.«

»So ein Schlawiner.«

360

»So was in der Richtung.«

Der Text kam von Mama. Ein Link zu einem YouTube-Video. Als ich sah, dass Slidell in meine Richtung gestürmt kam, beschloss ich, dass sie warten konnte.

Während wir zu Saranellas Wohnung im South End fuhren, berichtete ich, was Larabee mir erzählt hatte. Slidell hörte zu. Schüttelte einmal den Kopf.

Saranella war nicht zu Hause. Sein Zimmergenosse, Grinder, hatte schlecht transplantierte Haare und ein noch schlechteres Benehmen. Nach ein paar Verhaltensvorschlägen von Slidell teilte uns Grinder mit, dass Arnie in Hilton Head sei und am folgenden Montag zurückkehren werde.

Zurück im Taurus, blickte ich auf die Uhr. Zehn nach drei.

Slidell wurde langsam mürrisch. Ging mir ähnlich. Wir erreichten absolut nichts. Und mein schlechtes Gewissen wegen Ajax wurde immer stärker.

Außerdem war ich am Verhungern.

Ich bat Slidell, mich am MCME abzusetzen.

Nachdem ich mich von Mrs. Flowers losgeeist hatte, holte ich mir einen Joghurt aus meinem Vorrat im Kühlschrank und einen Müsliriegel aus meiner Schreibtischschublade. Spülte alles mit einer Diet Coke hinunter. Alle Lebensmittelgruppen.

Dann rief ich Ryan an. Erreichte nur den Anrufbeantworter.

Rodas.

Er antwortete. Ich erzählte ihm von den DNS-Berichten, der Verwarnung wegen Geschwindigkeitsübertretung und dem Vorstrafenregister von Ajax' Babysitterin. Er reagierte mit mehr Lebhaftigkeit als Slidell. Sehr viel mehr.

»Ich habe mir die Gower-Tatortfotos noch einmal angesehen«, sagte er, als ich geendet hatte.

»In dem Steinbruch in Hardwick.«

»Ja. Ich dachte mir, falls Ajax drauf ist, wäre das noch ein Glied in der Beweiskette.«

»Und?«

»Jede Menge Gaffer, aber kein Doc.«

»Also wieder alles auf Anfang.«

»Könnte sein.«

Beeindruckt legte ich auf. Umpie Rodas würde Nellie Gower nie aufgeben.

Ryan rief an, als ich meinen vorletzten Bericht in den Ausgangskorb legte.

Ich setzte ihn kurz ins Bild. Dann wanden wir uns durch ein Labyrinth aus Spekulationen ganz ähnlich denen, die ich mit Larabee angestellt hatte.

Wenn nicht Ajax, wer dann? Wie kam der Kerl in Kontakt mit Pomerleau? Warum? Warum nach Charlotte kommen?

»Warum Pomerleaus DNS auf die Opfer aufbringen?«, fragte Ryan, als wir genug spekuliert hatten. »Warum nicht seine eigene? Die beiden waren ein Team, bis er sie umgebracht hat.«

»Bis *irgendjemand* sie umgebracht hat.«

»Glaubst du, Pomerleau war eine freiwillige Spenderin?«

»Ich weiß es nicht.«

»Oder hielt der Mistkerl sie gefangen, um an ihre Körperflüssigkeiten zu kommen?«

Ich konnte nicht antworten. Der Gedanke war zu abscheulich. Sogar gegenüber einem Monster wie Pomerleau.

»Tat er es einfach, weil sie greifbar war?« Ryan warf Theorien an die Wand, um zu sehen, ob sie hängen blieben. »Oder war Pomerleau ein wesentlicher Teil seiner Pathologie?«

»Irgendein beliebiger Spender bringt's nicht, es muss speziell Anique Pomerleau sein?«

»Ja.«

»In diesem Fall könnte sie immer noch der Schlüssel sein. Das Detail, das wir einfach nicht verstehen.«

»Ist ja nur eine Idee.«

Eine Pause.

»Macht Salter die Akten wieder auf?«

»Slidell schindet Zeit.« Diplomatisch.

»Er hat es ihr noch nicht gesagt.«

»Nein.«

»Und was macht er?«

»Mit Leuten reden, die Ajax kannten. Mit Oklahoma. Und er nimmt diesen Pflegehelfer Ellis Yoder genauer unter die Lupe.«

»Warum?«

»Yoder hat an den Tagen gearbeitet, als Leal und Donovan in die Notaufnahme kamen.«

»Was hältst du davon?«

»Er hat sonst nichts.«

»Im CMPD dürfte es jede Menge rote Gesichter geben.«

»Jede Menge«, pflichtete ich ihm bei.

Es war mal wieder ein Abend mit Birdie und Street Food.

Wir aßen Spaghetti El Nido und zappten uns durch die TV-Kanäle, als mein iPhone *Frosty the Snowman* dudelte.

»Warum hat er die Tasse gespült?«

»Was?« Slidells Frage überrumpelte mich. Dass er so spät noch anrief, überrumpelte mich.

»Ajax. Er geht in die Garage, um sich umzubringen. Warum macht er sich dann noch die Mühe mit der Tasse?«

»Er war ein Sauberkeitsfanatiker.«

Keine Antwort.

»Und er war zu mit Chloralhydrat«, ergänzte ich. »Da machen die Leute komische Sachen.«

»Ich seh mir gerade die Fotos der Spurensicherung an. In-nen vor der Hintertür ist Dreck auf dem Boden.«

»Viel?«

»Darum geht's nicht. Warum spült er die Tasse und putzt die Kaffeemaschine und lässt den Dreck liegen?«

»Er hat die Kaffeemaschine gereinigt?«

»Und den Abfall rausgebracht. Der Kaffeesatz war in einem Plastikbeutel ganz oben in der Mülltonne vor der Tür.«

»Was wollen Sie damit sagen?«

»Ich will damit nur sagen, ein Kerl ist entweder reinlich oder nicht.«

»Vielleicht hat er den Dreck reingetragen, als er zur Müll-tonne ging, und es nicht bemerkt.«

»Von wo reingetragen? Die Tonne steht doch direkt neben der Haustür.«

Ich hörte leises Klatschen, wahrscheinlich Fotos, die auf eine Schreibunterlage fielen.

»Faden.« Klatsch. Klatsch. »In der Hinterhofhecke verfan-gen.«

»Was für ein Faden?«

Keine Antwort.

Jetzt hörte ich Umblättern.

»Dunkelrot.« Ich wusste nicht so recht, ob Slidell noch mit mir sprach. »Der Faser-Typ sagt: dunkelrote Wolle.«

»Wurde der Kaffeesatz analysiert?«

Wieder Umblättern.

»Muss Schluss machen.«

Tote Leitung.

Ich warf das Handy auf die Couch. Stand auf. Ging in engen Kreisen herum. Birdies Kopf schwenkte hin und her, während er meine Bewegungen verfolgte.

Was hatte Slidell mit seinem Anruf gewollt? Einige Indizien vom Fundort am Sunrise Court bereiteten ihm Kopfzerbrechen. Hatte er Zweifel nicht nur an Ajax' Beteiligung an den Morden, sondern auch an Ajax' Todesursache? Vermutete er, dass wir es gar nicht mit Selbstmord zu tun hatten?«

Mord?

Bei Ajax hatten wir uns vermutlich geirrt. War mein erdrückendes schlechtes Gewissen wegen seines Todes ungerechtfertigt? Hatte irgendjemand Ajax umgebracht und es wie einen Suizid aussehen lassen?

Wer? Warum?

Mein Gott. Diese Fragen stellte ich mir seit Wochen.

Mein Handy meldete eine hereinkommende Nachricht.

Mama.

Hast du dir das YouTube-Video angesehen?

Bin gerade dabei.

Ist das der Ort?

Ich klickte die Textnachricht darüber an. Und dann den Link.

Das Video hatte den Titel: *Overland Riders of the Northern Essex Community College. Spring Bike Hike 2008(3): Over the Passumpsic.* Der Clip war zwölf Minuten lang und war 18 927-mal angeklickt worden.

Da mich interessierte, warum der Clip Mama aufgefallen war und nicht sein Inhalt, drückte ich auf das kleine, weiße Rechteck. Queen sangen *Bicycle Race.* Ein erstarrter Radler fing an zu treten, nicht hektisch, sondern mit starken, regelmäßigen Bewegungen.

Auf dem Display erschien ein weißes Rechteck mit Schnörkelrand, wie die Texttafeln in einem alten Stummfilm. Darauf stand: Spring Bike Hike 2008.

Die Kamera schwenkte zu acht weiteren Radfahrern, alle mit Helmen, Windjacken und knielangen schwarzen Elastikhosen. Sie fuhren in einer Reihe hintereinander über eine Nebenstraße. Die Aufnahme war verwackelt, wahrscheinlich aufgenommen mit einer Kamera am Helm oder der Lenkstange am hinteren Ende der Reihe.

Mama hatte sich noch nie fürs Radfahren interessiert. Ich konnte mir nicht vorstellen, warum sie das angesprochen hatte.

Die Gruppe kam an einem Gemischtwarenladen mit Postfiliale vorbei. Ein graues Gebäude mit einem roten Autositz auf der Veranda und einem roten Plastikkajak, das vom Vordach hing.

Die nächste Texteinblendung meldete: Barnet, Vermont.

Ich las die Worte auf der Flanke des Kajaks. Und setzte mich plötzlich auf.

Mit pochendem Herzen sah ich die Radler auf einer grünen Metallbrücke einen schmalen Fluss überqueren. Noch ein Text: Passumpsic River.

Zwei Minuten Fahrt durch Mischwald, dann sah man die Gruppe auf dem Straßenbankett, sie lachten und deuteten auf ein Brett, das über ihren Köpfen an einen Baum genagelt war. Darauf waren vier ausgebleichte Buchstaben zu erkennen. ORNE. Es war das verwitterte Schild vor dem Corneau-Haus.

ORNE. Ihnen gefiel das Schild, weil die übrig gebliebenen Buchstaben das Akronym ihres Clubnamens bildeten. Overland Riders of Northern Essex.

Während die Kamera noch den Grund ihrer Belustigung erfasste, fuhr ein Auto aus einer Einfahrt links vom Schild ins Bild. Am Steuer eine Silhouette, kein Beifahrer.

Das Auto hielt ruckartig, und eine Tür flog auf. Eine Gestalt schoss heraus und kam auf die Radler zu. Die Kamera folgte ihr, offensichtlich hielt sie jetzt jemand in der Hand.

Ich konnte das Gesicht nicht sehen, aber die Körpersprache verriet, dass der Fahrer wütend war.

Wieder erschien eine Texttafel: Feindseliger Eingeborener!

Die Gestalt wandte sich der Kamera zu. Schrie etwas und fuchtelte mit den Armen.

Mir wurde kalt bis ins Mark.

38

Ich spielte die Szene immer und immer wieder ab. Schaltete auf Standbild. Studierte die Gesichtszüge, die Figur, nur um ganz sicherzugehen. In der Hoffnung, dass ich mich irrte.

Ich irrte mich nicht.

Es brachte nichts, Slidell das Video zu zeigen. Das Gesicht würde ihm nichts sagen.

Bei Ryan war das etwas anderes.

Mit zitternden Fingern schickte ich den Link nach Norden und drückte dann auf Rückruf für den letzten hereingekommenen Anruf. Slidell nahm nach dem zweiten Läuten ab.

»Tawny McGee war auf der Corneau-Farm.« Ich ging im Zimmer herum.

Ein kurzes Schweigen, während Slidell sich überlegte, wie er den Namen einordnen sollte.

»Das Mädchen, das Pomerleau im Keller hatte?«

»Ja.« Ich erzählte ihm von dem Video.

»Sind Sie sicher?«

»Ich bin sicher.«

»O Mann. Wie sind Sie denn darüber gestolpert?«

»Das erzähle ich Ihnen später.« Nachdem Mama es mir erklärt hatte.

»Wie passt McGee da rein?«

»Woher soll ich das wissen?«

»Glauben Sie, sie ist der große Kerl, den der Holzlieferant gesehen hat?«

»Sie ist groß.«

»Oder war der große Kerl vielleicht Ajax, und wir haben es mit einem flotten Dreier zu tun?«

»Oder vielleicht war es noch irgendein anderer *Kerl*.« Grob, aber ich lasse mich nicht gern verwirren. »Die DNS auf Leals Jacke sagt, dass unser Täter männlich war.«

»Ich muss mit McGee reden.«

»Glauben Sie?«

»Können Sie die Aufnahme vergrößern und ausdrucken?«

»Das Gesicht wird zu unscharf. Aber McGees Mutter hatte einen noch relativ jungen Schnappschuss. Ich besorge Ihnen einen Ausdruck.«

»Ich gebe eine Fahndung raus. Und lasse Rodas in Vermont das Gleiche machen.«

»Ich habe das Gefühl, dass McGee unter einem anderen Namen lebt. Ryan hat bei der Suche nach ihr ziemlich tief gegraben.«

»Wie ist sie nach Vermont gekommen?«

»Ich weiß es nicht. Vielleicht sollten Sie sich an Luther Dew vom ICE wenden?« Kürzel Immigration and Customs Enforcement, die Einwanderungs- und Zollbehörde.

Slidell schnaubte. »Der Kerl mit dem mumifizierten Köter?«

Ich hatte Dew in einem Fall von Antiquitätenschmuggel geholfen, bei dem es um peruanische Hunde ging. Slidell machte seitdem Witze über Hundeleichen. Diesen ignorierte ich.

»Das Video zeigt McGee 2008 auf der Corneau-Farm. Ich weiß nicht so recht, seit wann für Reisen zwischen den Vereinigten Staaten und Kanada ein Pass nötig ist. Oder welche Art von Aufzeichnungen damals gemacht wurde.«

»Ich probiere es gleich morgen früh.«

»Warum warten?« Mein Blick schnellte zur Uhr. 22:27.

»Gute Idee. Dew wird sich sicher freuen, wenn ich ihn jetzt noch anrufe.«

Drei Piepser. Slidell war weg.

Scheiße.

Wen zuerst anrufen? Mama oder Ryan?

Mama nahm mir die Entscheidung ab.

Ich ging ran und plapperte sofort los, bevor sie etwas sagen konnte.

»Wie hast du dieses Video gefunden?«

»Meine Liebe, das gute Benehmen verlangt eine Begrüßung, wenn man einen Anruf entgegennimmt.«

»Hi, Mama. Wie geht es dir?«

»Mir geht's gut, vielen Dank.«

»Wie hast du dieses YouTube-Video entdeckt?«

»Ist das die Farm, auf der diese schreckliche Frau sich versteckt hat?«

»Ja. Wie hast du es gefunden?«

»O je. Willst du die ganze Geschichte hören?«

»Nur den groben Ablauf.«

»Es war nicht kompliziert. Ich musste mir dazu allerdings einige Stunden Geschmacklosigkeiten anschauen. Irgendein unfreundlicher Trottel hat sogar einen Clip gepostet, in dem ein Reporter auf Sendung einen Schlaganfall erleidet.«

»Aber wie hast du es gefunden?«

»Du musst ja nicht gleich so barsch sein, Tempe.« Ein missbilligendes Schniefen. »Ich habe natürlich unterschiedliche Kombinationen von Schlüsselwörtern gegoogelt. Corneau. Vermont. Hardwick. St. Johnsbury. Ein Link führte zum nächsten und zum übernächsten. Ich habe mich durch endlose Berichte gewühlt, mir unzählige Fotos von Ahornbäumen und Einkaufszentren und schneebedeckten Campus angesehen. Hast du gewusst, dass das Maskottchen der Universität von Vermont ein Puma ist? Das ist –«

»Eine Großkatze. Erzähl weiter.«

»Schließlich blieb ich beim zweiten von fünf YouTube-Videos, die eine College-Fahrradtour dokumentierten, hängen. Im Titel tauchte der Name St. Johnsbury auf.

Nachdem ich mir diesen Clip angeschaut hatte, der, wie ich sagen muss, extrem langweilig war, bin ich zum nächsten gegangen. Während ich mir die Gruppe ansah, die auf diesem Straßenbankett posiert hat, habe ich in Gedanken die fehlenden Buchstaben auf dem Schild über ihnen ergänzt.«

»Wie hast du das mit der Corneau-Farm erfahren?«

»Du hast davon gesprochen, als du hier warst.« Überrascht und leicht herablassend. »Die Brücke. Der Passumpsic River. Das kaputte Schild.«

Ich erinnerte mich an Mutters unaufhörliche Fragen, wusste aber nicht mehr, dass ich so detailreich erzählt hatte.

»Bringt es dich weiter?«

»Mehr, als du dir vorstellen kannst, Mama. Du bist eine Virtuosin des Virtuellen. Aber ich muss jetzt Schluss machen.«

»*Pour téléphoner Monsieur le détective?*« Fast ein Schnurren.

»*Oui.*«

Ryan antwortete nicht. Was mich nicht gerade beruhigte. Ich war aufgedreht. Wollte etwas tun. Wollte Antworten. Eine Auflösung.

Ich versuchte es mit Lesen. Konnte mich nicht konzentrieren. Da ich wusste, dass Ryan anrufen würde, wenn er das Video gesehen hatte, nahm ich Birdie und ging nach oben ins Bett.

Stunden vergingen. Ich lag da, aufgedreht, hilflos. Fragte mich, was ich tun könnte. Fand aber keine Antwort.

Gegen zwei schlummerte ich endlich ein. Mehr Schlaf wäre besser gewesen.

Am nächsten Tag taumelte die Welt in den Wahnsinn.

Ryan rief um sieben an. Ich war schon fast eine Stunde wach. Hatte gefrühstückt, die Katze gefüttert, ein Exposé für ein Studentenprojekt gelesen.

Ich erzählte ihm alles.

»McGee fuhr einen 2001 Chevy Impala«, sagte er. »Hellbraun. Nicht den F-50, der im Schuppen stand.«

»Konntest du das Nummernschild lesen?«

»Nein. Aber es war grün, wahrscheinlich Vermont.«

»Rodas anrufen?«

»Habe ich schon getan. Er hat eine Bildoptimierung in Auftrag gegeben. Wenn das funktioniert, gibt er das Kennzeichen in die Datenbank der DMV ein.«

»Besorg dir Tawnys Foto von Bernadette Kezerian. Scann es ein und maile es Rodas, Slidell und mir.«

»So gut wie erledigt. Ich werde auch die Grenzkontrolle auf unserer Seite kontaktieren, vielleicht haben die ja Aufzeichnungen von McGee bei der Einreise nach Vermont. Oder zurück nach Quebec.«

Ich hatte kaum aufgelegt, als Slidell vor meiner Tür stand. Ich bot ihm Kaffee an. Er akzeptierte. Wir setzten uns an den Küchentisch.

Ich berichtete ihm kurz von meinem Gespräch mit Ryan.

»Nichts zu machen, sagt Dew.«

»Was soll das heißen, nichts zu machen?«

»Seit dem 23. Januar 2007 braucht man einen Pass, um von Kanada in die Vereinigten Staaten zu kommen.«

»Das ist gut. Der Grenzschutz hat Aufzeichnungen –«

»Wenn Sie mich ausreden lassen wollen.«

Ich lehnte mich zurück, denn ich hatte mir geschworen, geduldiger mit Slidell zu sein.

»Das trifft auf Flughäfen zu. An Land- und Seegrenzen ist die Bestimmung erst am 1. Juni 2009 in Kraft getreten.«

»Unwahrscheinlich, dass sie diese kurze Entfernung geflogen ist.«

»Ja.«

»Scheiße.«

»Ja. Aber ich hab das da.« Er zog einen Ausdruck aus der Innentasche seiner Jacke und warf ihn auf den Tisch.

Ich faltete das Blatt auf und las es. Ein Toxikologiebericht.

Erstaunt über die Bedeutung, schaute ich hoch.

»Im Kaffeesatz wurde Chloralhydrat gefunden?«

»Ja.« Er deutete mit dem Kinn auf das Papier. »Und zwar Unmengen davon.«

»Ajax wurde betäubt?«

»Kann mir kaum vorstellen, dass er den Kaffee selber damit versetzt hat.«

»Sie glauben, dass ihn jemand narkotisiert und dann ins Auto gesetzt hat?«

»Erklärt die Reinigung von Tasse und Kaffeemaschine. Und dass der Kaffeesatz draußen in der Mülltonne war.« Slidell überlegte einen Augenblick. »Irgendwie ein komisches Mittel dafür, oder?«

»Chloralhydrat?«

»Ja.«

»Es wurde in den Opfern von Jonestown gefunden.« Ich meinte damit die Vergiftung von über neunhundert Menschen im People's Temple in Guyana im Jahr 1978, ein Massaker, das von dem machtversessenen Prediger Jim Jones inszeniert worden war. »Und ebenfalls in Anna Nicole Smith und Marilyn Monroe.«

Slidell sagte nichts.

»Ajax starb zwischen Mitternacht und zwei Uhr morgens.«
Mein Hirn arbeitete auf Hochtouren. »Die ganze Nacht stand
ein Streifenwagen vor dem Haus. Das Überwachungsteam
hat niemanden das Haus betreten oder verlassen sehen, bis im
Morgengrauen dann Cauthern auftauchte.«

»Das Ajax-Grundstück grenzt hinten an einen Fußpfad, der
zwischen dem Sunrise Court und ein paar anderen Sackgassen in dieser Gegend verläuft. Der Mörder hat wahrscheinlich
in einer dieser anderen Straßen geparkt, den Pfad genommen
und ist dann durch den Garten zur Küchentür gegangen.«

»Das könnte die Faser in der Hecke erklären. Und den
Dreck auf dem Boden.«

Wir schauten uns an, hatten beide dieselben Fragen im
Kopf.

Wer? Warum?

»Gehen Sie damit zu Salter?«, fragte ich.

»Bald.«

Ich hob fragend die Augenbrauen.

»Ich will mir dieses Arschloch Yoder noch ein letztes Mal
vornehmen.«

»Warum ist er ein Arschloch?«

»Irgendwas stinkt da.«

»Nicht gerade eine Antwort.«

»Wir fragen Yoder nach Leal und Donovan, und kurz darauf ist Ajax tot und hat diese Sachen im Kofferraum.«

Slidell sah mich sehr lange an. »Was sagt Ihnen Ihr Bauch?
Haben wir es mit demselben Täter zu tun?«

»Die Mädchen und Ajax?«

Slidell nickte.

»Mein Bauch sagt Ja.«

»Gottverdammte Scheiße. Und wir haben rein gar nichts.«

»Wir wissen, dass unser Mörder männlich ist.«

Slidell starrte in seine Tasse, als würde die Antwort im Kaffee schwimmen. Ich hatte ihn noch nie so entmutigt gesehen.

»Halten Sie den Kerl für einen sexuellen Sadisten?«

»Keines der Opfer wurde sexuell missbraucht.« Ich hatte viel über diese Frage nachgedacht. »Ich glaube, seine Erregung zieht er aus der Kontrolle, aus seiner Fähigkeit zu manipulieren.«

»Uns oder seine Opfer?«

So hatte ich es noch gar nicht betrachtet. »Beides. Auf jeden Fall spielt er mit uns.«

Slidell erhob sich. Ich brachte ihn zur Tür.

»Wie hat er es gemacht?«, fragte er, als er nach draußen trat.

»Was gemacht?«

»So komplett abtauchen und uns überhaupt nichts hinterlassen.«

Ich war im Arbeitszimmer und ging meine E-Mails durch, als das Telefon klingelte. Ich spähte aufs Display.

S. Marcus. Da mir der Name nichts sagte, wartete ich, bis sich der Anrufbeantworter einschaltete. Sekunden später hörte ich die Stimme meiner kleinen Bird-Freundin Mary Louise. Sie wollte mich nach der Schule besuchen. Hätte etwas für mich.

Tut mir leid, Süße. Heute nicht. Auch wenn ich jetzt wegen ihr und wegen Ajax ein schlechtes Gewissen hatte, wandte ich mich wieder meinem Computer zu.

Der Anhang von Ryans E-Mail hatte sich geöffnet.

Tawny McGee blickte mich von einem Bootsdeck an, der Wind hob ihren Kragen an und verwirbelte ihr die Haare.

»Warum?«, flüsterte ich. »Warum bist du zu Pomerleau gegangen?«

McGee starrte weiter mit leeren, stillen Augen geradeaus.

Sie war groß und vollbusig. Aber sie protzte nicht mit dem, wofür viele Frauen viel Geld bezahlten. Sie kaschierte es mit einem schlichten Rollkragenpullover.

Ich dachte an die merkwürdige Dynamik zwischen den Kezerians. Bernadettes Bemerkungen. Jakes.

Tawny ließ sich nicht gerne fotografieren. Ließ sich nicht gern nackt sehen. Hatte nie Verabredungen und fühlte sich in der Gesellschaft von Jungs oder Männern unwohl.

Bernadette sagte, ihre Tochter habe Körperwahrnehmungsprobleme. Jake sagte, sie sei verrückt.

Ich betrachtete die langen Glieder, den großen Busen, das ausdruckslose Gesicht. Fragte mich, was hinter diesen leeren Augen wohl vor sich ging.

Ryans Bericht über Lindahl. Er hatte gesagt, die Therapeutin habe angedeutet, dass etwas nicht ganz stimmte.

Während ich die Frau auf meinem Bildschirm anstarrte, formte sich in meinem Kopf langsam ein Gedanke. Eine sehr unwahrscheinliche Möglichkeit.

Mit klopfendem Herzen griff ich zum Telefon.

39

Erst wurde ich ausgefragt, dann musste ich kurz warten. »Pamela Lindahl.«

»Mein Name ist Temperance Brennan. Wir sind uns vor einigen Jahren schon einmal begegnet.«

»Sie arbeiten doch im gerichtsmedizinischen Institut hier in Montreal, nicht?«

»Ja.«

»Aber Sie rufen aus North Carolina an. Meine Empfangsdame sagte, Sie seien ziemlich beharrlich gewesen.«

»Die Sache ist dringend.«

»Erzählen Sie«, bat Lindahl, allerdings mit der Skepsis eines Spitzels im Zeugenschutz.

»Es geht um Tawny McGee.«

»Das habe ich mir schon gedacht.« Seufzend. »Ich werde Ihnen nur sagen, was ich dem Detective gesagt habe. Ohne Erlaubnis des Patienten über ihn oder sie zu sprechen verbietet mir mein Berufsethos.«

Kein langes Herumgeeiere. Kein Appell an ihren Sinn für Gerechtigkeit oder Fairness. Ich knallte es ihr direkt vor den Latz.

»Tawny hat sich mit Pomerleau zusammengetan.«

»Ich verstehe nicht.«

»Doch«, sagte ich. »Das tun Sie. Und ich habe nicht die Zeit für Spielchen.«

»Was genau wollen Sie denn?«

»Tawny hat eine Androgenresistenz, richtig?«

Keine Antwort.

»Das Ausbleiben der Menstruation in der Pubertät. Die Größe, der üppige Busen, die dichte Kopfbehaarung.«

»Sie scheinen sich Ihrer Diagnose ja sehr sicher zu sein. Warum rufen Sie mich dann an?«

»Ich brauche eine Bestätigung.«

»Es tut mir leid, aber —«

Ich schoss noch eine Breitseite ab.

»Es kann sein, dass Tawny Pomerleau getötet hat. Es kann sein, dass sie Kinder ermordet.«

Aus Montreal kam nur ohrenbetäubende Stille.

»Junge Mädchen. Vier bis jetzt. Vielleicht schon sechs.«

»Wo?«

»Ist das von Bedeutung?«

»Nein.«

»Und?«

»Ihr medizinischer Status, den ich nicht bestätige, wäre wichtig aus welchem Grund?«

»An einem Opfer, einem vierzehnjährigen Mädchen, wurde DNS sichergestellt. Ein Amelogenintest deutete auf einen männlichen Täter hin. Dieser Befund hat die Suche nach dem Mörder in eine Richtung gelenkt, von der ich jetzt befürchte, dass sie falsch war.« Ich wollte das Gespräch nicht noch komplizierter machen, indem ich Pomerleaus DNS erwähnte.

»Inwieweit betrifft das mich?«

»Ich glaube, das wissen Sie.«

»Einen Augenblick.«

Ich hörte Bewegung, nahm an, dass Lindahl vorsichtshalber eine Tür schloss.

»Wie Sie wissen, kam Tawny nach einem unvorstellbaren Martyrium zu mir. Einzelheiten unserer Gespräche kann ich nicht verraten, aber die fünf Jahre in diesem Keller haben sie aufs Schrecklichste geschädigt.«

»Gut.« Vorerst.

»Zuerst sind wir die drängendsten Probleme angegangen. Ich konnte ihr Vertrauen gewinnen, und Tawny öffnete sich, erzählte mir irgendwann auch von Problemen, die sie mit ihrem Körper hatte.«

Lindahl hielt kurz inne, um ihre Gedanken zu ordnen. Oder um eine Strategie zu entwickeln, nur das preiszugeben, was unbedingt nötig war.

»Tawny hatte nie menstruiert, nie Achsel- oder Schambehaarung bekommen. Die Ärzte haben ihr gesagt, das sei eine Folge von schlechter Ernährung und Dauerstress. Haben ihr zu verstehen gegeben, dass sie mit der Zeit schon alles nachholen werde.

In vieler Hinsicht war das auch so. Tawny wurde groß und

vollbusig, aber andere Veränderungen fanden nie statt. Auf meinen Vorschlag hin war sie bereit, sich untersuchen zu lassen. Wenn ich den Arzt aussuche und sie begleite. Was ich auch tat.«

Pause.

»Was wissen Sie über Androgenresistenz?«, fragte Lindahl.

»Die Grundlagen. Es ist ein Zustand, der die Geschlechtsentwicklung sowohl vor der Geburt als auch während der Pubertät beeinträchtigt. Personen mit Androgenresistenz reagieren nicht auf Androgene, männliche Sexualhormone. Über die zugrunde liegende Genetik weiß ich nur wenig.«

Ich bedauerte es, kaum dass ich es gesagt hatte. Ich wollte keinen Vortrag. Wollte nur eine einzige Sache bestätigt haben.

»Die Androgenresistenz wird verursacht durch Mutationen im AR-Gen, das Proteine codiert, die man Androgenrezeptoren nennt. Androgenrezeptoren erlauben den Zellen, auf Hormone zu reagieren, die die männliche Geschlechtsentwicklung steuern.«

»Testosteron.« Auch wenn ich nicht wollte, musste ich den Vortrag doch über mich ergehen lassen. Ich wollte ihn nur ein bisschen beschleunigen.

»Und andere. Androgene und ihre Rezeptoren arbeiten in Männern wie in Frauen. Mutationen im AR-Gen verhindern, dass die Androgenrezeptoren richtig funktionieren. Abhängig vom Grad der Unempfindlichkeit des Körpers variiert die Geschlechtscharakteristik der betroffenen Person von vorwiegend weiblich bis vorwiegend männlich.«

Ich klopfte ungeduldig mit den Fingernägeln auf die Tischplatte, wollte unbedingt zu dem kommen, was ich brauchte.

»Patienten mit Androgenresistenz zeigen unterschiedliche Schweregrade. Die komplette Androgenresistenz, auch CAIS genannt, ist die völlige Unfähigkeit des Körpers, Androgene aufzunehmen. CAIS-Betroffene haben äußerlich die Geschlechtsmerkmale einer Frau, aber eine abnorm flache Vagina und nur spärliche oder keine Scham- und Achselbehaarung. Den Betroffenen fehlen die Gebärmutter und die Eierstöcke, dafür haben sie im Unterbauch nicht herabgestiegene Hoden.«

»Sie können nicht menstruieren oder schwanger werden.«

»Korrekt. Eine mildere Form der Erkrankung, die partielle Androgenresistenz oder PAIS, entsteht dann, wenn das Körpergewebe nur zum Teil auf die Auswirkungen des Androgens reagiert. Personen mit PAIS, das auch das Reifenstein-Syndrom genannt wird, haben normale männliche oder weibliche Gestalt, vermännlichte Genitalien oder einen Mikropenis, Leistenhoden und spärliche bis normale Körperbehaarung.«

»Sowohl bei CAIS wie bei PAIS ist der Karyotyp 46XY?« Jetzt kam ich direkt zum Punkt.

»Ja. Diese Patienten sind zwar äußerlich weiblich, doch genetisch sind sie männlich.«

»Und Tawny McGee?«

»Tawny hat die komplette Androgenresistenz.«

»Was heißt, dass sie in jeder Zelle ihres Körpers ein X- und ein Y-Chromosom hat.«

»Ja.«

Meine Finger erstarrten.

»Wer hat bei Tawny die genetische Untersuchung durchgeführt?«

»Ein Kollege, der auf solche Störungen spezialisiert ist.«

»Wurde ihre DNS sequenziert? Wurden biologische Proben genommen?«

»Um Zugriff zu Material in seinem Besitz zu bekommen, brauchen Sie einen Gerichtsbeschluss.«

»Natürlich. Darf ich den Namen des Arztes erfahren?«

Sie nannte ihn mir. Ich notierte ihn.

»Noch eine allerletzte Frage. Wie waren Tawnys Gefühle Anique Pomerleau gegenüber?«

»Müssen Sie das wirklich fragen?« Ich hörte etwas Hartes und Trauriges in ihrer Stimme.

»Vielen Dank, Dr. Lindahl. Sie haben mir wirklich enorm weitergeholfen.«

»Ich kann Ihnen Literatur über CAIS schicken, wenn Sie wollen.«

»Vielen Dank.«

Ein kurzes Stocken des Atems. Dann:

»Geht es ihr gut?«

Ich ließ mir mit der Antwort einen Augenblick Zeit.

»Ich weiß es nicht«, sagte ich leise.

Nachdem ich die Verbindung unterbrochen hatte, drückte ich einen anderen Knopf.

»Ja.« Slidell war irgendwo, wo viel Trubel herrschte.

»Der Mörder könnte McGee sein.«

»Die Spucke sagt, das geht nicht.«

»Sie hat eine Krankheit, die ihren Körper weiblich macht, obwohl ihre Gene männlich sind.« Gerade so komplex, dass Slidell es verstand.

Oder vielleicht immer noch zu komplex. Jedenfalls schwieg er erst einmal.

»O Mann, Doc. Wenn Sie über Knochen reden, stimmt immer, was Sie sagen. Aber das jetzt. Also ich weiß nicht.«

»Was meinen Sie?« Hatte Slidell mir eben ein Kompliment gemacht?

»Knochen lügen nie. Aber das jetzt. Das ist doch total verquer.«

»Sehen sie es so: McGee kennt die Daten der Entführungen in Montreal. Sie hasst Pomerleau, und doch war sie bei ihr auf der Corneau-Farm. Sie ist groß und entspricht der Beschreibung des Holzlieferanten.«

»Warum Kinder als Opfer?«

»Ach du meine Güte. Vergessen Sie bitte die Psychologie und finden Sie sie!«

»Sie hatten schon mal mit McGee zu tun. Irgendwelche Ideen, welche Namen sie benutzen könnte?«

Ich wollte schon Nein sagen. Hielt dann aber inne.

»Pomerleau nannte sich selbst Q. Und McGee nannte sie D.«

»Warum?«

»Weil sie verrückt war!« Viel zu scharf. »Q stand für *Queen.* Wie in *Queen of Hearts,* die Königin der Herzen. Warum D, weiß ich nicht mehr.«

Ich hörte eine Roboterstimme einen Arzt ausrufen.

»Sind Sie im Mercy?«

»Will noch mal an Yoder ran.«

»Vergessen Sie Yoder. Suchen Sie McGee.«

Slidell machte ein unverbindliches Kehlengeräusch.

»Ich meine es ernst. Finden Sie sie.«

»Wahrscheinlich ein Deckname. Keine bekannte Adresse. Keine Kreditkarteneinkäufe, die man überprüfen könnte. Kein Handy, kein Festnetzanschluss. Keine Mautkarte. Keine Sozialversicherungs- oder Steuerzahlungen. Absolut nichts auf Papier oder im Netz. Sie könnte die verdammte Alice im verdammten Kaninchenbau sein.«

»Sie sind Detective. Jemanden aufzuspüren gehört zur Jobbeschreibung.«

Ich legte auf und drückte einen anderen Kurzwahlknopf.

»Ryan.«

Ich sagte ihm, was ich von Slidell erfahren hatte. Von Lindahl. Erläuterte ihm meine Theorie über McGee.

»CAIS passt zur männlichen DNS?«

»Ja. Und der Arzt, der Tawny untersucht hat, hat ihre DNS im Archiv.« Ich nannte ihm den Namen.

»Ich kümmere mich um einen Gerichtsbeschluss.«

»Irgendwelche Fortschritte beim Nummernschild?«

»Noch nicht.«

»Sag Bescheid, wenn sich irgendwas ergibt.«

Stunden vergingen.

Ich bezahlte Rechnungen. Räumte Weihnachtsbaum und -schmuck weg. Schloss noch einen verdammten Bericht ab. Kontrollierte immer wieder beide Telefone. Natürlich funktionierten sie.

Ich rief Larabee an. Mama. Harry.

Birdie verbrachte den Tag schlafend oder mit seiner rot karierten Maus.

Ich konnte nicht stillsitzen. Mich nicht konzentrieren. Als ich aufstand, um mich zu bewegen, wusste ich nicht, was ich mit Armen und Beinen tun sollte. Wohin ich den Blick richten sollte.

Alle paar Minuten sah ich auf die Uhr.

Und das Zwacken war wieder da. Das komische Gefühl, dass ich etwas übersehen hatte. Dass mein Unterbewusstsein etwas wusste, was mein Bewusstsein noch nicht empfing.

Ich nahm mir die Akten noch einmal vor. Die verdammten, unergiebigen Akten. Irgendwo in diesem Blätterwald lauerte doch sicher eine Antwort. Ein Beweis, dass ich recht hatte. Oder unrecht.

Um vier ging ich in die Küche und holte mir Oreos und Milch. Trostnahrung. Als mein Blick aufs Telefon fiel, meldete sich das schlechte Gewissen in Bezug auf Mary Louise wieder.

Warum nicht?

Ich warf eine Jacke und einen Schal über, steckte mein Handy ein und ging nach draußen.

Dunkle Kobaltwolken huschten über den Himmel. Der Wind war warm, aber schlaff und schwer von Feuchtigkeit. Regen war unterwegs.

Mary Louise wohnte ganz in der Nähe, nur einen Block die Queens hoch. Ihre Mutter kam in einem zimtfarbenen Hausanzug an die Tür, der aussah wie Kaschmir. Sie hatte braune Haare, die sie oben am Kopf mit einem Clip aus Silber und Türkis zusammengefasst hatte.

Ich stellte mich vor. Sie sich ebenfalls.

Im Vergleich zu Yvonne Marcus könnte ein Orca sich klein fühlen. Aber kein anderes Lebewesen. Ich schätzte ihr Gewicht auf knapp einhundertfünfzig Kilo. Und doch war sie sehr schön, mit bernsteinfarbenen Augen und einer Haut, die noch nie eine Pore gesehen hatte.

»Mein Mann und ich danken Ihnen sehr für Ihre Freundlichkeit gegenüber unserer Tochter. Sie ist ganz vernarrt in Ihre Katze.«

»Und Birdie liebt sie.«

Sie spähte an mir vorbei und flötete: »Keiner sieht unter der Veranda nach!«

Anscheinend machte ich eine überraschte Miene.

»Sie denken bestimmt, ich habe den Verstand verloren.« Ein kehliges Kichern. »Das ist aus einer Geschichte, die Mary Louise sehr geliebt hat, als sie noch klein war. Sie versteckt sich, ich rufe sie, sie taucht plötzlich auf und läuft zu einem anderen Versteck. Ich weiß, dass sie jetzt schon viel zu groß ist für solche Spielchen.« Wieder das Kichern. »Aber es ist immer noch unser kleines Geheimnis.«

»Ich wollte nur fragen, ob Mary Louise Lust hat, mit mir auf ein Joghurteis zu Pinkberry zu gehen.«

»Aber sie ist doch bei Ihnen.«

»Nein.« Ein leichtes Unbehagen. »Ist sie nicht.«

»Sie hat gesagt, sie will Sie nach der Schule besuchen.«

»Sie hat angerufen, aber ich hatte heute keine Zeit.«

»Denken Sie sich nichts.« Ein herzliches Lächeln, aber mit einer gewissen Unsicherheit. »Sie wird schon wieder auftauchen.«

»Sind Sie sicher?«

Sie zuckte die Achseln, als wollte sie sagen: »Meine Kleine – was für ein Schlingel.«

Als ich die Stufen wieder hinunterging, zog ich mein iPhone aus der Tasche. Keine Anrufe. Keine Mails.

Keine Nachrichten auf dem Festnetzanschluss im Annex.

Was soll's.

Um sechs schob ich eine Tiefkühlpizza in den Ofen. Yvonne Marcus rief an, als ich sie herausholte.

»Mary Louise ist immer noch nicht zu Hause, und sie geht nicht an ihr Handy. Ich habe mich gefragt, ob sie vielleicht bei Ihnen aufgetaucht ist?«

»Ich habe sie nicht gesehen. Sie haben keine Ahnung, wo sie sein könnte?«

Eine Pause. Eine zu lange.

»Mrs. Marcus?«

»Mary Louise und ich hatten heute Morgen eine kleine Auseinandersetzung. Eigentlich völlig banal. Sie wollte sich so eine lächerliche Hochsteckfrisur machen, und ich hab darauf bestanden, dass sie sich Zöpfe flicht, so wie immer.« Das Kichern klang jetzt weniger aufrichtig als vorher. »Vielleicht will ich einfach nicht, dass mein kleines Mädchen erwachsen wird.«

»Hat sie das schon mal gemacht?« Ich sah aus dem Fenster. Draußen war es inzwischen komplett dunkel.

»Der kleine Racker kann *ziemlich* nachtragend sein.«

»Ich schaue mich sehr gerne in Sharon Hall um.«

»Wenn es Ihnen nicht zu viele Umstände macht. Sie geht oft dort hin und füttert die Vögel.«

»Kein Problem.« Um ehrlich zu sein, war ich froh über die Ablenkung.

Ein Pizzastück mit Salami und Käse, dann machte ich mich auf den Weg. Ich ging das gesamte Gelände ab und rief immer wieder ihren Namen, aber von Mary Louise war nirgendwo etwas zu sehen.

Ich rief bei den Marcus an. Yvonne dankte mir und entschuldigte sich noch einmal. Versicherte mir, dass ich mir keine Sorgen machen müsse.

Ich kehrte zurück zu stummen Telefonen und häuslicher Stille. Zu den unnachgiebigen Dossiers.

Zum subtilen Necken meines Unterbewusstseins.

Vergiss die Akten.

Ich streckte mich auf der Couch im Arbeitszimmer aus. Legte die Beine übereinander. Schloss die Augen. Leerte meinen Kopf.

Was war passiert? Was war gesagt worden? Was hatte ich gelesen? Gesehen? Getan?

Ich ließ mir Fakten und Bilder durchs Hirn sickern. Namen, Orte, Daten.

Die Akten, die Tafeln im Konferenzsaal, Gower, Nance, Estrada, Koseluk, Leal.

Die alten Fälle in Montreal. Bastien. Violette. McGee.

Doch sosehr ich mich auch bemühte, die Skalennadel meines Unterbewusstseins rührte sich nicht.

Das Gespräch mit den Violettes. Mit Sabine Pomerleau. Mit Tawny McGees Eltern, Bernadette und Jake Kezerian.

Ein kleiner Ausschlag.

Das Foto. Die Erkenntnis, dass McGee CAIS hat.

Das Gespräch mit Lindahl.

Ausschlag.

McGee war unsere Täterin. Auch wenn das ein vernichtender Gedanke war, wusste ich es doch in meinem Herzen.

Wo war sie? Wer war sie?

Ich dachte an die Befragungen mit Slidell.

Hamet Ajax.

Ellis Yoder.

Meine höheren Zentren ertasteten etwas in den unergründlichen Tiefen.

Was?

Alice Hamilton.

Die Nadel schlug kräftiger aus.

Na komm. Komm schon.

Eine schäbige Wohnung an der North Dotger.

Die Nadel hob sich und fiel wieder, als es mir entwischte.

Scheiße. Scheiße. Scheiße.

Wie aus dem Nichts eine Bemerkung von Slidell. Alice im Kaninchenbau.

Ein Name auf einer Zeitschrift. Alice Hamilton.

Ein Name in einem Tagebuch in einem Keller. Alice Kimberly Hamilton.

Die Nadel schoss hoch und schnellte in den roten Bereich.

40

Der immer gleiche Ablauf.

Ich rief Slidell an. Anrufbeantworter. Ich fluchte und hinterließ ihm eine Nachricht, die ihm hoffentlich Feuer unterm Arsch machte.

Ich rief Ryan an. Erzählte ihm meine Geschichte. Bat ihn, im Archiv die Beweisstücke aus dem Haus an der de Sébastopol zu überprüfen. Um meine Erinnerung zu bestätigen.

Dann wartete ich. War meine Erleuchtung Folge der Frustration? Der Kraft der Suggestion? Ein grundloser Gedankensprung, ausgelöst von einer Witzelei über einen Kaninchenbau?

Nein. Ich war mir sicher.

Als das Handy endlich klingelte, zuckte ich zusammen.

»Wo zum Teufel sind Sie?«, bellte ich.

Längeres Schweigen.

»In meinem Streifenwagen.« Tief und heiser.

Mein erregtes Hirn brauchte einige Augenblicke. Dann: Hen Hull. Die Ermittlerin im Estrada-Fall.

»Tut mir leid. Ich habe jemand anders erwartet.«

»Ich beneide den Kerl nicht.«

Ich war zu aufgeregt, um mir eine witzige Erwiderung auszudenken.

»Es war zwar eine ziemliche Arbeit, aber jetzt habe ich Maria Estrada endlich gefunden«, sagte Hull. »Tias Mutter. Sie ist in Juarez und hat kein Telefon. Aber es gibt da einen Cousin, der etwas außerhalb von Charlotte lebt, in Rock Hill. Ich habe gerade etwas freie Zeit, deshalb fahre ich jetzt dahin.«

»Das ist sehr edelmütig.«

»Die Kleine wurde die ganze Zeit wie der letzte Dreck behandelt. Die Familie hat es verdient, die Geschichte aus erster Hand zu erfahren.«

»Vielleicht sollten Sie damit noch etwas warten.«

»Warten.«

»Wir glauben, es war gar nicht Ajax.«

»Sie *glauben?*«

»Ajax war es nicht. Und er hat sich nicht umgebracht.«

Ich lieferte ihr eine gekürzte Version der Ereignisse. Spürte aus Wadesboro eine Kaltfront in meine Richtung kommen.

»Ajax' Toxikologieergebnisse sind erst gestern auf Larabees Schreibtisch gelandet.« Als Rechtfertigung, dass man sie nicht informiert hatte. »Und mit McGees Therapeutin habe ich erst heute gesprochen.«

»Aha.«

»Ich hätte Sie besser informieren sollen.«

»Ja.« Eine Pause. »Glauben Sie wirklich, dass McGee dazu in der Lage ist?«

»Die Therapeutin hat es nicht wortwörtlich so gesagt, aber sie hat angedeutet, dass Tawny wirklich sehr gestört ist.«

Wie bei Slidell gingen auch Hulls Gedanken sofort in Richtung Absicht. Weil ein Mord eine Absicht verlangt. Im Gegensatz zu Raub oder Betrug ist bei Mord das Motiv oft unklar.

»Warum morden?«

»Ich weiß es nicht.«

Eine kurze Pause, bevor Hull wieder etwas sagte.

»Vielleicht kriegt sie ihren Kick, indem sie Pomerleau immer und immer wieder umbringt.«

»Wenn das ihre Fantasie ist, warum sucht sie sich dann junge Mädchen aus?« Ein schneller Blick auf meine Uhr. Seit meinem letzten Blick waren zehn Minuten vergangen.

»Oder vielleicht tötet sie sich symbolisch selbst. Es geht um Schuldgefühle. Sie hat überlebt, während Pomerleaus andere Opfer sterben mussten.«

Obwohl diese Frage auch mich gequält hatte, verspürte ich im Augenblick keine Lust, Freud zu spielen. Ich wollte eine Bestätigung. Und dann Taten.

»Vielleicht —«

Ein Piepen kündigte einen eingehenden Anruf an.

»Bleiben Sie kurz dran.«

Ohne auf ihre Einwilligung zu warten, schaltete ich um.

Es war weder Ryan noch Slidell.

Alle vorgeschützte Ruhe war jetzt verschwunden.

»Mary Louise ist nicht nach Hause gekommen. Es ist jetzt fast acht. Irgendwas stimmt da nicht. O mein Gott. Man sieht so was ja in den Nachrichten, aber – o Gott!« Yvonne Marcus war verzweifelt. »Ich habe schon jeden angerufen, der mir einfiel. Ihre Lehrer. Ihre Freundinnen. Seit Schulende um drei hat sie niemand mehr gesehen. Mein Mann ist unterwegs und sucht sie, aber –«

»Mrs. Marcus –«

»Was soll ich tun? Soll ich die Polizei rufen?«

»Fährt Mary Louise mit dem Bus?«

»Nein, nein. Sie geht auf die Meyers Park Traditional. Das ist nicht weit, deshalb darf sie zu Fuß gehen.«

Direkt an Sharon Hall vorbei.

Ich spürte, wie sich mir die Nackenhaare aufstellten. Und meine Hand den Hörer zu fest umklammerte.

»Ich bin mir sicher, es geht ihr gut.« Beherrscht. »Aber nur um sicherzugehen, rufen Sie 911 an. Und ich hänge mich auch ans Telefon.«

»O mein Gott!«

»Es kommt alles wieder in Ordnung.«

»Ich sollte rausgehen und –«

»Nein. Bleiben Sie zu Hause. Damit Sie da sind, wenn Mary Louise zurückkommt.«

Als ich wieder zu Hull umschaltete, spuckten meine Neuronen ein grausiges Potpourri von Bildern aus.

Ein schlaksiges Mädchen, das Mode und Hüte liebte.

Bewegungen im Schatten einer riesigen Magnolie.

Ein Foto von mir, wie ich einen Schädel vermaß.

Warum war ich nicht ans Telefon gegangen? Warum hatte ich das Mädchen nicht zurückgerufen? Wie hatte ich nur so egoistisch sein können?

»Es kann sein, dass McGee heute wieder ein Mädchen verschleppt hat.«

»Meinen Sie das ernst?«

»Mary Louise Marcus hat vor vier Stunden zu Fuß ihre Schule verlassen. Und ist immer noch nicht nach Hause gekommen.«

»Hat die Kleine irgendwelche Probleme?«

»Nein.«

»Keine Ausreißerin?«

»Nein.«

»Passt sie ins Profil?«

»Ja.« Vierzehn. Blond. Lange Haare mit Mittelscheitel und Zöpfen.

Ich hörte Hull geräuschvoll und tief einatmen. Dann: »Wenn es McGee ist, glauben Sie dann, dass sie uns verhöhnen will? Dass sie der Polizei die Zunge rausstreckt?«

»Ich glaube, dieses Mal ist es persönlich.«

Ich schluckte.

»Und ich glaube, ich weiß, wo sie ist.«

Es nieselte leicht. Meine Scheibenwischer liefen auf höchster Stufe. Nicht wegen des Regens. Sondern damit ihr Hin und Her zum Rhythmus meines Herzschlags passte.

Ich rief Slidell an. Erreichte den AB.

Vergiss Slidell.

Ich rief die Metropolitan Police an. Gelangte an einen Kerl namens Zoeller, von dem ich gehört hatte, dass er ein Trottel sei, den ich aber nicht persönlich kannte.

»Ja. Yvonne Marcus. Hat vor zwanzig Minuten angerufen, um ihre Tochter als vermisst zu melden.«

»Und?«

»Wer, sagten Sie, sind Sie gleich wieder?«

Ich erklärte es noch einmal.

»Die beiden hatten einen Streit. Die Kleine ist wahrscheinlich im Kino, um ihrer Mutter eine Lehre zu erteilen.«

»Ich glaube, dieses Kind könnte in Gefahr sein.«

»Sind sie das nicht alle?«

»Was haben Sie eben gesagt?«

Ein Seufzen aufgesetzter Geduld. »Das Mädchen ist doch erst seit ein paar Stunden verschwunden. Es gibt Vorschriften. Wenn wir jedem Bauchgefühl nachgehen, das System dadurch missbrauchen, verliert es irgendwann seine Wirkung.«

»Ich habe eine Adresse, und ich will, dass Sie die überprüfen.«

»Klar.« Zoeller hätte gelangweilter klingen können, aber nur nach einer Handvoll Tranquilizer. »Ich bin hier nicht zuständig, aber ich gebe es weiter.«

»Wann können Sie einen Amber-Alarm ausrufen?«

»Wenn eine Entführung bestätigt ist und adäquate Beschreibungen vorliegen.« Auswendig gelernt.

»Und diesen Prozess starten Sie jetzt.« Eisig.

»Hören Sie, eben kam die Meldung, dass wir einen 19-01 mit einem 10-33 haben.«

Ein Hausfriedensbruch mit einem verletzten Beamten.

Scheiße. Nun würde ich ihn nie dazu bringen, mir bei der Suche nach Mary Louise zu helfen.

»Ich rufe Sie wieder an.«

»Ich freue mich schon darauf.« Zoeller legte auf.

Ich versuchte es bei Barrow.

Salter.

War die ganze verdammte Welt auf Tauchstation gegangen?

Während ich über die Queens raste, schwirrte mir der Kopf, weil ich nach harmlosen Erklärungen für Mary Louises Nichtauftauchen suchte. Ich fand Dutzende. Alle Unsinn.

Ich fuhr weiter über die Providence, bog rechts in die Laurel ein und dann über die Randolph.

An der Vail saß ich wie gelähmt da, die Handflächen feucht auf dem Lenkrad. Links oder rechts? Wohin würde sie fahren?

Hinter mir hupte jemand.

Auch wenn er ein Trottel war, hatte Zoeller in einer Sache allerdings recht. Ein falscher Hinweis konnte wesentliche Ressourcen und wichtiges Personal in eine Sackgasse führen.

Wieder die Hupe. Länger. Weniger höflich.

Entscheidung.

Ich bog links ab, fuhr nach Norden, umkreiste den Block und bog dann in die Einfahrt zur Notaufnahme des Mercy ein.

Vier Streifenwagen standen unter dem Vordach, schief und mit den Nasen aneinander wie junge Hunde am Fressnapf. Irgendwas stimmte da nicht. Was? Das achtlose Parken? Nein. Der angeschossene Beamte, den Zoeller erwähnt hatte. Natürlich waren die Fahrzeuge hastig verlassen worden.

Ein Krankenwagen stand mit geöffneten Fondtüren am Eingang. Zwei zivile Limousinen. Transporter von jedem Fernsehsender in der Stadt.

Beamter verletzt? Tot? Die Geschichte wäre um elf auf allen Kanälen und in riesigen Schlagzeilen in jeder Morgenzeitung. Aber zuvor würde sie schon durch den Cyberspace geistern und jeden Redakteur alarmieren, der noch nichts davon gehört hatte. Die Medien würden die ganze Nacht schäumen.

Das CMPD würde sich darauf konzentrieren, einen der ihren zu rächen.

Kein Mensch würde sich einen Dreck um mein »Bauchgefühl« scheren.

Ich sah mich um. Slidells Taurus war nirgends zu sehen.

Ich war auf mich allein gestellt.

Ich schaltete auf Parken und stellte den Motor ab. Rannte den Gehweg hoch und durch die Tür, und mein Puls raste schneller als meine Füße.

Ich erwartete Chaos. Sanitäter, die Vitalfunktionen riefen. Ärzte, die Befehle bellten. Schwestern, die Geräte oder Medikamente beschafften.

Auf den Stühlen im Warteraum saßen die üblichen Hilfesuchenden. Die Bluter, die Huster, die Junkies, die Betrunkenen.

Uniformierte Beamte standen in kleinen Gruppen zusammen. Männer in dunklen Sakkos und gelockerten Krawatten, die ich für Detectives hielt. Ich kannte keinen.

Ein paar Blicke folgten mir, als ich, voller Sorge und verkrampft vor Zorn, zum Empfang eilte. Ich sprach mit niemandem. Störte sie nicht bei ihrer Pflichterfüllung.

Als ich meine Frage stellte, blickte die Frau auf. Vielleicht überrascht. Vielleicht verärgert. Ich konnte es nicht sagen. Sie trug eine Brille, die ihr halbes Gesicht bedeckte. Auf ihrem Namensschild stand *T. Santos*.

Obwohl ich wusste, dass ich keine Rechtsbefugnis hatte, zeigte ich meinem MCME-Sicherheitsausweis. Schnell.

Santos sah kurz das Foto und mein Gesicht an. Sie wollte eben etwas sagen, als ein Mann, der nach Schweiß und Schnaps stank, herangeschlurft kam.

»Mr. Harker, Sie müssen warten, bis Sie dran sind.«

Harker hustete in ein Taschentuch, das fleckig und feucht war vor Schleim.

Santos dirigierte Harker wieder in den Warteraum. Sah mich an und deutete mit dem Daumen über die Schulter.

Mit rasenden Gedanken und suchendem Blick lief ich in die angezeigte Richtung. Voller Hoffnung. Und Angst. Konnte Mary Louise tatsächlich hier sein? Wo Alice Hamilton sich ihre Opfer suchte? Draußen auf dem Rücksitz eines Autos? Im Kofferraum?

Bitte, Gott. Nein.

Mein Fleisch spannte sich straff um meine Knochen. Um meine Lunge.

Wie draußen war es auch im Behandlungsbereich relativ ruhig. An einer Wand saß ein Patient in einem Rollstuhl. Ein Pflegehelfer schob eine Trage vorbei, die Gummiräder summten über die Fliesen. Irgendwo klingelte ein Telefon.

Personal eilte mit Röntgenaufnahmen und Tabletts mit Probenröhren vorbei, mit seitlich am Hals hängenden Stethoskopen. Alle in Krankenhauskluft. Alle effizient. Und keiner achtete auf mich.

Die einzige Krise passierte vor einer mit Vorhängen verhängten Kabine, die dritte in der rechten Reihe identischer Kabinen. Ein Uniformierter des CMPD stand davor Wache. Durch das weiße Polyester drangen Geräusche: angespannte Stimmen, das Klappern von Metall, das rhythmische Piepsen einer Maschine.

Ich hatte Mitleid mit der Person hinter der Abtrennung. Ein Mann oder eine Frau, niedergeschossen, während er oder sie einer Frau oder Freundin in Not, vielleicht ihren Kindern, helfen wollte. Ich sprach ein stummes Gebet.

Aber ich musste Mary Louises Entführerin finden. Oder eindeutig feststellen, dass ich mich irrte.

Ich kam mir vor wie ein Eindringling, als ich anfing, die Vorhänge ein wenig aufzuschieben. Ich suchte nach einem Gesicht.

Hinter dem ersten Vorhang lag ein Kind in einem Spiderman-Kostüm, die Stirn genäht und blutig. Eine Frau mit mascaraverschmierten Wangen hielt seine Hand.

Hinter dem zweiten atmete ein Mann mit nackter Brust Sauerstoff durch eine transparente Plastikmaske.

Als ich mich der dritten Kabine näherte, hob die Wache die Hand. Hinter ihr erzeugte ein hastig beiseitegeschobener Karren einen Schlitz in der Abdeckung.

Während ich nach links zur anderen Reihe abbog, spähte ich blitzschnell hindurch.

Sah Gerätschaften. Blutige Kleidung. Ärzte und Schwestern mit Masken vor dem Gesicht.

Den Patienten auf der Trage, das Gesicht grau, die Lider geschlossen und durchscheinend blau.

Ich erstarrte.

41

Wie gelähmt stand ich da. Starrte Beau Tinker an.

Das Gesicht wie eine Totenmaske. Das blutdurchtränkte Hemd.

Plötzlich ergaben die Einsatzwagen einen Sinn. Die blauweißen Streifenwagen, klar. Aber die zivilen vom SBI, nicht von CMPD.

Einen Augenblick lang sah ich nichts als ein schreckliches Weiß. Darauf, in fetten schwarzen Buchstaben, ein Name.

Ich sehe diesen Wichser in der Hölle, bevor ich ihn wieder dazuhole.

Ich machte einen Schritt auf die Wache zu. Er spreizte die Füße und schüttelte den Kopf. Bleiben Sie zurück.

Hinter dem geteilten Vorhang riss ein Arzt den Kopf hoch. Durch seine Maske kamen gedämpfte Worte.

»Halten Sie die Leute fern.«

Ich spürte ein Summen im Schädel. Stützte eine Hand an die Wand, um nicht zu taumeln.

War das der Grund, warum Slidell auf meine Anrufe nicht reagierte? Wo steckte er? Was hatte er getan?

Sekunden verstrichen.

Eine Motte streifte meine Haare. Flog eine Schleife.

Ich wirbelte herum.

Hinter mir stand Ellis Yoder. Teigig und sommersprossig. Wie eine von meiner Angst erzeugte grässliche Erscheinung.

Dicht. Zu dicht.

Ich schlug Yoders Hand von meiner Schulter.

»Der Patient mit der Schussverletzung ist da drin.« Ich deutete mit dem Kopf auf Tinker. »Was ist passiert?«

»Sie arbeiten doch mit diesem durchgeknallten Detective.«

»Was ist mit diesem Mann passiert?«

»Sagen Sie dem Wichser, er soll sich zurückhalten.«

»Dieser Patient ist ein Agent des SBI. Warum wurde auf ihn geschossen?«

Yoder starrte mich nur an.

Eine Zehntelsekunde verstrich. Eine Hundertstel.

Ich packte Yoder fest am Arm. »Ich weiß doch, dass Sie ein Schnüffler sind.« Ich packte das schwabbelige Fleisch wie ein Schraubstock. »Was erzählt man sich, Tratschmaul?«

»Ihr Leute seid doch alle durchgeknallt.« Yoder versuchte, sich umzudrehen. Ich riss ihn zurück.

»Warum. Wurde. Auf. Ihn. Geschossen?«, zischte ich.

»Sie tun mir weh.«

»Dann rufen Sie eine Krankenschwester.« Ich drückte noch fester zu.

»Ich habe nur gehört, dass es ein anderer Polizist war.«

Mein Mund wurde trocken. Ich schluckte.

Wieder verstrichen einige Sekunden.

Vergiss Slidell. Mary Louise braucht dich.

Mit meiner freien Hand zog ich das Foto von Tawny McGee aus der Tasche und hielt es hoch.

»Zeigen Sie sie mir.«

Yoder warf einen flüchtigen Blick auf das Foto. »Sie ist nicht da.«

O Gott, ich habe recht.

»Santos am Empfang sagt was anderes.«

»Santos hat keine Ahnung, was hier hinten los ist.«

»Sind Sie sicher?« Ich hielt den Ausdruck so fest, dass das Papier knitterte.

»Ich hab's Ihnen gesagt.« Weinerlich.

Meine Nägel gruben sich tief in den schwammigen Bizeps. »Ich bin sicher.«

In der Stille des Autos konnte ich meinen Atem hören. Das Blut, das in den Ohren pulsierte.

Einen Augenblick saß ich da und studierte die Szene. Der mit Moos überzogene Backstein. Die rostigen Geländer und Vordächer. Die kümmerlichen Betonplatten.

Nichts bewegte sich außer dem Regen. Er fiel jetzt stärker, trommelte einen Wirbel auf Motorhaube und Dach.

Ich stieg aus und rannte unter die hoch aufragenden Bäume. Stieß die Tür zur Lobby auf.

Auf den Fliesen lag kein einziges Magazin.

Bei ihr klingeln? Bei einem Nachbarn? Denk nach!

Keine Zeit.

Ich lief wieder nach draußen und über den feuchten Rasen. Schwang ein Bein über das Geländer und stemmte mich auf die Terrasse. Kauerte mich hin und drückte mein Gesicht an das trübe Glas.

Licht drang aus einem Flur im hinteren Teil der Wohnung, so schwach, dass es das Dunkel kaum durchdringen konnte. Ich sah die Umrisse eines Sofas, eines Sessels und eines Fernsehers ins dichte Dämmerlicht ragen.

Ich griff nach oben und probierte die Tür. Zu meiner Überraschung ging das Schloss auf, und die Tür ruckelte ein paar Zentimeter über die Führungsschiene. Das Geräusch war wie Donner, der die Stille zerriss.

Ich erstarrte.

Auf der Straße hinter mir zischten feucht Reifen. Ein Hund bellte. Sein Besitzer pfiff, und das Tier verstummte.

Aus der Wohnung drang ein Ozean der Stille.

War Mary Louise da drin? Meine Verdächtige? Gehörte zu ihrem verdrehten Ritual irgendein Vorspiel, das uns Zeit schenkte? Wie lange würde es dauern? War das Kind bereits tot?

Auf Hull warten? Ich hatte ihr die Adresse gegeben, aber sie war noch nicht da.

Tu was!

Ich drückte mit beiden Händen und schob die Tür einen Spalt weiter auf. Wartete, alle Sinne angespannt, um auch die kleinste Nuance mitzubekommen. Dann huschte ich, noch immer geduckt, nach drinnen.

Wie ein Schutz suchendes Tier kauerte ich mich in eine Ecke. Blinzelte, um meine Augen an die Dunkelheit zu gewöhnen.

Nichts außer dem Summen eines Motors. Das Hämmern meines Herzens.

Ich stand auf und drückte den Rücken an die Wand. Rutschte zur Tür und spähte in den Flur.

Zwei Meter vor mir ein Badezimmer, leer und dunkel. Das Licht kam aus einer Tür zu meiner Linken.

Mein adrenalinsattes Hirn ließ einen rationalen Gedanken aufblitzen. Ich hatte keine Waffe. Keine Möglichkeit, mich zu verteidigen, sollte sie bewaffnet sein.

Mit pochendem Herzen ging ich durchs Wohnzimmer zurück und in die Küche. Ein Fenster über dem Spülbecken warf ein unscharfes, orangenes Quadrat aufs Porzellan. Die Straßenbeleuchtung.

In der ersten Schublade waren Geschirrtücher, in der zweiten ein Durcheinander aus Küchenutensilien. Vorsichtig stöberte ich darin.

Bingo. Ein Gemüsemesser.

So behutsam es ging, zog ich es heraus und legte es auf die Arbeitsfläche.

Dann holte ich vorsichtig mein Handy heraus und versuchte, Hull zu simsen.

Meine Finger weigerten sich, meinem Gehirn zu gehorchen. Sie waren wie taub. Wie gelähmt von der Kälte oder einem Anästhetikum.

Schüttel es ab.

Einatmen.

Ausatmen.

Ich schaffte es, drei Wörter zu tippen. Eine Adresse. Auf Senden zu drücken. Ich steckte das Handy wieder ein.

Dann ging ich, das Messer mit der Klinge nach unten und nach hinten in der Hand, auf Zehenspitzen zurück in den Flur.

Licht drang aus einem seitlichen Spalt am Türstock und unter der Tür hindurch. Gelb, stetig. Eine schwache Glühbirne, keine Kerze.

Ich machte mich so klein, wie ich konnte, und schlich langsam vorwärts.

Zwei Schritte.

Ich blieb stehen, lauschte nach Geräuschen eines anderen Menschen.

Nur das Summen des Kühlschranks und das Prasseln des Regens.

Drei Schritte.

Noch einmal drei.

Ich umklammerte das Messer fester und machte die zwei letzten Schritte. Dann drückte ich direkt neben der Tür den Rücken an die Wand.

Jede Nervenbahn ein glühender Draht, streckte ich den Arm seitlich aus und drückte mit der Handfläche gegen die Tür.

Kein theatralisches Hitchcock-Quietschen. Nur eine geräuschlose Bewegung der Tür in den Angeln. Und wie in Zeitlupe wurde das Zimmer sichtbar.

Ich musterte die Einrichtung.

Ein Doppelbett, ganz in Pink. Eine Kommode mit einer Princess-Lampe. Ein Schaukelstuhl voller Stofftiere und Puppen. Ein Schreibtisch. Darüber eine Korktafel voller Fotos, Zeitungsausschnitte und Souvenirs.

Es sah aus wie das Zimmer eines Mädchens im Teenageralter.

Mein Blick tastete die Dunkelheit in den Ecken und unter Kommode und Schreibtisch ab. Die Ränder des Bettvolants. Die Tür, von der ich annahm, dass sie in einen Wandschrank führte.

Ich horchte nach Atemgeräuschen. Nach dem sanften Rascheln von Gewebe.

Hörte nichts. Das Zimmer war leer.

Mein Blick wanderte zurück. Jetzt langsamer. Blieb an der Korktafel hängen.

Mein Hirn versuchte, sie heranzuzoomen.

Die Brust wurde mir eng.

Nein!

Ich musste mich irren. Es war eine Täuschung durch das schwache Licht.

Ich schüttelte den Kopf. Als würde das helfen.

Die Schneidezähne in die Unterlippe gedrückt, ging ich zu der Tafel und starrte das Foto an.

Anique Pomerleau starrte mit leeren Augen aus ihrem Fass hoch, die Haare um den Schädel geschlungen wie ein Leichentuch.

Unwillkürlich trat ich einen Schritt zurück. Vielleicht um mich selbst von dem Bösen zu distanzieren, das ich hier spürte. Oder um eine Kontaminierung des Fundorts zu verhindern.

Mitten auf dem Schreibtisch stand ein Kästchen. Alt, mit Schnitzereien verziert, der Griff auf dem Deckel geschwärzt von der Berührung vieler Hände. Oder nur einer Hand.

Vorsichtig, um jeden Kontakt zu vermeiden, schob ich die Messerspitze in die schmale Ritze unter dem Deckel. Hebelte ihn hoch. Dann griff ich blitzschnell unter den Deckel und hob ihn an.

Das Kästchen war voll. Zu voll, um sehen zu können, was tief unten lag. Aber ein Gegenstand jagte mir das Blut in den Kopf.

Zuoberst lag ein Ballettschuh. In Größe und Farbe das perfekte Gegenstück zu dem, den wir in Ajax' Kofferraum gefunden hatten. Lizzie Nances.

Der Schuh lag auf zwei Fotos. Ich in einem Labormantel beim Vermessen eines Schädels. Ich beim Betreten des Annex in Sharon Hall. Mein Zuhause.

Meine Gedanken rasten. Gefühle. Angst. Wut. Vor allem Wut.

Wo war Slidell?

Wo war Hull?

Ich schloss die Augen. Spürte innen an den Lidern Hitze.

Keine Tränen! Ruf Hilfe! Finde Mary Louise!

Mit meinem iPhone schoss ich zwei Fotos. Dann ließ ich alle Vorsicht fahren, rannte in die Küche zurück, legte das Messer kurz auf der Arbeitsfläche ab, riss mir die Jacke herunter und wickelte sie mir um die Hand. Ich atmete einmal tief durch und öffnete das Gefrierfach.

Eis am Stiel. Fischstäbchen. Bagels. Lasagne.

Ziploc-Beutel mit Haaren und Fleisch. Röhrchen mit blutrotem Eis.

Mein Magen machte etwas Akrobatisches. Ein bitterer Geschmack stieg mir in den Mund.

Ich drehte mich um und ging zwei schwankende Schritte.

Stützte mich mit der umwickelten Hand am Spülbecken ab.

Als die Übelkeit verging, hob ich den Blick zum Fenster.

Sah ein vom Regen getrübtes Spiegelbild meines Gesichts.

Hinter dem Glas eine Straßenlaterne, keine eineinhalb Meter entfernt. Stromleitungen durchkreuzten den dunstigen Schein und warfen ein Schattengewebe auf eine Kiesfläche darunter.

Auf einen gestreiften Fischerhut mit einer Quaste obendrauf.

42

Aus dem Schock wurde eine Mordlust, die ich mir selbst gar nicht zugetraut hätte. Ein wilder Hass, den ich so noch nie erlebt hatte.

Ich wollte die Schlampe.

Und ich wusste, wo ich sie finden würde.

Das Foto in dem Kästchen.

War es ein Fehler? Oder die flehentliche Bitte, den Wahnsinn zu beenden? Vielleicht ein Köder, um mich in eine tödliche Falle zu locken?

Es war mir egal. Ich wusste, sie war unterwegs, um mich zu finden. Ich schickte Hull noch eine SMS.

Minuten nachdem ich die Wohnung an der Dotger verlassen hatte, bog ich in eine schmale Straße ein, die hinter Sharon Hall vorbeiführte. Um zehn Uhr abends war der Block still wie ein Grab.

Ich stellte den Motor ab und sprang aus meinem Wagen. Regen stach mir ins Gesicht, als ich eine Einfahrt hochrannte, dann durch einen Hinterhof und in den Park.

An der Stelle, wo ich mich durch die Hecke zwängte, standen die Stadthäuser aus Backstein in Dreierreihen. Sie bildeten zwei Seiten eines Quadrats. Die Betonfläche in der Mitte war als Parkplatz gedacht.

Ich blieb stehen, um Atem zu holen und mich schnell umzuschauen.

Fünf Fahrzeuge. Darunter ein 2001er Chevy Impala. Hellbraun.

Sie war da!

Aber wo?

Das Haupthaus lag zu meiner Linken. Direkt vor mir, hinter seinen beiden Flügeln und dem hinteren Garten, war die Remise. Daneben der Annex.

Würde sie es wagen, ihre Böswilligkeit direkt auf meine Schwelle zu tragen?

Mein Blick durchsuchte die Schatten zwischen den Bäumen und Sträuchern.

Regen durchnässte mir die Haare, die Jeans. Meine Jacke klebte an meinem T-Shirt wie eine äußere Hautschicht.

Ums Haus herum nach vorn gehen? Den Ziegelpfad an der Rückseite des Anwesens nehmen?

Auf Verstärkung warten? Wie lange?

Da ich befürchtete, die Anwesenheit eines Mannes würde einen vollen psychotischen Schub bei Tawny McGee auslösen, hatte ich nicht 911 angerufen. War es ein Fehler, mich allein auf Hull zu verlassen? Hatte sie meine zweite SMS mit dieser Adresse erhalten? War sie schon da? Durfte sie in diesem County überhaupt in Aktion treten?

Meine Kopfhaut fühlte sich straff und kalt an, meine Haut klamm in meinem T-Shirt. Nicht vom Regen. Vom Adrenalin, das durch jede Zelle zuckte.

Scheiß drauf.

Ich rannte los. Ums Haus herum, den Pfad entlang bis zu einer Virginia-Eiche dem Annex direkt gegenüber.

Auf der Veranda war niemand, auch nicht im seitlichen Garten oder dem Bereich, wo ich meinen Parkplatz hatte. Niemand bei der Remise.

Eine Erinnerung blitzte auf.

Eine Bewegung unter einer riesigen Magnolie.

Mit hämmerndem Herzen lief ich zum vorderen Rasen.

Und sah sie neben dem Baum, mit der Begrenzungsmauer aus Backstein im Rücken.

Los!, schrie jede Zelle in meinem Hirnstamm.

Warte!, drängte ein vernünftiger Teil meines Kortex.

Keuchend und schwitzend gestattete ich meinen höheren Zentren zu arbeiten. Meine animalischen Instinkte zu rationalen Gedanken zu verarbeiten.

Die Atmung wurde langsamer. Mein Herz hämmerte nicht mehr so heftig gegen die Rippen. Meine geweiteten Pupillen nahmen jedes Detail auf.

Sie hatte mir den Rücken zugedreht, deshalb konnte ich

ihr Gesicht nicht sehen. Doch ich erkannte, dass sie groß und breitschultrig war. Langer Hals. Schlanke Beine. Hohe Stiefel.

Sie hielt einen Gegenstand in der Hand. Ein größerer lag vor ihren Füßen.

Der Turm aus Blättern über ihr und um sie herum glänzte feucht wie schwarzes Eis. Hier und dort sah die matte Unterseite dunkel opak aus.

Ein tiefer Atemzug. Ich lief von einem Baum zum anderen, bewegte mich geräuschlos über den nassen Rasen. Sehr darauf bedacht, das Überraschungsmoment nicht zu verlieren.

Als nur noch eine Virginia-Eiche zwischen uns stand, zog ich das Messer aus der Jeanstasche und umklammerte fest den Griff. Checkte meine Hand.

Sie zitterte nicht. Gut.

Während mein Hirn alle Optionen durchging, kauerte sie sich hin und beugte sich über das Ding auf der Erde.

Kopfbewegungen deuteten auf Sprechen hin, aber kein Wort drang bis zu mir.

Das Ding auf der Erde veränderte den Umriss.

Ihre Hand schnellte vor.

Das Ding wand und rundete sich wie ein Keimling in Zeitraffer.

Setzte sich auf.

Weißglühende Wut sirrte in meinem Kopf wie ein Wespenschwarm.

Ich ließ alle Vorsicht fahren und ging auf sie zu.

»Alice.« Laut. »Oder sollte ich Kim sagen?«

Beide Köpfe drehten sich beim Klang meiner Stimme. Einer schnell, einer langsam, wie benommen. Oder betäubt. Zwei blasse Ovale schauten aus der Dunkelheit in meine Richtung.

»Was war es, Tawny?« Vom Adrenalin getrieben, näherte

ich mich ihr. »Hast du sie umgebracht, um ihren Namen zu stehlen?«

Tawny McGee richtete sich zu ihrer vollen Größe auf und betrachtete mich stumm.

»Oder hat dir einfach nur der Klang gefallen? Alice Kimberly Hamilton?« Die Ruhe in meiner Stimme überraschte mich.

»Gehen Sie.«

»Keine Chance.«

Ich machte noch einen Schritt. Das Oval auf dem schmalen Hals nahm Details an. Augen. Nase. Mund. Dasselbe Gesicht, das ich in dem Perlmuttrahmen gesehen hatte.

Ihren Gesichtsausdruck konnte ich nicht lesen. Es hätte Überraschung sein können. Oder Angst. Oder Wut. Oder nichts.

»Kims Name stand in einem Tagebuch, das in der de Sébastopol zurückgelassen wurde. Es hat das Feuer überlebt, das Pomerleau gelegt hatte.«

Keine Reaktion.

»War Kim eine Mitgefangene in diesem Keller? Wurde sie von Pomerleau oder Catts ermordet?«

Nichts als das Prasseln des Regens.

»Oder warst du es? Hast du Kim verschleppt und getötet?«

»Ich würde Kim nie etwas tun.«

»Wo ist sie?«

»Ich habe sie geliebt.« Eine Aussage über ein Gefühl, doch ohne jedes Gefühl.

»Wo ist sie?« Kalt.

Vielleicht hätte sie geantwortet. Doch mitten in die Stille hinein wimmerte Mary Louise, ein Geräusch wie das Miauen eines Kätzchens.

»Lass das Kind zu mir.«

406

»Nein.«

»Sofort.« Hart wie Diamant.

»Ich kann nicht.«

»Warum nicht?«

»Ich liebe auch sie.«

»Du kennst sie doch gar nicht.«

»Sie wird nicht erleiden, was wir erlitten haben. Was Kim erlitten hat.«

»Wo ist Kim?«

»Sie ist gestorben.« Ausdruckslos.

»In dem Keller?«

Wieder keine Antwort.

»Hast du Anique Pomerleau getötet?«

»Ich habe sie geliebt.«

»Sie hat dich gequält.«

Ihr Blick blieb fest, sie blinzelte nicht, die Augen wie Wurm-löcher ins Böse. Aber ihr Kinn erschlaffte ein wenig, als sie in Gedanken versank.

Einige Augenblicke vergingen.

Mary Louise, die den Stimmungsumschwung spürte, hob die Knie und stellte die Füße auf den Boden.

McGee legte ihr die Hand auf den Kopf und drückte sie nach unten. »Hör auf. Du machst dich schmutzig.«

»Lass mich gehen.« Halb flehend, halb verächtlich.

»Bald.«

»Ich mag dich nicht. Ich will nach Hause.«

»Runter.« Mit sanftem Druck.

Als Mary Louise sich wieder hinlegte, stieg ein abgehacktes Schluchzen in die Nacht.

Bei dem Geräusch erschrak McGee und schaute auf das Ding in ihrer Hand hinunter. Mein Herz setzte ein paar Schläge aus. Hat sie eine Waffe in der Hand? Eine Pistole?

Ich stellte mir vor, wie meine Klinge in ihr Fleisch drang. Den Knochen durchstach. Die Wabenstruktur des Marks zerstörte. Wie die schwarze Höhlung sich mit Blut füllte. Ich wollte diese Frau nicht erstechen. Aber ich würde es tun. Bei Gott, ich würde es tun.

McGee hatte sich hochgeschaukelt, hielt sich nicht mehr an ihr früheres Muster. Vielleicht aufgrund des Drucks von Slidell. Vielleicht wegen Ajax. Der Auslöser war unwichtig. Tatsache war, dass sie völlig unkontrolliert agierte.

Wenn sie bewaffnet war, würde sie die Person erschießen, die ihr am nächsten stand? Die ihr das Spiel verdarb?

Konnte ich schnell genug reagieren? Sie überwältigen, bevor sie Mary Louise etwas tat?

Der leere Blick. Die körperlose Stimme. Ich befürchtete, dass schon die kleinste Kleinigkeit sie zum Durchdrehen bringen würde.

Besser Zeit schinden. Auf Hull warten.

Außer McGee unternahm etwas.

Außer.

»Du bist eine Heilerin, Tawny. Keine Mörderin.«

»Ich bin ein Monster.«

»Nein. Bist du nicht.«

»Woher wollen Sie das wissen?«

»Ich habe mit Dr. Lindahl gesprochen.«

»Sie ist eine Niete.«

»Ich habe mit deiner Mutter gesprochen.«

»Meine Mutter.« Scharf wie ein Peitschenhieb. »Die Schlampe, die nie nach mir gesucht hat? Die Schlampe, die einfach weggezogen ist und neu angefangen hat?«

»Sie hat dich gesucht.« Ich drängte jedes Gefühl aus meiner Stimme.

»Nicht genug, um mich zu finden.«

»Sie —«

»Keinen Ton mehr über meine Mutter!« Die ersten Anzeichen von Hysterie.

Schneller Themenwechsel.

»Du hast den Mädchen geholfen.« Ich nannte langsam die Namen, ein Mantra, das sie beruhigen sollte. »Lizzie. Tia. Shelly. Du hast sie hübsch gemacht. Du hast dafür gesorgt, dass sie nicht leiden.«

»Niemand sollte leiden.« Kaum ein Flüstern. »Niemand sollte im Dunkeln sterben.«

Sie war wie ein Floß in einer Stromschnelle. Sprunghaft, instabil, völlig außer Kontrolle.

Während ich nach den richtigen Worten suchte, stach mir ein Flackern auf zwei Uhr ins Auge.

Eine Fledermaus oder ein Vogel? Eine Einbildung? Kurz war es da, dann wieder verschwunden.

»Das Mädchen heißt Mary Louise.« Ich versuchte, das Gespräch auf eine persönliche Ebene zu heben.

Keine Reaktion.

»Warum hast du Mary Louise hierhergebracht?«

»Für Sie.«

»Ich verstehe nicht.«

»Sie haben mich rausgeholt.«

»Aus dem Keller.«

»Sie haben gesagt, ich bin nicht nur ein Ding in einem Käfig.« McGee sank auf die Knie und drückte sich den Gegenstand an die Brust. Mit der freien Hand strich sie Mary Louise über die Haare. »Sie wird nie ein Ding in einem Käfig sein.«

Ich sah zwei winzige, weiße Halbmonde in den dunklen Höhlen über Mary Louises Nase. Wusste, dass ihre Augen angstgeweitet waren.

Ich packte das Messer fester. Ich würde es tun. Ich würde.

»Wo willst du sie ablegen?« Ich schob einen Fuß geräuschlos über das Gras. Zog den anderen langsam hinterher.

»Hier. In der Sonne.«

»Hier sind Hunde.« Noch ein geräuschloser Schritt.

Keine Reaktion, McGee dachte darüber nach. Oder über ihren nächsten Schritt.

»Du musst einen sicheren Ort finden«, sagte ich.

»Wo?« Noch immer streichelte sie das Kind, das sie töten würde.

»Keiner sieht unter der Veranda nach.«

Mary Louise zwinkerte voller Panik. Ich hob den Zeigefinger. Warte.

»Nein«, sagte McGee. »Keine Dunkelheit.«

Der nächste Schritt brachte mich bis auf zwei Meter heran.

»Die Sonne scheint immer durch die Ritzen.«

McGee riss den Kopf herum, meine Nähe hatte sie erschreckt.

»Zurück!« Sie schnellte hoch.

»Lass sie gehen.«

»Nein.«

Jetzt oder nie.

»Keiner sieht unter der Veranda nach!«, kreischte ich.

Drei Dinge passierten.

Ich sprang auf McGee zu.

Mary Louise rollte sich auf dem Boden ab, kroch dann auf allen vieren davon.

Aus dem Schatten der Begrenzungsmauer sprang eine Gestalt.

Hull und ich packten McGee gleichzeitig.

Es dauerte dreißig Sekunden, sie zu überwältigen.

Weitere neunzig, um Mary Louise einzusammeln.

43

Die Erde hatte sich vierzehnmal um die eigene Achse gedreht. Charlotte genoss einen dieser Glücksfälle mitten im Winter, die einen dankbar machten, dass man im Süden lebt. Der Himmel war eine endlose blau-goldene Kuppel, die Temperatur blieb über zwanzig Grad.

Mary Louise entschied sich für Mango, garniert mit Erdbeeren und Ananasstückchen, Walnüssen, Rosinen und vielen klebrigen Sachen. Es war ein wirklich beeindruckender Becher.

Wir trugen unser Joghurteis zu einem kleinen Eisentisch vor dem Phillips-Place-Pinkberry und sahen zu, wie die Leute nach den Feiertagen die Sonderangebote nutzten oder Geschenke umtauschten. Wir machten ein Spiel daraus zu erraten, was die Leute zurückbrachten. Mary Louise war viel einfallsreicher als ich.

In den vergangenen zwei Wochen hatte die Spurensicherung die Wohnung an der Dotger mehrere Tage lang völlig auf den Kopf gestellt. Der Inhalt des Kühlschranks war das, was ich erwartet hatte. Blut. Schädelschwarte. Speichel auf Wattestäbchen. Der DNS-Test ergab, dass alles von Anique Pomerleau stammte.

In einem unbeschrifteten Fläschchen im Badezimmerschrank fand man Kapseln mit Chloralhydrat. Eine Injektionsspritze. Schüssel und Mörser zum Vermischen des Pulvers mit Wasser.

Plastiksäcke mit Durchziehband wurden in einer Küchenschublade sichergestellt. Die Untersuchung der Säcke, die sich noch im Karton befanden, zeigte, dass sie vom selben Hersteller und aus derselben Charge stammten wie die, die McGee nach Sharon Hall mitgenommen hatte, um Mary Louise zu erdrosseln.

An einem Haken im Schlafzimmerschrank hing ein dunkelroter Wollmantel. Die Untersuchung zeigte, dass die Fasern, die sich in Ajax' hinterer Hecke verfangen hatten, von diesem Mantel stammten.

Neben Lizzie Nances Ballerinas befanden sich in dem Kästchen auf McGees Schreibtisch Zeitungsausschnitte mit Berichten über die Morde an Gower, Nance und Estrada und das Verschwinden von Donovan. Und noch mehr Fotos von mir.

Mary Louise schien unversehrt und mehr als bereit, von ihrer Leidensgeschichte zu berichten. Auf dem Heimweg von der Schule sei sie zum Annex gegangen, um mir ein Bild von Birdie zu bringen, das sie im Unterricht gemalt hatte. Als auf ihr Läuten und Klopfen niemand reagierte, habe sie beschlossen, auf der Veranda zu warten und ein wenig in ihrem Buch zu lesen.

Sie habe sich kaum hingesetzt, als eine Frau aufgetaucht sei, die behauptete, eine Freundin von mir zu sein. Die Frau habe gesagt, ich sei krank geworden und hätte sie gebeten, Mary Louise zu fragen, ob sie auf Birdie aufpassen könne, den sie im Auto habe. Da Mary Louise der Frau traute, die Krankenhauskluft trug und deshalb eine Schwester sein musste, ging sie mit ihr, um den Kater zu holen.

Mary Louise erinnerte sich, mit der Frau Apfelschnitze gegessen zu haben, während sie zum Auto gingen, und danach nur noch an verschwommene Bruchstücke aus der Balgerei auf dem Rasen. Ihre Worte.

Ironischerweise war ich zum Zeitpunkt von Mary Louises Entführung nur wenige Blocks entfernt im Haus der Marcus' gewesen.

In Tawny McGees Impala fand man Reste eines Apfels.

Die toxikologische Untersuchung zeigte, dass einige Schnitze Chloralhydrat enthielten. Die manipulierten Stücke waren mit einer Kerbe an einem Ende markiert.

Unter der Rückbank des Wagens konnte ein altes Mac-Book Pro sichergestellt werden. Pastori und seine IT-Kumpels nahmen den Laptop komplett auseinander.

McGee wurde des heimtückischen Mordes in zwei Fällen beschuldigt, der Entführung und eines Dutzends anderer Verbrechen in Bezug auf Leal und Nance sowie der Entführung und Gewaltanwendung hinsichtlich Mary Louise. Vermont scharrte wegen Gower bereits mit den Füßen. Und überlegte, was in Bezug auf Pomerleau getan werden sollte. Quebec wartete mit Violette und Bastien.

McGee wurde täglich verhört, vorwiegend von Barrow und Rodas. Slidell war beurlaubt, was bei Schusswaffengebrauch eines Beamten Routine war. Er schaute innerlich kochend über Videoverbindung zu und machte sich so wütend Notizen, dass seine Bleistiftspitze oft abbrach und durchs Zimmer flog.

Slidell und Tinker, der aus dem Mercy entlassen worden war und sich gut erholte, erzählten unterschiedliche Versionen des Vorfalls. Doch beide Versionen und andere Zeugenaussagen stimmten in den wesentlichen Fakten überein.

Tinker war in der Wohnung von Verlene Wryznyk gewesen, Slidells Exfreundin und Tinkers gegenwärtiger Schwarm. Tinker wollte etwas von ihr, aber sie nicht von ihm. Sie bat ihn zu gehen, doch er tat es nicht. Frustriert rief Verlene jemanden an, dem sie vertraute.

Slidell stürmte wutentbrannt in die Wohnung. Tinker zog seine Waffe, weil er hoffte, Slidell so lange zu neutralisieren, bis er sich wieder beruhigt hatte. Die beiden kämpften, und die Waffe ging los. Tinker bekam die Kugel in die Schulter.

Eine Woche nach McGees Verhaftung besuchte mich Slidell im MCME. Gott weiß, warum, aber er fühlte sich verpflichtet, mir die wahre Geschichte zu erzählen. Nachdem ich ihm absolute Verschwiegenheit hatte versprechen müssen, erzählte er mir, Tinker sei betrunken aufgetaucht und aggressiv geworden, und Verlene habe ihm eine Ohrfeige verpasst.

Ich bescheinigte Slidell, ein Trottel zu sein, weil er sich da eingemischt hatte. Bekam ein »Jaja« als Antwort. Ganz offensichtlich war Skinny über Verlene noch nicht hinweg.

McGee verzichtete auf einen Anwalt, auch als man ihr versicherte, eine Frau als Rechtsbeistand zu suchen. Barrow und Rodas machten sich beinahe in die Hose vor Freude.

Wie Slidell beobachtete auch ich einen Großteil der Verhöre. In der ganzen Zeit war McGee kühl und distanziert. Aber ihre Augen waren leer wie Glas, sie suchte nie den Blickkontakt mit irgendjemandem im Zimmer.

McGee gab zu, Kim Hamiltons Identität gestohlen zu haben. Sie redete freimütig über das Mädchen, mit dem sie eingesperrt gewesen war. Mit dem sie nackt in der Dunkelheit getuschelt hatte.

1998 machten Alice Kimberly Hamilton und vier ältere Teenager einen heimlichen Ausflug von Detroit nach Toronto, um sich ein wenig kanadischen Spaß zu gönnen. Damals war für den Grenzübertritt noch kein Pass nötig, deshalb steckte sie sich ihre Geburtsurkunde in einen Schuh.

Der heimliche Ausflug wurde tödlich, als Hamilton Pomerleau oder Catts/Ménard über den Weg lief. McGee wusste nicht, warum einer der beiden sich in Ontario aufgehalten hatte. Ich fürchte, wir werden es nie erfahren.

In der Hoffnung, ihre einzige Verbindung zu ihrem Leben vor ihren Häschern verborgen zu halten, versteckte sie die Geburtsurkunde in einer Wand der Zelle, in einer Lücke zwischen Holz und Verputz. McGee lauschte ihrem geflüsterten Geständnis und merkte sich die Information, um sie später benutzen zu können.

Hamilton überstand nur neunzehn Monate in Gefangenschaft. McGee hatte keine Ahnung, was mit ihrer Leiche passiert war. Sie war zum Zeitpunkt ihres Todes sechzehn Jahre alt gewesen.

Nachdem sie befreit und in Therapie war, drängte McGee auf einen Besuch des Hauses an der de Sébastopol. Als Lindahl schließlich bereit dazu war, ging sie in den Keller und holte Hamiltons sorgfältig versteckte Papiere heraus.

Das Dokument war McGee früher von Nutzen, als sie erwartet hätte. Nachdem sie 2006 aus dem Haus der Kezerians geflüchtet war, verbrachte sie eine Woche auf der Straße und schloss sich schließlich einer Gruppe Mädchen der University of Vermont an. Betrunken oder bekifft boten sie ihr eine Mitfahrgelegenheit in den Süden an. Für Grenzübertritte mit dem Auto war noch immer kein Pass nötig, und deshalb reiste McGee mit Hamiltons Geburtsurkunde in die Staaten ein.

Einige Monate lang zog sie in Burlington von einer Studentenbude zur nächsten. Mit dem Geld, das sie Bernadette gestohlen hatte und dem Namen Alice Hamilton absolvierte sie einen Onlinekurs und erhielt so eine Lizenz als Pflegehelferin.

McGee hatte von der Corneau-Farm erfahren, weil sie Gespräche zwischen Pomerleau und Catts/Ménard mitgehört hatte. Wieder eine Information, die sie sich merkte, um sie später nutzen zu können. Anfang 2007 kaufte sie sich vom Rest von Bernadettes Geld oder Mitteln, die sie sich auf ähnliche Art beschafft hatte, den alten Impala und machte sich auf nach St. Johnsbury. Diese erste Begegnung zwischen früherer Täterin und ehemaligem Opfer kann man sich nur vorstellen.

Nach McGees Angaben lebten die beiden eine Weile zusammen, kochten Ahornsirup und spielten im Schnee. Alle Sünden waren vergeben. Eines Nachts starb Pomerleau im Schlaf. Betrübt verließ McGee Vermont und fuhr nach North Carolina, um sich einen lang gehegten Wunsch zu erfüllen und mir anständig zu danken. Daher die ausgeschnittenen Fotos von mir.

Da sie nicht so recht wusste, wie es ihr in Dixie ergehen würde, und weil sie eine Alternative wollte, bezahlte sie weiter die Rechnungen für das Corneau-Anwesen. Pomerleau hatte ihr die Masche mit den Konten bei der Citizens Bank in Burlington erklärt. Wahrscheinlicher war aber, dass McGee ihr die Information entlockt und sich gemerkt hatte, um sie später für sich einsetzen zu können.

Für ihre Zeit in Vermont vermutete ich eine ganz andere Realität. McGee, die jetzt ihren dunkleren Begierden nachging. Nach Rache. Nach Folter. Und schließlich nach Blut. Eines Tages erfahren wir vielleicht, wie sie ihre frühere Häscherin überwältigt, wie sie sich Pomerleaus Gewebeproben verschafft, wie sie sie getötet hat. Oder auch nicht. Das liegt allein bei McGee.

Auf die Frage nach Gower, Nance, Leal und den anderen Mädchen antwortete McGee mit Allgemeinplätzen. Redete von Engeln, von Sonnenlicht, von ewiger Ruhe und Sicherheit. Und nur dann machte etwas entfernt Menschliches ihren Blick etwas weicher.

Auf die Frage, warum Pomerleau in dem Fass war, starrte McGee nur ins Leere.

Auf die Frage nach dem menschlichen Gewebe in ihrem Gefrierfach starrte sie ins Leere.

Auf die Frage nach dem Chloralhydrat starrte sie ins Leere.

Auf die Frage nach Hamet Ajax starrte sie ins Leere.

Unglaublich gerissen oder absolut wahnsinnig. Ich konnte mich nicht entscheiden.

»Fertig?«

Mary Louises Stimme holte mich in die Gegenwart zurück. Ich hatte mich geirrt, was ihr Fassungsvermögen anging. Ihr Becher war leer.

»Ja, Ma'am«, sagte ich und knüllte meine Serviette zusammen.

Während der Fahrt sprachen wir über ihr neuestes Projekt. Mary Louise machte Kopfbedeckungen für jedes der ermordeten oder vermissten Mädchen. Eine Strickmütze für Nellie Gower. Eine Art Haarnetz für Lizzie Nance. Etwas, das aussah wie eine Muschelschale, für Shelly Leal. Einen Glockenhut mit einer Bourbonenlilie am Hutband für Violette und einer akadischen Flagge für Bastien. Die anderen Modelle waren noch in der Entwicklung.

Mary Louise wusste natürlich über alles Bescheid. Über eine Woche lang hatte die Geschichte die Nachrichten dominiert. Leal. Nance. Estrada. Das CMPD suhlte sich in der Gunst der Bevölkerung. Nur in der Besetzungsliste hatte es eine Veränderung gegeben. Bei den Pressekonferenzen saß Tinker nicht mehr mit auf dem Podium.

Im Schein des allgemeinen Wohlwollens war Henrietta Hull jedem Tadel wegen des Einsatzes außerhalb ihres Zuständigkeitsbereichs entgangen. Trotz ihrer Eile war sie so schlau gewesen, ihren Revierleiter zu informieren, dass sie wegen eines ihrer Fälle nach Mecklenburg müsse, um einen potenziellen Zeugen zu befragen, der möglicherweise vorhatte, die Gegend zu verlassen. Außerdem hatte sie das CMPD informiert, dass sie in einer ein anderes County betreffenden Angelegenheit in Charlotte eine Person von besonderem polizeilichem Interesse sehen müsse, aber keine Hilfe von örtlichen Beamten brauche. Das schien jeden zufriedenzustellen, und so bekam sie für die darauffolgenden Ereignisse einen Teil des Lobes ab.

Ich wurde um Interviews gebeten. Ich gab sie auf Salters Bitte hin. Die Journalisten wollten mich nach meinen Gefühlen aushorchen. Was *fühlen* Sie, wenn Sie an die ermordeten Kinder denken? Wie haben Sie sich *gefühlt*, als Sie die Mörderin fingen? Am liebsten hätte ich ihnen ihre Mikros in ihr routiniertes Stirnrunzeln gerammt.

Doch dann zogen die launischen Medien weiter.

Ryan rief direkt nach McGees Verhaftung zweimal an, die Stimme belegt vor Reue. Meine Bemerkung über das in der de Sébastopol gefundene Tagebuch und die Möglichkeit eines weiteren Opfers hatten ihn dazu gebracht, sich Kim Hamilton genauer anzuschauen. Er hatte nonstop gearbeitet, Hinweise von Lindahl und den Kezerians mit Daten der kanadischen Grenzüberwachung verglichen und die Teilnahme an dem Onlinekurs in Vermont recherchiert. Noch einen Tag mehr, und er wäre ebenfalls auf McGee gekommen. Deshalb war er in Montreal geblieben.

Ich sagte Ryan, dass er das Richtige getan habe. Dass es eben die Art sei, wie wir arbeiteten. Unsere Vorgehensweise. Er sagte, er hätte für mich da sein müssen. Ja. Für mich. Ich gab mir Mühe, es zu glauben, aber tief drinnen vermutete ich, im Grunde genommen bedauerte er vor allem, dass er beim großen Finale nicht dabei gewesen war. Und dann hörte er auf anzurufen.

Ich fuhr Mary Louise bis vor ihre Tür. Wir umarmten uns, und ich schaute ihr nach, bis sie im Haus verschwunden war. Zwei Wochen, doch meine Schuldgefühle machten mir immer noch zu schaffen. Das würden sie vielleicht immer.

Am nächsten Tag duschte ich, föhnte mir die Haare und zog frische Jeans und eine weiße Bluse von Ella Moss an. Modisch, aber nicht übertrieben.

Ich freute mich auf das Treffen. Und zugleich graute mir davor. Ich war ja nicht gerade gerettet worden. Ich hatte Hilfe bekommen in einer Situation, die ich allein vielleicht nicht hätte bewältigen können. Ich war dankbar. Und es war mir peinlich, dass ich dankbar sein musste.

Um zehn nach sieben fuhr ich auf den Parkplatz vor dem Good Food an der Montford. Mein Vorschlag. In dem Restaurant würde es laut genug sein, um unser Gespräch zu übertönen, aber auch leise genug, um sich über einen Tisch zu unterhalten.

Hull war bereits da, sie saß seitlich an einem Zweiertisch. Sie war gekleidet wie ich, mit sorgfältig ausgesuchter Nonchalance.

Als sie mich sah, winkte sie, und ihre Handfläche wirkte hellrosa vor der dunkel pigmentierten Haut, die den Rest ihres üppigen Körpers bedeckte. Ich ging zu ihr.

»Wie geht's, Merlin?« Ihr Lächeln war herzlich und zahnreich.

Synapse. Ein weißes Aufblitzen in der Dunkelheit. Ein Stöhnen. Simultane Sprünge, die McGee die Luft aus der Lunge trieben und sie zu Boden warfen.

»Kann mich nicht beklagen. Und selbst, Mean Joe?«

»Alles in Butter.«

Mary Louise war in einem Krankenwagen abtransportiert worden. Tawny McGee war ins Gefängnis gekommen. Als Hull und ich dann in der Dunkelheit saßen und darauf warteten, unsere Geschichte zu erzählen, hatten wir die Anspannung etwas gelockert, indem wir uns gegenseitig mit Spitznamen aus der National Football League bedachten. Olson und Green, zwei legendäre Verteidiger.

Ich setzte mich auf den freien Stuhl. Sekunden später kam der Kellner. Sean.

Ich bestellte ein Perrier. Hull wollte ein Bud. Während Sean die Getränke holte, lasen wir die Speisekarte. Was einige Zeit dauerte, da wir in einem Tapasladen waren.

»Wie geht's Slidell?«, fragte Hull, als wir bestellt hatten. Ich für uns bestellt hatte. Hull hatte nur die Speisekarte auf den Tisch geworfen und die Augen verdreht. Die groß waren und die Farbe von Hershey-Sirup hatten.

»Skinny ist wie die Heldin in einem schlechten Horrorfilm«, sagte ich.

»Sonnt er sich immer noch im Ruhm?«

»Die ganze Zeit.«

»Und Tinker?«

»Keine Ahnung.«

Als all die kleinen Schälchen auf dem Tisch standen, bedienten wir uns und unterhielten uns dann über die Entwicklungen seit unserem letzten Gespräch.

»Die DNS vom Lippenabdruck stammte von McGee?« Hull spießte eine Muschel auf.

Ich nickte. »Die Ergebnisse sind gestern eingetrudelt. Anscheinend kam sie mit dem Gesicht an Leals Jacke, als sie die Leiche transportierte.«

»Niemand weiß irgendwas über das Haar, das in Estradas Kehle gefunden wurde.«

»Ist es verschwunden?«

»Spurlos.«

»Nicht überraschend bei der Unzulänglichkeit des Autopsieberichts.« Ich nahm mir ein Hackfleischbällchen. »Die Durchsicht dieser ganzen Überwachungsvideos hat sich gelohnt. Zweimal gab es Aufnahmen eines Fahrzeugs, das wahrscheinlich McGees Impala ist, der in Richtung der I-485 fährt.«

»In der Nacht, als Leal in der Unterführung abgelegt wurde.«

Ich nickte noch einmal. »Man hofft, dass eine Bildoptimierung das Kennzeichen lesbar macht.«

Hull grinste schief. »Dass die beiden Ziffern mit Ajax' Kennzeichen übereinstimmten, war reiner Zufall.«

»Und das Kind, das auf der Morningside gesehen wurde, war nicht Leal. Ein Sexualstraftäter im Pech.«

»Was ist mit dem Laptop?« Hull betrachtete das Carpaccio, entschied sich dann aber für eine gebackene Auster.

»Reines Gold. Anscheinend fand McGee Nance über einen Chatroom, der Fragen zum Pflegeberuf beantwortet.«

»Sie war da bereits von Vermont nach Charlotte gezogen?«

»Sieht so aus. Fünf Jahre später entdeckte sie Leal in der Notaufnahme. Hat die Gelegenheit genutzt und das Mädchen auf das Dysmenorrhö-Forum gebracht. Und dort mit ihr kommuniziert.«

Wir verstummten beide und dachten über die Verletzlichkeit von Kindern in der erbarmungslosen Anonymität des Internets nach.

»Irgendwelche Hinweise auf einen Kontakt zu Colleen Donovan?«

»Bis jetzt noch nichts. Donovan lebte auf der Straße und hatte vielleicht keinen Zugang zu einem Computer.«

»Sie ist immer noch verschwunden?«

»Ja.«

Einige Augenblicke aßen wir schweigend.

»Also hat McGee Ajax' Kaffee vergiftet und ihn in seinen Wagen gesetzt«, sagte Hull. »Warum?«

»Slidells Anrufe und Besuche in der Notaufnahme und vor ihrer Wohnung hatten anscheinend eine paranoide Spirale ausgelöst. Da sie wusste, dass die Polizei Ajax verdächtigte, hat sie ihn umgebracht und die Beweisstücke im Kofferraum platziert, um eine falsche Spur zu legen.«

»Was glauben Sie, warum Ajax sie reingelassen hat?«

»Sie hat sich bestimmt eine plausible Geschichte über die Notaufnahme und darüber, wann er zurückkehren könne, zurechtgelegt. McGee ist vielleicht tief gestört, aber sie ist gerissen.«

»Und so schlau, dass keiner gemerkt hat, wie sehr sie spinnt.«

Nicht gerade politisch korrekt, aber wahr.

»McGee benutzte Chloralhydrat, um ihre Opfer zu betäuben. Wieso tauchte das Zeug dann nur in Ajax auf?«

»Mary Louise Marcus hatte Chloralhydrat im Körper. Der Toxikologe fand es, weil er wusste, wonach er suchen musste. Die Standard-Drogentests suchen nur nach Alkohol, Narkotika, Sedativa, Marihuana, Amphetaminen und Aspirin.«

»Aber wir reden von toten Kindern. Kam da niemand auf die Idee, über den Standard hinauszugehen?«

»Die Leichen der Mädchen wurden ja nicht sofort gefunden. Bei Gower waren es acht Tage, bei Nance vierzehn, bei Estrada vier. Auch wenn man nach Chloralhydrat sucht, was niemand getan hat, kann die Verwesung sein Vorhandensein überdecken.«

Hull zog verwirrt die Brauen zusammen.

»Bei einer Gaschromatografen-Untersuchung zeigen die Verwesungschemikalien höhere Werte als Chloralhydrat. Auch wenn weitergehende Untersuchungen angestellt worden wären, hätte man es übersehen können.«

»Glauben Sie, dass McGee Gower alleine getötet hat? Oder nachdem sie sich mit Pomerleau zusammengetan hatte?«

»Mord war nie Pomerleaus Stil.«

Hull senkte das Kinn und legte den Kopf schief. Im Ernst?

»Sie wissen, was ich meine. Natürlich war es Mord. Aber in Pomerleaus Fall waren die Tötungen nur ein Nebenprodukt der Grausamkeiten und Entbehrungen. Nicht ihr oberstes Ziel.«

»Stimmt.«

»Wie auch immer, wenn McGee es uns nicht sagt, werden wir vielleicht nie erfahren, wo sie lebte, als Gower ums Leben kam. Oder ob sie es allein getan hat.«

»Oder ob Gower ihr erstes Opfer war.«

Ich hatte denselben düsteren Gedanken.

»Warum durchbrach McGee das Muster der Jahrestage und schnappte sich Marcus?«

»Dieselbe Antwort. Slidells Nachforschungen haben sie völlig durchdrehen lassen.«

Hull kaute langsamer, während sie darüber nachdachte. Dann: »Das mit den Daten kapier ich. Sie tötet an den Jahrestagen der Entführungen oder Morde in Montreal. Von Kindern, die sie kannte. Vielleicht Kindern, die sie sterben sah. Aber warum die Haare, die speichelgetränkten Papiertaschentücher? Warum bringt sie Pomerleaus DNS auf die Opfer auf?«

Ich hatte diese Frage auch Pamela Lindahl während unserer mehrstündigen Telefongespräche gestellt. Obwohl das bei einem Ferngespräch schwer einzuschätzen ist, meinte ich, in der Stimme der Psychiaterin quälende Schuldgefühle zu hören.

Ich nahm mir einen Augenblick, um meine Gedanken zu ordnen. Und für eine Gabel Maisrisotto.

»McGees Therapeutin ist überzeugt, dass sie ihre Erregung nicht aus der Erniedrigung und der Kontrolle bezog, wie es bei vielen Serienmördern der Fall ist. Sie hat den Eindruck, dass McGees Psychose zweigleisig ist. Zum einen spielt sie die Tode der ursprünglichen Opfer nach, aber sie tötet sie schnell und legt sie ›in der Sonne‹ ab, damit *ihre* Opfer nicht so leiden mussten wie sie.«

»Das ist der Grund, warum die Opfer im Freien abgelegt wurden, sorgfältig arrangiert und ohne Verletzungen oder Entstellungen.«

»Genau. Zum anderen wollte McGee sich an Pomerleau rächen. Zugleich hat sie aber die Aufmerksamkeit von sich abgelenkt für den Fall, dass sie je in Verdacht geraten sollte.«

»Die Psychotante denkt also, sie war von Liebe wie von Hass getrieben.« Skeptisch. »Und dem Instinkt, sich selbst zu schützen.«

»Ja.«

»Die Opfer wurden ausgesucht, weil sie einem von Pomerleaus Opfern in Montreal ähnelten?«

»Wahrscheinlich McGee selbst. Sie wurde entführt, als sie zwölf Jahre alt war.«

»McGee hat diese Anrufe nach sechs Monaten gemacht? Um zu sehen, ob die Polizei irgendwas zu Donovan oder Estrada hatte?«

»Wahrscheinlich.«

Hull knüllte ihre Serviette zusammen und warf sie auf den Tisch. Lehnte sich zurück. Verschränkte die Arme und schüttelte langsam den Kopf.

»Irgendwie klingt das für mich nicht verrückt genug.«

Ich stellte mir ein Mädchen in einem Trenchcoat und einer schiefen Baskenmütze vor. Spürte, dass die Trauer mir jede Erwiderung abschnitt.

Ich wusste, wie es lief. Hull ebenfalls. McGees Geisteszustand würde in Anträgen und Anhörungen vor dem Prozess und von Richtern und Anwälten festgestellt werden.

Voll zurechnungsfähig. Unzurechnungsfähig. Beide Befunde würden zu Tawny McGees schlimmstem Albtraum führen, einem, den sie bereits durchlitten hatte. Ein Leben im Gefängnis der einen oder anderen Art.

Es musste so sein.

Auch den Geschädigten kann man nicht erlauben, anderen zu schaden.

44

Am nächsten Morgen fuhr ich zur Heatherhill Farm. Wie die Magnolien in Sharon Hall zwinkerten die Azaleen und Rhododendren wächsern grün und stumpf braun. Ich stellte mir vor, wie die umgedrehten Blätter, vom Wärmeeinbruch überrascht, sich ratsuchend an die Wurzeln wandten.

River House selbst lag halb im Schatten und halb im hellen Sonnenlicht. Auch die Fenster wirkten verwirrt, als könnten sie sich nicht entscheiden, ob sie das Licht reflektieren oder durchlassen sollten.

Mama war auf der hinteren Terrasse, eingehüllt in Parka und Schal lag sie auf der Liege, die sie schon in der Thanksgiving-Woche benutzt hatte. Wie schon damals blieb ich auch jetzt einen Augenblick stehen, um sie zu betrachten. Vielleicht um ihr Bild für immer in mein Gedächtnis einzuprägen.

Sie hatte abgenommen, auch wenn die dicke Jacke diese Einschätzung schwierig machte. Die Hände waren rissig, ihre geliebten Haare ein wenig stumpf. Trotzdem sah meine Mutter sehr schön aus.

Es war ein angenehmer Besuch. Kein Groll. Keine Ressentiments. Ich sagte nichts über eine Chemotherapie. Sie kritisierte nichts an meinem Verhalten oder meiner Kleidung.

Ich erzählte Mama von Tawny McGees Verhaftung. Von der Androgenresistenz. Von der Psychopathologie von Hass und Liebe. Sie nannte es Pomerleaus Vermächtnis des Wahnsinns.

Ich dankte Mama für ihren Einsatz. Meinte, das YouTube-Video der Radfahrer sei der große Durchbruch gewesen. Ryans Big Bang.

Sie fragte, ob ich Ryan gesehen habe. Ich sagte, schon eine ganze Weile nicht. Sie ritt nicht darauf herum.

Dann überraschte ich sie mit der guten Nachricht. Die Polizei hatte Kim Hamiltons Bruder gefunden, er lebte jetzt in Miami. Er war betrübt, als er von dem Tod seiner Schwester erfuhr, und bekümmert, weil er nicht wusste, wo ihre Überreste waren. Doch vor allem tröstete ihn die Bestätigung einer Wahrheit, die er die ganze Zeit in seinem Herzen gespürt hatte. Kim hatte sich nicht von ihrer Familie abgewandt, war nicht von zu Hause ausgerissen.

Mittags aßen wir Avocadosalat und gegrillte Hähnchenbrust. Um eins schob Goose Mama für ihren Mittagsschlaf ins Zimmer.

An diesem Abend ging ich früh zu Bett. Wie es häufig passierte, seit ich vor zwei Monaten Umpie Rodas kennengelernt hatte, bombardierten Erinnerungen mein Hirn, sobald ich die Augen schloss. Unwillkommene Erscheinungen von Knochen und Leichen und Kindern.

Auf Reihenfolge und Beginn dieser traurigen Heimsuchungen hatte ich keinen Einfluss. Nur auf ihre Länge. Sobald ein Film ablaufen wollte, schaltete ich ihn ab.

Aus irgendeinem Grund ließ ich meinem Unterbewusstsein in dieser Nacht freien Lauf.

Ich sah Nellie Gower auf ihrem Fahrrad, ihre braunen Haare wehten im Wind und reflektierten das Sonnenlicht. Tawny McGee, wie sie das Durchziehband einer Plastiktüte unter ihrem Kinn zuzog.

Lizzie Nance, die an einer Ballettstange übte. McGee, die ihre leblosen, kleinen Finger um ein Papiertaschentuch schloss.

Tia Estrada Hand in Hand mit ihrer Mutter. McGee, die ihr lange, blonde Haare tief in die Kehle stopfte.

Shelly Leal an einer Tastatur, das Gesicht vom Schein des Monitors erhellt. McGee, die ihre Leiche auf einem Highway-Bankett arrangierte.

Ich stellte mir die Mädchen in dem Augenblick vor, als ihre Welt für immer stehen blieb. Wussten sie, dass ihr Tod kurz bevorstand? Fragten sie, warum?

Neben dem Ballettschuh und den Zeitungsausschnitten hatte McGees Souvenirkästchen auch ein gelbes Band enthalten, das identisch war mit dem in Hamet Ajax' Kofferraum. Avery Koseluks Mutter erkannte die Bänder nicht wieder. Laura Lonergan sagte, sie hätten nicht Colleen Donovan gehört. Beide wiesen keine DNS-Spuren auf.

Ich stellte mir diese Bänder vor, fragte mich, ob sie früher einmal die Haare meiner Unbekannten zusammengehalten hatten. Eines anderen kleinen Mädchens, von dem wir noch nichts wussten. Auch wenn wir vielleicht nie erfuhren, ob es noch andere Opfer gegeben hatte, würden Barrow und Rodas in den Vereinigten Staaten weiter ermitteln und Ryan in Kanada.

Ich sah meine Unbekannte, eine traurige Sammlung von Knochen mit der Beschriftung ME107-10. Fragte mich, ob irgendwo eine Familie nach ihr suchte.

Ich sah Colleen Donovan. Avery Koseluk. Hoffte, dass sie irgendwann ein Polizeirevier betreten und um Hilfe bitten würden.

Wir würden nie erfahren, wer Donovans Namen aus der Vermisstenliste der NamUs-Website entfernt hatte. Jetzt stand er wieder drin. Neben Koseluk und den unzähligen anderen,

die entweder verschwunden waren oder anonym in Leichen-
hallen oder Asservatenkammern lagen.

Anique Pomerleau. Tawny McGee. Opfer. Monster. Ihre
Kindheiten gestohlen. Ihre Erwachsenenspiele ausgeführt mit
kaltblütiger Gerissenheit.

Das war jetzt zu Ende.

Und auch wieder nicht.

Am nächsten Morgen lief ich zwei Meilen. Eine schnelle Dusche, ein bisschen Papierkram. Dann fing ich an, Laborübun-
gen aus dem Kurs zu benoten, den ich immer im Frühjahrs-
semester an der UNCC abhielt.

Zum Wochenbeginn hatte meine Türglocke angefangen zu
läuten wie eine Möwe mit Drüsenproblemen. Ich hatte den
Stapel halb durchgearbeitet, als ein zittriges Krächzen mich
unterbrach.

Neugierig lief ich zur Tür und schaute durchs Guckloch.

Ein spektakulär blaues Auge schaute zurück.

Ich zuckte erschrocken zusammen.

Na klasse.

Trotz feuchter Haare und schlabberiger Yogahose öffnete
ich die Tür.

Ryan trug Jeans, eine Lederjacke und einen schwarzen
Wollschal. Seine Wangen waren rotfleckig. Wahrscheinlich
wegen Überhitzung.

Einen Augenblick lang sagte keiner etwas. Dann versuchten wir es beide gleichzeitig.

»Das ist aber eine Überraschung«, sagte ich.

»Ich hätte anrufen sollen«, sagte er.

»Du zuerst«, sagte ich.

»Heirate mich«, sagte er.

»Ich – was?« Ich musste mich verhört haben.

»Ich mache dir einen Antrag.«

»Einen Antrag.«

»Heiratsantrag.«

»Ja.«

»Ist mein erstes Mal.«

»Ja.«

»Ich hatte es mir etwas romantischer vorgestellt.«

»Dein Vortrag war klar und deutlich.«

»Soll ich üben und es dann noch mal versuchen?«

»Du warst gut.«

»Oder wir könnten ein Abendessen draus machen.«

»Ich esse häufig zu Abend.«

Ryan zog mich an sich. Ich schlang die Arme um ihn und drückte meine Wange an seine Brust. Nur kurz, dann trat ich einen Schritt zurück.

Wie schauten einander an.

»Acht Uhr?«, fragte er.

»Acht ist gut«, sagte ich.

Dann war Ryan wieder verschwunden.

Wie ein Zombie ging ich nach drinnen. Schloss die Tür und lehnte mich dagegen.

Ich kann nicht sagen, wie lang ich so dastand und Vertrautes anstarrte. Bekanntes.

Harrys Chenille-Überwurf auf der Rückenlehne des Sofas. Omas Weidenkorb auf dem Teppich beim Lehnsessel. Mamas silberne Kerzenständer auf dem Kaminsims.

Mein Blick fiel auf einen Gegenstand, den man in der Wohnung an der Dotger sichergestellt hatte. Ein Kinderbild, das Mary Louise von Birdie gemalt hatte und mir zeigen wollte.

Im Geiste sah ich eisblaue Augen. Hörte immer und immer wieder das Angebot eines anderen Lebens.

Ich dachte an endlose, ungewisse Möglichkeiten. An Hindernisse, die ich weder voraussehen noch kontrollieren konnte.

Ich spürte, wie ein Lächeln an meinen Lippen zupfte.

Vielleicht.

Nur vielleicht.

Heute aber würde ich dem Bild von der weißen Katze, die mit der rot karierten Maus spielt, einen Rahmen verpassen.

LESEPROBE

Kathy Reichs

Die Sprache der Knochen

ISBN: 978-3-89667-454-8

DAS BUCH

Eine junge Frau ist verschwunden. Ihre Familie behauptet, es gehe Cora gut. Doch die verstörte Stimme, die Forensikerin Tempe Brennan auf einer Aufnahme hört, spricht eine andere Sprache. Und wirft Fragen auf. Woher stammt die Tonaufzeichnung? Ist Cora aus freien Stücken abgetaucht? Oder vermisst, weil sie Opfer eines Verbrechens wurde? Die Knochen einer Leiche, die Tempe noch nicht identifiziert hat, scheinen eine Geschichte von Coras Verschwinden zu erzählen, die noch viel grausamer ist, als Tempe befürchtet hat...

1

»Ich bin jetzt nicht mehr gefesselt. Meine Hand- und Fußgelenke brennen von den Riemen. Meine Rippen sind geprellt, und hinter meinem Ohr pocht eine Beule. Ich kann mich nicht erinnern, mir den Kopf angeschlagen zu haben. Ich liege sehr still da, weil mein ganzer Körper schmerzt. Wie die ganze Woche schon. Wie damals, als ich den Unfall mit dem Fahrrad hatte. Warum rettet meine Familie mich nicht? Vermisst mich denn niemand? Ich habe doch nur meine Familie. Keine Freunde. Es ging einfach nicht. Ich bin ganz allein. So allein. Wie lange bin ich schon hier? Wo ist hier? Die ganze Welt entgleitet mir. Alles. Jeder. Bin ich wach oder schlafe ich? Träume ich, oder ist das real? Ist es Tag oder Nacht?

Wenn sie zurückkommen, tun sie mir wieder weh. Warum? Warum passiert das mit mir? Ich höre kein einziges Geräusch. Nein. Das stimmt nicht. Ich höre mein Herz schlagen. Blut, das in meinen Ohren rauscht. Ich schmecke etwa Bitteres. Wahrscheinlich Erbrochenes, das mir zwischen den Zähnen klebt. Ich rieche Beton. Meinen eigenen Schweiß. Meine dreckigen Haare. Ich hasse es, wenn meine Haare nicht gewaschen sind. Ich werde jetzt die Augen öffnen. Eins habe ich geschafft. Das andere ist verklebt. Kann nicht viel sehen. Alles ist verschwommen, als würde ich unter Wasser schauen.

Ich hasse das Warten. Dann übernehmen die Bilder mein Hirn. Bin mir nicht sicher, ob es Erinnerungen sind oder Halluzinationen. Ich sehe ihn. Immer in Schwarz, das Gesicht verrückt rot und voller Schweiß. Ich meide seinen Blick. Schaue immer nur auf seine Schuhe. Glänzende Schuhe. Die Kerzenflamme tanzt wie ein kleiner gelber Wurm auf dem Leder. Er steht über mir, riesig und gemein. Bringt sein grässliches, stinkendes Gesicht dicht an meins. Ich spüre seinen ekligen Atem auf meiner Haut. Er wird wütend und reißt mich an den Haaren. Seine Adern treten vor, er schreit, und seine Wörter klingen, als würden sie von einem anderen Planeten kommen. Oder als hätte ich meinen Körper verlassen und würde sie von weit her hören. Ich sehe seine Hand auf mich zukommen, sie hält das Ding so fest umklammert, dass es bebt. Ich weiß, dass ich zittere, aber in mir ist alles taub. Oder bin ich tot?

Nicht! Nicht jetzt. Lass es nicht jetzt passieren!

Meine Hände werden ganz kalt und kribbeln. Ich sollte nicht über ihn reden. Ich hätte nicht sagen sollen, dass er grässlich ist.

Ja. Sie kommen.

Warum passiert das mir? Was habe ich getan? Ich habe doch immer versucht, gut zu sein. Versucht zu tun, was Mama mir sagte. Er darf mich nicht töten! Bitte, Mama, er darf mich nicht töten!

Mein Hirn wird ganz benebelt. Ich kann jetzt nicht mehr reden.«

Stille, dann das Klicken einer Tür, die sich öffnet. Und wieder schließt.

Schritte, ohne Eile, fest auf dem Boden.

»Tu deine Pflicht.«

»Nein!«

»Widersetz dich nicht.«

»Lass mich in Frieden.«

Der Rhythmus hektischen Atems.

Das Klatschen eines Schlags.

»Bitte, töte mich nicht.«

»Tu, was ich sage.«

Schluchzen.

Ein Geräusch, als würde jemand geschleift.

Stöhnen. Rhythmisch.

»Bist du in meiner Hand?«

»Dreckige Schlampe!« Lauter, tiefer.

Ein leises Scharren.

Das Klicken von Metall.

»Du wirst sterben, du Schlampe.«

»Wirst du mir jetzt antworten?«

»Hure!«

Erregtes Fingertrommeln. Kratzen.

»Gib mir, was ich brauche!«

Pfft. Heftiges, zischendes Spucken.

»Du antwortest mir nicht?«

Stöhnen.

»Das ist doch erst der Anfang.«

Klicken-Quietschen. Eine Tür, die wütend zugeschlagen wird.

Absolute Stille. Leises Schluchzen.

»Bitte, töte mich nicht.

Bitte, töte mich nicht.

Bitte.

Töte mich.«

2

Die Knöchel der Frau wölbten sich bleich unter rissiger, spröder Haut. Mit knotigem Finger drückte sie einen Knopf auf dem Gerät in dem Ziploc-Beutel.

Es wurde still im Zimmer.

Ich saß reglos da, die Nackenhaare aufgestellt.

Die Augen der Frau starrten in meine. Sie waren grün mit gelben Einsprengseln, was mich an eine Katze denken ließ. Eine Katze, die den richtigen Augenblick abwarten und dann mit tödlicher Genauigkeit zuschlagen konnte.

Ich ließ das Schweigen gewähren. Nicht zuletzt, um meine Nerven zu beruhigen. Vor allem aber, um die Frau zu ermutigen, den Grund ihres Besuchs zu erläutern. In ein paar Stunden musste ich in einem Flugzeug sitzen. Und ich hatte noch so viel zu tun, bevor ich mich zum Flughafen aufmachte. Nach Montreal und zu Ryan. Ich brauchte das hier nicht. Aber ich wollte unbedingt wissen, was die entsetzlichen Geräusche bedeuteten, die ich eben gehört hatte.

Die Frau saß vornübergebeugt auf ihrem Stuhl. Angespannt. Voller Erwartung. Sie war groß, mindestens einsachtzig, und trug Stiefel, Jeans und ein Jeanshemd, das bis zu den Ellbogen aufgekrempelt war. Ihre Haare waren gefärbt und so rot wie der Aschebelag in Roland Garros. Sie hatte sie zu einem Dutt oben auf dem Kopf zusammengefasst.

Mein Blick löste sich von den Katzenaugen und wanderte zu der Wand hinter der Frau. Zu einer gerahmten Urkunde, die Temperance Brennan vom American Board of Forensic Anthropology auszeichnete. Die Prüfung war eine harte Nuss gewesen.

Ich war mit meiner Besucherin allein in den knapp elf Quadratmetern, die man der beratenden forensischen Anthropologin des Mecklenburg County Medical Examiner zugestand. Ich hatte die Tür offen gelassen. Wusste nicht so recht, warum. Normalerweise mache ich sie zu. Irgendetwas an der Frau bereitete mir Unbehagen.

Vertraute Arbeitsgeräusche drangen vom Gang herein. Das

Klingeln eines Telefons. Die Kühlraumtür, die zischend auf- und mit einem Klicken wieder zuging. Eine Rolltrage mit Gummirädern, die zu einem Autopsiesaal geschoben wurde.

»Es tut mir leid.« Ich war erleichtert, dass meine Stimme so ruhig klang. »Die Empfangsdame hat mir Ihren Namen ge- nannt, aber ich habe meine Notiz verlegt.«

»Strike. Hazel Strike.«

Das ließ in meinem Hirn ein Glöckchen klingen. Was?

»Man nennt mich auch Lucky.«

Ich sagte nichts.

»Aber ich verlasse mich nicht auf mein Glück. Ich ar- beite hart.« Obwohl ich Strike auf Anfang bis Mitte sechzig schätzte, war ihre Stimme noch kräftig wie die einer Mitt- zwanzigerin. Der Akzent ließ darauf schließen, dass sie aus der Gegend kam.

»Und was tun Sie genau, Ms. Strike?«

»Mrs. Mein Mann verstarb vor sechs Jahren.«

»Mein Beileid.«

»Er musste ja unbedingt rauchen.« Sie hob leicht eine Schulter. »Und dann bezahlt man eben den Preis.«

»Was tun Sie genau?«, wiederholte ich, weil ich wollte, dass Strike zum Punkt kam.

»Die Toten nach Hause schicken.«

»Ich fürchte, ich kann Ihnen nicht ganz folgen.«

»Ich ordne Leichen vermissten Personen zu.«

»Das ist die Aufgabe der Ermittlungsbehörden in Zusam- menarbeit mit Coronern und Medical Examiners«, sagte ich.

»Und ihr Profis schafft es jedes Mal.«

Ich verkniff mir eine schnippische Erwiderung. Strike hatte nicht ganz unrecht. Statistiken, die ich gelesen hatte, gaben die Anzahl der Vermissten in den Vereinigten Staaten mit etwa 90 000 an, und die Anzahl der nicht identifizierten

Überreste der letzten fünfzig Jahre mit über 40 000. Die letzte Zählung, die ich las, nannte 115 nicht identifizierte Tote in North Carolina.

»Wie kann ich Ihnen helfen, Mrs. Strike?«

»Lucky.«

»Lucky.«

Strike legte den Ziploc-Beutel neben eine leuchtend gelbe Fallakte auf meiner Schreibunterlage. Darin steckte ein graues Plastikrechteck, ungefähr fünf Zentimeter breit, zehn Zentimeter lang und einen guten Zentimeter dick. Ein Metallring an einem Ende deutete auf eine Doppelfunktion als Rekorder und Schlüsselanhänger hin. Ein Band aus verblasstem Jeansstoff ließ vermuten, dass das Ding am Bund einer Jeans gehangen hatte.

»Beeindruckendes kleines Spielzeug«, sagte Strike. »Mit Stimmaktivierung. Zwei Gigabyte interner Flash-Speicher. Kriegt man für weniger als hundert Dollar.«

Der gelbe Aktendeckel rief mich. Vorwurfsvoll. Vor zwei Monaten war ein Mann in seinem Fernsehsessel gestorben, die Fernbedienung noch in der Hand. Am vergangenen Wochenende war seine mumifizierte Leiche von einem sehr unglücklichen Hausbesitzer gefunden worden. Ich musste dieses Gespräch hier abschließen und mich wieder an meine Untersuchung machen. Dann nach Hause, um zu packen und meine Katze bei meinem Nachbarn abzugeben.

Aber diese Stimmen. Mein Puls war immer noch höher als normal. Ich wartete.

»Die Aufnahme dauert fast zwanzig Minuten. Aber die fünf, die Sie gehört haben, reichen völlig, damit Sie verstehen, worum es geht.« Strike schüttelte kurz den Kopf. Was den Dutt auf ihrem Kopf leicht seitlich verschob. »Jagt einem eine Heidenangst ein, was?«

»Die Aufnahme ist verstörend, zugegeben.« Das war reichlich untertrieben.

»Finden Sie?«

»Vielleicht sollten Sie sie der Polizei vorspielen.«

»Ich spiele sie Ihnen vor, Doc.«

»Ich glaube, ich habe drei Stimmen gehört.« Meine Neugier rang jetzt meine Zurückhaltung nieder. Zusammen mit einer unguten Vorahnung.

»Das denke ich auch. Zwei Männer und das Mädchen.«

»Was passiert da?«

»Keine Ahnung.«

»Wer hat gesprochen?«

»Eine Theorie habe ich nur zu einer Person.«

»Und die lautet?«

»Darf ich ein bisschen ausholen?«

Ich warf einen schnellen Blick auf meine Armbanduhr. Nicht so verstohlen, wie ich geglaubt hatte.

»Oder ist es gar nicht Ihre ›Aufgabe‹, Leichen Namen zu geben.« Strikes Finger versahen den Begriff, den ich Augenblicke zuvor verwendet hatte, mit sarkastischen Anführungszeichen.

Ich lehnte mich zurück und setzte mein Zuhörergesicht auf.

»Wissen Sie, was ein Websleuth ist?«

Darum ging es also. Ich schwor mir, meine Stimme sachlich, aber meine Antwort kurz zu halten.

»Websleuths sind Internetdetektive, Amateure, die online versuchen, alte Fälle zu lösen.« Möchtegernforensiker und -polizisten. Übereifrige Fans von *NCIS, Cold Case, CSI* und *Bones.* Das behielt ich für mich.

Strikes Brauen wanderten über der Nase zusammen. Sie waren dunkel und passten nicht so recht zu der blassen Haut und den rot gefärbten Haaren. Sie musterte mich lang, bevor sie etwas erwiderte.

»Wenn Leute sterben, bekommen sie meistens ein Begräbnis, eine Totenwache, einen Gedenkgottesdienst. Eine Trauerrede, einen Nachruf in der Zeitung. Manche kriegen Sterbebilder mit ihrem Foto und einer Abbildung von Engeln oder Heiligen oder sonst was drauf. Wenn man eine große Nummer war, wird eine Schule oder eine Brücke nach einem benannt. So sollte es eigentlich sein. So sollten wir mit dem Tod umgehen. Indem man die Lebensleistung eines Menschen anerkennt.

Aber was passiert, wenn jemand einfach verschwindet? Puff.« Strike brachte die Finger zusammen und ließ sie wieder auseinanderschnellen. »Ein Mann geht zur Arbeit und verschwindet? Eine Frau steigt in einen Bus ein und nirgends wieder aus?«

Ich wollte etwas sagen, aber Strike redete weiter.

»Und was passiert, wenn eine nicht identifizierte Leiche auftaucht? An einem Straßenrand, in einem Teich, in einen Teppich gewickelt und in einem Schuppen versteckt?«

»Wie schon gesagt, das ist die Aufgabe von Polizei und Medical Examiner. Hier in dieser Einrichtung tun wir alles uns Mögliche, um dafür zu sorgen, dass alle menschlichen Überreste identifiziert werden, unabhängig von den Umständen und ihrem Zustand.«

»Das mag vielleicht hier so sein. Aber Sie wissen so gut wie ich, dass es woanders reine Glückssache ist. Eine Leiche hat vielleicht Glück, sie wird nach Narben, Piercings, Tattoos, alten Verletzungen untersucht, man nimmt ihr die Fingerabdrücke ab und sammelt eine Gewebeprobe für eine DNS-Untersuchung. Eine verweste Leiche oder ein Skelett landet vielleicht bei einem Experten wie Ihnen, dann wird der

Zahnstatus dokumentiert, Geschlecht, Alter, Abstammung und Größe werden in eine Datenbank eingegeben. In einem anderen Zuständigkeitsbereich werden ähnliche Überreste vielleicht einmal flüchtig untersucht, dann landen sie in einem Kühlraum, einem Hinterzimmer, einem Keller. Eine namenlose Leiche wird vielleicht ein paar Wochen oder ein paar Tage aufbewahrt, dann wird sie verbrannt und anonym bestattet.«

»Mrs. Strike —«

»Verloren. Ermordet. Weggeworfen. Von niemandem beansprucht. Dieses Land quillt über von vergessenen Toten. Und irgendwo fragt irgendwer nach jeder einzelnen dieser Seelen.«

»Und Websleuthing ist eine Möglichkeit, dieses Problem zu lösen.«

»Verdammt richtig.« Strike schob sich energisch die Ärmel weiter hoch, als wären sie ihr plötzlich am Ellbogen zu eng geworden.

»Verstehe.«

»Wirklich? Haben Sie je eine Websleuthing-Seite besucht?«

»Nein.«

»Wissen Sie, was in diesen Foren abgeht?«

Da ich die Frage als rhetorische verstand, antwortete ich nicht.

»Nicht identifizierte Leichen werden mit neckischen, kleinen Spitznamen versehen. Princess Doe. Die Lady of the Dunes. Das Tent Girl. Little Miss Panasoffkee. Baby Hope.«

Aus dem Glöckchen wurde eine komplette Synapse.

»Sie haben Old Bernie identifiziert«, sagte ich.

Old Bernie war ein unvollständiges Skelett, das 1974 von Wanderern hinter einer Schutzhütte am Neusiok Trail im Croatan National Forest gefunden wurde. Die Überreste wurden an das Büro des Chief Medical Examiner geschickt, das sich damals noch in Chapel Hill befand, und dort klassifiziert als die eines älteren schwarzen Mannes. Ein Detective in New Bern, der diesen Fall bearbeitete, hatte kein Glück bei der Identifikation.

Jahrelang lag das Skelett in einem Karton in einem Lagerraum des OCME. Irgendwann erhielt es den Spitznamen Old Bernie, in Anlehnung an New Bern, der Stadt, die dem Fundort des alten Mannes am nächsten lag.

Zu der Zeit von Old Bernies Entdeckung berichteten viele Zeitungen davon – in Raleigh, Charleston, New Bern und Orten in der Umgebung. Am 24. März 2004, dem dreißigsten Jahrestag der Entdeckung des Herrn, erschien im *Sun Journal* in New Bern wieder ein Artikel, zusammen mit einer Gesichtsrekonstruktion. Niemand meldete sich, der Anspruch auf die Knochen erhob.

2007 berichtete ein Techniker des OCME mir von dem Fall. Ich erklärte mich bereit, mir die Sache einmal anzusehen.

Ich pflichtete meinen Kollegen bei, dass die Überreste die eines zahnlosen Afroamerikaners waren, gestorben im Alter zwischen fünfundsechzig und achtzig. Aber im Gegensatz zu den Befunden meiner Vorgänger regte ich an, dass man den Spitznamen des Opfers von Old Bernie zu Old Bernice änderte. Die Beckencharakteristika waren eindeutig die einer Frau.

Ich entnahm Proben für eine mögliche DNS-Untersuchung, dann kam Old Bernie wieder in seinen Karton in Chapel Hill. Im Jahr darauf ging das National Missing and Unidentified Persons System, NamUs, online. NamUs, eine Datenbank für nicht identifizierte Überreste und vermisste Personen, ist kostenlos und für jedermann zugänglich. Ich gab die Fallcharakteristika in den Bereich für nicht identifizierte

Überreste ein. Sehr schnell stürzten sich Websleuths darauf wie Fliegen.

»Ja«, sagte Strike. »Das war ich.«

»Wie haben Sie das geschafft?«

»Reine Beharrlichkeit.«

»Das ist sehr vage.«

»Hab mir eine Milliarde Fotos auf NamUs und anderen Seiten angeschaut, die Vermisste auflisten. Hab viel telefoniert, nach alten Damen ohne Zähne gefragt. Und an beiden Enden Nieten gezogen. Dann hab ich's offline versucht, mir Artikel aus Lokalzeitungen besorgt, mit Polizisten in New Bern und im Craven County geredet, mit den Park-Rangern im Croatan, solche Sachen. Wieder nichts.

Aus einem Bauchgefühl heraus hab ich dann Altenheime angerufen. Und herausgefunden, dass es in einer Einrichtung in Havelock eine Bewohnerin gegeben hat, die 1972 verschwunden ist. Charity Dillard. Der Verwalter hat Dillard zwar als vermisst gemeldet, aber niemand hat sich groß darum gekümmert. Das Heim liegt in der Nähe einer Bootsanlegestelle, man ist also davon ausgegangen, dass Dillard in den See gefallen und ertrunken ist. Als dann zwei Jahre später Old Bernie aufgetaucht ist, hat das niemand mit Dillard in Verbindung gebracht, weil das Skelett ja angeblich das eines Mannes war. Ende der Geschichte.«

»Bis Sie schließlich die Verbindung herstellten.« Ich hatte durch den Flurfunk des ME von der Identifikation gehört.

»Dillard hat einen Enkel, drüben in Los Angeles. Der hat eine Gewebeprobe geschickt. Ihre Knochenproben haben die DNS geliefert. Fall abgeschlossen.«

»Wo ist Dillard jetzt?«

»Der Enkel hat einen Grabstein spendiert. Ist sogar fürs Begräbnis rübergeflogen.«

»Gute Arbeit.«

»Es kann doch einfach nicht sein, dass diese Frau in einer Schachtel Staub ansetzt.« Wieder dieses Schulterheben.

Jetzt wusste ich, warum Strike in meinem Büro saß.

»Sie sind wegen nicht identifizierter Überreste hier«, sagte ich.

»Ja, Ma'am.«

Ich hielt ihr beide Handflächen in einer »Erzählen Sie«-Geste hin.

»Cora Teague. Achtzehnjährige weiße Frau. Ist vor dreieinhalb Jahren in Avery County verschwunden.«

»Wurde Teague als vermisst gemeldet?«

»Nicht offiziell.«

»Was soll das heißen?«

»Niemand hat bei der Polizei zu Protokoll gegeben, dass sie verschwunden ist. Ich hab sie auf einer Websleuthing-Seite gefunden. Die Familie glaubt, sie hat sich aus freien Stücken aus dem Staub gemacht.«

»Sie haben mit der Familie gesprochen?«

»Habe ich.«

»Gehört das im Allgemeinen zum Websleuthing?«

»Diesem Mädchen ist etwas passiert, und kein Mensch tut irgendwas.«

»Haben Sie die örtlichen Behörden kontaktiert?«

»Mit achtzehn spielt sie in der Erwachsenenliga. Sie kann tun und lassen, was sie will. Blablabla.«

»Das stimmt allerdings.«

Strike deutete mit dem Daumen auf den Ziploc-Beutel. »Klingt das nach jemandem, der tut, was er will?«

»Glauben Sie, Cora Teague ist das Mädchen in dieser Aufnahme?«

Strike nickte langsam.

444

»Und warum haben Sie sie *mir* gebracht?«

»Ich glaube, Sie haben Teile von Teague hier.«

Kathy Reichs

Tempe Brennan ist zurück – und der Tod wartet schon!

»Die Leichendetektivin ist wieder in Topform!
Hochspannung, Thrill, lebensnahe Charaktere, Härte, Witz.«
Bild am Sonntag

978-3-453-43655-8

Leseproben unter **www.heyne.de**